石門文字禪校注

〔宋〕釋惠洪 撰
周裕鍇 校注

上海古籍出版社

卷十五

七言絶句

讀古德傳八首〔一〕

閑房古寺陳尊宿〔二〕，對石談經生法師〔三〕。萬壑松風一軒月，冷齋清夜想丰姿〔四〕。

石門冢木團雲雨，偶愛車輪煙翠深。火種刀耕期飽暖，問心求法謾追尋〔五〕。

夜冢髑髏元是水，客杯弓影竟非蛇。箇中無地容生滅，笑把遺編篆縷斜〔六〕。

糞火但知黄獨美，銀鈎那識紫泥新。尚無心緒收寒涕，豈有工夫問俗人〔七〕。

瘦行清坐老垂垂〔八〕，粟色伽梨取次披〔九〕。巖壑形骸雖可畫，煙霞痼疾不須醫〔一〇〕。

閑中不省歲月改，但見四山青又黄。指客却隨流水去，笑渠世路未全忘〔一一〕。

車輪峰作碧螺旋〔一二〕，不用招邀自滿軒〔一三〕。等是世間無用物〔一四〕，故宜相對兩忘言〔一五〕。

絶知名蹟能妨道，正恐師承亦累人。問法沙彌莫饒舌，百年逆旅要同塵〔一五〕。

【注釋】

〔一〕崇寧四年作於奉新縣百丈山。古德傳：古高僧大德之傳記，據此組詩所頌高僧，當散見於各僧傳燈録，非有古德傳一書。

〔二〕閑房古寺陳尊宿：景德傳燈録卷一二睦州龍興寺陳尊宿：「陳尊宿初居睦州龍興寺，晦迹藏用，常製草屨密置於道上。歲久人知，乃有陳蒲鞋之號焉。」禪林僧寶傳卷一韶州雲門大慈雲弘明禪師傳：「初至睦州，聞有老宿飽參，古寺掩門，織蒲屨養母，往謁之。方扣門，老宿揕之曰：『道道！』偃驚，不暇答，乃推出曰：『秦時轅轢鑽。』隨掩其扉，損偃右足。老宿名道蹤，嗣黄蘗斷際禪師，住高安米山寺，以母老東歸。叢林號陳尊宿。」本集卷一八陳尊宿贊：「即袖手去，古寺閒房。織屨養母，自含其光。」參見本集卷一送英老兼簡鈍夫注〔三〕。

〔三〕對石談經生法師：生法師，即南朝宋高僧竺道生，本姓魏，寓居彭城。後遇沙門竺法汰，遂出家，改姓竺。先從法汰受業，又學於鳩摩羅什。初至吴虎丘，旬日中學徒數百，又至廬山，爲山中僧衆所敬服。著有二諦論、佛性當有論、法身無色論、佛無淨土論、應有緣論。事具高僧傳卷七。東林十八高賢傳道生法師傳：「師又以法顯三藏所翻泥洹經本先至，經云：

『除一闡提，皆有佛性。』師云：『夫稟質二儀，皆有涅槃正因，闡提含生之類，何得獨無佛性？蓋是經來未盡耳。』乃唱闡提之人，皆得成佛。時大本未傳，孤明先發，舊學僧黨，以爲背經，遂顯大衆，擯而遣之。師正容誓之曰：『若我所說背經，當見身癘疾；若與實相不背，願舍壽之日，踞師子座。』遂拂衣而行。及後大經至，聖行品云：『一闡提人，雖復斷善，猶有佛性。』於是諸師皆爲媿服。師被擯，南還，入虎丘山。聚石爲徒，講涅槃經，至闡提處，則說有佛性。且曰：『如我所說，契佛心否？』羣石皆爲點頭。」

〔四〕冷齋：庵堂名，惠洪自號，隨其所住而稱焉。

〔五〕「石門冢木團雲雨」四句：此首詠百丈懷海禪師之事。本集卷一八百丈大智禪師真贊序：「馬祖大寂禪師已化，塔於海昏之石門。師廬其旁既久，衲子相尋日增。於是厭山之淺，乃沿馮水而上，至車輪峰之下，與希運、惟政火種刀耕而食，遂成法席。」景德傳燈録卷六載百丈懷海禪師語：「佛是無求人，求之即乖理。是無求理，求之即失。若取於無求，復同於有求。此法無實無虚，若能一生心如木石相似，不爲陰界五欲八風之所漂溺，即生死因斷，去住自由，不爲一切有爲因果所縛，他時還與無縛身同利物。以無縛心應一切心，以無縛慧解一切縛，亦能應病與藥。」　石門冢木：指馬祖道一之塔。景德傳燈録卷六江西道一禪師：「師於貞元四年正月中，登建昌石門山，於林中經行，見洞壑平坦處，謂侍者曰：『吾之朽質當於來月歸兹地矣。』言訖而迴。至二月四日，果有微疾，沐浴訖，跏趺入滅。元和中追謚大寂禪師，塔曰大莊嚴。今海昏縣影堂存焉。」注：「按權德輿作塔銘言：馬祖終於開元寺，荼毗於石門而建塔也。至會昌沙汰後，大中四年七月，宣宗敕江西觀察使裴休重建塔并寺，賜額寶峰。」　車輪：峰名，此爲百丈山之代稱。江西通志卷七山川志一：「百丈山在奉新縣西一百四十里，馮水倒出，飛下千尺，故名。以其勢出羣山，又名大雄山。唐宣宗潛游至此。距山西南里許，有駐蹕山，一名車輪峰，宣宗迎回，駐蹕於此。」

〔六〕「夜冢髑髏元是水」四句：此首詠唐新羅僧元曉之事。宗鏡録卷一一：「如昔有東國元曉法師、義相法師，二人同來唐國尋師。遇夜宿荒，止於冢內，其元曉法師因渴思漿，遂於坐側見一泓水，掬飲甚美。及至來日觀見，元是死屍之汁。當時心惡，吐之。豁然大悟，乃曰：『我聞佛言，三界唯心，萬法唯識。故知美惡在我，實非水乎！』遂却返故園，廣弘至教。」林間録卷上：「唐僧元曉者，海東人。初航海而至，將訪道名山。獨行荒陂，夜宿冢間，渴甚，引手掬水于穴中，得泉甘凉。黎明視之，髑髏也。大惡之，盡欲嘔去。忽猛省，嘆曰：『心生則種種法生，心滅則髑髏不二。如來大師曰：三界唯心。豈欺我哉！』遂不復求師，即日還海東，疏華嚴經，大弘圓頓之教。予讀其傳至此，追念晉樂廣酒盃蛇影之事，作偈曰：『夜冢髑髏元是水，客盃弓影竟非蛇。箇中無地容生滅，笑把遺編篆縷斜。』」鍇按：宋高僧傳卷四唐新羅國義湘傳所載元曉事稍異：「（義湘）與元曉法師同志西游，行至本國海門唐州界，計求巨艦，將越滄波。倏於中塗遭其苦雨，遂依道旁土龕間隱身，所以避飄濕焉。迨乎明旦相視，乃古墳骸骨旁也。天猶霡霂，地且泥塗，尺寸難前，逗留不進。又寄埏甓之中，夜之未央，俄有鬼物爲怪。曉公歎曰：『前之寓宿，謂土龕而且安；此夜留宵，託鬼鄉而多祟。則知心生故種種法生，心滅故龕墳不二。又三界唯心，萬法唯識，心外無法，胡用別求？我不入唐。』却携囊返國。湘乃隻影孤征，誓死無退。」　客杯弓影竟非蛇：晉書樂廣傳：「嘗有親客，久闊不復來，廣問其故，答曰：『前在坐，蒙賜酒，方欲飲，見杯中有蛇，意甚惡之，既飲而疾。』于時河南聽事壁上有角，漆畫作蛇，廣意杯中蛇即角影也。復置酒於前處，謂客曰：『酒中復有所見不？』答曰：『所見如初。』廣乃告其所以，客豁然意解，沈痾頓愈。」此與元曉事相近，故借以言之。　遺編：指古德傳。　篆縷：篆香之煙縷。盤香回曲如篆字，曰篆香。

〔七〕「糞火但知黃獨美」四句：此首詠唐南嶽高僧懶瓚之事。林間録卷下：「唐高僧號懶瓚，隱居衡山之頂石窟中。嘗作歌，其略曰：『世事悠悠，不如山丘。臥藤蘿下，塊石枕頭。』其言宏妙，皆發佛祖之奧。德宗聞其名，遣使馳詔召之。使者即其窟，宣言：『天子有詔，尊者幸起謝恩。』瓚方撥牛糞火，尋煨芋食之，寒涕垂膺，未嘗答。使者笑之，且勸瓚拭涕。瓚曰：『我豈有工夫爲俗人拭涕耶？』竟不能致而去。德宗欽嘆之。予嘗見其像，垂頤瞋目，氣韻超然，若不可犯干者。爲題其上曰：『糞火但知黃獨美，銀鉤那識紫泥新。尚無心緒收寒涕，豈有工夫問俗人。』」　黃獨：芋類植物。杜詩詳注卷八乾元中寓居同谷縣作歌七首之二：「黃獨無苗山雪盛。」仇兆鰲注：「（黃庭堅）又曰：『黃獨，狀如芋子，肉白皮黃，蔓延生，葉似蘿摩。梁漢人蒸食之。江東謂之土芋。』陳藏器本草：『黃獨，遇霜雪，枯無苗，蓋蹲鴟之類。』蔡夢弼引別注云：『黃獨，歲飢，土人掘以充糧。根惟一顆而色黃，故謂之黃獨。』其説是也。」　銀鈎：喻書法。南朝齊王僧虔論書：「索靖，散騎常侍張芝姊之孫也，傳芝草而形異，甚矜其書，名其字勢曰『銀鈎蠆尾』。」　紫泥：皇帝詔書以紫泥封之，加蓋印。後漢書光武帝紀上「奉高皇帝璽綬」李賢注引蔡邕獨斷曰：「皇帝六璽，皆玉螭虎紐，文曰『皇帝行璽』……皆以武都紫泥封之。」鍇按：銀鈎紫泥代指德宗詔書。

〔八〕瘦行清坐：林逋深居雜興六首之一：「中有病夫被白搭，瘦行清坐詠遺篇。」此借用其語。　老垂垂：漸漸衰老。釋貫休陳情示蜀皇帝：「一瓶一鉢垂垂老，千水千山得得來。」

〔九〕栗色伽梨：指山僧之袈裟。栗色，即褐色。羅湖野録卷上載臨川化度淳藏主山居詩曰：「栗色伽梨撩亂挂，誰能勞力强安排。」　取次：隨意，任意。禪林僧寶傳卷二六淨因臻禪師傳贊曰：「取次伽梨，曳履送客，可畫也。」

〔一〇〕煙霞痼疾：謂喜愛山水之癖好如同頑疾。語本新唐書田游巖傳：「臣所謂泉石膏肓、煙霞痼疾者。」鍇按：以上四句未知所指何人，或爲惠洪自詠。

〔一一〕「閑中不省歲月改」四句：此首詠唐大梅法常禪師之事。景德傳燈録卷七明州大梅山法常禪師：「初參大寂，問：『如何是佛？』大寂云：『即心是佛。』師即大悟。唐貞元中，居於天台山餘姚南七十里梅子真舊隱。時鹽官會下一僧入山采拄杖，迷路，至庵所，問曰：『和尚在此山來多少時也？』師曰：『只見四山青又黄。』又問：『出山路向什麽處去？』師曰：『隨流去。』」

〔二〕碧螺：螺狀型髮髻，喻青山。

〔三〕不用招邀自滿軒：蘇軾越州張中舍壽樂堂：「高人自與山有素，不待招邀滿庭户。」此化用其語意。

〔四〕等是：同樣是。

〔五〕故宜相對兩忘言：李白獨坐敬亭山：「相看兩不厭，只有敬亭山。」此化用其意。

〔六〕「絶知名蹟能妨道」四句：此首詠三祖僧璨付法四祖道信大師之事。景德傳燈録卷三第三十祖僧璨大師：「僧璨大師者，不知何許人也。初以白衣謁二祖，既受度傳法，隱于舒州之皖公山。屬後周武帝破滅佛法，師往來太湖縣司空山，居無常處，積十餘載，時人無能知者。至隋開皇十二年壬子歲，有沙彌道信，年始十四，來禮師曰：『願和尚慈悲，乞與解脱法門。』師曰：『誰縛汝？』曰：『無人縛。』師曰：『何更求解脱乎？』信於言下大悟，服勞九載。後於吉州受戒，侍奉尤謹。師屢試以玄微，知其緣熟，乃付衣法，偈曰：『華種雖因地，從地種華生。若無人下種，華地盡無生。』師又曰：『昔可大師付吾法，後往鄴都行化，三十年方終。

今吾得汝，何滯此乎？』即適羅浮山，優游二載，却旋舊址。」禪宗頌古聯珠通集卷七祖師機緣東土諸祖：「四祖道信大師，初爲沙彌，年始十四，禮三祖曰：『願和尚慈悲，乞與解脱法門。』祖曰：『誰縛汝？』曰：『無人縛。』祖曰：『何更求解脱乎？』師於言下大悟。服勞九載，乃付衣法。」此機緣下收覺範洪頌古，即此四句。

讀法華五首〔一〕

在宅覓車猶是欲，出門露坐始無依〔二〕。載行一獸無名字，但愛雪山香草肥〔三〕。

火宅縱横皆暗弊〔四〕，化城觸處是光明〔五〕。子爭狂走欲方熾〔六〕，寶所依然念不生〔七〕。

塔解聽經無兩耳，佛稱全體有分身〔八〕。寶書讀罷驚清晝，葉葉花花總是春〔九〕。

慈和自是山林服〔一〇〕，知見長凝宴寢香〔一一〕。要與如來同止宿，却須常拂法空牀〔一二〕。

阿字義深當自讀〔一三〕，般舟行苦與誰行〔一四〕？人言成辨（辦）須三世㊀〔一五〕，我欲圓成在此生〔一六〕。

【校記】

㊀ 辦：原作「辨」，誤，今改。參見注〔一五〕。

【注釋】

〔一〕約宣和年間作於長沙。鍇按：惠洪晚年在湖南嘗撰法華經合論，此組詩或作於其時。法華：即妙法蓮華經，簡稱法華經。有晉竺法護、後秦鳩摩羅什、隋闍那掘多與達摩笈多等三種譯本，以羅什譯本最通行。經中宣揚三乘歸一之旨，自以其法微妙，如蓮華居塵不染，故名妙法蓮華經。此所讀法華，當爲羅什譯本。

〔二〕「在宅覓車猶是欲」二句：法華經卷二譬喻品：「爾時長者即作是念：『此舍已爲大火所燒，我及諸子若不時出，必爲所焚。我今當設方便，令諸子等得免斯害。』父知諸子先心各有所好，種種珍玩奇異之物，情必樂著，而告之言：『汝等所可玩好，希有難得，汝若不取，後必憂悔。如此種種羊車、鹿車、牛車，今在門外，可以游戲。汝等於此火宅，宜速出來，隨汝所欲，皆當與汝。』爾時諸子聞父所説珍玩之物，適其願故，心各勇鋭，互相推排，競共馳走，爭出火宅。是時長者見諸子等安隱得出，皆於四衢道中露地而坐，無復障礙，其心泰然，歡喜踊躍。時諸子等各白父言：『父先所許玩好之具，羊車、鹿車、牛車，願時賜與。』」

〔三〕「載行一獸無名字」二句：譬喻品：「爾時長者各賜諸子等一大車，其車高廣，駕以白牛，膚色充潔，形體姝好，有大筋力，行步平正，其疾如風。」大般涅槃經卷八如來性品：「雪山有草，名曰肥膩，牛若食者，即成醍醐。佛性亦爾。」又楞嚴經卷七：「若末世人願立道場，先取雪山大力白牛，食其山中肥膩香草，此牛唯飲雪山清水，其糞微細，可取其糞和合栴檀，以泥其地；若非雪山，其牛臭穢，不堪塗地。」此合其事而用之。

〔四〕火宅縱横皆暗弊：譬喻品：「如來亦復如是，則爲一切世間之父，於諸怖畏、衰惱、憂患、無明闇蔽，永盡無餘，而悉成就無量知見、力無所畏，有大神力及智慧力，具足方便、智慧波羅蜜，大慈大悲，常無懈惓，恒求善事，利益一切，而生三界朽故火宅，爲度衆生生老病死、憂悲苦惱、愚癡闇蔽三毒之火，教化令得阿耨多羅三藐三菩提。見諸衆生爲生老病死、憂悲苦惱之所燒煮，亦以五欲財利故，受種種苦；又以貪著追求故，現受衆苦，後受地獄、畜生、餓鬼之苦；若生天上，及在人間，貧窮困苦、愛别離苦、怨憎會苦，如是等種種諸苦。衆生没在其中，歡喜游戲，不覺不知、不驚不怖，亦不生厭，不求解脱。於此三界火宅東西馳走，雖遭大苦，不以爲患。」

〔五〕化城觸處是光明：法華經卷三化城喻品：「譬如五百由旬險難惡道，曠絶無人、怖畏之處。若有多衆，欲過此道至珍寶處。有一導師，聰慧明達，善知險道通塞之相，將導衆人欲過此難。所將人衆，中路懈退，白導師言：『我等疲極，而復怖畏，不能復進；前路猶遠，今欲退還。』導師多諸方便，而作是念：『此等可愍，云何捨大珍寶而欲退還？』作是念已，以方便力，於險道中過三百由旬，化作一城，告衆人言：『汝等勿怖，莫得退還。今此大城，可於中止，隨意所作。若入是城，快得安隱。若能前至寶所，亦可得去。』是時疲極之衆，心大歡喜，歎未曾有：『我等今者免斯惡道，快得安隱。』於是衆人前入化城，生已度想，生安隱想。」

〔六〕子爭狂走欲方熾：即前引譬喻品所言：「爾時諸子聞父所説珍玩之物，適其願故，心各勇鋭，互相推排，競共馳走，爭出火宅。」

〔七〕寶所依然念不生：化城喻品：「爾時導師，知此人衆既得止息，無復疲惓。即滅化城，語衆人言：『汝等去來，寶處在近。向者大城，我所化作，爲止息耳。』……導師知息已，集衆而告言：『汝等當前進，此是化城耳。我見汝疲極，中路欲退還，故以方便力，權化作此城。汝等勤精進，當共至寶所。』」

〔八〕「塔解聽經無兩耳」二句：法華經卷四見寶塔品：「此寶塔中有如來全身，乃往過去東方無量千萬億阿僧祇世界，國名寶淨，彼中有佛，號曰多寶。其佛行菩薩道時，作大誓願：『若我成佛滅度之後，於十方國土有説法華經處，我之塔廟，爲聽是經故，踊現其前，爲作證明，讚言善哉！』……是多寶佛，有深重願：『若我寶塔，爲聽法華經故，出於諸佛前時，其有欲以我身示四衆者，彼佛分身諸佛，一一在於十方世界説法，盡還集一處，然後我身乃出現耳。』」天聖廣燈録卷九洪州大雄山百丈懷海禪師：「三世五陰，念念誰知其數，是名佛。闔塞虚空，是名分身佛，是名寶塔現。」

〔九〕葉葉花花總是春：此喻佛教全體分身之理，春爲全體，花葉爲分身。鍇按：南宋朱熹春日：「等閑識得東風面，萬紫千紅總是春。」楊萬里雨霽：「不須苦問春多少，暖幕晴簾總是春。」皆奪胎於此，借以喻「理一分殊」之理。

〔一〇〕慈和自是山林服：謂慈和之德行自可作爲隱居山林之衣裳。法華經卷四法師品：「如來衣者，柔和忍辱心是。」唐釋大覺四分律行事鈔卷五受戒緣集篇第八：「袈裟名慈悲忍辱服，外既披之，内心應懷忍辱之德也。」此化用其意。慈和，指柔和忍辱心、慈悲忍辱心。本集卷七次韻游南嶽：「小庵自披慈忍服，十方普熏知見香。」卷一八漣水觀音畫像贊：「願我早熏知見香，願我常披慈忍服。」

〔一一〕知見長凝宴寢香：山谷内集詩注卷五賈天錫惠寶薰乞詩予以兵衛森畫戟燕寢凝清香十字作詩報之其十：「當念真富貴，自薰知見香。」任淵注：「圓覺經：『自薰成種。』佛書有解脱知見香。」此兼用韋應物、黄庭堅詩意。

〔一二〕「要與如來同止宿」二句：法華經卷四法師品：「入如來室，著如來衣，坐如來座，爾乃應爲四衆廣説斯經。如來室者，一切衆生中大慈悲心是；如來衣者，柔和忍辱心是；如來座者，一切法空是。」唐釋窺基法華經玄贊卷八釋此段曰：「安身心於空境，覩三事，以漭然名空爲座。維摩以四靜慮爲牀，彼據智所生依，以靜慮定爲牀。今據智所緣依，以法空爲牀，亦不相違。」牀，坐卧之具，同「座」。

〔一三〕阿字義：即無生義。佛説華手經卷一〇法門品：「是名諸藏，以阿字門入。」宗鏡録卷一九釋曰：「阿字者，即無生義。若了心無生，則無法可得。悟此唯識，乃入道之初門。」

〔一四〕般舟行：期七日或九十日不間斷之修行。唐釋善導依觀經等明般舟三昧行道往生讚：「梵語名般舟，此翻名常行道。或七日九十日身行無間，總名三業無間，故名般舟也。」宋釋宗曉編樂邦文類卷三蓮社繼祖五大法師傳善導師傳：「三十餘年，不暫睡眠，般舟行道，禮佛方等。」

〔一五〕人言成辦須三世：華嚴經所謂三世成佛説，於過去世見佛聞法，植佛種子；於現在世全十信乃至十地之解行；於未來世證入果海。即以三生而成佛。成辦：猶言成功，成事。長阿含經卷三遊行經：「王報之曰：『我今以爲得汝供養，我有寶物，自足成辦。』」本集卷六送珠侍者重修真淨塔：「行看蒼煙叢，一切俱成辦。」卷一八靖安胡氏所蓄觀音贊：「皆隨衆生心所變，一一成辦無遺餘。」卷二〇夢庵銘：「一境圓通，而法成辦。」懶庵銘：「烏啼華笑，日用成辦。」底本「辦」作「辨」，涉形近而誤，今改。

〔一六〕圓成：成就圓滿。成唯識論卷八：「二空所顯，圓滿成就諸法實性，名圓成實。」

贈誦法華僧〔一〕

生存異夢傳書鎮〔二〕，骨冷青蓮出瓦棺〔三〕。試看法華精進力，兩翁先已爲開端〔四〕。

【注釋】

〔一〕作年未詳。

〔二〕生存異夢傳書鎮：高僧傳卷七宋吴虎丘山釋曇諦傳：「諦父彤嘗爲冀州别駕。母黄氏晝寢，夢見一僧呼黄爲母，寄一麈尾，并鐵鏤書鎮二枚。眠覺，見兩物具存，因而懷孕生諦。諦年五歲，母以麈尾等示之，諦曰：『秦王所餉。』母曰：『汝置何處？』答云：『不憶。』至年十歲出家，學不從師，悟自天發。後隨父之樊鄧，遇見關中僧䂮道人，忽唤䂮名。䂮曰：『童子何以呼宿老名？』諦曰：『向者忽言阿上，是諦沙彌，爲衆僧採菜，被野猪所傷，不覺失聲耳。』䂮經爲弘覺法師弟子，爲僧採菜，被野猪所傷。䂮初不憶此，迺詣諦父，諦父具説本末，并示書鎮麈尾等。䂮迺悟而泣曰：『即先師弘覺法師也。師經爲姚萇講法華，貧道爲都講。姚萇餉師二物，今遂在此。』追計弘覺捨命，正是寄物之日。復憶採菜之事，彌深悲仰。』」

〔三〕骨冷青蓮出瓦棺：本集卷二一隋朝感應佛舍利塔記：「晉建興二年，長沙縣之西一里二十步，有千葉青蓮華兩本，生於陸地。掘之丈餘，蓮之根莖自瓦棺而出，發棺而視，但紙衣拴索，而蓮寔生頭顱齒頰間。有銘棺上曰：『僧不知名氏，唯誦妙法蓮華經已數萬部。既化，遺言以紙爲衣，瓦棺葬于此。』郡以其事聞朝廷，有旨建寺其上，號蓮華。今長沙驛即寺故基也。西城之譙門，與湘江之潭，皆以蓮華名之者，以此。」又見法華經合論卷五。「書鎮」與「瓦棺」二事，本集卷二五題光上人書法華經亦用之，可參見。鍇按：集千家注杜工部詩集卷四送許八拾遺歸江寧覲省甫昔時嘗客游此縣於許生處乞瓦棺寺維摩圖樣志諸篇末題下注引蔡夢弼曰：「瓦棺寺，乃薦福寺也。晉時有僧嗜誦法華經，及終，以瓦棺葬之。後生蓮花二朵於墓，其根自舌頭而出，因號瓦棺寺。」與惠洪所記似爲同一事，然其地非在長沙。

〔四〕兩翁：指轉世爲曇諦之弘覺法師與蓮生齒頰之瓦棺僧。

合妙齋二首〔一〕

雨過東南月清亮（亮清）㊀〔二〕，意行深入碧蘿層。露眠不管牛羊踐〔三〕，我是鍾山無事僧。

未饒拄杖挑山衲〔四〕，差勝袈裟裹草鞵〔五〕。吹面谷風衝虎過㊁〔六〕，歸來松雨撼空齋。

【校記】

㊀亮清：原作「清亮」，今從四庫本冷齋夜話。

㊁虎過：冷齋夜話作「過虎」。

【注釋】

〔一〕大觀三年初夏作於江寧府。冷齋夜話卷六鍾山賦詩：「余居鍾山最久，超然山水間，夢亦成趣。嘗乘佳月登上方，深入定林，疲卧松下石上。四更，自寶公塔還合妙齋，月昃虛幌，淨几兀然，童僕憨寢甫鼾。憑前檻無所見，時有流螢穿户牖，風露浩然，松聲滿院。作詩曰：『雨過東南月亮清，意行深入碧蘿層。露眠不管牛羊踐，我是鍾山無事僧。』又曰：『未饒拄杖挑山衲，差勝袈裟裹草鞋。吹面谷風衝過虎，歸來風雨撼空齋。』」

〔二〕雨過東南月亮清：蘇軾東坡：「雨洗東坡月色清。」此化用其語意。錯按：「亮清」二字平仄合詩律，故此從四庫本冷齋夜話。

〔三〕露眠不管牛羊踐：詩大雅生民：「誕寘之隘巷，牛羊腓字之。」毛傳：「誕，大；寘，置；腓，辟；字，愛也。」孔穎達疏：「此言棄稷之事，言可美大矣。棄此后稷，置之於狹隘巷中，牛羊共避而憐愛之。嬰兒未有所知，當爲牛羊所踐，今乃避而愛之，故可美大矣。」此化用其意。

〔四〕未饒：未讓，不多讓。李白上皇西巡南京歌十首之三：「柳色未饒秦地緑，花光不減上陽紅。」宋釋宗曉編四明尊者教行録卷五法智賀楊文公加翰林書：「運籌堪亞於子房，遺直未饒於叔向。」

〔五〕差勝：略勝，稍勝。　袈裟裹草鞵：建中靖國續燈録卷五舒州投子山法宗道者：「問：『如何是道者家風？』者云：『袈裟裹草鞋。』」又見林間録卷上。

〔六〕吹面谷風衝虎過：易乾卦：「雲從龍，風從虎。」　衝虎：冒遇虎之險而過。杜甫夜歸：「夜半歸來衝虎過。」

【集評】

宋吴坰云：洪覺範雖以詩名，而荒唐不學，世無其比，未易一二舉也。……又四更自寶公塔還合妙齋，疲卧松下石上，其詩云：「露眠不管牛羊踐，我是鍾山無事僧。」初不知牛羊下來爲底時

節，而用於四更事中。以吾法議之，當斷，不應爲從重。（五總志）

讀大智度論〔一〕

眼不自見寧見物〔二〕，去來不見寧見今〔三〕。萬物只今全體露，鏡裏有空無路尋。

【注釋】

〔一〕作年未詳。大智度論：略稱智度論，亦稱大論；龍樹菩薩著，後秦鳩摩羅什譯；一百卷；爲解釋摩訶般若波羅蜜經而作；與中論、百論、十二門論合稱四論。

〔二〕眼不自見寧見物：中論卷一觀六情品：「是眼則不能，自見其己體。若不能自見，云何見餘物？是眼不能見自體。何以故？如燈能自照，亦能照他。眼若是見相，亦應自見，亦應見他，而實不爾。是故偈中說：『若眼不自見，何能見餘物。』」錯按：惠洪屢引此語，如楞嚴經合論卷五：「龍勝曰：『是眼則不能，自見其己體，己體尚不見，云何見餘物。』眼如有見，當先自見其眼。今不能自見，而曰能見一切物，無是理也。」禪林僧寶傳卷七天台韶國師傳：「又曰：『眼中無色識，色中無眼識。眼識二俱空，何能令見色。是眼則不能，自見其己體。若不能自見，云何見餘物。古聖方便，皆爲說破。』」本集卷二五題寶公讖記：「當不忘正觀曰：『是眼則不能，自見其己體。自體尚不見，云何見餘物。』」

〔三〕去來不見寧見今：智證傳曰：「於色聲等法，念念分別，名爲遷變。觀此色聲等法起滅無從，當處解脱。先觀己眼曰：『是眼即不能，自見其己體。自體尚不見，云何見餘物。』次觀前境曰：『若見是樹，復云何樹？若見非樹，云何見樹？』次觀三際曰：『若見在是有耶，則過去、未來亦應是有；若過去、未來是無耶，則見在亦應是無。』」題寶公讖記亦曰：「現在若有，過去、未來亦應是有；過去、未來若無，現在亦應是無。」

注十明論〔一〕

了知無性滅無明〔二〕，空慧須從戒定生〔三〕。頻呼小玉元無意，只要檀郎認得聲〔四〕。

【注釋】

〔一〕政和五年夏作於筠州新昌縣。十明論：廓門注：「即華嚴十明論。」鍇按：即解迷顯智成悲十明論，唐太原李通玄（即棗柏大士）撰。今大正藏第四十五册收此論，前有宋寶覺圓明禪師惠洪覺範撰釋華嚴十明論叙，即本集卷二五題華嚴十明論。其文曰：「世英歿一年，余還自海外，築室筠溪石門寺，夏釋此論。」文末曰：「政和五年六月十日書。」此詩作於「夏釋此論」時。

〔二〕了知無性滅無明：十明論：「智慧之體，是一切衆生之本源也。爲真智慧無體性，不能自知無性。故爲無性之性，不能自知無性，故名曰無明。」參見本集卷一四和珣上人八首注〔五〕。

〔三〕空慧須從戒定生：十明論：「若以戒定慧，觀照方便力，照自身心境，體相皆自性，空無内外有。即衆生心，全佛智海。」鍇按：題華嚴十明論曰：「夫雜華具四天下微塵數偈，而其所詮者，如來普光明大智一法而已。親近隨順此智者，戒定慧三法而已。以戒定慧觀照方便，破滅無明。」

〔四〕「頻呼小玉元無意」二句：廓門注：「小艷詩曰：『一段風流畫不成，洞房深處惱愁情。頻呼小玉元無事，只要檀郎認得聲。』元稹詩曰：『小玉上牀鋪夜衾，檀郎謝安眠同處。』注：『謝安，人名。檀奴，潘安仁小字，因名檀郎。』愚曰：霍小玉傳附説郛，文長不能録，須看過。又類説及太平廣記四百八十卷具言之也。」其注未確。小玉，代指侍女，唐詩中常用此詞，如王維奉和楊駙馬六郎秋夜即事：「少兒多送酒，小玉更焚香。」白居易長恨歌：「金闕西廂叩玉扃，轉教小玉報雙成。」李賀江樓曲：「眼前便有千里愁，小玉開屏見山色。」非謂霍小玉。檀郎，美男子之代稱，亦代指情郎。鍇按：五祖法演禪師嘗用此二句小艷詩開示其弟子圓悟克勤。圓悟佛果禪師語録卷一三普説：「又上白雲再參先師（五祖法演），便令作侍者。一日，忽有官員問道次，先師云：『官人，爾不見小艷詩道：頻呼小玉元無事，只要檀郎認得聲。』官人却未曉。老僧聽得，忽然打破漆桶，向脚跟下，親見得了，元不由別人。」宗門武庫、僧寶正續傳卷四、聯燈會要卷一六、嘉泰普燈録卷一一、五燈會元卷一九俱載其事。大慧普覺禪師普說卷四正禪人請普說：「祖云：『提刑曾讀小艷詩麼？』云：『後生時不識好惡，亦曾讀來。』祖云：『詩中大有與祖師西來意合處。』遂舉『頻呼小玉元無事，只要檀郎認得聲』，作麼生會？陳應喏云：『會也，會也，只管認聲。』祖云：『不是這箇道理，你只認聲去得。』兩日，佛果和尚歸來聞得，遂請問其事，祖云：『他惑殺聰明，却來問老僧徑捷做工夫處。老僧因舉小艷詩頻呼小玉話，你要會麼，如人家有不良人，與外人私通，乃頻頻呼小玉，意不在小玉上，正要外人認得聲而已。』提刑只管唱喏，一向認聲，佛果和尚便曉得，却問云：『不得認聲，又作麼生？』祖云：『如何是祖師西來意？庭前柏樹子。咄！』佛果當下豁然契悟，出到法堂上，正在思量擬議間，驀聞鷄啼，方會亦不是聲。始打破漆桶，快活自在。」惠洪當化用其意。

汾陽十智同真二首㊀〔一〕

十智同真面目全〔二〕，於中一智是根源。如今要見汾陽老㊁，劈破三玄作兩邊㊂〔三〕。

十智同真選佛科〔四〕，汾陽佛法本無多㊃〔五〕。愛心竭處尋真智㊄，面目分明會也麼㊅？

【校記】

㈠人天眼目卷一收此二首七絶，然第一首作者標「寂音」，第二首作者標「竹菴」（士珪）。禪宗頌古聯珠通集卷三七、臨濟宗旨收此第一首。

㈡如今：禪宗頌古聯珠通集、臨濟宗旨作「若人」。　見：禪宗頌古聯珠通集作「識」。

㈢劈：人天眼目、禪宗頌古聯珠通集、臨濟宗旨作「擘」。

㈣本：人天眼目作「苦」。

㈤處：人天眼目作「盡」。

㈥會：人天眼目作「見」。

【注釋】

〔一〕元符三年冬作於杭州。　汾陽十智同真：爲汾陽善昭禪師提出之禪法。汾陽無德禪師語録卷上：「師云：『夫説法者，須具十智同真，若不具十智同真，邪正不辨，緇素不分，不能與人天爲眼目，決斷是非。如鳥飛空而折翼，如箭射的而斷弦。弦斷故射的不中，翼折故空不可飛。弦壯翼牢，空的俱徹。作麽是十智同真？與諸上座點出：一同一質，二同大事，三總同參，四同真志，五同遍普，六同具足，七同得失，八同生殺，九同音吼，十同得入。』又云：『與什麽人同得入？與誰同音吼？作麽生是同生殺？什麽物同得失？阿那箇同具足？是什麽同遍普？何人同真志？孰能總同參？那箇同大事？何物同一質？有點得出底麽？點得出者，不悋慈悲。點不出者，未有參學眼在。』」鍇按：羅湖野録卷上：「（寂音尊者洪公）時年二十有九，及游東吴，寓杭之淨慈。以頌發明風穴意，寄呈真淨，曰：『五白貓兒無縫罅，等閑抛出令人怕。翻身趒擲百千般，冷地看佗成話霸。如今也解弄些些，從渠歡喜從渠駡。却笑樹頭老舅翁，只能上樹不能下。』自後復閲汾陽語録，至三玄頌，薦有所證。」此二詩當作於閲汾陽語録時。

〔二〕十智同真面目全：汾陽無德禪師語録卷上：「切須辨取，要識是非，面目見在，不可久立。」禪林僧寶傳卷一六翠巖芝禪師傳：「芝曰：『先師曰：「要識是非，面目見在。」也大省力。』」

〔三〕劈破三玄作兩邊：惠洪臨濟宗旨曰：「所言一句中具三玄，一玄中具三要。有玄有要者，一切衆生熱惱海中清涼寂滅法幢也。」又曰：「『十智同真』與『三玄三要』同一關捩。」

〔四〕選佛：語本景德傳燈録卷一四鄧州丹霞天然禪師「選官何如選佛」。參見本集卷六和元府判游山句注〔五〕。

〔五〕汾陽佛法本無多：景德傳燈録卷一二鎮州臨濟義玄禪師：「來日師辭黄蘗，黄蘗指往大愚，師遂參大愚。愚問曰：『什麽處來？』曰：『黄蘗來？』愚曰：『黄蘗有何言教？』曰：『義玄親問西來的的意，蒙和尚便打，如是三問，三轉被打，不知過在什麽處？』愚曰：『黄蘗恁麽老婆，爲汝得徹困，猶覓過在。』師於是大悟云：『佛法也無多子。』愚乃搊師衣領云：『適來道我不會，而今又道無多子。是多少來？是多少來？』師向愚肋下打一拳，愚托開云：『汝師黄蘗，非干我事。』」鍇按：汾陽爲臨濟五世孫，故借其語而言之。

【附録】

釋法宏、道謙云：師（宗杲）云：「山僧在泐潭時，未參得禪，先會得汾陽十智同真。愛他道『面目現在』，遂作頌曰：『兔角龜毛眼裏栽，鐵山當面勢崔嵬。東西南北無門入，曠劫無明當下灰。』嘗舉似洪覺範，覺範歎曰：『作怪！我二十年做工夫，只道得到這裏。』」（大慧普覺禪師語録卷上）

袁州聞東坡殁於毗陵書精進寺壁三首〔一〕

濁世肯留竟何意，玉芙蓉出淤泥中〔二〕。誰謂秋來亦零落，病收衰淚泣西風。

姓名自可磨千古，文字收藏付六丁〔三〕。唾霧珠消君勿笑〔四〕，夢回此（比）物鎮長靈㈠〔五〕。

才疏意廣孔文舉〔六〕，身健長貧白樂天〔七〕。一代風流今已矣，三吴雲水固悠然〔八〕。

【校記】

㈠此：原作「比」，誤，今改。參見注〔五〕。

【注釋】

〔一〕建中靖國元年八月作於袁州萬載縣。　袁州：宋屬江南西路。　毗陵：古郡名，即常州。　精進寺：諸方志未載。　續資治通鑑長編卷二九三神宗元豐元年冬十月庚戌：「詔賜侍禁仵全賻贈如死事例。全本隸荊湖南路鈐轄何次公下，捕盜爲先鋒，至袁州萬載縣精進寺前，與賊詹遇等鬭，死之。」可知精進寺在袁州萬載縣。　鍇按：據宋傅藻東坡紀年録、王宗稷東坡先生年譜、施宿東坡先生年譜，蘇軾於建中靖國元年七月二十八日卒於常州。　惠洪聞其訃，當在八月後。

〔二〕玉芙蓉出淤泥中：維摩詰經卷中佛道品：「譬如高原陸地，不生蓮華，卑濕淤泥乃生此華；如是見無爲法入正位者，終不復能生於佛法；煩惱泥中，乃有衆生起佛法耳。」周敦頤愛蓮説：「予獨愛蓮之出淤泥而不染，濯清漣而不妖。」黄庭堅贛上食蓮有感：「蓮生淤泥中，不與泥同調。」此化用其意。　玉芙蓉，白蓮花之别稱。　廓門注：「常州府有芙蓉山，故有此句歟？」蓋未明芙蓉之義，殊誤。

〔三〕文字收藏付六丁：謂蘇軾詩文如李白、杜甫詩，死後將由上帝遣六丁神收回。　韓文考異卷五調張籍：「李杜文章在，光焰萬丈長。……仙官敕六丁，雷電下取將。」注：「道書：陽官六甲，陰官六丁。六丁者，六甲中丁神也。」補注：「異人記云：上元中，台州道士王遠知善易，知人死生禍福，作易總十五卷。一日雷雨，雲霧中一老人語遠知曰：『所泄者書何在？

上帝命吾攝六丁雷電追取，上方秘文，自有飛天保衛金科秘藏玄都，汝何者，輒藏緗帙？』」遠知曰：『青丘元老傳授也。』」

〔四〕唾霧珠消：莊子秋水：「子不見夫唾者乎？噴則大者如珠，小者如霧，雜而下者，不可勝數也。」鍇按：惠洪好以唾霧喻人生之短暫，此唾霧珠消似喻蘇軾之去世。本集卷四見蔡儒效：「閻浮一漚耳，是身等唾霧。」卷八次韻周達道運句：「此身唾霧中，安得長朱顔。」卷二一信州天寧寺記：「草衣大士唾霧消，定力持之日劫超。」

〔五〕夢回此物鎮長靈：景德傳燈録卷三〇丹霞和尚翫珠吟二首之二：「識得衣中寶，無明醉自醒。百骸雖潰散，一物鎮長靈。」鍇按：底本「此」作「比」。廓門注：「愚曰：『比』寫誤歟？當作『一』。」不確，「比」當爲「此」之誤。參見本集卷一三二月二十一日奉陪季長遊嶽麓飯罷登法華臺賦此注〔七〕。

〔六〕才疏意廣孔文舉：蘇軾嘗以孔融自比，故云。東坡詩集注卷一四次韻韶守狄大夫見贈二首之一：「才疏正類孔文舉。」程縯注：「後漢孔融字文舉。本傳云：『融負其高氣，志在靖難，而才疏意廣，迄無成功。』」蘇軾孔北海贊敘曰：「文舉以英偉冠世之資，師表海内，意所予奪，天下從之，此人中龍也。而曹操陰賊險狠，特鬼蜮之雄者耳。其勢決不兩立，非公誅操，則操害公，此理之常。而前史乃謂公『負其高氣，志在靖難，而才疏意廣，迄無成功。』此蓋當時奴婢小人論公之語。公之無成，天也。使天未欲亡漢，公誅操如殺狐兔，何足道哉！」

〔七〕身健長貧白樂天：蘇軾亦嘗以白居易自比，故云。洪邁容齋三筆卷五東坡慕樂天：「蘇公責居黄州，始自稱東坡居士。詳考其意，蓋專慕白樂天而然。白公有東坡種花二詩云：『持錢買花樹，城東坡上栽。』又云：『東坡春向暮，樹木今何如。』又有步東坡詩云：『朝上東坡步，夕上東坡步。東坡何所愛，愛此新成樹。』又有别東坡花樹詩云：『何處殷勤重回首，東坡桃李種新成。』皆爲忠州刺史時所作也。蘇公在黄，正與白公忠州相似。因憶蘇詩，如贈寫真李道士云：『他時要指集賢人，知是香山老居士。』贈善相程傑云：『我似樂天君記取，華顛賞遍洛陽春。』送程懿叔云：『我甚似樂天，但無素與蠻。』入侍邇英云：『定似香山老居士，世緣終淺道根深。』而跋曰：『樂天自江州司馬除忠州刺史，旋以主客郎中知制誥，遂拜中書舍人。某雖不敢自比，然謫居黄州，起知文登，召爲儀曹，遂忝侍從，出處老少，大略相似，庶幾復享晚節閑適之樂。』去杭州云：『出處依稀似樂天，敢將衰朽較前賢。』序曰：『平生自覺出處老少，粗似樂天。』則公之所以景仰者，不止一再言之，非東坡之名偶爾暗合也。」

〔八〕三吴：李太白集分類補注卷六猛虎行：「三吴邦伯皆顧眄，四海雄俠兩追隨。」楊齊賢注：「通典曰：『吴郡、吴興、丹陽爲三吴。』」此指常州一帶。蘇軾孟震同游常州僧舍三首之一：「年老轉覺此生浮，又作三吴浪漫游。」蘇軾卒於常州，故云。

無盡居士以峽州天寧見邀作此辭免六首〔一〕

吹毛用了急須磨〔二〕，鐵脊師兄舌太多〔三〕。祖佛命根俱截斷，笑中驚倒老維摩〔四〕。

維摩願力元無盡，重現真丹（州）宰輔身㊀〔五〕。舌本雷槌烹佛祖〔六〕，筆端和氣活生民〔七〕。

四夷八蠻想風采〔八〕，竈婦乳兒知姓名〔九〕。寄語袖中調鼎手〔一〇〕，未容扶杖獨經行。

五達衢頭梵剎新〔一一〕，著書來喚住山人〔一二〕。折松慣掃和雲石，披衲難隨没馬塵〔一三〕。

亦欲便隨流水出〔一四〕，重惟我法付王臣〔一五〕。回看坐睡横眠處，折脚鐺兒解笑人。

龜毛索子衲僧冤〔一六〕，闊角闗西亦被穿〔一七〕。小犢鼻頭無覓處，聽渠露地且閑眠〔一八〕。

【校記】

㊀現：四庫本作「見」。　丹：原作「州」，誤，今改。參見注〔五〕。

【注釋】

〔一〕崇寧三年夏作於洪州分寧縣。　無盡居士：即張商英，字天覺，號無盡居士。已見前注。　峽州：宋屬荆湖北路，治夷陵縣。　天寧：即天寧寺。本集卷二四送一上人序：「無盡居士崇寧二年自政府謫亳、蘄兩州。明年夏，無盡來招住峽州天寧，辭之。」又卷二九上張無盡居士退崇寧書：「又蒙辱以崇寧見召，尚未識門屏，而據授以師位，衲子驚怪，莫不改觀。實以鄙陋，恐臨事失職，有累閣下知言耳。故不敢輒受，謹課成拙頌六首，繕寫呈上，聊供閣下千里法喜之游，干冒鈞重，不勝愧悚。」『拙頌六首』即此組詩六首。同卷答張天覺退傳慶書：「千里惠書，以崇寧見要，挽至人天之上，使授佛之職責，以重振西祖已墜之風。」亦指此事。佛祖歷代通載卷一九：「改年崇寧，詔天下軍州創崇寧寺。又改天寧替先號。」釋氏稽古略卷四：「崇寧元年，詔天下軍州創崇寧寺，又改額曰天寧寺。」鍇按：宋徽宗誕辰十月十日爲天寧節，天寧寺之名以此。廓門注：「『天寧』當作『崇寧』歟？考第二十九卷退崇寧書，須得意焉。」蓋未知寺名沿革之事。

〔二〕吹毛用了急須磨：景德傳燈録卷一二鎮州臨濟義玄禪師：「師唐咸通七年丙戌四月十日將示滅，乃説傳法偈曰：『沿流不止問如何，真照無邊説似他。離相離名如不禀，吹毛用了急須磨。』偈畢坐逝。」此借用其語。　吹毛：指利劍，謂其鋒利，吹毛可斷。禪宗以喻斬斷情識知見之語言。鍇按：本集卷二三五宗綱要旨訣序釋此句曰：「吹毛，劍也。用即磨之意，不欲犯鋒耳。而昧者易之『急還磨』，旨趣安在哉？」

〔三〕鐵脊師兄：指兜率從悦禪師，嗣法真淨克文，屬臨濟宗黄龍派南嶽下十三世，爲惠洪同門師兄。鐵脊，喻其倔强剛直。景德傳燈録卷一五朗州德山宣鑒禪師：「巖頭聞之曰：『德山老人一條脊梁，骨硬似鐵拗不折。』」　舌太多：猶言饒舌，話多。鍇按：嘉泰普燈録卷二三賢臣下丞相張商英居士：「元祐六年，奉使江左，由東林謁照覺總禪師，叙論久之。乃曰：『南昌諸山，誰可與語？』總曰：『兜率悦、玉溪喜。』公下車，至八月，按部過分寧，諸禪迓之，公請俱就雲巖寺陞堂。有偈曰：『五老機緣共一方，神鋒名向袖中藏。明朝老將登壇看，便請横戈戰一場。』悦最後登座，其提綱語要，盡貫穿前列。公大喜，遂入兜率，抵擬瀑亭。公問：『此是甚處？』悦曰：『擬瀑亭。』公曰：『掠轉竹筒，水歸何處？』悦曰：『目前薦取。』公佇思，悦曰：『佛法不是這箇道理。』及夜話，悦曰：『某無夢十年矣，前五夜夢身立孤峰頂，有日輪出于東方，而公之來，豈東方慧輪乎？』徐以所見真淨及素首座事語公，公罔措。悦因舉德山托鉢話，令熟究之。公悵然不寐，至五鼓，忽垂脚飜溺器，猛省，即造悦寢，召曰：『某已捉得賊了也。』悦曰：『贓物在甚麽處？』公扣門三下。悦曰：『且去，來日相見。』翌旦，投偈曰：『鼓寂鐘沈托鉢回，巖頭一拶語如雷。果然只得三年活，莫是遭他授記來。』悦首肯，書長偈付之，囑曰：『參禪爲命根未斷，依語生解，如是之法，公已深知。然有至微極細之魔，使人不覺不知，墮在區宇，更宜著便。』公感甚，邀至建昌，道中求悦一一窺察之，成十偈以誌其事，悦依韻酬之。是歲書雲日，悦澡浴示徒，説偈而化。訃至，公哭而慟。及大拜，乞謚悦號真寂禪師，遣親持文祭其塔。」張商英從兜率從悦問道而悟，爲其法嗣，故此特拈出從悦而言之。

〔四〕老維摩：代指張商英。蓋商英在家奉佛，號無盡居士，故以維摩詰居士喻之。

〔五〕「維摩願力元無盡」二句：謂張商英即維摩詰，其願力無盡，神通廣大，故重新現形爲中國宰相之身。法華經卷七：「應以宰官身得度者，即現宰官身而爲説法。」楞嚴經卷六：「我於彼前現宰官身而爲説法，令其成就。」此化用其意。無盡：雙關無盡居士之取名。真丹：古印度稱中國爲真丹，乃梵語 Cīnisthā 之音譯。一切經音義卷二二：「震旦國，或曰支那，亦云真丹。此翻爲思惟，以其國人多所思慮，多所計詐，故以爲名。即今此漢國是也。」同書卷三三：「脂那，唐國名也。或言震旦，或云真丹，神州之總名也。」錯按：底本「真丹」作「真州」。廓門注：「真州，謂真丹國也。」然真丹國不當稱真州，佛典未見其例。真州，宋屬淮南東路，治揚子縣。據宋史本傳，張商英於崇寧二年四月除尚書左丞，位列宰輔。然此乃中華大宋之宰輔，非真州之宰官，故當稱其爲「真丹宰輔身」。本集卷二四彥舟字序：「鳩摩羅什於真丹爲四依，如印印泥。」可證惠洪亦稱「震旦」爲「真丹」。底本「州」字蓋「丹」字草書之形誤，今據諸佛經改。本集卷一九華嚴居士贊：「偏界難藏，而應緣震旦；通身是眼，而現形宰官。」略與此句意同，亦可證「真州」當作「真丹」。

〔六〕舌本雷椎烹佛祖：譬其演説佛法如舞雷椎，椎擊鍛煉佛祖之意。舌本：即舌根，舌頭。世説新語文學：「殷仲堪云：『三日不讀道德經，便覺舌本間强。』」雷椎：雷公打雷之具，喻精警有力之言辭。蘇軾太虚以黄樓賦見寄作詩爲謝：「夫子獨何妙，雨雹散雷椎。」

「槌」同「棰」。廓門注：「雷州大雷雨時，人有將得雷斧、雷棰，皆石也。『槌』或作『霆』，不可也。」　烹佛祖：景德傳燈録卷一六江西逍遥山懷忠禪師：「問：『洪爐猛焰，烹鍛何物？』師曰：『烹佛烹祖。』曰：『佛祖作麼生烹？』師曰：『業在其中。』」圓悟佛果禪師語録卷二：「儻或具大丈夫意氣，有烹佛祖鉗鎚，直下向那邊承當得。」烹，冶煉，錘煉。

〔七〕筆端和氣活生民：譽其論政文章含祥瑞之氣，足可救活生民。白居易雪中晏起偶詠所懷兼呈張常侍韋庶子皇甫郎中雜言：「上無皋陶伯益廊廟材，既不能匡君輔國活生民；下無巢父許由箕潁操，又不能食薇飲水自苦辛。」

〔八〕四夷八蠻：泛指四方少數民族。書畢命：「四夷左衽，罔不咸賴。」孔傳：「言東夷、西戎、南蠻、北狄，被髮左衽之人，無不皆恃賴三君之德。」周禮夏官司馬職方氏：「辨其邦國、都鄙、四夷、八蠻、七閩、九貉、五戎、六狄之人民。」　想風采：後漢書趙壹傳：「名動京師，士大夫想望其風采。」此借用其語。

〔九〕竈婦乳兒知姓名：猶言無人不知其姓名。本集卷七瞻張丞相畫像贈宮使龍圖：「天下張荆州，乳兒識名譽。」

〔一〇〕調鼎手：喻任宰相治理國家之才能。語本韓詩外傳卷七：「伊尹，故有莘氏僮也，負鼎操俎調五味，而立爲相，其遇湯也。」

〔一一〕五達衢頭梵刹新：指新創建之峽州天寧寺。五達：通達五方之路。爾雅釋宮：「五達謂之康，六達謂之莊。」　梵刹：泛指佛寺。

〔一二〕住山人：隱居山林之禪僧。景德傳燈録卷二八池州南泉普願和尚語：「有解作活計者出來，共爾商量，是住山人始得。」

〔一三〕没馬塵：謂城市中滚滚黄塵。蘇軾贈清涼寺和長老：「代北初辭没馬塵，江南來見卧雲人。」此借用其語。

〔一四〕亦欲便隨流水出：景德傳燈録卷七明州大梅山法常禪師：「又問：『出山路向什麽處去？』師曰：『隨流去。』」

〔一五〕重惟：深深希望。　我法付王臣：廓門注：「涅槃經『付國王大臣』之義。」錯按：大般涅槃經卷三壽命品：「如來今以無上正法，付囑諸王、大臣、宰相、比丘、比丘尼、優婆塞、優婆夷。」

〔一六〕龜毛索子衲僧冤：謂禪僧爲無有之事所羈絆，如牛鼻爲龜毛繩子所穿，實在冤枉。龜本無毛，言龜毛索子者，喻無有也。大般涅槃經卷三九憍陳如品：「四者畢竟無，故名之爲無，如龜毛兔角。」成實論卷二：「兔角、龜毛、蛇足、鹽香、風色等，是名無。」

〔一七〕闊角關西亦被穿：謂真淨克文亦未能避免穿鼻之冤。建中靖國續燈録卷七洪州黄龍山崇恩惠南禪師：「問：『牛頭未見四祖時，爲甚百鳥銜花献？』師云：『釘根桑樹，闊角水牛。』」廓門注：「關西，長安以西皆謂之關西也。此謂真淨克文也。」禪林僧寶傳卷二三泐潭真淨文禪師傳：「真淨和尚，出於陝府閿鄉鄭氏。」陝府在潼關以西，故以其籍貫稱關西。參見本集卷五送稀上人還石門注〔六〕。　鍇按：闊角水牛被穿鼻，此或喻指克文被邀出山住持金陵報寧寺之事。

〔一八〕「小犢鼻頭無覓處」二句：謂己資歷尚淺，如牛犢鼻頭尚嫩，故或能如露地白牛自在閑眠，不被穿鼻出山。廓門注：「小犢，覺範自比也。末句使露地白牛。」鍇按：景德傳燈録卷九福州大安禪師：「安在潙山三十來年，喫潙山飯，屙潙山屎，不學潙山禪。只看一頭水牯牛，若落路入草，便牽出，若犯人苗稼，即鞭撻調伏。既久可憐生，受人言語，如今變作箇露地白牛，常在面前，終日露逈逈地，趁亦不去也。」此化用其意。

初到善谿慧照庵寄張無盡五首〔一〕

明月洲頭一笛風，暮雲滅盡水吞空。倚筇笑語無人問，疑是西湖落夢中。

山勒回流作㞐（窟）盤①〔二〕，翠蘿縆帶絓鴛鸞〔三〕。故應此境幽難畫，乞與庵僧自在看〔四〕。

形勝迴分千里遠，地靈還受衆峰朝。從來慶澤流無盡，異事先看繼八蕭〔五〕。

世辯不妨無骨舌〔六〕，好山難絆自由身。從教折脚鐺兒笑〔七〕，且欲南來識鳳麟〔八〕。

公有自然台輔望〔九〕，與民同樂亦同憂〔一〇〕。我慚雅思非支遁，亦伴東山爛熳游〔一一〕。

【校記】

㊀屈：原作「窟」，誤，今據武林本、重刊貞和類聚祖苑聯芳集卷七改。

【注釋】

〔一〕崇寧三年夏作於峽州夷陵縣。　善谿：廓門注：「善谿，在荆州府夷陵州。」　慧照庵：當在天寧寺内。　張無盡：即張商英。

〔二〕山勒回流：以勒馬喻山阻江流。蘇軾游徑山：「衆峰來自天目山，勢若駿馬奔平川。中途勒破千里足，金鞭玉鐙相迴旋。」此處化用其意。參見本集卷一謁狄梁公廟注〔三〕。　屈盤：曲折盤繞。底本作「窟盤」，不辭，涉形近而誤。

〔三〕翠蘿綰帶結鴛鸞：謂蒼翠藤蘿綰結如鴛鸞之狀。　鴛鸞：鳳鳥之屬，喻賢人。北魏楊衒之洛陽伽藍記卷四：「至於宗廟之美，百官之富，鴛鸞接翼，杞梓成陰。」范祥雍校注：「鴛與鵷通。鴛、鸞皆鳳族，以比喻賢人。」此雙關張商英。

〔四〕庵僧：惠洪自稱。廓門注：「東坡詩二卷：『庵僧俗緣盡。』」

〔五〕異事先看繼八蕭：東坡詩集注卷一三次韻劉貢父所和韓康公憶持國二首之一：「援毫欲作衣冠表，盛事終當繼八蕭。」注：「唐蕭氏自瑀及遘，八宰相。次公：『世有衣冠盛事圖。』」此借用其語意以喻張商英。參見本集卷七吴子薪重慶堂注〔一三〕。

〔六〕無骨舌：禪門習語。古尊宿語録卷六睦州和尚語録：「問：『三界唯心、萬法唯識時如何？』師云：『牙齒敲磕。更置將一問來。』僧無語。師云：『舌頭無骨。』」建中靖國續燈録卷三潭州雲蓋山繼鵬禪師：「問：『如何是佛法大意？』師云：『舌頭無骨。』」

〔七〕折脚鐺兒笑：折脚鐺代指山林簡樸生活，此應邀來峽州，入城市，故應爲折脚鐺所嘲笑。

〔八〕且欲南來識鳳麟：謂已來峽州乃爲識張商英。從洪州分寧縣至峽州夷陵縣，據其地理方位，當作西來。蘇軾送子由使契丹：「不辭驛騎凌風雪，要使天驕識鳳麟。」此借用其語。

〔九〕公有自然台輔望：謂張商英有作宰相之聲望。本集卷五清臣先臣過余於龍安山出羣公詩爲示依天覺韻：「我公廊廟姿，王室久勤勞。只今天下望，北斗太山高。」台輔：指三公宰相之位。鍇按：宋史張商英傳：「除中書侍郎，遂拜尚書右僕射。（蔡）京久盜國柄，中外怨疾，見商英能立同異，更稱爲賢。徽宗因人望相之。」

〔一〇〕與民同樂亦同憂：孟子梁惠王下：「爲民上而不與民同樂者，亦非也。樂民之樂者，民亦樂其樂；憂民之憂者，民亦憂其憂。」晉書謝安傳：「簡文帝時爲相，曰：『安石既與人同樂，必不得不與人同憂。召之必至。』」

〔一一〕「我慚雅思非支遁」二句：廓門注：「按紹興府東山，晉太傅謝安居此，支道林與謝安結交，故有東山之句。須閱道林傳。」鍇按：高僧傳卷四晉剡沃洲山支遁傳：「謝安爲吴興，與遁書曰：『思君日積，計辰傾遲，知欲還剡自治，甚以悵然。人生如寄耳，頃風流得意之事，殆爲都盡。終日慼慼，觸事惆悵，唯遲君來，以晤言消之，一日當千載耳。此多山縣，閑靜，差可養疾，事不異剡，而醫藥不同，必思此緣，副其積想也。』」此以己比支遁，以張商英比謝安。參見本集卷二七月七日晚步至齊雲樓走筆贈吳邦直注〔一八〕。

無盡見和復次其韻五首〔一〕

謾説毗耶問疾風〔二〕，主賓信手畫虚空〔三〕。爭如快活月洲老〔四〕，萬事收藏一笑中。

窗外雲閒如去鶴，門前山好似翔鸞〔五〕。此時更有疑情在，試借疑情面目看〔六〕。

一丘一壑思迢迢〔七〕，莫把山林較市朝。江上相逢兩無語，夕陽衰草暮蕭蕭。

公是睡龍今縮首〔八〕，我如江月且分身〔九〕。人間一戲成何事，冢外君看半臥麟〔一〇〕。

雖然無證復無修，撲破虚空亦可憂〔一一〕。欲識老龐端的處〔一二〕，飯餘摩腹且閒游。

【注釋】

〔一〕崇寧三年夏作於峽州夷陵縣。無盡：張商英。此五首次韻初到善谿慧照庵寄張無盡五首。

〔二〕毗耶問疾：東坡詩集注卷八獨酌試藥玉滑盞有懷諸君子明日望夜月庭佳景不可失作詩招之：「請君詰歐陽，問疾來何遲。」宋援注：「維摩居士示病説法，佛遣文殊問病也。」鍇按：詳見維摩詰經卷中文殊師利問疾品。毗耶：代指維摩詰居士，以其住毗耶離城中，故稱。

〔三〕畫虚空：雜阿含經卷一五：「畫師、畫師弟子集種種彩色，欲粧畫虚空，寧能畫不？」大智度論卷二一：「以汝自證，譬如手畫虚空，無所染著。阿羅漢心亦如是，一切法中得無所著，復汝本坐。」

〔四〕月洲老：指張商英。初到善谿慧照庵寄張無盡五首之一：「明月洲頭一笛風。」商英住明月洲頭，故稱。

〔五〕山好似翔鸞：謂山形如鸞鳳翔舞。廬山記卷三叙山南：「是山有翔鸞展翼之勢，院東之水故名鸞溪。」此借用其語。

〔六〕「此時更有疑情在」二句：景德傳燈録卷二八越州大珠慧海和尚語：「有何事可疑？莫錯用心，枉費氣力。若有疑情，一任諸人恣意早問。」

〔七〕一丘一壑：指退隱在野，放情山水。漢書叙傳上：「若夫嚴子者……漁釣於一壑，則萬物不奸其志；栖遲於一丘，則天下不易其樂。」世説新語品藻：「明帝問謝鯤：『君自謂何如庾亮？』答曰：『端委廟堂，使百僚準則，臣不如亮；一丘一壑，自謂過之。』」

〔八〕睡龍：大智度論卷一四：「如菩薩本身，曾作大力毒龍。若衆生在前，身力弱者，眼視便死；身力强者，氣往而死。是龍受一日戒，出家求靜，入林樹間思惟；坐久，疲懈而睡。龍法，睡時形狀如蛇，身有文章，七寶雜色。」

〔九〕我如江月且分身：東坡詩集注卷一九次舊韻贈清涼長老：「但怪雲山不改色，豈知江月解分身。」注：「佛書云：『月落千江。』又傳燈録：僧問龍光和尚：『賓頭盧一身，何爲赴四天供？』師曰：『千江同一月，萬户盡逢春。』」此化用其意。

〔一〇〕冢外君看半卧麟：九家集注杜詩卷一九曲江二首之一：「苑邊高冢卧麒麟。」趙注：「冢前有石麒麟，蓋富貴之家。卧則冢之荒廢矣。」

〔一一〕撲破虚空：景德傳燈録卷二〇揚州豐化和尚：「問：『一棒打破虚空時如何？』師曰：『把一片來。』」

〔一二〕老龐：龐藴居士，此喻指張商英。

又次韻答之十首〔一〕

金篦抉膜去重重〔二〕，露出當時晦昧空〔三〕。撥轉上頭關棙子〔四〕，莫教更墮有無中〔五〕。

晚來妙語逼人寒，逸氣翩翩接（棲）鳳鸞〔六〕㊀。珍重平生造物手，十分拈出與人看〔七〕。

擁衾睡美無人喚〔八〕，閑憶當年趁早朝。今伴赤松聊卒歲，後來功業付曹蕭〔九〕。

衆生煩惱亂如塵，共現如來智智身〔一〇〕，自笑露腮狂寶誌，識公天上石麒麟〔一一〕。

樓閣不勞彈指入〔一二〕，衆魔相顧忽驚憂。回光却復思初友，從此南詢可罷游〔一三〕。

此法從來妙莫窮，何須癡坐學觀空〔一四〕。劈開結角羅紋處〔一五〕，攝入圓伊三點中〔一六〕。

法本無差須揀擇〔一七〕，楚雞元不是青鸞〔一八〕。當機一鏃三關破，覿體分明箭後看〔一九〕。

雲林一塢正寥寥，不扫清閒負聖朝〔二〇〕。歲晚追隨真可畫，行人明日馬蕭蕭〔二一〕。

我亦從來徹骨貧〔二二〕，誰知徧界不藏身〔二三〕。住山鉏斧勞收取，不是青源衆獸麟〔二四〕。

一笑相看萬事休〔二五〕，公無榮辱我無憂。挂名入社非難事〔二六〕，圓寂光中不厭游。

【校記】

㊀接：原作「椄」，誤，今據重刊貞和類聚祖苑聯芳集卷七改。參見注〔六〕。

【注釋】

〔一〕崇寧三年夏作於峽州夷陵縣。此十首亦次韻答張商英之作，共次前五首韻二次。

〔二〕金篦抉膜去重重：九家集注杜詩卷九謁文公上方：「金篦刮眼膜，價重百車渠。」趙注：「涅槃經：『如目盲人爲治目故，造詣良醫，是時良醫即以金篦刮其眼膜。』又法苑珠林載：後周張元，其祖喪明，元憂泣，因讀藥師經『盲者得視』之言，遂請僧按儀轉誦。至七日，夢一翁以金篦療其祖目，曰：『三日必差。』公用此以比佛法之能刮除昏翳也。」　金篦：古治眼病之具，亦作金鎞，涅槃經卷八作「金錍」。

〔三〕晦昧空：楞嚴經卷二：「云何汝等遺失本妙圓妙明心，寶明妙性，認悟中迷，晦昧爲空，空晦暗中，結暗爲色。」

〔四〕撥轉上頭關棙子：禪宗謂打開向上一路之關鍵。　關棙子：能撥轉之機關。喻關鍵，緊要處。景德傳燈録卷九洪州黄檗希運禪師：「夫出家人須知有從上來事分。且如四祖下牛頭融大師，横説竪説，猶未知向上關棙子。」

〔五〕莫教更墮有無中：大智度論卷一八：「若不得般若波羅蜜法，入阿毗曇門則墮有中，若入空門則墮無中，若入蜫勒門則墮有無中。」同書卷三二：「有慧方便者，從本以來不見三事相，以是故慧方便者，不墮有無中。」

〔六〕接鳳鸞：謂其逸氣與鳳鸞相接。鳳鸞喻賢人。唐李德裕述夢詩四十韻：「君當堯舜日，官接鳳凰曹。」　底本「接」作「棲」，句意難通，據詩律，此當作仄聲，故當作「接」，「棲」乃涉形近而誤。廓門注：「『棲』或作『接』。」其説甚是。

〔七〕十分拈出與人看：開福道寧禪師語録：「大衆，孰謂祖師關棙險，等閒拈出與人看。還見麽？」大慧普覺禪師語録卷二六答趙待制：「自家得力處，他人知不得，亦拈出與人看不得。」

〔八〕擁衾睡美無人喚：唐韓偓醉著：「漁翁醉著無人喚，過午醒來雪滿船。」杜荀鶴溪興：「醉來睡著無人喚，流下前灘也不知。」黄庭堅菩薩蠻：「半煙半雨溪橋畔，漁翁醉著無人喚。」此化用其意。

〔九〕「今伴赤松聊卒歲」二句：史記留侯世家：「留侯從上擊代，出奇計馬邑下，及立蕭何相國，所與上從容言天下事甚衆，非天下所以存亡，故不著。留侯乃稱曰：『家世相韓，及韓滅，不愛萬金之資，爲韓報讎彊秦，天下振動。今以三寸舌爲帝者師，封萬户，位列侯，此布衣之極，於良足矣。願弃人間事，御從赤松子游耳。』乃學辟穀，道引輕身。」廓門注：「謂仙人赤松，見列仙傳。詩經曰：『優哉游哉，聊以卒歲。』」又曰：「曹，曹參；蕭，蕭何。功業詳史記第五十三、四曹相國、蕭相國世家。」此以漢留侯張良喻張商英，此亦「贈人詩用同姓事」之例。

〔一〇〕如來智智身：廓門注：「智智，謂根本後得二智也。」鍇按：如來智智，佛智，即一切智智。大日經疏卷一：「梵云薩婆若那，即是一切智。今謂一切智智，即是智中之智也。」

〔一一〕「自笑露腮狂寶誌」二句：陳書徐陵傳：「母臧氏，嘗夢五色雲化而爲鳳，集左肩上，已而誕陵焉。時寶誌上人者，世稱其有道，陵年數歲，家人攜以候之，寶誌手摩其頂曰：『天上石麒麟也。』」寶誌，惠洪自喻。

〔一二〕樓閣不勞彈指入：華嚴經卷七九入法界品：「爾時，善財童子恭敬右遶彌勒菩薩摩訶薩已，而白之言：『唯願大聖開樓閣門，令我得入！』時彌勒菩薩前詣樓閣，彈指出聲，其門即開，命善財入。善財心喜，入已還閉，見其樓閣廣博無量同於虛空。」此規模其意而形容之，翻進一層。

〔一三〕「回光却復思初友」二句：謂已見老友張商英，如善財童子復見初友文殊，可罷南詢之游。廓門注：「南詢，謂善財童子南詢參五十三善知識。此翻案之。」鍇按：唐李通玄華嚴經合論卷一：「善財南詢諸友，佛果、文殊、慈氏已圓，復入普賢之身。」惠洪楞嚴經合論卷一：「善財於福城之東，首見文殊師利，乃南詢知識者五十三人，入彌勒大莊嚴樓閣已，彌勒却令復見初友文殊者，與此意同也。」

〔一四〕觀空：觀照諸法之空相。隋釋智顗仁王護國般若經疏卷三觀空品：「言觀空者，謂無相妙慧照無相之境，内外並寂，緣觀俱空。」

〔一五〕結角羅紋：謂一種極複雜之打結方式，喻難理清之禪理。景德傳燈録卷三〇道吾和尚樂道歌：「稟性成，無揩改，結角羅紋不相礙。或運慈悲喜捨心，或即逢人以棒鬮。」智證傳：「明招謙禪師偈曰：『師子教兒迷子法，進前跳躑忽翻身。羅文結角交加處，鶻眼龍睛失却真。』」

〔一六〕圓伊三點：伊字三點畫作「∴」，亦稱圓伊。大般涅槃經卷二壽命品：「何等名爲祕密之藏？猶如伊字三點，若並則不成伊，縱亦不成。如摩醯首羅面上三目，乃得成伊三點。若別亦不得成，我亦如是。解脱之法亦非涅槃，如來之身亦非涅槃，摩訶般若亦非涅槃。三法各異，亦非涅槃。我今安住如是三法，爲衆生故，名入涅槃，如世伊字。」參見本集卷一二雲巖寶鏡三昧注〔三〕。

〔一七〕法本無差須揀擇：宗鏡録卷八一：「法本無差，隨義有別。從法生義，差別難明；因義顯法，一心易了。」黄龍祖心禪師據宗鏡録集冥樞會要卷下亦引此語。

〔一八〕楚雞元不是青鸞：其事本尹文子：「楚人擔山雉者，路人問：『何鳥也？』擔雉者欺之曰：『鳳凰也。』路人曰：『我聞有鳳凰，今直見之，汝販之乎？』曰：『然。』則十金弗與，請加倍，乃與之。將欲獻楚王，經宿而鳥死。路人不遑惜金，惟恨不得以獻楚王。國人傳之，咸以爲真鳳凰貴，欲以獻之。遂聞楚王，感其欲獻於己，召而厚賜之，過於買鳥之金十倍。」太平廣記卷四六一楚雞引笑林亦載此事，文字略異，「雉」作「雞」。天聖廣燈録卷一八翰林學士工部侍郎贈禮部尚書文公楊億：「侍(楊億)云：『海壇馬子似驢大。』廣云：『楚雞不是丹山鳳。』」又見禪林僧寶傳卷一六廣慧璉禪師傳。此化用其語。

〔一九〕「當機一鏃三關破」二句：景德傳燈録卷二九歸宗至真禪師智常頌一首：「一鏃破三關，分明箭後路。可憐大丈夫，先天爲心祖。」此借用其語意。　覿體：顯露本體。

〔二〇〕「雲林一塢正寥寥」二句：謂其山林居所寂寥無人，然張商英定不會清閒度日，辜負朝廷。

〔二一〕明日馬蕭蕭：暗示張商英即將受朝廷徵召，出門遠行。廓門注：「詩經車攻章曰：『蕭蕭馬鳴。』注：『蕭蕭，閒暇之貌。』老杜兵車行曰：『車轔轔，馬蕭蕭。』」錯按：李白送友人：「揮手自兹去，蕭蕭班馬鳴。」此用其意。

〔二二〕我亦從來徹骨貧：羅湖野録卷上：「靈源禪師蚤參承晦堂於黄龍，而清侍者之名著聞叢林。元祐七年，無盡居士張公漕江西，故欽慕之。是時靈源寓興化，公檄分寧邑官同諸山，勸請出世於豫章觀音。其命嚴甚，不得已，遂親出投偈辭免曰：『無地無針徹骨貧，利生深媿乏餘珍。廛中大施門難啓，乞與青山養病身。』」此謂己亦「無地無針徹骨貧」，意謂欲效靈源投偈辭免張商英請住峽州天寧寺之命。

〔二三〕誰知偏界不藏身：謂無處可藏身，而爲張商英力邀出山。本集卷一九華嚴居士贊：「偏界難藏，而應緣震旦。」

〔二四〕「住山鈯斧勞收取」二句：景德傳燈録卷五吉州青原山行思禪師：「遷又問曰：『曹谿大師還識和尚否？』師曰：『汝今識吾否？』曰：『識又爭能識得？』師曰：『衆角雖多，一麟足矣。』師令希遷持書與南嶽讓和尚曰：『汝達書了速迴。吾有箇鈯斧子，與汝住山。』」參見本集卷七次韻游南臺寺注〔二〕、〔四〕。廓門注：「『源』當作『原』」。鈯斧住山，石頭機緣也。師曰：『衆角雖多一麟足。』」錯按：輿地紀勝卷三一吉州景物下：「青原山，在廬陵縣。」然禪籍如祖堂集、天聖廣燈録、傳法正宗記等，或作「清源」。亦有作「青源」者，如嘉泰普燈録、禪林類聚等。

〔二五〕一笑相看萬事休：劉禹錫重答柳柳州：「黄髮相逢萬事休。」此借用其語。

〔二六〕挂名入社：謂挂名廬山淨土白蓮社。施注蘇詩卷七汪覃秀才久留山中以詩見寄次其韻：「投名入社有新詩。」注：「廬山蓮社雜録：『謝靈運欲投名入社，遠公不許。』」

孫侯見和復次韻五首〔一〕

仙郎齒頰嚼松風〔二〕，吟處晴巒翠倚空。佳句興來渾不惜㊀，一時傾出錦囊中〔三〕。

我亦聞絃知雅曲〔四〕，松風聲不類鳴鸞。相逢意氣須傾寫〔五〕，一任旁人冷眼看。

歷世興亡皆可數，平生不復似今朝。野居興味應無限，小字明窗校（拔）二蕭㊁〔六〕。

未展事功扶聖世，幅巾林下且收身。善谿廣坐看談笑〔七〕，駿氣騣騣地上麟〔八〕。

我固浮雲輕俗眼㊂，君真萱草可忘憂〔九〕。婦翁一室藏沙界〔一〇〕，興發時來把臂游〔一一〕。

【校記】

㊀惜：重刊貞和類聚祖苑聯芳集卷七作「借」。

㊁校：原作「拔」，誤，今據祖苑聯芳集改。

㊂固：祖苑聯芳集作「自」。

【注釋】

〔一〕崇寧三年夏作於峽州夷陵縣。孫侯：生平不可考，據後文再和答師復五首，孫侯當字師復。據此組詩之五「婦翁一室藏沙界」句，當爲張商英女壻。

〔二〕仙郎：青年男子之美稱，此稱孫侯。

〔三〕錦囊：唐文粹卷九九李商隱李賀小傳：「恒從小奚奴，騎距驢，背一古破錦囊。遇有所得，即書投囊中。」

〔四〕聞絃知雅曲：語本三國志吴書周瑜傳裴松之注引江表傳：「瑜曰：『吾雖不及夔曠，聞弦賞音，足知雅曲也。』」此謂己爲孫侯知音。已見前注。

〔五〕傾寫：同「傾瀉」。黄庭堅同堯民游靈源廟廖獻臣置酒用馬陵二字賦詩二首之一：「更願少尹賢，置酒意傾寫。」

〔六〕校：比較。　二蕭：廓門注：「二蕭未詳，南北朝蕭子雲善草隸。又蕭引字叔休，善書。未知是。」錯按：唐張懷瓘書斷卷中妙品：「梁蕭子雲，字景喬，晉陵人。父嶷。景喬官至侍中。少善草行小篆，諸體兼備，而創造小篆飛白，意趣飄然，點畫之際，若有騫舉，妍妙至極，難與比肩。但少乏古風，抑居妙品。故歐陽詢云：『張烏巾冠世，其後逸少、子敬又稱絶妙，爾飛而不白。蕭子雲輕濃得中，蟬翼掩素，游霧崩雲，可得而語。』其真草少師子敬，晚學元常，及其暮年，筋骨亦備，名蓋當世，舉朝效之。」同書卷下能品：「宋蕭思話，蘭陵人。父源。思話官至征西將軍、左僕射，工書。學於羊欣，得其體法。行草連岡盡望，勢不斷絶，雖無奇峰壁力之秀，亦可謂有功矣。王僧虔云：『蕭令法羊欣，風流媚態，殆欲不減，筆力恨弱。』袁昂云：『羊真、孔草、蕭行、范篆，各一時之妙也。』」據此，則二蕭當指蕭子雲、蕭思話。

〔七〕善谿：指善谿慧照庵，在峽州，已見前注。

〔八〕駿氣駸駸地上麟：以駿馬喻傑出人才，此譽孫傒。文選卷二八陸機挽歌詩三首之一：「翼翼飛輕軒，駸駸策素騏。」李善注：「毛詩曰：『乘其四駱，載驟駸駸。』」呂向注：「駸駸，馬奔貌。騏，良馬名。」山谷詩集注卷二送范德孺知慶州：「十年騏驎地上行。」任淵注：「老杜詩：『近聞下詔喧都邑，肯使麒麟地上行。』」麒麟，同騏驎，駿馬名。

〔九〕萱草可忘憂：詩衛風伯兮：「焉得諼草，言樹之背。」毛傳：「諼草令人忘憂。」釋文：「諼，本又作萱。」嵇康養生論：「合歡蠲忿，萱草忘憂，愚智所共知也。」

〔一〇〕婦翁：妻父，岳父。此指張商英。沙界：恒河沙數三千大千世界。

〔一一〕把臂：握持手臂，表示親密。

再和答師復五首〔一〕

愛君道骨有仙風〔二〕，人品渾如月在空。清論不窮霏鋸屑〔三〕，故應雲夢吐胸中〔四〕。

牛渚笑中曾捉月〔五〕，道山歸去亦乘鸞〔六〕。人間尚有餘緣在，又把塵編倒摺看〔七〕。

吾道如山欲撼搖，羣兒毀譽漫前朝〔八〕。冷看狂罵黃冠奕，却笑辛酸合爪蕭〔九〕。

有味新詩名不得，正如仙爪爲爬身〔一〇〕。此時風味無人會，想見麻姑擗脯麟〔一一〕。

八瓊洞口桃花笑〔一二〕，失却塵寰半世憂。聞道客亭炊未熟〔一三〕，坐看凍蟻夢中游〔一四〕。

【注釋】

〔一〕崇寧三年夏作於峽州夷陵縣。師復：此組詩爲再和答孫侯見和復次韻五首而作，故孫侯當字師復。本集卷一〇有師復作水餅供出五詩送別謝之，可參見。

〔二〕道骨有仙風：李白大鵬賦序：「余昔於江陵見天台司馬子微，謂余有仙風道骨，可與神游八極之表。」已見前注。

〔三〕清論不窮霏鋸屑：形容言辭滔滔不絕。晉書胡毋輔之傳：「澄嘗與人書曰：『彦國吐佳言如鋸木屑，霏霏不絕，誠爲後進領袖也。』」參見本集卷四與嘉父兄弟別於臨川復會毗陵注〔一〇〕。

〔四〕故應雲夢吐胸中：司馬相如子虚賦：「吞若雲夢者八九於其胸中，曾不蔕芥。」黄庭堅別蔣穎叔：「荆溪居士傲軒冕，胸吞雲夢如秋毫。」此以「吐」替「吞」，蓋平仄格律之需。

〔五〕牛渚笑中曾捉月：梅堯臣采石月贈郭功甫：「采石月下聞謫仙，夜披錦袍坐釣船。醉中愛月江底懸，以手弄月身翻然。不應暴落飢蛟涎，便當騎魚上青天。」趙令畤侯鯖録卷六：「世傳太白過采石，酒狂捉月，竊意當時槁殯於此。」方輿勝覽卷一五太平州：「采石山，在當塗北三十里。李白懇求還山，帝賜金放還，白嘗乘月與崔宗之自采石至金陵，著宮錦袍，坐舟中，旁若無人。」鍇按：捉月之傳説本在采石磯，此言牛渚，蓋因李白有夜泊牛渚懷古詩：「牛渚西江夜，青天無片雲。登舟望秋月，空憶謝將軍。余亦能高詠，斯人不可聞。明朝挂帆席，楓葉落紛紛。」方輿勝覽卷一五太平州：「牛渚山，在當塗縣北三十里。山下有磯，古津渡也。」牛渚去采石磯僅一里。此合牛渚詠月、采石捉月二事而用之。

〔六〕道山歸去亦乘鸞：言成仙之事，乘鸞赴道山。道山，指蓬萊仙山之類。已見前注。

〔七〕又把塵編倒摺看：謂其雖爲仙人，而俗緣未盡，當倒摺讀人間之圖書。明謝肇淛五雜組卷一三事部一：「内府秘閣所藏書甚寥寥，然宋人諸集十九，皆宋板也。書皆倒摺，四周外向，故雖遭蟲鼠齧，而中未損。」

〔八〕羣兒毁譽：韓愈調張籍：「李杜文章在，光燄萬丈長。不知羣兒愚，那用故謗傷。」此借用其語。

〔九〕「冷看狂罵黄冠奕」二句：新唐書傅奕傳：「武德七年，上疏極詆浮圖法……又上十二論，言益痛切。帝下奕議有司，唯道源佐其請。中書令蕭瑀曰：『佛，聖人也。非聖人者無法，請誅之。』奕曰：『禮，始事親，終事君。而佛逃父出家，以匹夫抗天子，以繼體悖所親。瑀非出空桑，乃尊其言。蓋所謂非孝者無親。』瑀不答，但合爪曰：『地獄正爲是人設矣。』帝善奕對，未及行，會傳位，止。」　黄冠：道士之冠，爲道士别稱。傅奕信道教，著老子注、老子音義，故稱黄冠奕。此似暗諷徽宗朝道士排佛之事。

〔一〇〕「有味新詩名不得」二句：喻讀新詩之快感如爬癢。杜牧讀韓杜集：「杜詩韓集愁來讀，似倩麻姑癢處搔。」蘇軾次韻答劉景文左藏：「故應好語如爬癢，有味難名只自知。」黄庭堅送吴彦歸番陽：「詩句唾成珠，笑嘲慍爬痒。」此化用其意。

〔一一〕麻姑擗脯麟：喻風味極美。神仙傳卷三王遠傳：「麻姑至，蔡經亦舉家見之。是好女子，年十八九許，於頂中作髻，餘髮散垂至腰。其衣有文章，而非錦綺，光彩耀日，不可名字，皆世所無有也。入拜方平，方平爲之起立。坐定，召進行厨，皆金玉盃盤，無限也。餚膳多是諸花菓，而香氣達於内外，擘脯而行之，如松柏炙，云：『是麟脯也。』」擗，同「擘」，析，剖開。脯，乾肉。麟，麒麟。

〔一二〕八瓊洞：張商英以其修黄籙醮法有功，道教徒尊爲八瓊洞主。陸游入蜀記卷四：「五日過白羊市，蓋峽州宜都縣境上。宜都，唐縣也。謁張文忠公天覺墓，殘伐墓木横道，幾不可行。天覺之子直龍圖閣茂已卒。二孫，一有官，病狂易；一白丁也。初作墓江濱，已而不果葬，改葬山間，今墓是也，而舊墓亦不復毁。啓隧道出入，中可容數十人坐。有道人結屋其旁守之。道人出一石刻，草書云：『莫將外物尋奇寶，須問真師决永鉛。寄八瓊張子高。鍾離權始自王屋游都下，弟子浮玉山人來乞此字。今又將西還，丹元子再請書卷之末。紹聖元年仲冬望日。』權即世所謂鍾離先生，子高即天覺，丹元子即東坡先生與之醻倡者。後有魏泰道輔跋云：『天覺修黃籙醮法成，浮玉山人謂之曰：「上天録公之功，爲須彌山八瓊洞主，宜刻印謝帝而佩之。」天覺不以爲信，故浮玉又出鍾離公書爲證。後丹元子又爲天覺求書卷末。』又有徐注者跋云：『天覺舟過真州，方出謁，有布衣幅巾者徑入舟中，索筆大書「閒人吕洞賓來謁張天覺」十字，擲筆即去。而天覺適歸，墨猶未乾。』注，真州人，云親見之。墳前碑樓壁間有詩一篇云：『秋風十驛望台星，想見冰壺照坐清。霖雨已回公旦駕，挽須聊聽野王箏。三朝元老心方壯，四海蒼生耳已傾。白髮故人來一別，却歸林下看昇平。』蓋魏道輔贈天覺詩，後人所題者。唐立夫舍人亦有一詩，末句云：『無碑堪墮淚，著句與招魂。』」洪咨夔平齋文集卷三白羊同行五六登無盡墓入義方傳慶寺讀鍾離公所書兩句贈八瓊張子高碑及吕公來訪事程教有詩次其韻：「鍾離權約同燒汞，吕洞賓呼共屑瓊。便合身隨笙鶴去，底須冠劍葬空塋。」（其一）「墓前蒼榦直能奇，勾引先生讀斷碑。見説嘉禾曾有頌，平生行止不須疑。」（其二）

〔一三〕客亭炊未熟：謂人生虛幻如夢。唐沈既濟枕中記略謂：盧生於邯鄲客店中遇道者吕翁。生自嘆窮困，翁乃授之枕，使入夢。生夢中歷盡富貴榮華。及醒，主人炊黃粱尚未熟。參見本集卷二次韻汪履道注〔四〕。

〔一四〕凍蟻夢中游：喻富貴得失無常。唐李公佐南柯記略謂：淳于棼居廣陵郡，所居宅南有大古槐一株。貞元七年，棼夢槐安國王來邀，爲駙馬，領南柯郡。既覺，尋槐下穴，有蟻數斛，中有大蟻處之，是其王矣，即槐安國都也。又窮一穴，直上南枝，亦有羣蟻，即生所領南柯郡也。此化用其意。蘇軾雪齋：「五月行人如凍蟻。」此借用其語。

天覺以雲庵畫像見寄謝之〔一〕

老師面目無尋處，藏在毗耶丈室中〔二〕。乞與盤山狂弟子，背抛筋斗撒顛風〔三〕。

【注釋】

〔一〕崇寧三年夏作於峽州夷陵縣。天覺：張商英字天覺。雲庵：真淨克文禪師。羅湖野録卷下：「逮崇寧三稘，寂音尊者謁無盡於峽州善谿。無盡曰：『昔見真淨老師於皈宗，因語及兜率所謂末後句。語尚未終，而真淨忽怒罵曰：此吐血秃丁，脱空妄語，不用信。既見其盛怒，不敢更陳曲折。然惜真淨不知此也。』寂音曰：『相公惟知兜率口授末後句，至於真淨老師真藥現前，而不能辨，何也？』無盡駭曰：『真淨果有此意耶？』寂音徐曰：『疑則有別參。』無盡於言下頓見真淨用處，即取家藏真淨肖像展拜，題贊其上，以授寂音曰：『雲庵綱宗，能用能照。冷面嚴眸，神光獨耀。孰傳其旨，覿露唯肖。前悦後洪，如融如肇。』厥後有以贊鑱石於仰山。」張商英寄雲庵畫像與惠洪事，即指此。

〔二〕「老師面目無尋處」二句：謂己師雲庵畫像爲張商英收藏。老師面目，既指畫像，亦雙關老師佛法之本來面目。毗耶丈室，毗耶城中維摩詰居士之方丈，代指商英居處。

〔三〕「乞與盤山狂弟子」二句：景德傳燈録卷七幽州盤山寶積禪師：「師將順世，告衆曰：『有人貌得吾真否？』衆皆將寫得真呈師，師皆打之。弟子普化出曰：『某甲貌得。』師曰：『何不呈似老僧？』普化乃打筋斗而出。師曰：『遮漢向後如風狂接人去在。』」此以盤山寶積禪師喻雲庵，以弟子普化喻己。

次天覺韻二首〔一〕

欲振雲庵出格風〔二〕，直教魔界化成空。此邦已屬張無盡，二佛難同一化中〔三〕。

百千萬億恒沙佛〔四〕，正眼觀來總是空。縱有毗耶方丈子〔五〕，爲渠權置睫眉中。

【注釋】

〔一〕崇寧三年夏作於峽州夷陵縣。

〔二〕雲庵出格風：古尊宿語録卷四二寶峰雲庵真淨禪師住洞山語録：「於此明得，作箇出格道人，動靜去來，五眼不能覩，十力不能知，堪受人天供養，日消萬兩黃金。」同書卷四三住廬山歸宗語録：「開堂日，宣疏罷，師拈香乃趺坐。棲賢長老白槌了，便有僧出問：『草庵孤坐，誰知出格家風？拄杖横空，未審是何宗旨？』師云：『雲開五老，水滿雙溪。』」此即所謂「雲庵逸格禪」，參見本集卷一一送僧歸石門注〔一一〕。出格：指超出常規之外，略同「逸格」。語本景德傳燈録卷九潭州潙山靈祐禪師：「百丈云：『若能對衆下得一語出格，當與住持。』」

〔三〕二佛難同一化中：宋釋知禮述觀無量壽佛經疏妙宗鈔卷一：「能説釋迦，所説彌陀，以此二人，而爲別目；經同一化，故曰通名。」二佛：指釋迦佛、彌陀佛，此以喻真淨克文、張商英二人，然反其意而用之，謂此邦已有無盡居士，不必再以雲庵禪教化之。此戲以示辭免住峽州天寧寺之意。

〔四〕百千萬億恒沙佛：極言不可勝數之佛。言「百千萬億恒沙」者，乃佛經常用語，意爲無數之數。法華經卷一方便品：「佛曾親近百千萬億無數諸佛，盡行諸佛無量法道。」

〔五〕毗耶方丈子：維摩詰居士，代指張商英。

余嘗問無盡居士曰往問悦公參素侍者有何言句無盡居士曰見悦説昔素問無爲如何説悦擬開口素大笑悦當有省宣師爲侍者余於叢林三見之矣政和元年又會於顯忠寺且欲歸江南作三偈送之〔一〕

青山自在人情外，白業空消垺土中〔二〕。歲晚一帆江海去，羣飛爭看刺天鴻〔三〕。

素公死後閑名在〔四〕，末後句如黄石書〔五〕。殺盡英雄人不見，子房兩眼似愁胡〔六〕。

無爲兩字如何説，開口知君病轉深。試問舊時宣侍者，不言不語笑吟吟。

【注釋】

〔一〕政和元年作於開封府。羅湖野録卷下：「石霜清素侍者，閩之古田毛巖，乃生縁也。晚遁湘西鹿苑，以閑淡自牧。兜率悦公時未出世，與之鄰。室有客，惠生茘支，悦命素曰：『此乃老人鄉果，可同餉也。』素慨然曰：『自先師去世，不見此矣。』悦從而問之：『師爲誰耶？』對以慈明。悦乃乘閑致密，款其緒餘。素因問：『子曾見何人？』悦以真淨文和尚告之。素曰：『文又見誰耶？』悦曰：『南禪師。』素曰：『南匾頭在石霜不久，其道盛如此。』悦益駭異。尋袖香咨扣，素曰：『吾福鮮縁寡，豈可爲人師？但子之見解，試吐露看。』悦即具陳。素云：『只可入佛，不可入魔。須知古德謂末後一句，始到牢關。』悦擬對，又遽問以『無爲如何説』。悦又擬對，而素忽高笑。悦恍然有得。故嘗以語無盡居士張公。……寂音亦有二偈示悦之侍者智宣云：『素公死後閑名在，末後句如黄石書。殺盡英雄人不見，子房兩眼似愁胡。』又曰：『無爲兩字如何説，開口知君病轉深。試問舊時宣侍者，不言不語笑吟吟。』噫！悦能扣素而不能忘其轍跡，致無盡隨墮其中。非寂音發真淨瞑眩之藥，何能愈無盡膏肓之疾耶？信宗師爲人，各有惠利，豈易測其涯涘哉！」本集作三偈，較羅湖野録多一偈。此事參見前天覺以雲庵畫像見寄謝之注〔一〕。　悅公：從悅禪師（一〇四四～一〇九一），贛州人，俗姓熊氏。嗣法真淨克文，爲惠洪法兄。元祐間住龍安兜率寺。政和元年張商英請追謚真寂禪師。五燈會元卷一七列臨濟宗黄龍派南嶽下十三世，商英爲其法嗣。　素侍者：清素禪師，嗣法石霜楚圓（即慈明禪師），爲臨濟宗南嶽下十一世。燈録、僧傳未載其事。宣師：贛州智宣和尚，兜率從悅法嗣，南嶽下十四世。續傳燈録卷二六列其名，而無機語。廓門注：「兜率慧宣嗣法於兜率悅也。」又注「宣侍者」謂「慧宣侍者也」，殊誤，蓋從悅法嗣有慧宣、智宣，按羅湖野録，此當爲智宣。　顯忠寺：在開封府，無考。嘉泰普燈録卷一二東京淨因佛慈蹣庵繼成禪師：「宣和六年春，詔住右街顯忠寺。」當即此寺。

〔二〕白業：善業，相對於黑業之稱。佛説白衣金幢二婆羅門緣起經卷上：「云何白業？謂不殺生，不偷盜，不邪染，不妄言，不綺語，不兩舌，不惡口，不貪，不瞋，正見，此是白業。」　坲土：當作勃土，即塵土。勃，乾粉末。莊綽雞肋編卷上：「世人謂塵爲勃土。」參見本集卷一仁老以墨梅遠景見寄作此謝之二首注〔一七〕。

〔三〕「歲晚一帆江海去」二句：謂張商英退隱江湖，笑看衆人競進仕途，飛黄騰達。韓愈祭柳子厚文：「子之文章，而不用世。乃令吾徒，掌帝之制。子之視人，自以無前。一斥不復，羣飛刺天。」蘇軾和晁同年九日見寄：「仰看鸞鵠刺天飛，富貴功名老不思。」

〔四〕素公：清素侍者。　閑名：虚閑不實之名。已見前注。

〔五〕末後句：謂徹悟極處所吐至極語，更無語句過之。前舉羅湖野録載清素語：「只可入佛，不可入魔。須知古德謂末後一句，始到牢關。」鍇按：「古德」指唐樂普元安禪師。景德傳燈録卷一六灃州樂普山元安禪師：「師示衆曰：『末後一句，始到牢關。鎖斷要津，不通凡聖。』」黄石書：黄石公所贈太公書。史記留侯世家：「良嘗閒從容步游下邳圯上，有一老父，衣褐，至良所，直墮其履圯下，顧謂良曰：『孺子下取履。』良愕然，欲毆之，爲其老，彊忍，下取履。父曰：『履我。』良業爲取履，因長跪履之。父以足受，笑而去。良殊大驚，隨目之。父去里所，復還，曰：『孺子可教矣。後五日平明，與我會此。』良因怪之，跪曰：『諾。』五日平明，良往，父已先在，怒曰：『與老人期，後，何也？』去，曰：『後五日早會。』五日鷄鳴，良往。父又先在，復怒曰：『後，何也？』去，曰：『後五日復早來。』五日，良夜未半往。有頃，父亦來，喜曰：『當如是。』出一編書曰：『讀此，則爲王者師矣。後十年興。十三年，孺子見我濟北，穀城山下黄石，即我矣。』遂去，無他言，不復見。旦日視其書，乃太公兵法也。……子房始所見下邳圯上老父與太公書者，後十三年，從高帝過濟北，果見穀城山下黄石，取而葆祠之。」鍇按：此謂張商英於從悦處得清素侍者末後一句，如張良於黄石公處得太公兵法。此以同姓事喻之。

〔六〕子房：張良字子房。似愁胡：九家集注杜詩卷一八畫鷹：「側目似愁胡。」注：「隋魏彦深鷹賦：『立如植木，望似愁胡。』趙云：晉孫楚鷹賦：『深目蛾媚，狀如愁胡。』」集千家注杜工部詩集卷一「側目似愁胡」句注曰：「以碧眼言之。」此借用其語。

次韻魯直寄靈源三首〔一〕

一觥春色紅鱗動〔二〕，數筆海山青玉開。耳熱浩歌無説處，却將佳句寫歸來。

已作閉門稀識面〔三〕，千金爭購暮年書〔四〕。空餘修水連天碧〔五〕，白鳥時來烱自如〔六〕。

閲世竟爲蝸角事〔七〕，不妨閑作虎頭癡〔八〕。平生筆語難傳處，獨許靈源大士知〔九〕。

【注釋】

〔一〕崇寧四年作於洪州分寧縣黄龍山。魯直（黄庭堅）寄靈源（黄龍惟清）三首，乃崇寧三年中秋作於宜州，見山谷内集詩注卷二〇寄黄龍清老三首：「萬山不隔中秋月，一雁能傳寄遠書。深密伽陀枯戰筆，真成相見問何如。」「風前橄欖星宿落，日下桄榔羽扇開。昭默堂中有相憶，清秋忽遣化人來。」「騎驢覓驢但可笑，非馬喻馬亦成癡。一天月色爲誰好？二老風流只自知。」此組次韻詩第一、二首用韻與原詩順序互换。

〔二〕一觥春色紅鱗動：廓門注：「此句謂酒。」紅鱗，指杯中酒色。如本集卷八任价玉館東園十題如春軒：「杯面吹紅鱗。」卷九閻資欽提舉生辰：「浮蟻皺紅鱗。」

〔三〕已作閉門稀識面：謂黄庭堅謫居宜州，閉門稀見客。冷齋夜話卷八范堯夫揖客對卧：「范堯夫謫居永州，閉門，人稀識面。客苦欲見者，或出，則問寒暄而已。」

〔四〕千金爭購暮年書：宋董更書録中篇：「豫章先生傳云：公楷法妍媚，自成一家。游荆州，得古本蘭亭，愛玩之不去手。因悟古人用筆意，作小楷日進。曰：『他日當有知我者。』草書尤奇。公殁後，人爭購之，一紙千金。」

〔五〕修水：方輿勝覽卷一九江南西路隆興府：「修水，在分寧西六十里，其源自郡城東北流六百三十八里至海昏，又東流百二十里入彭蠡湖。以其遠，故曰修水。」庭堅分寧人，故以修水言之。

〔六〕白鳥時來炯自如：杜甫瀼西寒望：「猿挂時相學，鷗行炯自如。」此借用其語。

〔七〕蝸角事：喻極微不足道之事。莊子則陽：「有國於蝸之左角者，曰觸氏；有國於蝸之右角者，曰蠻氏。時相與爭地而戰，伏尸數萬，逐北旬有五日而後反。」郭象注：「誠知所爭者若此之細也，則天下無爭矣。」黄庭堅元豐癸亥經行石潭寺見舊和栖蟾詩甚可笑因削柎滅藁别和一章：「千里追犇兩蝸角，百年得意大槐宫。」

〔八〕不妨閑作虎頭癡：黄庭堅飲潤父家：「要似虎頭癡，何須樗里癭。」晉書顧愷之傳：「俗傳愷之有三絶：才絶，畫絶，癡絶。」顧愷之小字虎頭，故曰虎頭癡。已見前注。

〔九〕靈源大士：山谷内集詩注卷一六自巴陵略平江臨湘入通城無日不雨至黄龍奉謁清禪師繼而晚晴邂逅禪客戴道純款語作長句呈道純：「靈源大士人天眼，雙塔老師諸佛機。」任淵注：「惟清禪師，自號靈源叟，即雙塔之法嗣。初，晦堂祖心禪師得法于黄龍山惠南，南死，塔于山中。其後心亦葬南公塔東，號雙塔。事具洪覺範僧寶傳。山谷常參問晦堂，爲之塔銘。其于靈源，待以師友，常與徐師川書曰：『平生所見士大夫，人品未有出此公之右者。』」

了翁謫廉欲置華嚴託余將來以六偈見寄其略曰杖頭多少閒田地挑取華嚴入嶺來次韻寄之〔一〕

十方刹海毫端具〔二〕，一念交參無別路。妙明廓徹不依他〔三〕，當念無來亦無去〔四〕。

妙極玄微亦昧機，須明句裏電光飛。眼開做夢圭峰老〔五〕，笑倒鹽官百衲師〔六〕。

平生百事耳邊風〔七〕，儘聽人嘲詐啞聾。跌著起來還一笑，何須半夜上孤峰〔八〕。

覷邏牛兒亦久如〔九〕，於今正好撫憐渠。但能收放知時節，吒吒常教旁屋廬〔一〇〕。

因法相逢一笑開〔一一〕，俯看浮世（出）過飛埃㊀〔一二〕。湘南嶺外休分別㊁，圓寂光中共往來。

根機饒我三千倍，純熟輸君一百籌〔一三〕。誰似夢中憂患裏，飯餘要睡即齁齁〔一四〕。

【校記】

㊀ 世：原作「出」，誤，今據冷齋夜話、雲臥紀談改。參見注〔一〕。

㈡湘南：冷齋夜話、雲卧紀談作「湖湘」。

【注釋】

〔一〕崇寧二年夏作於潭州善化縣雲蓋山。了翁：陳瓘字瑩中，號了翁，又號華嚴居士。崇寧二年正月除名編管廉州。參見本集卷三陳瑩中由左司諫謫廉相見於興化同渡湘江宿道林寺夜論華嚴宗注〔一〕。冷齋夜話卷七負華嚴經入嶺大雪二偈：「陳瑩中謫合浦，時予在長沙，以書抵予，爲負華嚴入嶺。有偈曰：『大士游方興盡回，家山風月絶纖埃。杖頭多少閑田地，挑取華嚴入嶺來。』予和之曰：『因法相逢一笑開，俯看人世過飛埃。湖湘嶺外休分別，圓寂光中共往來。』」雲卧紀談卷上：「寂音尊者，崇寧元年夏於長沙雲蓋。是時陳公瓘瑩中謫嶺外，以偈見寄，且欲其爲負華嚴經入嶺。偈曰：『大士游方興盡回，家山風月絶纖埃。杖頭多少閑田地，挑取華嚴入嶺來。』寂音和之曰：『因法相逢一笑開，俯看人世過飛埃。湖湘嶺外休分別，圓寂光中共往來。』其後，寂音坐與公游而獲譴。」鍇按：陳瓘六偈今僅存一偈。

〔二〕十方刹海毫端具：華嚴經卷六一入法界品：「十方刹海微塵數，十方所有諸國土，一切刹海微塵數，悉入如來毛孔中。」

〔三〕妙明廓徹：唐裴休注華嚴法界觀門序：「法界者，一切衆生身心之本體也。從本已來，靈明廓徹，廣大虚寂，唯一真之境而已。」本集卷一七送澄禪者入蔣山：「妙明廓徹圓當念，念未圓明顛倒轉。」

〔四〕當念無來亦無去：華嚴經卷七世界成就品：「一切廣大諸刹土，如影如幻亦如焰。十方不見所從生，亦復無來無去處。」

〔五〕眼開做夢：睜眼所見皆爲夢境。本集卷一一廓然再和復答之六首之五：「湖山昔夢雖非實，開睫今游未必真。」卷二〇夢蝶齋銘：「紛紛萬緒，成我日用。睨而視之，開睫之夢。」均是此意。　圭峰老：唐釋宗密，俗姓何氏，果州西充人。元和二年出家。初事道圓禪師，復師事華嚴宗四祖澄觀，是爲華嚴宗五祖。嘗住終南山圭峰草堂寺，故世稱「圭峰」。專事佛學著述，以華嚴爲宗，用禪理加以折中。著有華嚴原人論、注華嚴法界觀門、華嚴心要法門注、注華嚴法界觀科文、禪源諸詮集都序、圓覺經大小疏鈔等。事具宋高僧傳卷六、景德傳燈録卷一三。

〔六〕笑倒鹽官百衲師：景德傳燈録卷七杭州鹽官齊安禪師：「有講僧來參。師問云：『坐主藴何事業？』對云：『講華嚴經。』師云：『有幾種法界？』對云：『廣説則重重無盡，略説有四種法界。』師豎起拂子云：『遮箇是第幾種法界？』坐主沈吟，徐思其對。師云：『思而知，慮而解，是鬼家活計。日下孤燈，果然失照。』」此謂圭峰宗密輩講華嚴經之僧，足讓鹽官齊安禪師譏笑。

〔七〕耳邊風：俗語，喻聽而不聞。唐杜荀鶴贈題兜率寺閒上人院：「百歲有涯頭上雪，萬般無染耳邊風。」宋王楙野客叢書卷二四稱「唐人有以俗字入詩中用者」，其例即有「萬般無染耳邊風」。

〔八〕「跌著起來還一笑」二句：戲謂不必以遷謫爲意，跌倒起來即樂，何須如惟儼禪師半夜上孤峰頂大笑。景德傳燈録卷一四澧州藥山惟儼禪師：「師一夜登山經行，忽雲開見月，大笑一聲，應澧陽東九十許里。居民盡謂東家，明晨迭相推問，直至藥山。徒衆云：『昨夜和尚山頂大笑。』李翺再贈詩曰：『選得幽情愜野情，終年無送亦無迎。有時直上孤峰頂，月下披雲笑一聲。』」

〔九〕覷邏牛兒亦久如：謂牧牛巡視時間久長，以喻長時調養心性。　覷邏：伺視巡邏。本集卷二四送演勝遠序：「日夕覷邏，不啻如望嬰兒之長也。」此詞本集之外，未見他例，疑惠洪自創。　久如：久之，時間長。山谷内集詩注卷六子瞻以子夏丘明見戲聊復戲答：「喜公新賜紫琳腴，上清虚皇對久如。」任淵注：「對久如，謂奏對久之。南有嘉魚詩箋曰：『烝然，猶言久如也。』維摩經曰：『舍利弗言：天止此室，其已久如。』王介甫詩：『看雲坐久如。』」

〔一〇〕吒吒：叱牛聲。元稹田家詞：「牛吒吒，田确确，旱塊敲牛蹄趵趵。」廓門注：「吒，按字書，怒也。或謂哆哆和和歟？須考知。」其注未當。

〔一一〕因法相逢一笑開：隋釋灌頂隋天台智者大師别傳：「我與汝等因法相遇，以法爲親，傳習佛燈，是爲眷屬。」此言己與陳瓘因篤信佛法而相逢。

〔二〕浮世：底本作「浮出」，義不通，冷齋夜話、雲卧紀談作「人世」。合而論之，當作「浮世」，「出」乃涉形近而誤。本集多用「浮世」一詞，如卷三再游三峽贈文上人：「浮世百年那免此。」卷五次韻題顒顒軒：「青眼特開浮世少。」卷一〇廬山寄都下邦基德祖諸故人：「浮世萬途成底事。」廓門注：「『出』當作『世』歟？」其説甚是。

〔三〕「根機饒我三千倍」二句：謂即便己之根機勝出甚多，然於華嚴佛法之純熟工夫却遠輸於陳瓘。蘇軾九日次韻王鞏：「鬢霜饒我三千丈，詩律輸君一百籌。」此用其語意且模仿其句法。　饒我：讓我。　籌：籌馬，投壺記勝負輸贏之具，後博局亦稱計數之具爲籌。

〔四〕齁齁：鼾聲，鼻息聲。蘇軾歐陽晦夫惠琴枕：「孤鸞別鶴誰復聞，鼻息齁齁自成曲。」

寄華嚴居士三首〔一〕

仰惟陛下實英主，鑄印消印如沛公〔二〕。補天正賴女媧手〔三〕，萬物吐氣思春風。

文章日月不能老〔四〕，忠義姦邪膽自磨。公能一念了萬法，奈此功名未放何。

謝公捉鼻知不免〔五〕，整頓乾坤民望深〔六〕。勿嗔禿頭預世事〔七〕，我是同時支道林〔八〕。

【注釋】

〔一〕崇寧五年春作於洪州奉新縣百丈山。　華嚴居士：陳瓘自號。宋史徽宗紀二：「崇寧五年春正月戊戌，彗出西方，其長竟天。……乙巳，以星變，避殿損膳，詔求直言闕政。毁元祐黨人碑。復謫者仕籍，自今言者勿復彈糾。丁未，太白晝見，赦天下，除黨人一切之禁。……庚戌，詔崇寧以來左降者，各以存歿稍復其官，盡還諸徙者。」陳了翁年譜：「崇寧五年正月，彗星出西方，其長竟天。大赦，毁黨碑。公以星赦量移郴州，得自便。」此組詩當作於陳瓘遇赦後。參見本集卷三陳瑩中自合浦遷郴州時余同粹中寓百丈粹中請迓之以病不果粹中獨行作此送之。

〔二〕「仰惟陛下實英主」二句：謂宋徽宗知錯就改，初立元祐黨人碑，復毁碑，英明如漢高祖鑄六國印復銷毁之。史記留侯世家：「漢三年，項羽急圍漢王滎陽。漢王恐憂，與酈食其謀橈楚權。食其曰：『昔湯伐桀，封其後於杞；武王伐紂，封其後於宋。今秦失德棄義，侵伐諸侯社稷，滅六國之後，使無立錐之地。陛下誠能復立六國後世，畢已受印，此其君臣百姓必皆戴陛下之德，莫不鄉風慕義，願爲臣妾。德義已行，陛下南鄉稱霸，楚必斂衽而朝。』漢王曰：『善。趣刻印，先生因行佩之矣。』食其未行，張良從外來謁。漢王方食，曰：『子房前！客有爲我計橈楚權者。』具以酈生語告，曰：『於子房何如？』良曰：『誰爲陛下畫此計者？陛下事去矣。』漢王曰：『何哉？』張良對曰：『臣請藉前箸爲大王籌之……誠用客之謀，陛下事去矣。』漢王輟食吐哺，駡曰：『豎儒幾敗而公事。』令趣銷印。」沛公，即漢高祖劉邦。史記高祖本紀：「父老乃率子弟共殺沛令，開城門迎劉季。乃立季爲沛公。」鍇按：冷齋夜話卷一古人貴識其真：「漢高帝臨大事，鑄印銷印，甚於兒戲。然其正直明白，照映千古，想見其爲人。」

〔三〕補天正賴女媧手：廓門注：「史記：天柱坼，地維絶，女媧乃煉五色石以補天。」淮南子覽冥：「往古之時，四極廢，九州裂，天不兼覆，地不周載，火濫炎而不滅，水浩洋而不息，猛獸食顓民，鷙鳥攫老弱。於是，女媧煉五色石以補蒼天，斷鰲足以立四極，殺黑龍以濟冀州，積蘆灰以止淫水。蒼天補，四極正，淫水涸，冀州平，狡蟲死，顓民生。」

〔四〕文章日月不能老：唐王季友滑中贈崔高士瓘：「日月不能老，化腸爲筋不？」此借用其成句。

〔五〕謝公捉鼻知不免：喻陳瓘之富貴不可避免。世説新語排調：「初，謝安在東山居布衣時，兄弟已有富貴者，翕集家門，傾動人物。劉夫人戲謂安曰：『大丈夫不當如此乎？』安乃捉鼻曰：『但恐不免耳！』」

〔六〕整頓乾坤：杜甫洗兵行：「二三豪俊爲時出，整頓乾坤濟時了。」此借用其語。　民望深：世説新語排調：「謝公在東山，朝命屢降而不動。後出爲桓宣武司馬，將發新亭，朝士咸出瞻送。高靈時爲中丞，亦往相祖。先時，多少飲酒，因倚如醉，戲曰：『卿屢違朝旨，高卧東山，諸人每相與言：「安石不肯出，將如蒼生何？」今亦蒼生將如卿何？』謝笑而不答。」

〔七〕勿嗔秃頭預世事：宋陳善捫虱新話上集卷二辨惠洪論東坡：「然予笑覺範亦自有癖，常好作詩。陳瑩中以書痛誡之曰：『比丘以寂默爲事，五十三善知識中，惟法雲等五人可名比丘。彼於行住坐卧，所爲所念，永與世隔。公既不忘僧事，直欲追侶先覺，則於世間文字，不宜貪著太深。』書數千言，然覺範爲之不衰。」　秃頭：指和尚，此自稱。

〔八〕我是同時支道林：謂我與陳瓘交往，如支遁從謝安交游，何妨略預世事。廓門注：「謝安與道林爲交，故言也。」參見前初到善谿慧照庵寄張無盡五首注〔一一〕。

瑩中南歸至衡陽作六首寄之〔一〕

回雁峰前醉眼醒〔二〕，卧看波影蘸空青。起來一笛春風晚，萬里無雲月滿汀。

醉裏南游亦偶然，歸來客舍夢初圓。袖中滄海頃傾出〔三〕，要看毫端浪拍天。

勝（喧）熱婆羅大火聚㊀〔四〕，無厭足王刀鋸場〔五〕。聞道飽參俱透過，來尋初友見清涼〔六〕。

爭道頭陀再應緣，那知南畝不陳鮮〔七〕。君看提起超情句，馬得幡竿尾指天〔八〕。

禮拜起來無伎倆〔九〕，拈花笑裏有精神〔一〇〕。何如眼倦抛書睡，一枕雷霆撼四鄰〔一一〕。

笑看癡蠅遭唾涴〔一二〕，絶憐香象截流過〔一三〕。歸來兒女團圞坐〔一四〕，羸得心如古井波〔一五〕。

【校記】

㊀勝：原作「喧」，誤，今改。參見注〔四〕。

【注釋】

〔一〕崇寧五年初夏作於洪州分寧縣黄龍山。瑩中：即陳瓘。南歸：此指自南而歸，實即北歸。衡陽：衡州州治，在郴州之北。參見本集卷一四粹中自郴江瑩中與南歸時余在龍山容泯齋爲誦唐詩入郭隨緣住思山破夏歸之句爲韻十首。

〔二〕回雁峰：輿地紀勝卷五五荆湖南路衡州：「回雁峰，在州城南。或曰：『雁不過衡陽。』或曰：『峰勢如雁之回。』徐靈期南嶽記曰：『南嶽周迴八百里，回雁爲首，嶽麓爲足。』」

〔三〕袖中滄海：蘇軾文登蓬萊閣下石壁千丈爲海浪所戰時有碎裂：「我持此石歸，袖中有東海。」

〔四〕勝熱婆羅大火聚：華嚴經卷六四入法界品：「仙人言：『善男子！於此南方，有一聚落，名伊沙那；有婆羅門，名曰勝熱。汝詣彼問：菩薩云何學菩薩行、修菩薩道？』時善財童子歡喜踊躍，頂禮其足，遶無數匝，慇懃瞻仰，辭退南行。……漸次游行，至伊沙那聚落，見彼勝熱，修諸苦行，求一切智，四面火聚猶如大山，中有刀山高峻無極，登彼山上投身入火。時善財童子頂禮其足，合掌而立，作如是言：『聖者！我已先發阿耨多羅三藐三菩提心，而未知菩薩云何學菩薩行？云何修菩薩道？我聞聖者善能誘誨，願爲我説！』婆羅門言：『善男子！汝今若能上此刀山，投身火聚，諸菩薩行悉得清淨。』」　底本「勝」作「喧」，廓門注：「『喧』當作『勝』。」其説甚是。本集卷二一五慈觀閣記：「如勝熱婆羅之火聚，無厭足王之刀鋸。」亦可證當作「勝」字。

〔五〕無厭足王刀鋸場：華嚴經卷六六入法界品：「長者告言：『善男子！於此南方，有一大城，名多羅幢；彼中有王，名無厭足。汝詣彼問：菩薩云何學菩薩行、修菩薩道？』時善財童子禮普眼足，遶無量匝，慇懃瞻仰，辭退而去。……漸次游行，經歷國土、村邑、聚落，至多羅幢城，問無厭足王所在之處，諸人答言：『此王今者在於正殿，坐師子座。……』時善財童子依衆人語，尋即往詣。遥見彼王坐那羅延金剛之座。……以離垢繒而繫其頂，十千大臣前後圍遶，共理王事。其前復有十萬猛卒，形貌醜惡，衣服褊陋，執持器仗，攘臂瞋目，衆生見者無不恐怖。無量衆生犯王教敕，或盜他物，或害他命，或侵他妻，或生邪見，或起瞋恨，或懷貪嫉，作如是等種種惡業，身被五縛，將詣王所，隨其所犯而治罰之。或斷手足，或截耳鼻，或挑其目，或斬其首，或剥其皮，或解其體，或以湯煮，或以火焚，或驅上高山推令墮落。有如是等無量楚毒，發聲號叫，譬如衆合大地獄中。」

〔六〕「聞道飽參俱透過」二句：陳瓘南謫廉州，嘗託惠洪挑華嚴經入嶺，今飽經磨難，參透華嚴佛理，將見老友惠洪，如善財童子南詢遍參五十三善知識，入彌勒大莊嚴樓閣已，彌勒却令復見初友文殊。參見前又次韻答之十首注〔一二〕。清涼：謂文殊菩薩，以住清涼山，故稱。華嚴經卷四五諸菩薩住處品：「東北方有處，名清涼山，從昔已來，諸菩薩衆於中止住。現有菩薩，名文殊師利。」此亦雙關與「大火聚」相對之「清涼」。廓門注：「覺範住應天府清涼寺，故言也。」鍇按：此組詩作於崇寧五年陳瓘遇赦北歸時，惠洪住持江寧府清涼寺，在此後大觀三年，豈可預先知之？此清涼乃以文殊自喻，非住清涼寺之謂也。

〔七〕「爭道頭陀再應緣」二句：似謂陳瓘前世爲頭陀，今世應緣而生，躬耕南畝。頭陀：梵文音譯，意爲抖擻，即去掉塵垢煩惱，指苦行僧人。下組詩李光祖自了翁法窟來訪余於鍾山留十日方知鼻孔大頭向下既行作六首送之有「南畝頭陀」，即指陳瓘。南畝，語本歐陽修出郊見田家蠶麥已成慨然有感：「收取玉堂揮翰手，却尋南畝把鋤犂。」

〔八〕馬得幡竿尾指天：景德傳燈録卷二二朗州德山緣密禪師：「問：『百華未發時如何？』師曰：『黄河水渾流。』曰：『發後如何？』師曰：『幡竿頭指天。』」古尊宿語録卷四二寶峰雲庵真淨禪師住筠州聖壽語録：「僧問：『十方佛土中，唯有一乘法。如何是一乘法？』師云：『百尺幡竿尾指天。』」此借用其語。

〔九〕禮拜起來無伎倆：六祖大師法寶壇經機緣品：「有僧舉卧輪禪師偈曰：『卧輪有伎倆，能斷百思想。對境心不起，菩提日日長。』師聞之，曰：『此偈未明心地，若依而行之，是加繫縛。』因示一偈曰：『惠能没伎倆，不斷百思想。對境心數起，菩提作麽長？』」

〔一〇〕拈花笑裏有精神：宋釋智昭人天眼目卷五宗門雜録拈花：「王荆公問佛慧泉禪師云：『禪家所謂世尊拈花，出在何典？』泉云：『藏經亦不載。』公曰：『余頃在翰苑，偶見大梵天王問佛決疑經三卷，因閲之，經文所載甚詳。梵王至靈山，以金色波羅花獻佛，舍身爲牀座，請佛爲衆生説法。世尊登座，拈花示衆，人天百萬，悉皆罔措，獨有金色頭陀破顔微笑。世尊云：「吾有正法眼藏，涅槃妙心，實相無相，分付摩訶大迦葉。」此經多談帝王事佛請問，所以祕藏，世無聞者。』」

〔一一〕一枕雷霆撼四鄰：蘇軾次韻劉貢父李公擇見寄二首之一：「少思多睡無如我，鼻息雷鳴撼四鄰。」此化用其語。

〔一二〕笑看癡蠅遭唾涴：大般涅槃經卷三一師子吼菩薩品：「譬如蒼蠅，爲唾所粘，不能得出。是人亦爾，於小罪中，不能自出。心初無悔，不能修善，覆藏瑕疵，雖有過去一切善業，悉爲是罪之所垢污。」

〔一三〕絶憐香象截流過：景德傳燈録卷一七撫州曹山本寂禪師：「師問彊德上坐曰：『菩薩在定，聞香象渡河，出什麽經？』曰：『出涅槃經。』」鍇按：大般涅槃經卷二三光明遍照高貴德王菩薩品：「譬如有河，第一香象不能得底，則名爲大。聲聞緣覺至十住菩薩不見佛性，名爲涅槃，非大涅槃。若能了了見於佛性，則得名爲大涅槃也。是大涅槃，唯大象王能盡其底。大象王者，謂諸佛也。」又優婆塞戒經卷一三種菩提品：「如恒河水，三獸俱渡，兔、馬、香象。兔不至底，浮水而過；馬或至底，或不至底；象則盡底。恒河水者，即是十二因緣河也。聲聞渡時，猶如彼兔；緣覺渡時，猶如彼馬；如來渡時，猶如香象，是故如來得名爲佛。聲聞、緣覺雖斷煩惱，不斷習氣，如來能拔一切煩惱、習氣根原，故名爲佛。」

〔一四〕歸來兒女團圞坐：景德傳燈録卷八襄州居士龐藴：「有偈曰：『有男不婚，有女不嫁。大家團欒頭，共説無生話。』」團圞，猶團欒，團聚貌。此以龐藴喻陳瓘。

〔一五〕嬴得：同「贏得」。宋釋重顯祖英集卷下送邃悟上人之會稽：「惠休此去多吟賞，贏得清風價轉高。」心如古井波：喻心情平靜。白居易贈元稹：「無波古井水，有節秋竹竿。」

李光祖自了翁法窟來訪余於鍾山留十日方知鼻孔大頭向下既行作六首送之〔一〕

應思靈鷲多年別〔二〕，來作鍾山十日留。一句鶻崙難劈破〔三〕，風泉松月夜堂幽。

南畝頭陀施毒手〔四〕，北山道者起慈心〔五〕。解於糞掃堆頭笑，拾得茸穿穴鼻針〔六〕。

六根清淨精進力〔七〕，二熱消亡法供真〔八〕。舌本青蓮香不歇〔九〕，色身三昧現塵塵〔一〇〕。

分身可集呈真僞，寶塔能言透死生〔一一〕。佛眼尚難窺向背，謾煩機巧並頭爭〔一二〕。

一切女人皆障道〔一三〕，十分厚味最傷生〔一四〕。登牀未敢期穿屨〔一五〕，見慢須防起現行〔一六〕。

履豨（稀）瘦處却知肥㊀〔一七〕，問物須防獄治之〔一八〕。虎穴魔宮同止住〔一九〕，寒灰枯木是男兒〔二〇〕。

【校記】

㊀豨：原作「稀」，誤，今從廓門本。

【注釋】

〔一〕大觀三年夏作於江寧府鍾山。李光祖：李郁（一〇八七～一一五一）字光祖，陳瓘甥，元祐黨人李深子。萬姓統譜卷七二：「李郁，字光祖，光澤人。少從楊時學，時妻以女。紹興初，嘗被召入對便殿。既還家，築室西山，學者號曰西山先生。其卒也，朱熹誌其墓。所著有易傳參同契、論孟遺稿。」事具晦庵先生朱文公文集卷九〇西山先生李公墓表。冷齋夜話卷一〇陳瑩中此集食豬肉鰣魚：「陳瑩中謫通州，夜讀洛浦録，乃大有所悟。斂目長息曰：『此句唯覺範可解，然渠在海外，吾無定光佛手，何能招之？』又曰：『吾甥李郁光祖者，覺範所愛，當呼來，授以此句。覺範倘有生還之幸，而吾以去死不遠，恐隔生，則托光祖授之，如大陽直掇付遠録公耳。』於是光祖自邵武跰足至通。瑩中熟視彌月，曰：『非寄附所可，姑置之。』」　了翁：即陳瓘。據陳了翁年譜，陳瓘時居浙江明州。　法窟：本指佛寺，此代指陳瓘學佛修行處。　鼻孔大頭向下：禪門習語，似意謂透生死。　建中靖國續燈録卷五越州諸暨鍾山報恩禪院譚禪師：「問：『杖錫已居於此日，請師一句利人天。』師云：『鼻孔大頭向下。』」同書卷一〇汀州開元智譚禪師：「僧曰：『如何是塔中人？』師云：『鼻孔大頭向下。』」古尊宿語録卷四〇雲峰悦禪師初住翠巖語録：「上堂。僧問：『承教有言：唯此一事實，餘二即非真。如何是此一事？』師云：『鼻孔大頭向下。』」同書卷四一雲峰悦禪師初住翠巖語録：「師嘉祐七年七月將示寂，上堂有頌：『住世六十五年，爲僧五十七夏。玄徒休問指歸，鼻孔大頭向下。』」

〔二〕應思靈鷲多年别：謂己與李郁前世有共聽靈山法會之宿緣，而一别多年。續高僧傳卷一七隋國師智者天台山國清寺釋智顗傳：「詣光州大蘇山慧思禪師，受業心觀。……思每歎曰：『昔在靈山同聽法華，宿緣所追，今復來矣。』即示普賢道場，爲説四安樂行。顗乃於此山行法華三昧。始經三夕，誦至藥王品『心緣苦行』至『是真精進』句，解悟便發。見共思師處靈鷲山七寶淨土，聽佛説法。故思云：『非爾弗感，非我莫識，此法華三昧前方便也。』」此借用其事。

〔三〕一句鶻崙難劈破：禪林僧寶傳卷三〇黃龍佛壽清禪師傳贊曰：「生死鶻崙誰劈破，披露夢中根境法。」 鶻崙：即囫圇，渾然一體之意。參見本集卷一三送太淳長老住明教注〔三〕、三月二十八日棗柏大士生辰六首注〔一六〕。

〔四〕南畝頭陀：代指陳瓘。前瑩中南歸至衡陽作六首寄之有「爭道頭陀再應緣，那知南畝不陳鮮」之句，可參見。 毒手：殺人之狠毒手段，禪宗以喻斷絕理路、不立文字之極端手段。已見前注。

〔五〕北山道者：惠洪自稱。蓋鍾山在金陵之北，又稱北山，南朝齊孔稚珪北山移文：「鍾山之英，草堂之靈。」惠洪時寓居此，故稱。

〔六〕「解於糞掃堆頭笑」二句：筠州洞山悟本禪師語録：「師問雲巖：『某甲有餘習未盡。』巖曰：『汝曾作甚麽來？』師曰：『聖諦亦不爲。』巖曰：『還歡喜也未？』師曰：『歡喜則不無，如糞掃堆頭拾得一顆明珠。』」此化用其意。 糞掃堆：糞土堆，穢土堆。 茸：刺繡用之絲線。 穴鼻針：其針尾有引線之孔，孔稱針鼻，如穿透鼻孔。北周庾信七夕賦：「縷條緊而貫矩，針鼻細而穿空。」鍇按：禪門習語「穴鼻針」，首見於此詩，後之禪籍多用之，如環溪惟一禪師語録卷下祖師讚朝陽穿破衲：「一條屈曲無絲線，半寸彎拳穴鼻針。補得完全成一片，舉頭紅日到天心。」希叟紹曇禪師語録卷七朝陽：「破襴衫，閑抖擻。穴鼻針，穿不透。穿得透，日出扶桑，朝朝如舊。無絲線，拽不斷。盡力提撕，日勢稍晚，驢年成片段。」

〔七〕六根清淨精進力：法華經卷六常不輕菩薩品：「是比丘臨欲終時，於虚空中，具聞威音王佛先所説法華經二十千萬億偈，悉能受持，即得如上眼根清淨、耳鼻舌身意根清淨。得是六根清淨已，更增壽命二百萬億那由他歲，廣爲人説是法華經。」

〔八〕二熱：指生與死中所受熱惱。法華經卷二信解品：「我等以三苦故，於生死中受諸熱惱。」

〔九〕舌本青蓮香不歇：法華經卷六藥王菩薩本事品：「若有人聞是藥王菩薩本事品，能隨喜讚善者，是人現世口中常出青蓮華香，身毛孔中常出牛頭栴檀之香。」又舌根生蓮花事參見本卷贈誦法華僧注〔三〕。

〔一〇〕色身三昧現塵塵：藥王菩薩本事品：「我得現一切色身三昧，皆是得聞法華經力。」塵塵：世界。東坡詩集注卷二四遷居：「念念自成劫，塵塵各有際。」趙次公注：「佛家以世界爲塵，塵塵有際，言物各有世界。」

〔一一〕「分身可集呈真僞」二句：法華經卷四見寶塔品：「此寶塔中有如來全身，乃往過去東方無量千萬億阿僧祇世界，國名寶淨，彼中有佛，號曰多寶。……是多寶佛，有深重願：『若我寶塔，爲聽法華經故，出於諸佛前時，其有欲以我身示四衆者，彼佛分身諸佛，一一在於十方世界説法，盡還集一處，然後我身乃出現耳。』」參見本卷讀法華五首注〔八〕。

〔一二〕機巧並頭爭：謂頭挨頭互不相讓，用盡機巧，爭名奪利。本集屢以「並頭爭」形容世間爭奪，如卷二王表臣忘機堂次蔡德符韻：「並頭暗中爭射利。」卷一八摩陁歌贈乾上人：「團團並頭爭什麽？」南安巖主定光生辰五首之三：「可憐馳逐並頭爭。」

〔一三〕一切女人皆障道：大般涅槃經卷九如來性品：「一切女人皆是衆惡之所住處。」大寶積經卷四四尸羅波羅蜜品：「當知世界一切女人生多過失，無邊幻誑，心多輕躁，心多掉動，其心流蕩，傾覆不住。心似山狖，心似猿猴，善能示現幻誑之術，如是諸相，故名女人以爲母衆。」不退轉法輪經卷四安養國品：「一切女人多生嫉妬，欺誑妄語，心口俱異，或對面語，爲乞匃故，往至比丘所而不爲法，生瞋恚心及睡調心，但爲憒鬧，親近俗事，而於此經作不利益，不肯聽受，不説不誦，晝夜常起諸煩惱心，遠離解脱。有如是等心故，受女身不得遠離。」

〔一四〕十分厚味最傷生：國語周語上：「高位寔疾顛，厚味寔腊毒。」韋昭注：「厚味，喻重禄也。腊，亟也，讀若『廣』。昔酒焉，味厚者，其毒亟也。」鍇按：漢枚乘七發：「皓齒蛾眉，命曰伐性之斧；甘脆肥醲，命曰腐腸之藥。」以上二句或化用其意。

〔一五〕登牀未敢期穿屨：未詳其意，疑指登牀脱屨，以示恭敬。

〔一六〕見慢須防起現行：謂須防生出見慢之心。見慢：見與慢，屬諸煩惱。大般若波羅蜜多經卷四八六第三分菩薩品：「我從初發大菩提心乃至證得一切智智，定當不起貪欲、瞋恚、愚癡、忿害、見慢等心。」或指慢見，恃己而凌他，猶傲慢。大明三藏法數卷三三：「謂心生憍慢，計己爲勝，視他爲劣，是名慢見。」現行：指阿賴耶識生色心之法之功能。

〔一七〕履狶瘦處却知肥：莊子知北遊：「正獲之問於監市履狶也，每下愈況。」郭象注：「夫監市之履豕以知其肥瘦者，愈履其難肥之處，愈知豕肥之要。今問道之所在，而每況之於下賤，則明道之不逃於物也，必矣。」狶，底本作「稀」，涉形近而誤。參見本集卷七鄧循道分財贍族湘陰諸老賦詩同作注〔六〕。

〔一八〕間物須防獄治之：易噬嗑：「噬嗑，亨，利用獄。」王弼注：「噬，齧也。嗑，合也。凡物之不親，由有間也；物之不齊，由有過也。有間與過，齧而合之，所以通也。刑克以通，獄之利也。」孔穎達疏：「噬嗑亨者，噬，齧也。嗑，合也。物在於口，則隔其上下，若齧去其物，上下乃合，而得亨也。此卦之名，假借口象以爲義，以喻刑法也。凡上下之間有物間隔，當須用刑法去之，乃得亨通，故云噬嗑亨也。利用獄者，以刑除間隔之物，故利用獄也。」本集卷一八六世祖師畫像贊二祖：「用獄除間，履瘦知肥。」

〔一九〕虎穴魔宮同止住：黄龍慧南禪師語録：「盡十方世界，塵塵刹刹，虎穴魔宮，皆是住處。」圓悟佛果禪師語録卷六：「虎穴魔宮，穢邦淨土，林山城市，荆棘叢中，若能著著有出身之機，處處有超情之見，無可不可。」嘉泰普燈録卷二五黄龍死心新禪師：「乃至婬坊酒肆，虎穴魔宮，盡是當人安身立命之處。」

〔二〇〕寒灰枯木：喻心念已絶，即偷心已死之狀態。禪林僧寶傳卷四福州玄沙備禪師傳：「必須對其塵境，如枯木寒灰，但臨時應用，不失其宜。」

寄石頭志庵主〔一〕

世途巇嶮鼻先酸〔二〕，折脚鐺尋穩處安。誰見睡餘閑振策，松風吹耳夜濤寒。

【注釋】

〔一〕崇寧元年冬作於湖南。石頭志庵主：即懷志禪師，真淨克文法嗣，惠洪師兄。事具林間録卷下、補禪林僧寶傳南嶽石頭志庵主傳。參見本集卷三贈石頭志庵主注〔一〕。

〔二〕巇嶮：猶嶮巇，艱險，險惡。本集卷八雨中聞端叔敦素飲作此寄之：「世路風波太嶮巇。」

石頭庵主居南嶽僅三十年忽思還江南龍安作此寄之三首〔一〕

厭看瀟湘萬頃山㈠，江南歸去卧龍安。只將一味無求法〔二〕，留與叢林作樣看。

龍安聞説好巖叢，瘦坐孤行兩頰紅。剩得清閑無著處〔三〕，一時排遣笑吟中。

鬧中抛擲亦奇哉，句裹藏身活路開〔四〕。生鐵心肝含笑面〔五〕，不虛參見作家來〔六〕。

【校記】

㈠厭看瀟湘：林間録卷下作「看徧三湘」，參見注〔一〕。

【注釋】

〔一〕崇寧元年冬作於長沙。　石頭庵主：即懷志禪師。　居南嶽僅三十年：林間録卷下：「金華懷志上座，性夷粹，飽經論，東吳學者尊事之。嘗對客曰：『吾欲會天台、賢首、唯識三宗之義，折中之，爲一書，以塞影迹之諍。』適有禪者居坐末，曰：『賢首宗祖師謂誰？』志曰：『杜順和尚。』禪者曰：『順有法身頌曰：懷州牛喫禾，益州馬腹脹。天下覓醫人，炙猪左膊上。此義合歸天台、唯識二宗何義耶？』志不能對。禪者曰：『何不游方去？』志於是罷講南詢，至洞山。時雲庵和尚在焉，從之游甚久。去，游湘上，庵於石頭雲溪二十餘年。……年六十二，思歸江南，依故人照禪師。照住龍安，遂徑去。予嘗作偈寄之曰：『看徧三湘萬頃山，江南歸去卧龍安。只將一味無求法，留與叢林作樣看。』又曰：『鬧中拋擲亦奇哉，句裏藏身活路開。生鐵心肝含笑面，不虛參見作家來。』」載其二偈，而少「龍安聞説好巖叢」一首。補禪林僧寶傳南嶽石頭志庵主傳：「游湘上，潭牧聞其名，請居上封、北禪，皆不受。庵於衡嶽二十餘年。……崇寧元年冬，遍辭山中之人，曳杖徑去，留之不可，曰：『龍安照禪師，吾友也，偶念見之耳。』龍安聞其肯來，使人自長沙迎之，居於最樂堂。」　江南龍安：分寧縣龍安山兜率院，因屬江南西路，故稱。惠洪之詩當作於龍安照禪師使人來長沙之時。

〔二〕只將一味無求法：慈受懷深禪師廣録卷二：「祖師一味無求法，流落人間誰肯參。」普覺宗杲禪師語録卷下王校正畫像贊：「只將一味無求法，坐斷三衢人舌頭。」應庵曇華禪師語録卷五建康府蔣山太平興國禪寺語録：「只將一味無求法，仰祝天申億萬年。」似均本此。

〔三〕無著處：摩訶般若波羅蜜經卷二三假品：「是諸法無著者，無著法，無著處，皆無故。」

〔四〕句裏藏身：景德傳燈録卷一九韶州雲門文偃禪師：「問：『如何是透法身句？』師曰：『北斗裏藏身。』」此化用其語。

〔五〕生鐵心肝：猶言鐵石心腸。鍇按：此語頗爲後之禪籍沿用，如續刊古尊宿語要第六集或庵體禪師語：「脱空活業，只在目前；生鐵心肝，豈愁身後。」天目中峰和尚廣録卷一一：「且釋迦老子，黄金面具，生鐵心肝，他管儞孤負不孤負。」清金堡尤好用惠洪此語，如其偏行堂集卷八海幢寺大雄寶殿上梁文：「偶然生鐵心肝，簇起春風眉眼。」卷一六題憨山大師卷：「憨山大師出曹谿，於湞陽舟中書證道歌，藏鋒稜於秀媚，所謂『生鐵心肝含笑面，不虚親見作家來』也。」偏行堂續集文集卷七俞念依像讚：「生鐵心肝，春風眉眼。日親日疏，日近日遠。」偏行堂續集詩集卷一酬俞右吉：「老來無力發疏狂，生鐵心肝含笑面。」

〔六〕不虚參見作家來：謂石頭庵主不枉曾親自參見真淨克文。筠州洞山悟本禪師語録：「雲居到參。師問：『甚處來？』居云：『翠微來。』師曰：『翠微有何言句示徒？』居云：『翠微供養羅漢……』師曰：『實有此語否？』云：『有。』師曰：『不虛參見作家來。』」此借用其語。作家：能手，行家。景德傳燈録卷九天台平田普岸禪師：「有僧到參。師打一拄杖，其僧近前把住拄杖。師曰：『老僧適來造次。』僧却打師一拄杖。師曰：『作家！作家！』」

聞志公化悼之三首〔一〕

去年曾陟白雲顛〔二〕，投老相逢亦偶然。蟬蜕君今成貼葉〔三〕，春蠶我已作三眠〔四〕。

生死已將同夜旦〔五〕，閑眠行樂不相妨。遥知此日龍安寺，蛛網高人夢蝶牀〔六〕。

捍裘未滅春罏煖〔七〕，丈室偏宜道骨寒。擺手便行呼不應〔八〕，閑名在世試除看〔九〕。

【注釋】

〔一〕崇寧二年秋作於潭州雲蓋山。志公：亦指懷志禪師。補禪林僧寶傳南嶽石頭志庵主傳：「崇寧元年冬，遍辭山中之人……明年六月晦，問侍者日早暮，曰：『已夕矣。』笑曰：『夢境相逢，我睡已覺，汝但莫負叢林，即是報佛恩德。』言訖而寂。」懷志既卒於崇寧二年六月最後一日，惠洪聞其訃，當在七月以後。

〔二〕去年曾陟白雲顛：指崇寧元年惠洪登南嶽絶頂與懷志相遇事，參見本集卷一一將登南嶽絶頂而志上人以小團鬬夸見遺作詩謝之注〔一〕。

〔三〕蟬蜕君今成貼葉：喻懷志圓寂解脱，如蟬蜕其殼貼於葉上。釋貫休禪月集卷四經曠禪師院：「再來尋師已蟬蜕，薝蔔株枯醴泉竭。」

〔四〕春蠶我已作三眠：喻己老倦之態。廓門注：「末句東坡句也。東坡詩十七卷：『此身正似蠶將老，更盡春光一再眠。』」錯按：蘇軾吴子野絶粒不睡過作詩戲之芝上人陸道士皆和予亦次其韻：「獨鶴有聲知半夜，老蠶不食已三眠。」注：「韓退之文：『蠶起且眠矣，而雨不得老以簇也。』蓋惟三眠而老焉。」已見前注。

〔五〕生死已將同夜旦：莊子大宗師：「死生，命也；其有夜旦之常，天也。」郭象注：「其有晝夜之常，天之道也。故知死生者，命之極，非妄然也，若夜旦耳。奚所係哉！」

〔六〕蛛網高人夢蝶牀：謂懷志化去，蛛網滿布其卧牀，表哀悼之情。黄庭堅和陳君儀讀太真外傳五首之四：「蛛網屋煤昏故物，此生惟有夢來時。」又趙子充示竹夫人詩蓋涼寢竹器憩臂休膝似非夫人之職予爲名曰青奴并以小詩取之二首之一：「青奴元不解梳妝，合在禪齋夢蝶牀。」此借用其語意。

〔七〕捍裘：未詳其義，疑有誤字。或當作「布裘」。

〔八〕擺手便行呼不應：喻灑脱辭世，無牽無挂。景德傳燈録卷三〇石頭和尚草庵歌：「百年拋却任縱横，擺手便行且無罪。」

〔九〕閑名在世試除看：景德傳燈録卷一五筠州洞山良价禪師：「師將圓寂，謂衆曰：『吾有閑名在世，誰爲吾除得？』衆皆無對。時沙彌出曰：『請和尚法號。』師曰：『吾閑名已謝。』」

次韻超然洞山二首〔一〕

洞山正似鍾山塢〔二〕，慙愧新詩寫得真〔三〕。欲唤定林閑相國〔四〕，要看清散岸綸巾〔五〕。

油然無定似雲閑〔六〕，今在江南盡處山。膚寸顧吾真可度〔七〕，奇峰如子未容攀〔八〕。

【注釋】

〔一〕元符三年秋作於江寧府。　超然：希祖字超然，惠洪法弟，時在筠州新昌縣洞山。

〔二〕鍾山：在江寧府治北，亦稱北山，已見前注。時惠洪游於此。

〔三〕慙愧：難得，幸喜。　新詩：此指超然所作洞山詩。

〔四〕定林閑相國：指王安石，以其晚年罷相，退居鍾山，時過定林寺，故稱。本集卷二四妙宗字序：「頃游鍾山定林，讀王文公壁間所書信心銘，作横風斜雲勢，知爲宗門之光，嘆愛久之。山中故老謂余言：『文公絶嗜此文，與衲子語，必誦之。』」冷齋夜話卷三荆公鍾山東坡餘杭詩：「荆公在鍾山定林，與客夜對，偶作詩。」

〔五〕岸綸巾：形容清散灑脱之貌。蘇軾臺頭寺步月得人字：「一簪華髮岸綸巾。」此借用其語。岸，露額。

〔六〕油然無定似雲閑：王安石贈僧：「應須身似嶺雲閑。」此借其意以喻己雲游四方。油然：孟子梁惠王上：「天油然作雲，沛然下雨。」趙岐注：「油然，興雲之貌。」

〔七〕膚寸顧吾真可度：喻己詩如膚寸之雲，甚易測度。膚寸，短淺之長度。公羊傳僖公三十一年：「觸石而出，膚寸而合，不崇朝而徧雨乎天下者，惟太山爾。」注：「側手爲膚，案指爲寸。」廣弘明集卷二四劉孝標東陽金華山栖志：「膚寸雲合，必千里雨。」

〔八〕奇峰如子未容攀：謂超然詩如夏雲之奇峰，難以攀登。東晉顧愷之神情詩曰：「春水滿四澤，夏雲多奇峰。」蘇軾病中獨游淨慈謁本長老周長官以詩見寄仍邀游靈隱因次韻答之：「我與世疏宜獨往，君緣詩好不容攀。」錯按：此詩以「似雲閑」領起，故有「膚寸」、「奇峰」之喻。

寄嶽麓禪師三首〔一〕

數筆湘山衰眼力，一犁春雨隔清談〔二〕。遥知穩靠蒲團處，碧篆香消柏子庵〔三〕。

飽參衲子一千指〔四〕，古格叢林二十年〔五〕。想見升堂提祖令〔六〕，道容冰（水）雪照人天㊀。

湘南道價獨驚羣，知是黄龍的骨孫〔七〕。本色住山何所有，白鷗春水自當門〔八〕。

【校記】

㊀ 冰：原作「水」，誤，今從廓門本、武林本、重刊貞和類聚祖苑聯芳集卷七。

【注釋】

〔一〕約於政和八年作於江西。嶽麓禪師：即嶽麓智海禪師，俗姓萬氏，吉州太和人。號無際，真如慕喆法嗣，屬臨濟宗南嶽下十三世，爲惠洪從法兄。事具本集卷二九嶽麓海禪師塔銘。參見本集卷九與海兄注〔一〕。

〔二〕一犂春雨：蘇軾如夢令：「歸去歸去，江上一犂春雨。」此借用其語。螢雪叢説卷一詩隨景物下語：「杜詩：『丹霞一縷輕。』漁父詞：『藕縷一鈎輕。』胡少伋詩：『隋堤煙雨一帆輕。』至若騷人於漁父則曰『一蓑煙雨』，於農夫則曰『一犂春雨』，於舟子則曰『一篙春水』，皆曲盡形容之妙也。」

〔三〕柏子庵：泛指禪庵。「柏子」語本趙州和尚「庭前柏樹子」公案。參見本集卷三復用前韻送不羣歸黄檗見因禪師注〔八〕。

〔四〕一千指：即一百人，計量人口十指爲一人。參見卷三再游三峽贈文上人注〔五〕。

〔五〕古格叢林：謂保留禪宗古老規則之寺院。鍇按：據嶽麓海禪師塔銘，智海於元符年間首住衡陽花藥山，次住長沙東明寺，崇寧年間遷居嶽麓寺。至此，開法已二十年。

〔六〕提祖令：意謂弘揚祖師禪法。景德傳燈録卷二二韶州白雲祥和尚：「師將示滅，白衆曰：『某甲雖提祖印，未盡其中。諸仁者，且道其中事作麽生？』」法演禪師語録卷上次住海會語録：「是以紹先聖之遺蹤，稱提祖令；爲後學之模範，建立宗風。」

〔七〕知是黄龍的骨孫：智海嗣法大潙慕喆，慕喆嗣法翠巖可真，可真與黄龍慧南同嗣法石霜楚圓，爲師兄弟。本集卷二九嶽麓海禪師塔銘：「臨濟綱宗，遇風則止。昭憂其讖，得念而喜。湘南有圓，汾陽之嗣。遂興其宗，克肖前懿。衲子方來，歸之如雲。南、真兩俊，絶塵逸羣。海公於真，蓋其的孫。獨敢祖肩，荷擔宗門。」據此，則智海爲可真的孫，此言「黄龍的骨孫」，不確。

〔八〕白鷗春水自當門：喻人品高潔。黄庭堅呈外舅孫莘老二首之一：「九陌黄塵烏帽底，五湖春水白鷗前。」參見本集卷六又得先字注〔二〕。

示禪者〔一〕

能回箭鋒射自己〔二〕，方肯竿頭進步行〔三〕。道得未生前一句〔四〕，始信虚空解講經〔五〕。

【注釋】

〔一〕作年未詳。

〔二〕能回箭鋒射自己：禪師之間互鬭機鋒，謂之箭鋒相拄。楊億景德傳燈録序：「機緣交激，若拄於箭鋒；智藏發光，旁資於鞭影。」此喻以機鋒激發自己智慧，或喻參禪能反求諸己。

〔三〕方肯竿頭進步行：景德傳燈録卷一〇湖南長沙景岑禪師：「師示一偈曰：『百丈竿頭不動人，雖然得入未爲真。百丈竿頭須進步，十方世界是全身。』」

〔四〕道得未生前一句：潭州潙山靈祐禪師語録：「師一日問香嚴：『我聞汝在百丈先師處，問一答十，問十答百，此是汝聰明靈利。意解識想，生死根本，父母未生時，試道一句看。』香嚴被問，直得茫然，歸寮，將平日看過底文字，從頭要尋一句酬對，竟不能得。」智證傳：「潙山問香嚴曰：『我不問汝經論義理，種種知見，汝但向父母未生前道取一句。』香嚴曰：『和尚替我道。』潙山曰：『道得即是我三昧，於汝何益？』」參見本集卷一三送太淳長老住明教注〔四〕。

〔五〕虚空解講經：景德傳燈録卷八洪州西山亮座主：「本蜀人也，頗講經論。因參馬祖，祖問曰：『見説座主大講得經論，是否？』亮云：『不敢。』祖云：『將什麼講？』亮云：『將心講。』祖云：『心如工伎兒，意如和伎者，爭解講得經？』亮抗聲云：『心既講不得，虚空莫講得麼？』祖云：『却是虛空講得。』亮不肯，便出，將下階。祖召云：『座主。』亮迴首，豁然大悟，禮拜。」

書太平庵〔一〕

興工願力經營地，樓閣咄嗟金碧開〔二〕。滿院青春人不管，一庭蒼蘚客閑來。

【注釋】

〔一〕作年未詳。太平庵：其地失考。

〔二〕樓閣咄嗟金碧開：謂咄嗟之間，便修成金碧輝煌之樓閣。極言願力之神奇。咄嗟：本叱咤之聲，後指呼吸之間，猶言疾速。參見本集卷一豆粥注〔一〕。

余將經行他山德莊自邑中馳書作詩見留是夕胡彥通亦會二君手(于)談達旦不寐明日霜重共讀蔡德符兄弟所寄詩有懷其人五首〔一〕

蹇驢尋我亦乘輿，秋潑空山煙翠時。脱帽不知誰主客，一燈相對夜彈棊〔二〕。

風徑霜清拾墮薪，野炊童子解經營。翛然放著秋窗晚，籬落淒清屋角晴。

精麤一飽隨緣去，林壑諸方到處鄉。去住了知無可揀，謾煩辭錦照人光〔三〕。

旁舍潛夫十年舊〔四〕，會茶時復坐僧氈。愛將夷甫雌黄口〔五〕，解説定林文字禪〔六〕。

蔡家兄弟好兒郎，骨秀同熏知見香〔七〕。好在緑楊堤上路，幅巾來往自相羊〔八〕。

【校記】

㈠ 手：原作「于」，今據四庫本改。

【注釋】

〔一〕約元符元年深秋作於筠州新昌縣。　德莊：龔端字德莊，新昌人，元符三年進士。參見本集卷一次韻龔德莊顔柳帖注〔一〕。　胡彦通：名未詳。　蔡德符兄弟：亦不可考。胡、蔡皆當爲新昌人。　邑中：指新昌縣城。

〔二〕彈棊：後漢書梁冀傳：「少爲貴戚，逸游自恣，性嗜酒，能挽滿、彈棊、格五、六博、蹴鞠、意錢之戲。」李賢注：「藝經曰：『彈棊，兩人對局，白黑棊各六枚。先列棊相當，更先彈也。其局以石爲之。』」

〔三〕辭錦：辭如錦繡，喻龔德莊所作見留之詩。

〔四〕潛夫：埋名隱居之人。後漢書王符傳：「王符字節信，安定臨涇人也。少好學，有志操，與馬融、竇章、張衡、崔瑗等友善。……符獨耿介，不同於俗，以此遂不得升進。志意藴憤，乃隱居著書三十餘篇，以譏當時失得。不欲章顯其名，故號曰潛夫論。」此借以喻胡彦通。

〔五〕愛將夷甫雌黄口：晉書王衍傳：「衍字夷甫。……妙善玄言，唯談老、莊爲事。每捉玉柄麈尾，與手同色。義理有所不安，隨即改更，世號口中雌黄。朝野翕然，謂之一世龍門矣。」

〔六〕定林文字禪：山谷内集詩注卷九題伯時畫松下淵明：「遠公香火社，遺民文字禪。」任淵注：「傳燈録達磨傳：『道副曰：如我所見，不執文字，不離文字，而爲道用。』」鍇按：續高僧傳卷一六梁鍾山定林寺釋僧副傳：「有達摩禪師，善明觀行，循擾巖穴，言問深博，遂從而出家。義無再問，一貫懷抱，尋端極緒，爲定學宗焉。……止於鍾山定林下寺，副美其林藪，得栖心之勝壤也。」此僧副即景德傳燈録所言道副，爲達磨門人。故「定林文字禪」當指定林寺僧副所倡「不執文字，不離文字，而爲道用」之禪。或曰：指王安石晚年退居金陵來往於定林寺所作富有禪味之詩，聊備一説。

〔七〕骨秀同熏知見香：謂同受佛理解脱知見之薰染，此化用黄庭堅詩「自薰知見香」之語意。參見本集卷四次韻彦由見贈注〔一一〕。

〔八〕相羊：疊韻連綿詞，猶徘徊，盤桓。楚辭離騷：「折若木以拂日兮，聊逍遥以相羊。」王逸注：「逍遥，相羊，皆遊也。」洪興祖補注：「相羊，猶徘徊也。」

上李大卿三首〔一〕

臨濟三玄劈不開〔二〕，近來金鎖轉生苔〔三〕。喜公袖手通關棙〔四〕，同在靈山見佛來〔五〕。

與人寔法土難消〔六〕，道火何曾口被燒〔七〕。拋出秦時轆轢鑽〔八〕，突圞如斗兩頭搖㊀〔九〕。

不犯鋒芒平正偏〔一〇〕，分明有語是無言。尋思絶處一句好，咬破方知百味全〔一一〕。

【校記】

㊀圞：智證傳作「欒」。

【注釋】

〔一〕建炎二年作於建昌縣同安寺。　李大卿：宋之官制，太常、宗正、光禄、衛尉、鴻臚、大理、太僕、司農、太府等九寺長官皆稱卿，其正卿稱大卿，與少卿相對。據弘治撫州府志卷二一人物志一鄉賢，李公彦嘗除敕令所删定官，宣和三年中詞學兼茂科，累遷宗正卿。考惠洪交游中李姓嘗爲大卿者，唯李公彦一人。故李大卿當指公彦。本集卷一〇有寄李大卿一首。鍇公彦字成德，參見本集卷八白日有閒吏青原無惰民爲韻奉寄李成德十首注〔一〕。

按：智證傳載此三首之第二首。

〔二〕臨濟三玄劈不開：謂臨濟宗綱宗「三玄三要」爲一整體，不可分開。詳見本集卷一三送太淳長老住明教注〔二〕、〔三〕。

〔三〕金鎖轉生苔：黄庭堅大潙喆禪師真贊：「無心者來，彈指門開。聖凡不盡，金鎖生苔。」此借其語謂若不除去聖凡分别之見，則臨濟三玄三要之門無人能開，致使金鎖生苔。

〔四〕喜公袖手通關棙：極言其輕易打開臨濟宗綱宗之門鎖。袖手：置手袖中，本集指取袖中之物，形容極易。關棙：此指門之鎖鍵，喻關鍵要緊處。

〔五〕同在靈山見佛來：謂己與李公彦前世有共聽靈山法會之宿緣。續高僧傳卷一七隋國師智者天台山國清寺釋智顗傳：「詣光州大蘇山慧思禪師，受業心觀。……思每歎曰：『昔在靈山同聽法華，宿緣所追，今復來矣。』」參見前李光祖自了翁法窟來訪余於鍾山留十日方知鼻孔大頭向下既行作六首送之注〔二〕。

〔六〕與人寔法土難消：智證傳：「巖頭奯禪師曰：『此是向上人活計，只露目前些子，如同電拂，如擊石火，截斷兩頭，靈然自在。若道向上有法有事，賺汝真椀鳴聲，荼糊汝，繫罩汝，古人唤作繫驢橛。若將實法與人，土亦消不得。』」寔，同「實」。

〔七〕道火何曾口被燒：雲門匡真禪師廣録卷上：「雖然如此，若是得底人，道火不能燒口。終日説事，未嘗挂著脣齒，未曾道著一字。」

〔八〕拋出秦時𨍏轢鑽：雲門匡真禪師廣録卷下：「師初參睦州蹤禪師。州纔見師來，便閉却門。……至第三日，州始開門，師乃拶入。州便擒住云：『道！道！』師擬議，州托開云：『秦時𨍏轢鑽。』師從此悟入。」廓門注：「秦時𨍏轢鑽，方語，無你入頭處。」

〔九〕突圞：俗語，即突欒，團之反切。宋景文筆記卷上：「孫炎作反切，語本出於俚俗常言，尚數百種。故謂就爲鯽溜，凡人不慧者，即曰不鯽溜；謂團曰突欒；謂精曰鯽令；謂孔曰窟籠，不可勝舉。」雪峰真覺大師語録卷下：「冬瓜長儱侗，葫蘆剔突圞。玲瓏滿天下，覽子黑漫漫。」　兩頭搖：天聖廣燈録卷一七汾陽太子院道一禪師：「進云：『如何是學人著力處？』師云：『千斤擔子兩頭搖。』」此借用其語以形容「秦時𨍏轢鑽」。

〔一〇〕不犯鋒芒平正偏：景德傳燈録卷一九福州安國弘瑫禪師：「問：『如何是活人之劍？』師曰：『不敢瞎却汝。』曰：『如何是殺人之刀？』師曰：『只遮箇是。』問：『不犯鋒鋩，如何知音？』師曰：『驢年去。』」禪林僧寶傳卷一撫州曹山本寂禪師傳：「又曰：『以君臣偏正言者，不欲犯中故，臣稱君不敢斥言是也。此吾法之宗要。』」

〔一一〕咬破方知百味全：喻從「絶處一句」悟入後之得道體驗。古尊宿語録卷二〇舒州白雲山海會演和尚初住四面山語録：「法演游方十有餘年，海上參尋，見數員尊宿，自謂了當。及到浮山圓鑑會下，直是開口不得。後到白雲門下，咬破一箇鐵酸餡，直得百味具足。」此化用其語。

與韓子蒼六首〔一〕

雖赴來機少異之〔二〕，箭鋒相直出思惟〔三〕。訥庵言下瞠雙目〔四〕，孔子元來是仲尼〔五〕。

從來未悟不曾迷〔六〕，一見庵僧更不疑。脱體現前無軃避㊀〔七〕，鼻頭向下少人知〔八〕。

盤珠走處無留影〔九〕，百計推尋摸意根〔一〇〕。酬汝欲心顛倒見〔一一〕，哆啝元不是無言〔一二〕。

但識綱宗無寔法〔一三〕，爲君拈却眼中塵〔一四〕。鴛鴦繡出從教看，莫把金針度與人〔一五〕。

收得訥庵末後句〔一六〕，羅敷種性覺風流〔一七〕。海壇馬子似驢大〔一八〕，失曉山童不裹頭〔一九〕。

百年應盡便應盡，坐脱立亡誇小兒〔二〇〕。酪出乳中無別法〔二一〕，死時何苦欲先知。

【校記】

㊀ 軃：廓門本作「躲」。

【注釋】

〔一〕政和八年作於洪州分寧縣。韓子蒼：韓駒字子蒼，仙井監人。名列江西宗派圖，有陵陽先生詩四卷傳世。宋史有傳。參見本集卷一送雷從龍見宣守注〔一二〕。鍇按：輿地紀勝卷二六江南西路隆興府官吏下：「韓駒字子蒼，陵陽人也。宣和間出宰分寧，政修民悦，訟簡庭空，日以吟詠爲樂，所賦詩篇尤多。今縣治有三亭，曰醒心、問春、邀月，皆子蒼所建。」宋釋祖詠編大慧普覺禪師年譜：「時韓子蒼宰分寧，洪覺範寓雲巖，師與二公從游久之。」苕溪漁隱叢話前集卷五六：「韓子蒼云：往年，余宰分寧，覺範從高安來，館之雲巖寺。」寂音自序：「（政和）五年，夏於新昌之度門。往來九峰、洞山者四年。將自西安入湘上，依法眷以老，館雲巖。」政和五年下推四年爲政和八年，惠洪館雲巖，韓駒宰分寧，皆在此時。此六首詩之本事詳見智證傳：「朝奉大夫孫于之嫂，年十九而寡，自誓一飯終身，誦法華經，不復嫁。于守高安，嫂年已七十餘，面目光澤，舉止輕利。政和六年夏六月，忽收經帙，料理服玩與侍妾。于問其故，笑曰：『我更三日死矣。』果如期而逝。韓子蒼問予曰：『人之將終，有前知者，何術致之？』予曰：『譬如牛乳，以酵發之。雖緣緣之中，無有作者，久而成酪。非自外來，生乳中故。非自能生，以酵發之，故緣緣成熟，忽然成就。』乃有偈，其略曰：『酪出乳中無別法，死而何苦欲先知。』如某夫人華年休息，白首見效，凡五十餘年，心心無間，自然前知化日。酪出乳中也。」

〔一一〕赴來機：謂禪僧機鋒對答時，所答能對準問語之機鋒。雲巖寶鏡三昧：「意不在言，來機亦赴。」惠洪著述好用此語，如本集卷二五題韶州雙峰蓮華叔姪語録：「雲門勘辯舉古，皆脱略窠臼。方其游戲時，亦微見其旨。至酬問垂代，則語赴來機。」禪林僧寶傳卷一一洞山聰禪師傳：「予留洞山最久，藏中有聰語要一卷，載雲水僧楚圓請益、楊億大年百問語，皆赴來機。」後之禪籍多有沿用。

〔三〕箭鋒相直出思惟：廓門注：「『直』當作『拄』字歟？」鍇按：「直」字不誤。禪林僧寶傳卷一撫州曹山本寂禪師：「羿以巧力，射中百步。箭鋒相直，巧力何預？」本集卷一七三月二十八日棗柏大士生辰用達本情忘知心體合爲韻作八偈供之時在建康獄中之二：「如射中百步，巧力觀者奮。箭鋒相直時，何嘗落思忖？」

〔四〕訥庵：廓門注：「訥庵未考。」鍇按：本集卷二七跋東坡山谷帖二首之一：「予於雲巖訥室觀此帖，皆海上窮困時自適之語。……若訥當藏之名山，以增雲林之佳氣。」可知訥庵即雲巖訥室。同卷又詩：「山谷論詩，以寒山爲淵明之流亞。世多未以爲然，獨雲巖長老元悟以爲是。」元悟爲雲巖寺長老，訥庵或爲其自號，以訥室而名之，其例如黄龍祖心之號晦堂，真淨克文之號雲庵。　瞠雙目：張目直視，形容驚訝之狀。

〔五〕孔子元來是仲尼：孔子字仲尼，此乃人所熟知之常識，不假思索便知。建中靖國續燈録卷一一金陵清涼廣惠和禪師：「問：『祖祖相傳傳祖令，師今得法嗣何人？』師云：『孔子元來是仲尼。』」此借用其語。

〔六〕從來未悟不曾迷：景德傳燈録卷二九寶誌和尚十二時頌：「不曾迷，莫求悟，任爾朝陽幾迴暮。」同書卷五西京光宅寺慧忠國師：「一日，師問紫璘供奉：『佛是什麽義？』曰：『是覺義。』師曰：『佛曾迷否？』曰：『不曾迷。』師曰：『用覺作麽？』無對。」此化用其意。

〔七〕脱體現前無軃避：謂其全身之行住坐卧均呈現眼前，無有隱藏。古尊宿語録卷三〇舒州龍門佛眼和尚語録：「通身無影像，脱體露堂堂。」　脱體：猶言通身，全身。參見本集卷一四和昭默堂五首注〔一二〕。　軃避：躲避。古尊宿語録卷七風穴禪師語録：「問：『生死到來時如何？』師曰：『青布裁衫招犬吠。』曰：『如何得不吠去？』師曰：『自宜軃避寂無聲。』」

〔八〕鼻頭向下：禪門習語，猶言鼻孔大頭向下，意謂透生死。已見前注。

〔九〕盤珠走處無留影：此喻禪法之圓轉無跡。本集好用此喻，如卷二二思古堂記：「夫珠非有二者，走盤則影跡不留。」卷二四無住字序：「珠之爲物，體舒光而自照，置於盆而未嘗定衡斜，圓轉不留影跡。」卷二五題讓和尚傳：「大哉言乎！如走盤之珠，不留影跡也。」參見卷二次韻君武中秋月下注〔八〕。

〔一〇〕百計推尋摸意根：謂千方百計用意根推究追尋如珠走盤之禪法，暗示其徒勞無功。意根，爲六根之一。以六根接六塵，而得六識，意根所接爲法塵，所得爲意識。禪宗反對以意根推尋。景德傳燈録卷一六筠州九峰道虔禪師：「盡乾坤都來是汝當人箇體，向什麽處安眼耳鼻舌？莫但向意根下圖度作解，盡未來際亦未有休歇分。」同書卷二八漳州羅漢桂琛和尚語：「我今方便也，汝還會麽？若不會，莫向意根下揑怪。」

〔一一〕酬汝欲心顛倒見：景德傳燈録卷五西京光宅寺慧忠禪師：「又問：『禪師見十方虚空是法身否？』師曰：『以想心取之，是顛倒見。』」

〔一二〕哆啝：廓門注：「謂嬰兒哆啝法門者歟？」鍇按：景德傳燈録卷一四潭州石室善道和尚：「十六行中，嬰兒行爲最，哆哆和和時，喻學道之人離分別取捨心，故讚歎嬰兒，可況取之。」從容庵録卷一：「哆哆和和，嬰兒言語不真貌。」參見本集卷一二雲巖寶鏡三昧注〔六〕。

〔一三〕但識綱宗無寔法：林間録卷下：「古之人有大機智，故能遇緣即宗，隨處作主。巖頭和尚曰：『如但識綱宗，本無寔法。』」禪林僧寶傳卷七筠州九峰玄禪師傳贊：「巖頭曰：『但識綱宗，本無寔法。』」智證傳：「巖頭奯禪師曰：『但明取綱宗，本無實法。不見道無實無虚，若向上事覷即疾，若向意根下尋，卒摸索不著。』」寔，同「實」。鍇按：此語但見於惠洪所著諸書，未見其他禪籍記載。

〔一四〕眼中塵：天聖廣燈録卷一三涿州剋符道者頌：「直饒玄會得，恬似眼中塵。」汾陽無德禪師語録卷上：「直饒見佛明心，猶是眼中塵翳。」

〔一五〕「鴛鴦繡出從教看」二句：禪門習語，喻只示學者以禪機，不教其禪法。黄龍慧南禪師語録續補：「僧問：『滴水滴凍時如何？』師云：『未是衲僧分上事。』云：『如何是衲僧分上事？』師云：『滴水滴凍。』復云：『諸上座，且作麽生會？』良久云：『鴛鴦繡出從君看，莫把金針度與人。』」古尊宿語録卷二〇舒州白雲山海會演和尚初住四面山語録：「上堂云：『大衆，作麽生是歌謡一曲？』乃云：『囉邏哩，囉邏哩，還有人和得麽？』良久云：『鴛鴦繡了從君看，莫把金針度與人。』」朱子語類卷一〇四：「曰：『子静説話，常是兩頭明，中間暗。』或問：『暗是如何？』曰：『是他那不説破處。他所以不説破，便是禪所謂「鴛鴦繡出從君看，莫把金針度與人」。他禪家自愛如此。』」

〔一六〕末後句：謂徹悟極處所吐至極語，更無語句過之。景德傳燈録卷一六澧州樂普山元安禪師：「師示衆曰：『末後一句，始到牢關。鎖斷要津，不通凡聖。』」已見前注。

〔一七〕羅敷種性覺風流：以美女羅敷生性之風流喻訥庵末後句之至極。羅敷：美貌少婦之通稱。玉臺新詠卷一古樂府詩六首之一：「日出東南隅，照我秦氏樓。秦氏有好女，自言名羅敷。」李白子夜吴歌：「秦地羅敷女，採桑緑水邊。素手青條上，紅粧白日鮮。蠶飢妾欲去，五馬莫留連。」

〔一八〕海壇馬子似驢大：天聖廣燈録卷一八翰林學士工部侍郎贈禮部尚書文公楊億：「廣（廣慧元璉）云：『幡竿尖上鐵龍頭。』侍（楊億）云：『海壇馬子似驢大。』」又見禪林僧寶傳卷一六廣慧璉禪師傳。海壇：山名，在福州福清縣。明一統志卷七四福州府：「海壇山，在福清縣東南。海上遠望如壇，因名。」馬子：幼馬。

〔一九〕失曉山童不裹頭：謂起身晚之山童來不及裹頭便出門，似喻己覺悟之晚。失曉：謂不知天曉。 南史后妃傳上齊高昭劉皇后傳：「太子初在孕，后嘗歸寧，遇家奉祠。爾日陰晦失曉，舉家狼狽，共營祭食。」後多指起身晚。

〔二〇〕坐脱立亡誇小兒： 謂坐脱立亡之舉，乃誇耀於小兒而已，并未悟「緣緣成熟，忽然成就」之意。 坐脱立亡，佛教指端坐而遷化，直立而圓寂。 禪林僧寶傳卷五筠州九峰虔禪師傳：「至霜華，諸禪師見之，謂人曰：『此道人從上宗門爪牙也。』諸殁時，虔作侍者。衆請堂中第一座嗣諸住持，方議次，虔犯衆曰：『未可。須明先師意旨，乃可耳。』衆曰：『先師何意？』虔曰：『只如道古廟香鑪，一條白鍊，如何會？』第一座曰：『是明一色邊事。』虔曰：『果不會先師意。』於是第一座者起炷香誓曰：『我若會先師意，香煙滅則我脱去。不然，煙滅不能脱。』言卒而脱去。虔拊其背曰：『坐脱立亡不無，首座會先師意即未也。』」此化用其意。

〔二一〕酪出乳中： 長阿含經卷一七：「譬如牛乳，乳變爲酪，酪爲生酥，生酥爲熟酥，熟酥爲醍醐，醍醐爲第一。」法華經合論卷六：「一切聖教譬如牛乳，以酵發之，久而成酪。世間雜揉無義之論，譬驢乳，其色與牛乳同，至裂之，則成不潔。」此借用其喻以言死之自然成就。

寄道鄉居士三首〔一〕

知有道鄉何處是？個中歸路滑於苔〔二〕。 萬機罷後見城郭，一念不生金鎖開〔三〕。

抽身世路崎嶇處，掣肘功名逼逐人〔四〕。勿謂老來無伎倆〔五〕，絶蹤跡處解藏身〔六〕。

丹霞未見龐居士〔七〕，已有言詞滿四方。何似他時親識面，未勞語默强遮藏。

【注釋】

〔一〕大觀二年秋作於江寧府。　道鄉居士：鄒浩字志完，自號道鄉居士，常州晉陵人。宋史有傳。參見本集卷二次韻權巽中送太上人謁道鄉居士注〔一〕。此組詩本事詳見詩話總龜卷二八寄贈門引冷齋夜話：「鄒志完歸常州，余在蔣山，以書見招，有長短句曰：『慧眼舒光無不見，塵中一一藏經卷。閒話大千攤已遍。門方便，法輪盡向毛端轉。　月挂燭籠知再見，西方可履休回盼。要與老岑同掣電。（原注：新與岑禪師游。）酬所願，欣逢十二觀音面。』余未相識，作偈答之：『知有道鄉何處是？（原注：鄒自號道鄉居士。）個中歸路滑於苔。萬機罷後見城郭，一念不生金鎖開。』『丹霞未識彭居士，已有言詞滿四方。何似他時親面識，不勞語默强遮藏。』」

〔二〕「知有道鄉何處是」二句：此就鄒浩之自號戲謂道鄉路滑難至，點化「石頭路滑」之古德公案，而以「滑於苔」坐實形容之。保寧仁勇禪師語録：「千峰壁立滑於苔，不惜眉毛露出來。」此借用其語。　道鄉：雙關得道之境界。已見前注。

〔三〕「萬機罷後見城郭」二句：謂去除世間各種機心雜念，方可見道鄉之城郭，開入城之金鎖。

華嚴經卷六淨行品：「當願衆生，常得正念，修行衆善，若見城郭。」本集卷九次韻李方叔游衡山僧舍：「道鄉見城郭，世路謾升沉。」

〔四〕掣肘：猶言抽手，撤手。錯按：掣肘本有牽制義，語出呂氏春秋具備：「宓子賤令吏二人書。吏方將書，宓子賤從旁時掣摇其肘。吏書之不善，則宓子賤爲之怒。」本集皆借用爲抽手、撤手義。參見本集卷五戲廓然注〔八〕。

〔五〕無伎倆：六祖大師法寶壇經機緣品：「惠能没伎倆，不斷百思想。」此借用其語。

〔六〕絶蹤跡處解藏身：林間録卷下：「船子曰：『直須藏身處没蹤跡，没蹤跡處莫藏身是也。』」

〔七〕丹霞未見龐居士：此以丹霞天然禪師與龐蘊居士之關係，喻己與道鄉居士之關係。「未見」指己尚未見鄒浩。景德傳燈録卷八襄州居士龐蘊：「唐貞元初，謁石頭和尚，忘言會旨。復與丹霞禪師爲友。」同書卷一四鄧州丹霞天然禪師：「師訪龐居士，見女子取菜次，師云：『居士在否？』女子放下籃子斂手而立。師又云：『居士在否？』女子便提籃子去。」

謁準禪師塔〔一〕

同條生不同條死〔二〕，覿露全機誰後先〔三〕？一句鶻崙難劈破〔四〕，一時乞與子孫傳。

【注釋】

〔一〕政和五年十月作於洪州靖安縣寶峰寺。　準禪師：文準（一〇六一～一一一五），號湛堂，興元府人，俗姓梁氏。遍游成都講肆，辭去，詣大溈，久之不契，乃造九峰見真淨克文禪師，就弟子之列，所至必隨。初開法於雲巖，後移居泐潭。事具本集卷三〇泐潭準禪師行狀。五燈會元卷一七列臨濟宗黄龍派南嶽下十三世。大慧普覺禪師年譜政和五年引張商英撰準禪師塔銘：「政和乙未七月二十二日，洪州寶峰住山準公入滅。闍維之，得五色舍利無數，目睛不壞。建塔於南山之陽。」

〔二〕同條生不同條死：雪峰真覺禪師語録卷上：「頭（巖頭全奯）曰：『雪峰雖與我同條生，不與我同條死。要識末後句，祇這是。』」林間録卷下：「（鄧峰永庵主）作偈曰：『明暗相參殺活機，大人境界普賢知。同條生不同條死，笑倒庵中老古錐。』」此借用其成句。鍇按：雪峰與巖頭同嗣法於德山宣鑒，爲同門師兄弟。惠洪與文準同嗣法於真淨克文，亦爲同門，故借巖頭語表達痛惜之情。

〔三〕覿露全機：智證傳：「德山鑑禪師曰：『有言時，騎虎頭，收虎尾，第一句下明宗旨。無言時，覿露機鋒，如同電拂。』」　覿露，展露，顯露。

〔四〕一句鶻崙難劈破：謂此一句渾然一體難以思惟解析。　鶻崙：猶囫圇。參見前李光祖自了翁法窟來訪余於鍾山留十日方知鼻孔大頭向下既行作六首送之注〔三〕。

兩僧相繼而化有感二首〔一〕

叢席凋零空斂眉〔二〕，爭鋒唇吻鬬輕肥〔三〕。歎無老宿提綱要，時有亡僧爲發機〔四〕。

賓朋鴛鷺門如市〔五〕，聲價雷霆（靈延）一世驚㊀〔六〕。只有片時人看好，死生那解替人行〔七〕。

【校記】

㊀雷霆：原作「靈延」，誤，今改。參見注〔六〕。

【注釋】

〔一〕作年未詳。

〔二〕叢席：叢林之講席，代指禪林宗師。

〔三〕爭鋒唇吻鬬輕肥：此言近世叢林之二弊：一爲機鋒口舌之爭，二爲輕肥軟暖之欲。本集卷二三臨平妙湛慧禪師語録序：「近世禪學者之弊，如碔砆之亂玉，枝詞蔓説似辯博，鉤章棘句似迅機，苟認意識似至要，懶惰自放似了達。始於二浙，熾於江淮，而餘波末流，滔滔汩汩於京洛，荆楚之間，風俗爲之一變。識者憂之。」同卷潛庵禪師序：「嗚呼！佛法寖遠，壞衣瓦器之人，亦有侈欲。爲人師者，爭慕華構，便軟暖，公獨舉頹壞而新之。……爭欲坐八達衢頭，以自賣其道，而公獨居荒遠以自珍之。爭好勢利惡醜，而公獨犯衆惡，自信而力行之。」 輕肥：輕車肥馬。論語雍也：「（公西）赤之適齊也，乘肥馬，衣輕裘。」杜甫秋興八首之三：「同學少年多不賤，五陵衣馬自輕肥。」

〔四〕發機：本指激發弩箭之機關，禪籍以喻啓發學者智慧覺悟之機緣。景德傳燈録卷二一福州安國慧球禪師：「若從文殊門入者，一切無爲土木瓦礫助汝發機；若從觀音門入者，一切音響蝦蟇蚯蚓助汝發機。」

〔五〕賓朋鴛鷺門如市：謂高朋滿座，門庭若市。 鴛鷺：此二種水鳥立有班，止有序，因以喻朝廷官員。九家集注杜詩卷二八暮春題瀼西新賃草屋五首之五：「不息豺虎鬭，空慚鴛鷺行。」注：「公曾任左拾遺，籍占朝列，故云鴛鷺行。古詩云：『厠迹鴛鷺行。』」

〔六〕雷霆一世：喻聲名震天下。黄庭堅書徐德占題壁後：「豫章有二豪傑，雷霆一世。」本集卷二七跋道鄉居士詩：「道鄉以説禪口，談醫國法門，雷霆一世，初非以詩鳴也。」 雷霆：底本作「靈延」，涉形近而誤。廓門注：「愚按，『靈延』當作『雷霆』，蓋字誤而已。」其説甚是，今據改。

〔七〕死生那解替人行：新唐書杜審言傳：「初，審言病甚，宋之問、武平一等省候何如，答曰『甚爲造化小兒相苦，尚何言？然吾在，久壓公等，今且死，固大慰，但恨不見替人』云。」景德傳燈録卷一五澧州夾山善會禪師：「何不向生死中定，當取何處？更疑佛疑祖，替汝生死，有智人笑汝。」此化用其意。

次韻誼叟〔一〕

擇乳鵝王非鴨類〔二〕，影鞭良馬本龍媒〔三〕。正中妙叶無人會〔四〕，句裏空驚法眼開。

【注釋】

〔一〕作年未詳。　誼叟：宜禪師，字誼叟，號出塵庵，筠州新昌人，嘗住逍遥山，嗣法靈源惟清禪師，屬臨濟宗黄龍派南嶽下十四世。僧傳、燈録失載。參見本集卷八用韻寄誼叟注〔一〕。

〔二〕擇乳鵝王非鴨類：正法念處經卷六四身念處品：「譬如水乳同置一器，鵝王飲之，但飲乳汁，其水猶存。」　鵝王：佛之三十二相中有鵝王相，以其手指、足指間有縵網交合，似鵝之足，故稱。參見本集卷二送能上人參源禪師注〔七〕。

〔三〕影鞭良馬本龍媒：雜阿含經卷三三：「有良馬駕以平乘，顧其鞭影馳駃。」大智度論卷一：「爾時長爪梵志，如好馬見鞭影即覺，便著正道。」景德傳燈録卷二七諸方雜舉徵拈代别語：「阿難問佛云：『外道以何所證而言得入？』佛云：『如世間良馬，見鞭影而行。』」　龍媒：駿馬之别稱。語本漢書禮樂志天馬歌：「天馬徠，龍之媒。」言天馬乃神龍之類，天馬來爲致龍之徵，故稱。

〔四〕正中妙叶：本當爲正中妙挾，曹洞宗禪法之一，相傳爲洞山良价禪師所傳。參見本集卷八游龍王贈雲老注〔一二〕。廓門注：「『叶』當作『挾』字。」

雪後寄荷塘幻住庵盲僧四首〔一〕

靈光寂照神通藏〔二〕，意地經營幻住庵〔三〕。已喜眼根今現證，何妨要耳作同參〔四〕。

表裏洞然無量相，晦明無計掩藏伊〔五〕。庵中但見人孤坐，門外從教事不知。

荷塘寺後千竿玉〔六〕，折脚鐺中五合陳〔七〕。靜裏笑看垂釣者，夜深方見把針人〔八〕。

簷日未通孤坐暖，雪雲都放九峰青〔九〕。空堦夜滴聞鈴響，卧學荷塘耳誦經〔一〇〕。

【注釋】

〔一〕政和六年正月作於筠州上高縣九峰。荷塘：即荷塘寺，指筠州高安縣資國寺。參見本集卷一〇資國寺春晚注〔一〕。幻住庵盲僧：僧本明，字無塵，自號幻住庵。真淨克文法嗣，惠洪師弟，屬臨濟宗黄龍派南嶽下十三世。嘗爲惠洪刻林間録，請謝逸作序。後目盲，住荷塘寺幻住庵。政和四年惠洪海外歸來，曾寄宿於此。本集卷三〇祭幻住庵明師弟文：「子少棄家，從我游嬉。三十一年，如夢頃時。於此夢境，憂患半之。我竄萬里，白骨重肉。子卧一庵，亦失雙目。心知餘年，再見不復。敢料來歸，先館子廬。即視摸索，認聲驚呼。我亦念子，形神已枯。」參見本集卷一同超然無塵飯柏林寺分題得柏字注〔一〕。

〔二〕靈光寂照神通藏：此謂幻住庵盲僧之心本自光明，釋其法名「本明」之義。古尊宿語録卷四二寶峰雲庵真淨禪師住洞山語録：「身是光明幢，心是神通藏。大衆，各自照顧，抖擻精神。」

〔三〕意地：猶心地。意乃第六識，爲支配一身之所，又爲發生萬事之處，故曰地。參見本集卷一四病中寄山中故舊八首注〔一九〕。

〔四〕「已喜眼根今現證」二句：法華經合論卷六：「問曰：『轉身得與陀羅尼菩薩共生一處，則知聞持之力勝。然特又叙眼耳鼻舌身意，何也？』曰：『以示令凡夫衆生聞持之力勝，則有一生現證六根清淨者。』」

〔五〕「表裏洞然無量相」二句：謂盲僧心地表裏洞然，故外界晦明與否皆難以遮蔽。

〔六〕千竿玉：雪壓千竿竹，潔白如玉，故稱。

〔七〕五合陳：五合陳粟。東坡詩集注卷一九贈月長老：「子有折足鐺，中容五合陳。」趙次公注：「『陳』字蓋前漢『太倉之粟陳陳也』。」此借用其語。

〔八〕夜深方見把針人：宋禪門習語。建中靖國續燈録卷八廬州興化仁岳禪師：「僧曰：『更深方見把針人。』師云：『且莫錯認。』」同書卷一二洪州黄龍山寶覺禪師：「僧曰：『本末祇如是，宗乘事若何？』師云：『夜深方見把針人。』」古尊宿語録卷四二寶峰雲庵真淨禪師住筠州聖壽語録：「上堂：『真不掩僞，曲不藏直。雪後始知松柏操，夜深方見把針人。參！』」

白雲守端禪師廣録卷一江州承天禪院語録：「所以道，夜深方見把針人。若未然者，滿船明月一竿竹，家住五湖歸去來。」此戲謂盲僧不辨日夜，夜深猶可把針。

〔九〕九峰：輿地紀勝卷二七江南西路瑞州：「九峰山，在上高縣西五十里，其峰有九，奇秀峻聳，因以名之。」錯按：本集卷四追和帛道猷一首序：「政和六年正月十日，余已定居九峰。」

〔一〇〕「空堦夜滴聞鈴響」二句：天聖廣燈録卷一三允誠禪師：「師云：『門前鍾擊響，側耳誦經聲。』」此化用其意。　荷塘：代指盲僧本明師弟。　耳誦經：本明目盲，故謂其以耳誦經書。

送覺上人之洞山二首〔一〕

正中妙叶諱當頭〔二〕，洞水從教向逆流〔三〕。唱起新豐舊時曲〔四〕，要看躍浪鬬泥牛〔五〕。

八角通紅鐵彈丸，衲僧未嚼齒先酸〔六〕。笑中拋擲尋常事，石火敲時著眼看〔七〕。

【注釋】

〔一〕作年未詳。　覺上人：生平法系不可考，當爲曹洞宗僧人。　洞山：在筠州新昌縣，曹洞宗祖庭之一。輿地紀勝卷二七江南西路瑞州：「洞山院，在新昌縣太平鄉西南五十里，有太宗、仁宗所賜碑。」

〔二〕正中妙叶諱當頭：曹洞宗禪法之一。禪林僧寶傳卷一撫州曹山本寂禪師傳載洞山良价禪師五位君臣偈曰：「正中來，無中有路出塵埃。但能不觸當今諱，也勝前朝斷舌才。」密庵和尚語録：「師云：『明投暗合，八面玲瓏，不犯當頭，轉身有路。曹洞門下，足可觀光。』」廓門注：「『叶』當作『挾』。寶鏡三昧曰：『正中妙挾，敲唱雙舉。』」參見本集卷八游龍王贈雲老注〔二〕。

〔三〕洞水從教向逆流：景德傳燈録卷一七湖南龍牙山居遁禪師：「一日問：『如何是祖師意？』洞山曰：『待洞水逆流，即向汝道。』師從此始悟厥旨。」

〔四〕新豐舊時曲：指洞山良价禪師所作新豐吟，其辭曰：「古路坦然誰措足，無人解唱還鄉曲。清風月下守株人，涼兔漸遥春草緑。天香襲兮絶芬馥，月色凝兮非照燭。行玄猶是涉崎嶇，體妙因兹背延促。殊不然兮何展縮，縱得然兮混泥玉。獬豸同欄辨者嗤，薰蕕共處須分郁。長天月兮遍豁谷，不斷風兮偃松竹。我今到此得從容，吾師叱我相隨逐。新豐路兮峻仍觳，新豐洞兮湛然沃。登者登兮不動摇，游者游兮莫忽速。絶荆榛兮罷釿斸，飲馨香兮味清肅。負重登臨脱屣迴，看他早是空擔鞠。來駕肩兮履芳躅，至澂心兮去凝目。亭堂雖有到人稀，林泉不長尋常木。道不鐫雕非曲顐，郢人進步何瞻矚。工夫不到不方圓，言語不通非眷屬。事不然兮詎冥旭，我不然兮何斷續。慇懃爲報道中人，若戀玄關即拘束。」見筠州洞山悟本禪師語録。新豐：即洞山。余靖武溪集卷九筠州洞山普利禪院傳法記：「筠之望山曰新豐洞，有佛刹曰普利禪院。唐咸通中，悟本大師始翦荆而居之。」

〔五〕躍浪鬬泥牛：景德傳燈録卷八潭州龍山和尚：「洞山又問：『和尚見箇什麽道理，便住此山？』師云：『我見兩箇泥牛鬬入海，直至如今無消息。』」又見筠州洞山悟本禪師語録。

〔六〕「八角通紅鐵彈丸」二句：喻曹洞宗之禪理如鐵丸難以咀嚼品味，僧人未參學先已畏難。古尊宿語録卷二〇舒州白雲山海會演和尚初住四面山語録：「後到白雲門下，咬破一箇鐵酸餡，直得百味具足。」此反其意而用之。又嘉泰普燈録卷一襄陽府廣德第二代義禪師：「問：『向上一路，千聖不傳。和尚還傳否？』曰：『鐵丸驀口塞，難得解吞人。』」此規模其意而形容之。蓋鐵彈丸本已難咬破，加之通紅滚燙，固不可吞；復加以八角，則丸非圓滑光潔者，更難以下嚥。

〔七〕石火敲時著眼看：汾陽無德禪師語録卷上五位頌：「正中偏，霹靂鋒機著眼看。石火電光猶是鈍，思量擬議隔千山。」此化用其語意，謂曹洞宗禪法之機鋒，如擊石之火，轉瞬即逝，不可思量擬議。

謝保福寄蜜〔一〕

蜜脾新滿割山房〔二〕，都是諸花知見香㈠〔三〕。味絶中邊深有旨（爲有）㈡〔四〕，待將無舌爲君嘗。

【校記】

㈠都：新撰貞和分類古今尊宿偈頌集卷下作「覩」。

㈡有旨：原作「爲有」，尊宿偈頌集作「有肯」，今從重刊貞和類聚祖苑聯芳集卷八。

【注釋】

〔一〕作年未詳。保福：疑指漳州保福本權禪師，爲黄龍祖心法嗣，屬臨濟宗黄龍派南嶽下十三世，惠洪同輩法兄。嘉泰普燈録卷六載其機語。

〔二〕蜜脾：蜜蜂以蜜蠟造成連片之窠房，亦稱蜜排。陸佃埤雅卷一〇蜂：「採取百芳釀蜜，其房如脾，今謂之蜜脾。」李商隱閨情：「紅露花房白蜜脾，黄蜂紫蝶兩參差。」

〔三〕知見香：山谷外集詩注卷七次韻答叔原會寂照房呈稚川：「坐有稻田衲，頗薰知見香。」史容注：「釋氏書有解脱知見香。」

〔四〕味絶中邊深有旨：四十二章經：「佛言：『人爲道，猶若食蜜，中邊皆甜。吾經亦爾，其義皆快，行者得道矣。』」此借蜜味以喻佛法。

太平有老僧頃見大本禪師掩門久不出乃書其壁〔一〕

跛脚阿師六世孫〔二〕，毗陵古寺獨關門〔三〕。也知祖是陳尊宿，平昔高風宛尚存〔四〕。

【注釋】

〔一〕元符三年夏作於常州。 太平：常州太平寺。咸淳毗陵志卷二五觀寺：「太平興國禪寺，在州東南四里。齊高祖創，名建元。唐乾元中，僧法偁始大之，穹堂偉殿，甲於諸刹。太平興國中改今額。胡文恭記云：『蕭齊舊刹，吴土名藍。』蘇文忠嘗賦牡丹詩云：『武林千葉照觀空，别後湖山幾信風。自笑眼花紅緑眩，還將白首看鞓紅。』」 大本禪師：即宗本，常州無錫人，俗姓管氏。嗣法天衣義懷禪師，嘗住蘇州瑞光、杭州淨慈。神宗召見，賜金襴衣，加號圓照禪師，延住京師慧林寺。敕謚法空禪師。屬雲門宗青原下十一世。事具禪林僧寶傳卷一四。其法嗣善本亦嘗住杭州淨慈，故世謂宗本爲大本，善本爲小本。參見本集卷三次韻道林會規方外注〔一五〕。

〔二〕跛脚阿師：指雲門文偃禪師。祖庭事苑卷一雲門録上：「初至睦州，參陳尊宿，扣其門。陳問：『阿誰？』曰：『文偃。』陳開門把住曰：『道！道！』師無語。陳曰：『秦時輚轢鑽。』遂托開，以門揜折右足。師因發明大意。」參見本集卷一〇自張平道入瑶谿注〔三〕。 六世孫：老僧之法系爲：雲門文偃—香林澄遠—智門光祚—雪竇重顯—天衣義懷—慧林宗本—太平老僧。 錯按：據本集他處推算法，太平老僧當爲雲門文偃七世孫，參見卷一三送太淳長老住明教注〔七〕。

〔三〕毗陵：常州古稱毗陵郡。

〔四〕「也知祖是陳尊宿」二句：禪林僧寶傳卷二韶州雲門大慈雲弘明禪師傳：「初至睦州，聞有老宿飽參，古寺掩門，織蒲屨養母，往謁之。……老宿名道蹤，嗣黄檗斷際禪師，住高安米山寺，以母老東歸。叢林號陳尊宿。」太平古寺老僧亦掩門久不出，故以陳尊宿喻之。

宿慈祥室〔一〕

行智慧心名解脱〔二〕，絶荆棘地號慈祥〔三〕。煙消火冷諸緣盡，憎愛化爲平等光。

【注釋】

〔一〕作年未詳。慈祥室：未知其地所在。

〔二〕行智慧心名解脱：大般涅槃經卷二七師子吼菩薩品：「具正慧者，遠離一切煩惱諸結，是名解脱。」

〔三〕絶荆棘地號慈祥：大般涅槃經卷一壽命品：「爾時娑羅雙樹吉祥福地……唯除尊者摩訶迦葉、阿難二衆，阿闍世王及其眷屬，乃至毒蛇視能殺人蜣蜋蝮蠍及十六種行惡業者，一切來集，陀那婆神、阿修羅等，悉捨惡念，皆生慈心，如父如母，如姊如妹。三千大千世界衆生慈心相向，亦復如是，除一闡提。爾時三千大千世界，以佛神力故，地皆柔軟，無有丘墟、土沙、礫石、荆棘、毒草，衆寶莊嚴，猶如西方無量壽佛極樂世界。」

撫州北景德寺不見古畫第五尊羅漢〔一〕

十八聲聞解脱(倒)根㊀〔二〕，少叢林漢亂山門㊁〔三〕。知他何處攞齋去㊂〔四〕，不見雲堂(堂中)第五尊㊃〔五〕。

【校記】

㊀聲聞：冷齋夜話作「應真」。　脱：原作「倒」，溪堂集、詩話總龜、苕溪漁隱叢話作「埵」，今從四庫本冷齋夜話。參見注〔二〕。

㊁林：四庫本冷齋夜話作「羅」，誤。參見注〔三〕。

㊂攞：溪堂集作「邏」，四庫本冷齋夜話作「進」，詩話總龜、苕溪漁隱叢話作「羅」。

㊃雲堂：原作「堂中」，今據溪堂集、冷齋夜話、詩話總龜、苕溪漁隱叢話改。參見注〔五〕。

【注釋】

〔一〕大觀元年作於撫州臨川縣。　北景德寺：明一統志卷五四撫州府：「北景德寺在府治東北，有應夢閣羅漢靈跡。宋曾鞏、王安石於此題名，有記。」鍇按：此詩本事見謝逸溪堂集卷七應夢羅漢記：「顯謨閣待制朱公治撫之二年，革北景德律寺爲叢林，敦請真淨法子惠洪，委以禪席。余嘗與惠洪周覽寺中，得古畫一束於敗壁之下，展而眎之，乃十八大阿羅漢也。

然亡其一焉，是爲第五喏羅尊者。洪作詩嘲之曰：『十八聲聞解埵根，少叢林漢亂山門。知他何處邏齋去，不見雲堂第五尊。』後兩月，武雄副指揮使杜益之女，夢一老僧入其室。杜氏曰：『此軍營也，僧胡爲來哉？』僧曰：『我非凡僧也，乃北景德羅漢耳。今失其侶，煩迺翁爲我尋之。』杜氏覺而診其夢，益恍然不知何等語也。後數日，益與其女過旁舍，見壁間有古畫羅漢。女驚曰：『此夢中所見老僧也。』益得之，以示洪。洪笑曰：『吾詩所謂不見雲堂第五尊，汝何自得之哉？』益悲喜再拜，爲言其事，又施財裝背，及新其閣而居之。嗚呼！異哉！彼羅漢者，棄於敗壁之下久矣，不示現於伽藍，而示現於軍營；不託夢於比丘，而託夢於女子。果何謂哉？蓋非羅漢願力深重，憫兹卒伍流浪苦海，貪怖生死，業障纏縛，無解脱期，所以示現於軍營，而託夢於女子者，豈徒然哉！」又見於冷齋夜話卷一羅漢第五尊失隊：「予住臨川景德寺，與謝無逸輩升閣，得禪月所畫十八應真像，甚奇，而失第五軸。予口占嘲之曰：『十八應真解脱根，少叢羅漢亂山門。不知何處進齋去，未見雲堂第五尊。』明日，有女子來拜，叙曰：『兒南營兵妻也，寡而食素。夜夢一僧來言曰：「我本景德僧，因行失隊，煩相引歸寺，可乎？」既覺，而隣家要飯，入其門，壁間有畫僧，形狀了然夢所見也。』時朱世英守臨川，異之，使迎還，爲閣藏之。予方少年時，羅漢且畏予嘲；及其老也，如梵吉者亦見侮，可怪也。」兩處記載不同。冷齋夜話爲惠洪晚年追憶，當以謝逸所記爲是。詩話總龜後集卷四三、苕溪漁隱叢話前集卷五六引冷齋夜話，文字略異。

〔二〕十八聲聞解脱根：指五代禪月大師貫休所畫十八大阿羅漢。聲聞：佛教三乘之一聲聞乘，即小乘，其修證最高果位爲阿羅漢果。故此稱十八大阿羅漢爲十八聲聞。阿毗曇毗婆沙論卷三三：「非時解脱阿羅漢有一種退：先得善法，不現前行，無得退，非退法故，無不得退。若於非時解脱根已定，不求辟支佛、佛根故。」底本「解脱根」作「解倒根」，溪堂集作「解埵根」，均不辭，今從四庫本冷齋夜話改。鍇按：法住記：「時諸大衆聞是語，已少解憂悲，復重請言：『所説十六大阿羅漢，我輩不知其名何等。』慶友答言：『第一尊者名賓度羅跋囉惰闍，第二尊者名迦諾迦伐蹉，第三尊者名迦諾迦跋釐墮闍，第四尊者名蘇頻陀，第五尊者名諾距羅，第六尊者名跋陀羅，第七尊者名迦理迦，第八尊者名伐闍羅弗多羅，第九尊者名戍博迦，第十尊者名半託迦，第十一尊者名囉怙羅，第十二尊者名那伽犀那，第十三尊者名因揭陀，第十四尊者名伐那婆斯，第十五尊者名阿氏多，第十六尊者名注荼半託迦。如是十六大阿羅漢，一切皆具三明、六通、八解脱等無量功德，離三界染，誦持三藏，博通外典。承佛敕故，以神通力延自壽量，乃至世尊正法應住，常隨護持，及與施主作真福田，令彼施者得大果報。』」貫休所畫本爲十六大阿羅漢，如蘇軾觀音贊引曰：「興國浴室院法真大師慧汶，傳寶禪月大師貫休所畫十六大阿羅漢。」宋人以訛傳訛，添加爲十八大阿羅漢，蘇軾亦不辨，其自海南歸過清遠峽寶林寺敬贊禪月所畫十八大阿羅漢，畫中加慶友尊者爲第十七，賓頭盧尊者爲第十八。然慶友爲大阿羅漢難提蜜多羅之譯名，即法住記之説者；賓頭盧即第一尊者賓度羅跋囉惰闍，實不當在其列。

〔三〕少叢林漢：鄙視禪林之漢子，指不遵佛門清規戒律之僧人，此特指羅漢。古尊宿語録卷四三寶峰雲庵真淨禪師住廬山歸宗語録：「上堂：『山門今日供養羅漢，爲十方檀越酬還心願。……三界不奈伊何，堪受人天供養。這一隊少叢林漢，總好與二十拄杖！』」惠洪語本此。

〔四〕攞齋：搜羅齋飯，亦作「羅齋」、「邏齋」。禪宗頌古聯珠通集卷二〇天目禮禪師頌鎮州普化和尚公案：「大悲院裏邏齋去，肘露皮穿可怪哉。」范成大石湖集卷二五老陳道人自云夢被召作地上主者又常受一貴家供祝之曰他日必來吾家作兒戲贈小頌：「幸有于門香積供，不如隨喜去羅齋。」破庵祖先禪師語録：「者風顛漢，不妨令人疑著，及至被人窮詰將來，却只道得箇羅齋打供，也似熟處難忘。」

〔五〕雲堂：即雲堂院，代指貫休所畫羅漢。輿地紀勝卷二六江南西路隆興府景物下：「雲堂院，在新建縣界，唐禪月大師貫休隱居所也。本朝元豐中，建閣以奉休所寫十六羅漢。楊無爲詩云：『羅漢十六軸，江僧寄此山。畫稱天下絶，人自定中還。』潘清逢（逸？）詩云：『擬將十幅綃，繪出雲堂景。』」　第五尊：即諸距羅尊者。溪堂集作「喏羅尊者」，有脱誤。底本「雲堂」作「堂中」，於事無所本，今據溪堂集、冷齋夜話改。

留題覺軒〔一〕

自笑忍飢空畫餅，誰期擊竹喪全身〔二〕。休誇魏藥能起死〔三〕，須信金塵解翳人〔四〕。

【注釋】

〔一〕作年未詳。　覺軒：未知其地所在。

〔二〕「自笑忍飢空畫餅」二句：釋覺軒得名之義。景德傳燈録卷一一鄧州香巖智閑禪師：「祐和尚知其法器，欲激發智光。一日謂之曰：『吾不問汝平生學解及經卷册子上記得者，汝未出胞胎、未辨東西時本分事，試道一句來。吾要記汝。』師懵然無對，沈吟久之，進數語陳其所解。祐皆不許。師曰：『却請和尚爲説。』祐曰：『吾説得是吾之見解，於汝眼目何有益乎？』師遂歸堂，遍檢所集諸方語句，無一言可將酬對，乃自歎曰：『畫餅不可充飢。』於是盡焚之曰：『此生不學佛法也，且作箇長行粥飯僧，免役心神。』遂泣辭潙山而去。抵南陽，覩忠國師遺迹，遂憩止焉。一日，因山中芟除草木，以瓦礫擊竹作聲。俄失笑間，廓然惺悟。遽歸，沐浴焚香，遥禮潙山，贊云：『和尚大悲，恩逾父母，當時若爲我説却，何有今日事也。』」

〔三〕魏藥：即阿魏藥。唐王燾外臺秘要方卷一三鬼氣方三首之一：「崔氏療鬼氣辟邪惡阿魏藥安息香方：阿魏藥，即涅盤經云『央匱』是也。」唐釋法藏梵網經菩薩戒本疏卷四：「又釋其阿魏藥，梵語名興渠。」一切經音義卷六七：「興渠（此是樹汁，西國取之，以置食中。今有阿魏藥是也）。」

〔四〕金塵解翳人：鎮州臨濟慧照禪師語録：「侍云：『金屑雖貴，落眼成翳，又作麽生？』師云：『將爲爾是箇俗漢。』」此化用其意。

大風雪中迪吉老尋余鍾山二首〔一〕

風聲卷地犇萬馬，雪花連空若推下。道人軒渠何所來〔二〕，笑裹丹砂（沙）不知價㊀〔三〕。

萬事信緣安樂法〔四〕，一身隨分實頭禪〔五〕。不知影草聲前句〔六〕，何似和衣粥後眠。

【校記】

㊀砂：原作「沙」，今從四庫本。

【注釋】

〔一〕大觀二年冬作於江寧府鍾山。迪吉老：據「道人軒渠何所來」句，其人應是僧徒，然生平法系不可考。

〔二〕軒渠：笑貌。已見前注。

〔三〕笑裏丹砂：本集卷三次韻莫翁豐年斷：「喜如初得丹砂訣。」底本作「丹沙」。廓門注：「『沙』當作『砂』。」其説甚是。

〔四〕萬事信緣安樂法：禪林僧寶傳卷二六延恩安禪師傳：「安每謂人曰：『萬事隨緣，是安樂法。』」此化用其語。

〔五〕一身隨分實頭禪：景德傳燈録卷一一杭州徑山洪諲禪師：「僧問：『如何是長？』師曰：『千聖不能量。』曰：『如何是短？』師曰：『蟭螟眼裏著不滿。』其僧不肯，便去舉似石霜。石霜云：『只爲太近實頭。』」林間録卷上：「大溈真如禪師一生誨門弟子，但曰：『作事但實頭。』」羅湖野録卷上：「雁山能仁元禪師有示徒偈曰：『雁山枯木實頭禪，不在尖新語句邊。背手忽然摸得著，長鯨吞月浪滔天。』」　實頭：老實，實在。

〔六〕影草聲前句：鎮州臨濟慧照禪師語録：「師問僧：『有時一喝如金剛王寶劍，有時一喝如踞地金毛師子，有時一喝如探竿影草，有時一喝不作一喝用。汝作麽生會？』僧擬議，師便喝。」

背塵軒〔一〕

思慮不及猶爲物，分别未忘都是夢。阿難樹見竟難分〔二〕，曹谿風幡元不動〔三〕。

【注釋】

〔一〕作年未詳。背塵軒：未知其地所在。唐釋宗密禪源諸詮集都序卷上：「但衆生迷真合塵，即名散亂；背塵合真，方名禪定。」宋釋子璿金剛經纂要刊定記卷三：「養真謂悟理合覺，棄僞謂達妄背塵也。」同卷又曰：「迷時背覺合塵名如去，悟了背塵合覺名如來。」鍇按：廓門注：「楞嚴經曰：『背覺合塵。』」其注不確，蓋「背覺合塵」乃因「衆生迷悶」之故，與「背塵合覺」義相反，軒名非取自楞嚴經此語。

〔二〕阿難樹見竟難分：楞嚴經卷二：「阿難言：『我實遍見此祇陀林，不知是中何者非見？何以故？若樹非見，云何見樹？若樹即見，復云何樹？如是乃至若空非見，云何爲空？若空即見，復云何空？我又思惟，是萬象中，微細發明，無非見者。』」

〔三〕曹谿風幡元不動：六祖大師法寶壇經行由品：「值印宗法師講涅槃經，時有風吹旛動，一僧曰『風動』，一僧曰『旛動』，議論不已。惠能進曰：『不是風動，不是旛動，仁者心動。』一衆駭然。」幡，同「旛」。

次韻廓然送瑫上人〔一〕

營辦勝緣真戲事，臨平此偈亦逢場〔二〕。妙無影跡如龍句，應笑癡人㞐夜塘〔三〕。

【注釋】

〔一〕宣和四年冬作於長沙。　廓然：即思慧禪師。　瑫上人：思慧弟子。參見本集卷六送瑫上人往臨平兼戲廓然注〔一〕。

〔二〕臨平：代指思慧，時住杭州臨平寺。參見本集卷一懷慧廓然注〔一〕。又本集卷二三有臨平妙湛慧禪師語録序，可參見。廓門注：「臨平山在杭州府。」

〔三〕「妙無影跡如龍句」二句：此以雪竇重顯禪師頌古之妙句比況思慧之妙偈。碧巖録卷一第七則慧超問佛引雪竇頌古曰：「三級浪高魚化龍，癡人猶戽夜塘水。」廓門注：「『如龍』當作『化龍』歟？」錯按：思慧屬雲門宗青原下十三世，爲雪竇重顯之裔孫，其法系爲雪竇重顯—天衣義懷—慧林宗本—法雲善本—妙湛思慧。

游南禪〔一〕

智光廣大精進力，化作人間釋梵宮〔二〕。我亦生涯無一鉢，伴公他日聽樓鐘〔三〕。

【注釋】

〔一〕作年未詳。　南禪：佛寺名。江西通志卷一一二寺觀二撫州府：「南禪寺在府城東隅，已廢爲營房。」疑即此。

〔二〕化作人間釋梵宮：蘇軾東林第一代廣惠禪師真贊：「蓋將拊掌談笑，不起于坐，而使廬山之下，化爲梵釋龍天之宮。」此化用其語意。

〔三〕伴公他日聽樓鐘：王安石北山道人栽松：「磊砢拂天吾所愛，他生來此聽樓鐘。」此化用其意。參見本集卷九投老庵讀雲庵舊題拜次其韻二首注〔三〕。

十生觀音生辰燒香偈示智俱㊀〔一〕

十世爲僧生復死〔二〕，今朝生死不相干。從來被眼常遮蓋，不信如今借汝看。

【校記】

㊀十生：武林本作「十世」。

【注釋】

〔一〕約宣和四年六月二十五日作於長沙。十生觀音：又稱十世觀音，即僧慧寬，亦作惠寬，俗姓楊。續高僧傳卷二五益州淨惠寺釋惠寬傳載其事甚詳，稱惠寬「永徽四年夏六月二十五日，春秋七十，卒於淨慧寺」。本集卷三〇十世觀音應身傳亦稱唐十世觀音僧慧寬卒於永徽四年夏六月二十五日。依本集體例，高僧「生辰」即其忌日，故此燒香偈必作於六月二十五日，姑繫於此。參見本集卷一三十世觀音生辰六月二十六日二首注〔一〕、〔二〕。燒香偈：本集卷二七跋東坡山谷帖二首之二：「前代尊宿火浴，無燒香偈子，山谷獨能偈之。初見羅漢南公化，作偈，其略曰：『黑蟻旋磨千里錯，巴蛇吞象三年覺。』天下衲子聽瑩十年。晦堂曰：『魯直作此有據乎？亦意造爾？』山谷曰：『吾聊爲叢林戲耳。』」然「黑蟻」二句，山谷集卷一五題作羅漢南公升堂頌，非名燒香偈。宋釋仁岳釋迦降生禮讚文卷末附燒香偈，然與亡僧火化無關。東坡詩集注卷一三和黃魯直燒香二首之一：「四句燒香偈子，隨香偏滿東南。」趙次公注：「金剛經偈，謂之四句偈。」此乃唱和黃庭堅詠帳中香詩，亦非爲亡僧而作。疑此種「生辰燒香偈」爲惠洪首創，而託名山谷，俟考。　智俱：惠洪弟子，生平未詳。紹興初嘗化緣刊刻惠洪所撰尊頂法論（即楞嚴經合論）。參見本集卷九四月二十五日智俱侍者生日戲作此授之注〔一〕。

〔二〕十世爲僧生復死：十世觀音應身傳：「予讀無爲山廣録，公始發心，日誦觀世音名十萬徧，生五天，十世爲居士；生震旦，十世爲比丘，皆出楊氏。」

題自肯庵〔一〕

諸方説禪炙手熱，此庵默坐如冰冷〔二〕。美食不中飽人餐，他人不肯我自肯〔三〕。

【注釋】

〔一〕作年未詳。自肯庵：未知其地所在。景德傳燈録卷一八福州長慶慧稜禪師：「後之雪峰，疑情冰釋。自此疇問，未嘗爽於玄旨。乃述悟解。頌曰：『萬象之中獨露身，唯人自肯乃方親。昔時謬向途中覓，今日看如火裏冰。』」庵名當取自此。

〔二〕「諸方説禪炙手熱」二句：林間録卷上：「地藏琛禪師，能大振雪峰、玄沙之道者，其秘重大法，恬退自處之效也歟？予嘗想見其爲人，城隈古寺，門如死灰，道容清深，戲禪客曰：『諸方説禪浩浩地，爭如我此間栽田博飯喫。』有旨哉！」此化用其意。参見本集卷一送充上人謁南山源禪師注〔五〕、〔六〕。炙手熱：九家集注杜詩卷二麗人行：「炙手可熱勢絶倫，慎莫近前丞相嗔。」注：「元載時委左右人四人用事，權傾中外，人爲之語曰：『炙手可熱，卓、李、鄭、薛。』言勢焰燻灼，可以炙手也。」

〔三〕「美食不中飽人餐」二句：舒州投子山妙續大師語録（即投子義青禪師語録）：「師云：『和尚教某甲何爲？』秀云：『何不參禪去。』師云：『美食不中飽人喫。』秀云：『爭奈大有人不肯上座。』師云：『待肯堪作什麽？』」此化用其意以釋「自肯」之義。鍇按：「美食不中飽人餐」乃禪林習語。以飽食之人面對美食而無食慾，喻禪僧已入悟境，於他人禪法皆無興趣。古尊宿語録卷三九智門祚禪師語録：「進云：『國師辜負侍者，意旨如何？』師云：『美食不中飽人餐。』」碧巖録卷二第十九則俱胝只竪一指：「天龍和尚到庵，胝乃迎禮，具陳前事。

天龍只竪一指而示之，俱胝忽然大悟。是他當時鄭重專注，所以桶底易脱，後來凡有所問，只竪一指。長慶道：『美食不中飽人喫。』」

與朱世英夜論玄沙香嚴雲庵宗旨三首〔一〕

子母俱忘脱體看〔二〕，纖毫纔動被渠瞞。若非竪亞頂門眼〔三〕，那辨紅鑪點雪寒〔四〕。

言下百骸俱脱盡〔五〕，更無一法覆藏伊。亡僧對面分明看〔六〕，却是禪和眼搭凝〔七〕。

睡美春來常失曉〔八〕，日高衾暖懶翻身。戲將古寺閑房趣〔九〕，誇與鬧中無事人。

【注釋】

〔一〕大觀元年作於撫州臨川縣。朱世英：朱彦字世英，南豐人。時以顯謨閣待制知撫州。參見本集卷一一朱世英守臨川新開軒而軒有槐高數尺因名之作此注〔一〕。玄沙：唐高僧師備禪師。香嚴：唐高僧智閑禪師。雲庵：真淨克文禪師。均已見前注。

〔二〕子母俱忘脱體看：碧巖録卷二第十六則鏡清啐啄機：「不見香嚴道：『子啐母啄，子覺無殼。子母俱忘，應緣不錯。同道唱和，妙玄獨脚。』」五燈會元卷九鄧州香嚴智閑禪師載其「子啐母啄」偈，作「子母俱亡」。

〔三〕豎亞頂門眼：額上豎垂之第三隻眼，喻指非常之眼。景德傳燈録卷一六鄂州巖頭全豁禪師：「又曰：『吾教意如摩醯首羅劈開面門，豎亞一隻眼。此是第二段義。』」智證傳：「摩醯首羅面上豎亞一目，非常目也。」古尊宿語録卷四二寶峰雲庵真淨禪師語録住洞山語録：「上堂：『久晴忽雨，久雨又晴。天機莫測，吾道可明。』乃喝云：『具頂門眼者看。』」

〔四〕紅鑪點雪寒：景德傳燈録卷一四潭州長髭曠禪師：「石頭曰：『嶺頭一尊功德，成就也未？』師曰：『成就久矣，只欠點眼在。』石頭曰：『莫要點眼麽？』師曰：『便請。』石頭乃翹一足，師禮拜。石頭曰：『汝見什麽道理，便禮拜？』師曰：『據某甲所見，如洪鑪上一點雪。』」紅鑪，即洪鑪。

〔五〕言下百骸俱脱盡：此言肉體之死亡。景德傳燈録卷三〇丹霞和尚翫珠吟二首之二：「識得衣中寶，無明醉自醒。百骸雖潰散，一物鎮長靈。」

〔六〕亡僧對面分明看：景德傳燈録卷一八福州玄沙師備禪師：「我尋常道：亡僧面前正是觸目菩提。萬里神光頂後相，若人覯得，不妨出得陰界，脱汝髑髏前意想。」

〔七〕眼搭癡：當作「眼搭眵」，猶言目中挂眼屎，喻看不清。長靈守卓禪師語録送諸方行化：「火裏生蓮世豈知，入廛須是丈夫兒。毗耶老漢如相扣，報道年來眼搭眵。」搭，挂。眵，目汁凝結，即眼屎。歐陽修寄聖俞：「眼眵不辨騧與驪。」一切經音義卷一五：「眼眵：齒支反。韻詮云：『目汁疑也。』説文：『目汁也。從目，從侈省聲也。』」錯按：「眵」，禪籍亦多涉音近而誤作「癡」，如古尊宿語録卷二二黄梅東山演和尚語録：「赤土畫簸箕，從教眼搭癡。」慈受懷深禪師廣録卷一：「此事不愁怕爛了，賣者雖多買者少。慧林長老眼搭癡，誰敢按牛頭喫草。」

〔八〕失曉：謂不知天曉，起身晚。已見前注。

〔九〕古寺閑房趣：本集卷一八陳尊宿贊：「即袖手去，古寺閑房。織屨養母，自含其光。」參見本卷讀古德傳八首注〔二〕。

立上人北游五頂南還畫文殊雲間之相余政和年秋游翠巖立持以展洪崖橋上時山雲廓清萬峰劍立谿轉雷驚行人悚動忽瞻瑞相如見於岱嶽時余聞文殊爲根本智智無不立豈獨現於五頂耶〔一〕

稽首一切智成就，譬如一月落萬水〔二〕。乃知洪崖橋上看，不離文殊一月體。

【注釋】

〔一〕政和七年秋作於洪州新建縣。錯按：詩題中「政和年秋」有脱字，當爲「政和七年秋」。

立上人：翠巖院禪僧，疑字通端。　翠巖：即翠巖院。輿地紀勝卷二六江南西路隆興府景物下：「翠巖院，在南昌，一名北巖。元祐以來，有僧可真、擇宗以禪學爲叢林唱，相繼居法席。其徒自遠方至者幾千人。寺藏李後主所畫羅漢及南唐經文，與韓熙載、徐鉉碑文並存。實爲豫章之甲刹。洪駒父詩云：『非關風雨留連我，要作山間十日留。』」明一統志卷四九南昌府：「翠巖廣化院，在府城西四十里。梁景明初劉準建。初名常緣，唐改洪井，又改翠巖。南唐時號翠巖廣化。」　洪崖橋：明一統志卷四九：「洪崖橋，在府治西翠巖寺側洪井之上。」參見本集卷一四登洪崖橋與通端三首注〔一〕。　岱嶽：泰山。　鍇按：惠洪未嘗至泰山，疑誤用而代指五臺山。　文殊爲根本智：華嚴經合論卷二六：「爲文殊是諸佛之慧，不動智是體，文殊是用，以將此一切諸佛、一切衆生根本智之體用門，與一切信心者，作因果體用故。」　五頂：指五臺山，爲文殊菩薩道場。文殊師利寶藏陀羅尼經：「爾時世尊復告金剛密迹主菩薩言：『我滅度後，於此贍部洲東北方，有國名大振那，其國中間有山，號爲五頂。文殊師利童子游行居住，爲諸衆生於中説法。』」此文殊菩薩所居五頂即代州五臺山，參見廣清涼傳卷上。

〔二〕譬如一月落萬水：謂一文殊瑞相而處處示現，如一月而於萬水中示現。景德傳燈録卷三〇永嘉真覺大師證道歌：「一性圓通一切性，一法遍含一切法。一月普現一切水，一切水月一月攝。」此化用其意。

題永安居士軒壁〔一〕

謾説難酬彼上人，上人言語未全真。世間所有皆虛幻，何獨芭蕉可喻身〔二〕。

【注釋】

〔一〕作年未詳。永安居士：姓名生平不可考。

〔二〕何獨芭蕉可喻身：如維摩詰經卷上方便品：「是身如聚沫，不可撮摩；是身如泡，不得久立；是身如炎，從渴愛生；是身如芭蕉，中無有堅。」又喻是身如幻、如夢、如影、如響、如浮雲、如電，不一而足。

出山寄詮上人〔一〕

孤笻冒雨出山去，應與道人增笑聲。永愧蕭蕭碧巖下，衲衣清散自經行〔二〕。

【注釋】

〔一〕崇寧元年夏作於南康軍建昌縣。詮上人：雲居寺禪僧，疑即百丈元肅禪師法嗣永壽信詮禪師。參見本集卷四次韻雲居詮上人有感注〔一〕。

〔二〕衲衣清散自經行：東林十八高賢傳慧永法師傳：「鎮南將軍何無忌鎮尋陽，至虎溪，請遠公及師。遠公持名望，從徒百餘，高言華論，舉止可觀。師衲衣半脛，荷錫捉鉢，松下飄然而至。無忌謂衆曰：『永公清散之風，乃多於遠師也。』」此暗用其同門事，以遠公喻己，而以永公喻詮上人，以示「出山」之愧意。

送一萬回〔一〕

當年隨我出西州〔二〕，到處雲山共勝游。那料秦淮煙雨裏〔三〕，倚筇看子上孤舟。

【注釋】

〔一〕大觀二年作於江寧府。一萬回：僧一，字萬回，惠洪師弟。參見本集卷八送一上人注〔一〕。

〔二〕西州：本集西州指蜀地，然惠洪平生未嘗至蜀。疑爲南州之誤，代指洪州。

〔三〕秦淮：秦淮河，在江寧府。

道逢南嶽太上人游京師戲贈其行〔一〕

野外相逢一笑新，十年峰頂卧雲人〔二〕。却將南楚登山脚〔三〕，去踏東華没馬塵〔四〕。

【注釋】

〔一〕元符元年作於撫州臨川縣。　南嶽太上人：即法太禪師，字希先，雲蓋守智法嗣，屬臨濟宗黄龍派南嶽下十三世，惠洪法弟。已見前注。

〔二〕臥雲人：蘇軾贈清涼寺和長老：「代北初辭没馬塵，江南來見臥雲人。」此句與末句「没馬塵」皆借用其語。

〔三〕南楚：廓門注：「南楚謂衡州。」鍇按：史記貨殖列傳：「衡山、九江、江南、豫章、長沙，是南楚也。」此泛指湖南潭州、衡州一帶。

〔四〕東華：廓門注：「東華謂杭州。」殊誤。鍇按：汴京有東華門，故本集以「東華」代指京師開封府，非指杭州。已見前注。

僧從事文字禪三首〔一〕

中郎書異爲忠孝〔二〕，右轄詩清付水雲〔三〕。林下一燈長到曉，此生真復是知聞〔四〕。

一麟衆角失精彩〔五〕，尺璧千巖發耿光〔六〕。借面北人無四目〔七〕，獨餘方寸是慈祥〔八〕。

三多授子文章法〔九〕，壞衲酬吾老大心。簾卷暮涼煙翠重，一聲雲斧覺山深〔一〇〕。

【注釋】

〔一〕約宣和五年作於長沙。　僧從事文字禪：當指僧人學習詩文寫作。如本集卷九賢上人覓偈：「懶修枯骨觀，愛學文字禪。」卷一一贈湧上人乃仁老子也：「應傳畫裏風煙句，更學詩中文字禪。」亦指抄録惠洪詩文，如本卷與法護禪者：「手抄禪林僧寶傳，暗誦石門文字禪。」卷二六有題佛鑑蓄文字禪。

〔二〕中郎書異爲忠孝：謂蔡邕著書特異而爲人忠孝。蔡邕字伯喈，東漢陳留人。靈帝時拜郎中，與楊賜等奏定六經文字，立碑太學門外。董卓徵召爲祭酒，累遷中郎將。邕少博學，好辭章，精音律，善鼓琴，又工書畫。後人輯其文爲蔡中郎集。後漢書蔡邕傳：「所著詩、賦、碑、誄、銘、讚、連珠、箴、弔、論議、獨斷、勸學、釋誨、叙樂、女訓、篆埶、祝文、章表、書、記，凡百四篇傳於世。」同書又載太尉馬日磾語：「伯喈曠世逸才，多識漢事，當續成後史，爲一代大典，且忠孝素著。」　書異：或指其書法特異。張懷瓘書斷卷中論蔡邕書品：「工書絶世，尤得八分之精微，體法百變，窮靈盡妙，獨步今古。又創造飛白，妙有絶倫，動合神功，真異能之士也。」又云：「伯喈八分、飛白入神，大篆、小篆、隸書入妙。」

〔三〕右轄詩清付水雲：謂王維詩風清淡而身寄山林。王維字摩詰，太原祁人。晚官至尚書右丞，世稱王右丞或王右轄。以詩畫聞名開元、天寶間，題材多爲山水，風格清淡。新舊唐書有傳。　右轄：右丞之别稱。左右丞管轄尚書省事，故稱。參見本集卷五次韻登蘇仙絶頂注〔六〕。付水雲：王維詩如終南别業「行到水窮處，坐看雲起時」之類。

〔四〕知聞：謂見聞覺知，乃禪宗素所反對者。

〔五〕一麟衆角失精彩：宋高僧傳卷九唐南嶽石頭山希遷傳：「後聞廬陵清涼山思禪師爲曹溪補處，又攝衣從之。當時思公之門學者麕至，及遷之來，乃曰：『角雖多，一麟足矣。』」又見景德傳燈録卷五吉州青原行思禪師。

〔六〕尺璧千巖發耿光：謂一輪圓月可照亮千山萬壑。本集卷四示忠上人：「八月中秋滋露華，千巖尺璧生光彩。」即同此意。尺璧，徑尺之玉璧，以喻圓月。鍇按：此句或點化陸機文賦「石韞玉而山輝」之意，謂尺璧韞於山而千巖皆發輝光。

〔七〕借面：借他人之面容。後漢書禰衡傳：「衡曰：『文若可借面弔喪，稚長可使監厨請客。』」李賢注：「典略曰：『衡見荀儀容，但有貌耳，故可弔喪。』」　北人：未知其義，疑爲「他人」之誤，俟考。　無四目：王安石成字説後：「湖海老臣無四目，漫將糟粕污修門。」此點化其語。論衡骨相：「蒼頡四目，爲黄帝史。」參見本集卷一四悼山谷五首注〔九〕。此言不必借倉頡四目之面，方可從事文字禪。

〔八〕方寸：指心。景德傳燈録卷四金陵牛頭山法融禪師：「祖曰：『夫百千法門，同歸方寸；河沙妙德，總在心源。一切戒門、定門、慧門神通變化，悉自具足，不離汝心。』」

〔九〕三多授子文章法：宋陳師道後山詩話：「永叔謂爲文有三多：看多，做多，商量多也。」又朱勝非紺珠集卷一一引談苑：「學者當取三多：看讀多，持論多，著述多。三多之中，持論尤難，爲文須辭理相稱，不然，同乎按檢，不足取也。」二説不同。鍇按：釋道潛參寥子詩集卷七觀恭師詩書以二絶勉之之一：「請用三多爲祖式，他時自與古人羣。」同書卷一二寄伯言明發：「論議凛然無兩可，文章妙絶具三多。」鍇按：中國法帖全集第八册宋鳳墅帖收惠洪論作文曰：「古人以作文之旨不可傳，所可傳粗耳，不過曰讀多，制作多，議論多。三多之中，議論爲難。」此所言「文章法」，當指此。

〔一〇〕一聲雲斧：指樵夫伐木之聲。參見本集卷五次韻雪中過武岡注〔九〕。

金陵獄中謝人惠茶〔一〕

寶公關鎖尋常事〔二〕，諗老家風氣味長〔三〕。十載故人情外意，一杯今日雨前香〔四〕。

【注釋】

〔一〕大觀四年春作於江寧府。金陵獄中：寂音自序：「運使學士吴幵正仲請住清涼。入寺，爲狂僧誣以爲僞度牒，且旁連前住僧法和等議訕事，入制獄一年。」本集卷一一有金陵初入制院，卷一七有初入制院，可參見。

〔二〕寶公關鎖尋常事：此以南朝梁高僧寶誌入建康獄自比。建康即金陵。寶誌，高僧傳作保誌，世稱誌公，或稱寶公。本集卷三〇鍾山道林真覺大師傳載其事，曰：「武帝忿其惑衆，收付建康獄。」

〔三〕諗老家風氣味長：指趙州從諗禪師喫茶之家風。古尊宿語録卷一四趙州真際禪師語録之餘：「師問二新到：『上座曾到此間否？』云：『不曾到。』師云：『喫茶去。』又問：『那一人曾到此間否？』云：『曾到。』師云：『喫茶去。』院主問：『和尚不曾到，教伊喫茶去即且置，曾到爲什麽教伊喫茶去？』師云：『院主。』院主應諾。師云：『喫茶去。』」故叢林有「趙州茶」之説。

〔四〕雨前香：茶以穀雨前採摘最佳。苕溪漁隱叢話後集卷一一：「粗色茶即雨前者。閩中地暖，雨前茶已老而味加重矣。」明許次紓茶疏：「清明穀雨，摘茶之候也。清明太早，立夏太遲，穀雨前後，其時適中。」

隨與珉秀七八衲子爲辦寒具〔一〕

幽人十月猶絺綌〔二〕，萬瓦霜清木葉號。賴有西鄰念哀冷，夜窗叢手辦衣袍〔三〕。

【注釋】

〔一〕約宣和年間作於長沙。　隨與珉秀：隨、珉、秀諸禪僧，生平法系不可考。　辦寒具：

置辦禦寒之衣袍被衾。太平廣記卷三三八：「自勸問訊畢，謂婢曰：『方冬嚴寒，聞汝和尚未挾纊，今附絹二疋，與和尚作寒具。』」司馬光劉道原十國紀年序：「時已十月，無寒具，光以衣襪一二事及舊貂褥贐之，固辭。」廓門注：「唐李綽尚書故實曰：『晉書中有飲食名寒具者，亦無注解處。後於齊民要術並食經中檢得，是今所謂鐶餅。桓玄嘗盛具法書名畫請客觀之，客有食寒具不濯手而執書畫，因有涴。玄不懌，自是會客，不設寒具。』或曰：必不要飲食寒具，辦寒衣也。」錯按：此指辦寒衣，非指設飲食寒具。

〔二〕絺綌：葛布衣服，代指暑服。詩周南葛覃：「爲絺爲綌，服之無斁。」毛傳：「精曰絺，麤曰綌。」禮記月令：「（孟夏之月）是月也，天子始絺。」注：「初服暑服。」

〔三〕叢手：猶言衆手。唐陸羽茶經卷下九茶之略：「若方春禁火之時，於野寺山園，叢手而掇。」宋何薳春渚紀聞卷九丁晉公石子硯：「即叢手攻剖，果得一石於泓水中。」

寄道夫三首〔一〕

卧誦故交風雨散，忽驚時序歲時同。遙知吏散無餘事，只有花枝遶郭紅。

石渠天禄略上口〔二〕，長嘯簿書欺得人〔三〕。龍卷大身藏一髮〔四〕，兒曹聊爾與相親。

昭默老禪最高遁〔五〕，孤風聞説不容攀〔六〕。煩君倒用彭澤印〔七〕，折簡招之應出山〔八〕。

【注釋】

〔一〕大觀四年春作於江寧府。　道夫：名李孝遵，一字道甫。據詩意，此組詩作於春季，時孝遵爲小邑令。詩中言及昭默老禪，即靈源惟清，時住分寧縣黃龍山，是以知孝遵所知小邑爲分寧縣。據李之儀姑溪居士前集卷三六重修雲巖壽寧禪院記，孝遵知分寧日，命僧天游重修雲巖禪院，始於大觀四年，成於政和二年。後作靈源方丈，請惟清禪師居之。而此詩曰「折簡招之應出山」，當作於惟清遷居雲巖之前。大觀三年七月，孝遵嘗與惠洪在金陵交游，其始知分寧當在大觀三年冬或大觀四年春。此組詩之一有「卧誦」二字，當爲惠洪病卧金陵獄中時作。時黃龍德逢禪師有使來言及孝遵重修雲巖禪院事，惠洪遂作詩寄孝遵，以授德逢使者。參見本集卷一八漣水觀音畫像贊序。

〔二〕石渠天禄：皆漢殿閣名。三輔黃圖卷六閣：「石渠閣，蕭何造。其下礱石爲渠以導水，若今御溝，因爲閣名。所藏入關所得秦之圖籍。至於成帝，又於此藏秘書焉。」又曰：「天禄閣，藏典籍之所。漢宮殿疏云：『天禄麒麟閣，蕭何造，以藏秘書，處賢才也。』」文選卷二張衡西京賦：「次有天禄、石渠，校文之處。」李善注：「三輔故事曰：『天禄、石渠閣，在大殿北，以閣秘書。』」吕延濟注：「天禄、石渠，皆閣名，以校書。」　略上口：言記誦熟悉。南史孔休源傳：「孔休源識見清通，詳練故事，自晉宋起居注，誦略上口。」

〔三〕長嘯簿書：蘇轍欒城集卷八送李鈞郎中：「敲榜滿前但長嘯，簿書堆案常清談。」此用其語意。　欺得人：黃庭堅出城送客過故人東平侯趙景珍墓：「白髮正爾欺得人。」此借用其語。

〔四〕龍卷大身藏一髮：極言龍踡縮其身藏於一髮之中，喻孝遵以高才而暫寓小邑。易繫辭下：「龍蛇之蟄，以存身也。」此化用其意。

〔五〕昭默老禪：即黃龍惟清禪師，自號靈源叟，時居黃龍山昭默堂，故稱。

〔六〕孤風聞說不容攀：謂其風格高峻，難以企及。「風」疑當作「峰」。本集卷一一和答素首座：「峻嚴爭說不容攀。」卷一三余至清修別希一禪師津發如老媼扶女升車其義風可以起頹俗將發作此：「孤峰標格不容攀。」本卷次韻超然洞山二首之二：「奇峰如子未容攀。」

〔七〕煩君倒用彭澤印：新唐書段秀實傳：「秀實以爲宗社之危不容喘，乃遣人諭大吏岐靈岳竊取令言印，不獲，乃倒用司農印追其兵。」此活用其事，煩請孝遵暫借用縣令之印。　彭澤：本指陶淵明，嘗任彭澤令，此借指縣令，亦恭維孝遵如淵明。

〔八〕折簡招之：猶言裁紙作書信以招邀。蘇軾昨見韓丞相言王定國今日玉堂獨坐有懷其人：「人間有此客，折簡呼不難。」參見本集卷二南昌重會汪彥章注〔八〕。

會廣南因上人〔一〕

我昔南游跨海還〔二〕，夢中常憶海邊山。匡廬忽見山中客〔三〕，果笑人間是夢間〔四〕。

【注釋】

〔一〕政和五年春作於江州廬山。　廣南：廣南路之簡稱。　因上人：疑指淨因禪師，字覺先，佛照惠杲禪師法嗣，惠洪法姪。已見前注。

〔二〕我昔南游跨海還：指政和三年自海南朱崖軍遇赦北歸之事。參見寂音自序。

〔三〕匡廬：廬山之别稱。

〔四〕果笑人間是夢間：韓愈遠興：「莫憂世事兼身事，須著人間比夢間。」此化用其語。

超然在東華作此招之〔一〕

芒鞋踏破成何事〔二〕，坐榻塵埋只汗顔。齋鉢生涯唯澗飲，結茅終待老鍾山〔三〕。

【注釋】

〔一〕大觀二年作於江寧府。　超然：即希祖，惠洪法弟。　東華：指東京開封府，以其宫城有東華門，故借以代稱。已見前注。　廓門注：「東華謂杭州。」殊誤。

〔二〕芒鞋踏破：指雲游四方，踏破草鞋。

〔三〕「齋鉢生涯唯澗飲」二句：高僧傳卷八齊上定林寺釋僧遠傳：「仍隱迹上定林山。遠蔬食五十餘年，澗飲二十餘載，游心法苑，緬想人外，高步山門，蕭然物表。以齊永明二年正月卒於定林上寺，春秋七十有一。」此用其事以表明心跡。鍇按：定林寺在江寧府鍾山，故有此語。參見本集卷六聽道人諳公琴注〔六〕。

時余適金陵定居定林超然將南歸從余游以爲詩讖也復次其韻〔一〕

袖手對君增白業〔二〕，照溪嗟我減朱顔。遥知歲晚歸心急，不爲江南卧看山〔三〕。

【注釋】

〔一〕大觀二年冬作於江寧府。定林：即鍾山定林寺。詩讖：謂所賦詩爲無意中預示後事之朕兆。南史侯景傳：「初，簡文寒夕詩云：『雪花無有蔕，冰鏡不安臺。』又詠月云：『飛輪了無轍，明鏡不安臺。』後人以爲詩讖，謂無蔕者，是無帝。不安臺者，臺城不安。輪無轍者，以邵陵名綸，空有赴援名也。」鍇按：前首超然在東華作此招之詩中有「齋鉢生涯唯澗飲」二句，而此詩則已定居定林，澗飲鍾山，故謂前詩爲詩讖。此詩次其韻，又有「歲晚」語，姑繫於此。

〔二〕白業：善業。已見前注。

〔三〕不爲江南卧看山：黄庭堅次韻子瞻題郭熙畫秋山：「黄州逐客未賜環，江南江北飽看山。

玉堂卧對郭熙畫，發興已在青林間。」此反其意而用之。

圓上人覓詩〔一〕

平生百態不挂眼〔二〕，倚杖看雲慵解包〔三〕。湘水叢林多古格〔四〕，何妨一鉢穩安巢〔五〕。

【注釋】

〔一〕約宣和年間作於長沙。圓上人：臨川人，生平法系未詳，嘗抄録惠洪禪林僧寶傳。本集卷二六題圓上人僧寶傳：「臨川圓道人少游方，有志學道，一鉢經行諸方，其孤征絶俗，雪鴻戾天，仰不可及。而骨董中有此録，小字薄紙，畫畫精誠，可以見其志也。」

〔二〕平生百態不挂眼：東坡詩集注卷二一戲子由：「門前萬事不挂眼，頭雖長低氣不屈。」趙次公注：「韓退之詩：『吾老嗜讀書，餘事不挂眼。』」此借用其語。

〔三〕解包：解下游方包裹，暫作休歇。本集卷一贈淨上人：「雲泉佳處包當解。」

〔四〕湘水叢林多古格：謂湖南地區多保留禪宗古老規則之寺院。參見前寄嶽麓禪師三首注〔五〕。

〔五〕何妨一鉢穩安巢：黄庭堅玉京軒：「野僧雲卧對開軒，一鉢安巢若飛鳥。」此化用其語。參見本集卷八楞伽端介然見訪余以病未及謝先此寄之注〔三〕。

至邵州示胡强仲三首〔一〕

平生厭飫水雲間〔二〕，老境優游剩得閑〔三〕。遠謫瘴鄉君勿歎，天教更看海南山。

情緣不斷自消滅，浮念欲生無起因。多謝鍊磨金出鑛〔四〕，敢辭枷鎖夢中身。

盧能嶺上容君看〔五〕，彌勒樓前借汝觀〔六〕。成佛捷途當舉足，不須平地致艱難〔七〕。

【注釋】

〔一〕政和元年十二月作於湖南邵州。胡强仲：高安人，少任俠，善醫，中年學佛，在家受五戒，爲伊蒲塞之行。參見本集卷四次韻公弱寄胡强仲注〔一〕。鍇按：本集卷二三邵陽别胡强仲序：「（余）頃因乞食，來游人間，與王公大人游，意適忘返，坐不遵佛語，得罪至此。重賴天子聖慈，不忍置之死，篆面鞭背，投之海南。平生親舊之在京師者，皆唾聞諱見，雲散鳥驚，獨吾友强仲姁嫗守護，如事其親。自出開封獄，冒犯風雪，繭足相隨三千餘里，而至邵陽，猶不忍去。嗚呼！臂三折而知醫，閲人多而曉相，事更疑危而識交態。有交如子，何必多爲！」此組詩即作於此時。

〔二〕厭飫：飲食飽足，此引申爲飽覽遍賞。

〔三〕優游：悠閑自得。詩小雅白駒：「慎爾優游，勉爾遁思。」

〔四〕多謝鍊磨金出鑛：喻受盡磨難方可成佛道。諸法集要經卷八悲愍有情品：「除煩惱過患，如鎔金出鑛。」文選卷五一王褒四子講德論：「精鍊藏於鑛朴，庸人視之忽焉，巧冶鑄之，然後知其幹也。」李善注：「精鍊，金也。金百鍊不耗，故曰精鍊也。」

〔五〕盧能嶺上容君看：謂此流配南行如六祖惠能南行過大庾嶺，得以反觀自己本來面目。六祖大師法寶壇經行由品：「惠能辭違祖已，發足南行。兩月中間，至大庾嶺。逐後數百人來，欲奪衣鉢。一僧俗姓陳，名惠明，先是四品將軍，性行麁慥，極意參尋。爲衆人先，趁及惠能。惠能擲下衣鉢於石上，云：『此衣表信，可力爭耶？』能隱草莽中。惠明至，提掇不動，乃唤云：『行者！行者！我爲法來，不爲衣來。』惠能遂出，坐盤石上。惠明作禮云：『望行者爲我説法。』惠能云：『汝既爲法而來，可屏息諸緣，勿生一念，吾爲汝説。』明良久。惠能云：『不思善，不思惡，正與麽時，那箇是明上座本來面目？』惠明言下大悟，復問云：『上來密語密意外，還更有密意否？』惠能云：『與汝説者，即非密也。汝若返照，密在汝邊。』明曰：『惠明雖在黄梅，實未省自己面目。今蒙指示，如人飲水，冷暖自知。今行者即惠明師也。』」惠能俗姓盧，故稱盧能。廓門注：「盧能嶺，謂廣州府。又韶州府，六祖住處。」

〔六〕彌勒樓前借汝觀：謂此南行如善財童子南詢參五十三善知識，彈指而得入觀彌勒大莊嚴樓閣。事本華嚴經。參見本卷又次韻答之十首注〔一一〕。廓門注：「彌勒樓須在邵州歟？」

蓋未理解詩意，殊誤。

〔七〕不須平地致艱難：天聖廣燈録卷二〇韶州雲門山朗上座述葛藤歌：「恨余數載勤勞苦，爲剖玄中一玄語。明明玄自不玄玄，更尚玄中求玄悟。無法迷人及悟人，忽於平地致難辛。丈夫須稟天生格，踢破虚空莫問津。」此化用其意。

書資國寺壁〔一〕

行藏猶許青山見，議論猶容亂石聞〔二〕。勿謂衲盲貧勝我〔三〕，豁分明月谷量雲〔四〕。

【注釋】

〔一〕政和四年四月作於筠州高安縣。資國寺：即荷塘寺。本集卷二一合妙齋記：「華髮海外，翩然來歸，依資國寺，乞食故人而老焉。」參見本集卷一〇資國寺春晚注〔一〕。

〔二〕議論猶容亂石聞：廓門注：「使道生頑石點頭故典也。東坡詩六卷：『亂石一綫爭磋磨。』」鍇按：東林十八高賢傳道生法師傳：「師被擯，南還，入虎丘山，聚石爲徒，講涅槃經。至闡提處，則説有佛性，且曰：『如我所説，契佛心否？』羣石皆爲點頭。」

〔三〕衲盲：僧本明，字無塵，惠洪師弟，時住資國寺，目盲，自號幻住庵。參見前雪後寄荷塘幻住庵盲僧四首注〔一〕。

〔四〕谷量雲：戲稱本明以谷量雲，故富而不貧。此化用史記貨殖列傳「畜至用谷量牛馬」之語。參見本集卷六寄邵子中學句注〔四〕。

送圓監寺持鉢之邵陽㊀〔一〕

叢林職似警（驚）群雁㊁〔二〕，供給情如反哺烏〔三〕。梅蕊犯寒持鉢去，山茶出屋得歸無〔四〕？

【校記】

㊀送：鳳墅帖作「奉送」。

㊁警：原作「驚」，今從鳳墅帖。

【注釋】

〔一〕宣和二年十二月作於長沙水西南臺寺。圓監寺：惠洪弟子，法名圓，字無住，時爲南臺寺監寺，總覽寺院庶務。宋王庭珪盧溪文集卷二三書覺範詩後引曰：「余昔年游嶽麓，識覺範於南臺，因留數日，酬唱詩盈巨軸。時侍者數人皆能詩，而圓無住亦在焉。别去既久，圓忽攜覺範字見訪，悲感疇昔，復用覺範韻題其後。」其詩云：「憶探驪龍頷底珠，湘江同賦夜啼烏。當時吟罷鬼神泣，此段如今掃地無。」所用「覺範韻」即此詩韻。鍇按：惠洪宣和二年移居南臺寺，衆僧追隨而至。懼其有增而無損，乏食，故遣衆僧分化於四方。圓監寺持鉢至邵陽化緣，乃其一也。參見本集卷二四送僧乞食序、卷二八化供三首、化供八首。

〔二〕叢林職似警羣雁：此喻監寺在禪院中之執掌，如雁羣中夜作警戒之雁奴。本集卷八送顓街坊：「荷衆司更如雁奴。」即指監寺之職。陸佃埤雅卷六雁：「雁夜泊洲渚，令雁奴圍而警察，則銜蘆而翔，以避矰繳，有遠害之義。」

〔三〕供給情如反哺烏：晉成公綏烏賦：「雛既壯而能飛兮，乃銜食而反哺。」烏雛長成，銜食餵養其母，喻弟子圓監寺乞食供養其師以報恩。即送顓街坊所云「養師反哺如烏雛」之意。

〔四〕山茶出屋：蘇軾種德亭：「山茶想出屋，湖橘應過牆。」此借用其語。

贈欽上人〔一〕

嫩日柔風春恰曉，花光醉人濃可皛〔二〕。到山不必問老師，春色爲儂都説了〔三〕。

【注釋】

〔一〕作年未詳。欽上人：生平法系不可考。

〔二〕皛：潔白明亮貌。

〔三〕春色爲儂都説了：法華經合論卷一：「春在萬物，大如山川，細如毫忽，繁如草木，玅如葩葉，纖穠横斜，深淺背向，雖不一，而其明秀艶麗之色，隨物具足，無有間限。一切衆生，本來成佛之玅，見於日用，亦復如是。」

與法護禪者〔一〕

手抄禪林僧寶傳〔二〕，暗誦石門文字禪〔三〕。揀得湘西好三角〔四〕，春風歸去弄雲泉〔五〕。

【注釋】

〔一〕宣和六年春作於長沙。法護禪者：生平法系未詳。

〔二〕手抄禪林僧寶傳：廓門注：「覺範僧寶傳行於世。」鍇按：惠洪宣和元年於湘西谷山撰成禪林僧寶傳初稿，其後於南臺寺陸續改定，至宣和四年夏成書。其間衆多僧人爭相抄録，僅本集卷二六即有數篇爲僧人抄本所作題跋，如題佛鑑僧寶傳、題誼叟僧寶傳後、題珣上人僧寶傳、題宗上人僧寶傳、題圓上人僧寶傳、題淳上人僧寶傳、題芳上人僧寶傳、題範上人僧寶傳、題端上人僧寶傳、題隆道人僧寶傳、題休上人僧寶傳、題英大師僧寶傳。法護所抄録者，又其一也。

〔三〕暗誦石門文字禪：據此，則似宣和六年已有僧人誦讀石門文字禪。然本集由惠洪弟子覺慈於惠洪卒後編定，故此處所云「石門文字禪」者，當泛指惠洪之詩，即石門（惠洪自號石門精舍）所作「文字禪」，非特指本集。覺慈編惠洪詩文集爲石門文字禪，當取自此句，實亦忠於其師之意。

〔四〕湘西好三角：當指潭州湘潭縣三角寺。清一統志卷二七七長沙府：「三角寺，在湘潭縣東三十里，唐總印禪師所開，後人即名其山爲三角。明郭金臺三角寺記：『潭之古寺，草衣、龍王、仙林、鳳凰爲四大寺，而其著於祖燈者，三角爲最焉。』」錯按：景德傳燈録卷七有潭州三角山總印禪師，嗣法馬祖道一，爲南嶽下第二世。廓門注：「三角山未詳。」失考。

〔五〕春風歸去弄雲泉：蘇軾遊東西巖：「放懷事物外，徙倚弄雲泉。」此借用其語。

示觀上人〔一〕

觀公短小精悍色〔二〕，試手來參五味禪〔三〕。挂起北窗都會取，湘江雲水自連天。

【注釋】

〔一〕作年未詳。 觀上人：生平法系不可考。

〔二〕短小精悍：語本史記游俠列傳：「解爲人短小精悍，不飲酒。」

〔三〕五味禪：指諸方各種禪法。天聖廣燈録卷八筠州黄檗鷲峰山斷際禪師：「有僧辭歸宗。宗云：『往甚處去？』云：『諸方學五味禪去。』宗云：『諸方有五味禪，我者裏祇是一味禪。』」

在百丈寄靈源禪師二首〔一〕

暗中樹影平生意〔二〕，水底魚蹤病後機〔三〕。想見道容無住著〔四〕，倚藤閑看暮雲歸。

平昔追隨骨海心〔五〕，暮年粥飯並叢林。竭來萬事撩人笑〔六〕，此去青山爲我深。

【注釋】

〔一〕崇寧五年作於洪州奉新縣百丈山。　靈源禪師：即黄龍惟清，已見前注。

〔二〕暗中樹影：喻非肉眼所能見之妙理。大般涅槃經卷三壽命品：「迦葉菩薩白佛言：『世尊！譬如闇中，有樹無影。』『迦葉！汝不應言有樹無影，但非肉眼之所見耳。善男子！如來亦爾，其性常住，是不變異，無智慧眼，不能得見，如彼闇中，不見樹影。凡夫之人，於佛滅後，説言如來是無常法，亦復如是。』」摩訶止觀卷八：「經云：『闇中樹影，闇故不見。』天眼能見，是爲闇中有明。智障甚盲闇，是爲明中有闇。」宗鏡録卷一六：「問：『法身是常，丈六亦是常不？』答：『丈六理是常，但於人是無常。故經云：如暗中樹影，非肉眼所見也。』」

〔三〕水底魚蹤：喻不留痕跡之機鋒。汾陽無德禪師語録卷上：「（問：）『未審行後如何？』師云：『長空無鳥跡，水裏摸魚蹤。』」從容庵録卷五第七十七則仰山隨分：「此如暗中樹影，水底魚蹤，非肉眼能見。覺範寄靈源云：『暗中樹影平生意，水際魚蹤病後機。想見瘦容無住著，倚藤閑看暮雲歸。』還知仰山行履處麽？皂上烏雞深夜繡，暗中一線實難通。」

〔四〕想見道容無住著：杜甫戲爲雙松圖歌：「松根胡僧憩寂寞，龐眉皓首無住著。」此借用其詠胡僧語形容靈源。本集卷一四又次韻五首之三：「瘦容無住著，舉手評來賓。」亦以此詠靈源。參見本集卷三游南嶽福嚴寺注〔一九〕。

〔五〕平昔追隨骨海心：謂平昔追隨靈源禪師，而有振興叢林之志。「骨海」不辭，「骨」字疑爲「湖」字之誤。湖海心，用三國志魏志陳登傳「陳元龍湖海之士，豪氣不除」事。李彭日涉園集卷三諸人絶江游同安大風濤作予適病眩不能渡：「平生湖海心，舟楫雅所便。」曹勛松隱集卷九次韻程機宜感懷：「老驥千里志，元龍百尺樓。想同湖海心，逸氣横清秋。」同書卷二二山居雜詩：「平生湖海心，弗受車轅促。」廓門注：「釋禪波羅蜜第八卷曰：『脈爲江河，骨爲玉石云云。』又曰：『腎爲大海。』由是則『骨』，『腎』之差誤歟？或『骨』作『過』，不可也。」其注未明詩意，殊誤。

〔六〕朅來：近來。

次韻兀翁〔一〕

漁人寄語兀翁道，出没煙波各有由。死見鑊湯如擷浪〔二〕，愛魚心在未甘休。

【注釋】

〔一〕宣和二年作於長沙。兀翁：法名未詳，生平不可考。據本集卷六次韻題兀翁瑞筠亭「雲居的孫難共語」句，可知其爲雲居元祐法孫，屬臨濟宗黄龍派南嶽下十四世，爲惠洪法姪。

〔二〕鑊湯：鑊中煮魚之湯。周禮天官冢宰亨人：「亨人掌共鼎鑊。」注：「鑊，所以煮肉及魚腊之器。」

次韻空印游山九首〔一〕

法真有子是彌天〔二〕，派出南屏共一源〔三〕。魯鈍經旬陪夜語〔四〕，浪持短綆汲深淵〔五〕。

危徑盤空一綫微，游人舉足已先疲。大圓光透難遮掩〔六〕，不學龍牙眼似眉〔七〕。

騰騰兀兀地行仙〔八〕，依約曾參蜆子禪〔九〕。古廟紙錢堆裏睡，從教歲月自推遷。

萬層翠巘玉崔嵬〔一〇〕，獨自憑闌日幾回。知有芙蓉更深秀〔一一〕，振筇何幸獲追陪。

凝佇殘陽眼力微，孤雲偶伴野僧歸。形容萬古潙山色〔一二〕，正賴晴嵐與夕暉。

蟠龍不許在層淵，一句全提賴發宣〔一三〕。慚愧兒孫家法在〔一四〕，未施聲色透重玄。

寶塔當煩妙語傳，要令此地福人天。個中已有全身見，何用分身徧大千〔一五〕。

未言酬倡多佳句，半月游山亦自賢。我亦生涯無窖子〔一六〕，願陪香火餞餘年。

大潙願力有誰同？貫日精神吐白虹〔一七〕。我酌軾公泉歎息〔一八〕，此源有盡水無窮。

【注釋】

〔一〕宣和二年十二月作於潭州寧鄉縣大潙山。空印：即元軾禪師，號空印，時主持大潙山密印禪寺。其法系爲：雪竇重顯—天衣義懷—慧林宗本—法真守一—空印元軾，屬雲門宗青原下十三世。參見本集卷六次韻吳興宗送弟從潙山空印出家注〔一〕。游山：事見本集卷二六題浮泥壁：「空印禪師以宣和二年十二月偕余謁從禪師於芙蓉峰，累石於玉淵之上，以爲塔。酌泉賦詩，暮夜矣，遂宿焉。次日，從公追余二人，杖屨下危峰，自關山谷中並澗行十餘里。兩山爭倚天，煙霏層疊，自獻部曲。斷續行九地底，水聲谼硐，如千乘車挽而起。仰望晴虛，如展匹練。既出谷，沃野夷曠，遂飯于木陰。空山暴寒，雪意濃甚，跣而渡澗者十八九。入石門，已夕，山中之人炬而來迎，及寺，已二鼓矣。秉燭夜話，如夢寐中。住山宣公云：『常有虎來，月黑逾垣而去。』空印使余記之，遂書。」

〔二〕法真有子：元軾嗣法於法真守一。本集卷二一潭州大潙山中興記曰：「今空印禪師軾公者，蓋懷四世之孫，而吳江法真之嗣。」彌天：高僧之代稱。晉書習鑿齒傳：「時有桑門釋道安，俊辯有高才，自北至荆州，與鑿齒初相見。道安曰：『彌天釋道安。』鑿齒曰：『四海習鑿齒。』時人以爲佳對。」

〔三〕南屏：杭州山名，淨慈寺在其前，故借以代稱淨慈寺。慧林宗本嘗住持淨慈寺，守一嗣法於宗本，元軾嗣法於守一，故稱「派出南屏」。廓門注：「南屏謂天衣義懷歟？此集第二十一卷大潙山中興記曰：『派出天衣嗣吴江。』」義懷與南屏無關，其注不確。

〔四〕魯鈍：笨拙，遲鈍。此爲自謙語。

〔五〕浪持短綆汲深淵：喻淺學不足以悟深理，亦自謙語。莊子至樂：「褚小者不可以懷大，綆短者不可以汲深。」

〔六〕大圓光透難遮掩：此語雙關，謂大潙山之佛光遍照，難以掩藏。法苑珠林卷三五：「取一牙印，印汝頂上，便獲大圓光現。」善慧大士語録卷三心王頌：「身作如來相，心爲般若王。願早登蓮座，口放大圓光。廣照無邊界，爲物作橋梁。」亦指靈祐禪師之光遍照大潙山。蓋靈祐禪師爲大潙山開山祖師，卒後敕謚大圓禪師。潭州大潙山中興記：「昔大圓禪師開法此山也，有衆千人。」

〔七〕龍牙：當指五代湖南龍牙山居遁禪師，嗣法洞山良价。事具宋高僧傳卷一三、景德傳燈録卷一七。　眼似眉：則無眼之用。碧巖録卷二第二十則翠微禪板：「潙山喆云：『翠微、臨濟，可謂本分宗師。龍牙一等是撥草瞻風，不妨與後人作龜鑑。』」又引雪竇頌云：「龍牙山裏龍無眼，死水何曾振古風。禪板蒲團不能用，只應分付與盧公。」

〔八〕騰騰兀兀：昏昏沉沉，恍恍惚惚。白居易題石上人：「騰騰兀兀在人間，貴賤賢愚盡往還。」釋貫休山居詩二十四首之十三：「騰騰兀兀步遲遲，兆朕消磨只自知。」 地行仙：東坡詩集注卷二〇樂全先生生日以鐵拄杖爲壽二首之一：「先生真是地行仙。」趙次公注：「楞嚴經言仙之品有地行仙。」錯按：楞嚴經卷八：「彼諸衆生，堅固服餌，而不休息，食道圓成，名地行仙。」

〔九〕蜆子禪：景德傳燈録卷一七京兆蜆子和尚：「不知何許人也，事迹頗異，居無定所。自印心於洞山，混俗於閩川。不畜道具，不循律儀，常日沿江岸採掇蝦蜆以充腹，暮即卧東山白馬廟紙錢中。居民目爲蜆子和尚。華嚴靜師聞之，欲決真假，先潛入紙錢中。深夜師歸，靜把住問曰：『如何是祖師西來意？』師遽答曰：『神前酒臺盤。』靜奇之，懺謝而退。後靜師化行京都，師亦至焉，竟不聚徒演法，惟佯狂而已。」

〔一〇〕翠巘：廓門注：「東坡詩九卷：『笙簫來翠巘。』」

〔一一〕芙蓉：山名，在寧鄉縣。太平寰宇記卷一一四潭州寧鄉縣：「芙蓉山，在縣西，舊名青羊山。名勝志：『芙蓉山與大潙山相接，其中有芙蓉洞。』」

〔一二〕潙山：廓門注：「長沙府：大潙山在寧鄉縣西一百四十里。愚曰：空印中興潙山，故言。」

〔一三〕「蟠龍不許在層淵」二句：疑「蟠龍不許在層淵」爲元軾禪師之機語，一句而道出雲門宗南屏一派之宗旨。一句全提，爲禪門習語。圓悟佛果禪師語録卷四：「昔日白雲堆裏，當風一句全提；今朝萬壽堂前，次第五回拈出。」大慧普覺禪師語録卷七：「豁開正眼，千聖罔測。其由一句全提，萬别千差路絶。」

〔一四〕慚愧：難得，幸有。

〔一五〕「寶塔當煩妙語傳」四句：法華經卷四見寶塔品：「此寶塔中有如來全身，乃往過去東方無量千萬億阿僧祇世界，國名寶淨，彼中有佛，號曰多寶。其佛行菩薩道時，作大誓願：『若我成佛滅度之後，於十方國土有説法華經處，我之塔廟，爲聽是經故，踊現其前，爲作證明，讚言善哉！』……是多寶佛，有深重願：『若我寶塔，爲聽法華經故，出於諸佛前時，其有欲以我身示四衆者，彼佛分身諸佛，一一在於十方世界説法，盡還集一處，然後我身乃出現耳。』」此化用其意。錯按：據題浮泥壁，元軾偕惠洪謁從禪師於芙蓉峰，「累石於玉淵之上，以爲塔」，故借用法華經寶塔分身事。

〔一六〕無窨子：俗語，謂無物可食。明李詡俗呼小録：「無物可食，謂之無窨。」參見本集卷五同游雲蓋分韻得雲字注〔五〕。

〔一七〕貫日精神吐白虹：謂元軾之願力精誠感天。史記鄒陽列傳載其獄中上梁王書曰：「昔者荆軻慕燕丹之義，白虹貫日，太子畏之。」裴駰集解：「應劭曰：『燕太子丹質於秦始皇，遇之無禮。丹亡去，故厚養荆軻，令西刺秦王。精誠感天，白虹爲貫日也。』」

〔一八〕我酌軾公泉：廓門注：「謂空印元軾泉也。」錯按：題浮泥壁曰「酌泉賦詩」，即指此。本集卷二二潙源記稱元軾「借山泉爲飲醴，聽萬象以説法」，又稱「師以山泉爲舌，爲衲子説法界自在緣起無生之法」，故潙山之泉可稱爲「軾公泉」。

宗上人求偈之江南〔一〕

川舌一從嘗虜饌〔二〕，山衣三載濕湘雲。挑包又過江南去，鶗鴂遥知半路聞〔三〕。

【注釋】

〔一〕宣和元年四月作於長沙谷山。　宗上人：生平法系不可考。本集卷二六題宗上人僧寶傳：「予撰此傳，方定稿，上淨三昔，而東甌道人將還石門，自潙水過谷山，款予。見其書，曰：『噫嘻！此一代之博書，先德前言往行具焉，願手録以示江南道侶。』即挂巾屨，坐夏，四月二十三日録畢，以示予。予歎曰：『夫彈冠必整衣，心敬必形肅，宗非至誠，愛重法道，其謹楷精嚴，渠能至是哉？』」宗上人求偈，亦當在是時，姑繫於此。　江南：石門即寶峰院，在洪州靖安縣，屬江南西路，故稱。

〔二〕虜饌：蜀人稱北方中原人食品。參見本集卷一三燈禪師出蜀住此山十年爲作南食且約同住作此以贈注〔五〕。

〔三〕鶗鴂：即杜鵑鳥。文選卷一五張衡思玄賦：「恃已知而華予兮，鶗鴂鳴而不芳。」李善注：「楚辭曰：『恐鶗鴂之先鳴，使夫百草爲之不芳。』臨海異物志曰：『鶗鴂，一名杜鵑，至三月鳴，晝夜不止。』服虔曰：『鶗鴂，一名鶪伯勞。順陰陽氣而生賊害之鳥也。』」

送範上人乞食〔一〕

衆魔不敵精進力，萬行難過平等心。持鉢莫辭穿聚落，道人隨處是叢林。

【注釋】

〔一〕宣和二年十二月作於長沙。範上人：惠洪弟子。本集卷二六有題範上人僧寶傳，即爲之作。乞食：宣和二年冬南臺寺僧多乏食，惠洪分遣衆僧於四方乞食化緣，範上人爲其一也。參見本卷送圓監寺持鉢之邵陽注〔一〕。

濟上人求偈二首〔一〕

圓通搥碎牢關後〔二〕，古鏡發光金石開〔三〕。穩坐龍安今七日〔四〕，從教山路滑於苔〔五〕。

李珣骨已成丘壟，仲遜身猶占水雲〔六〕。扶策南來山滿眼，實頭鄉話與誰論〔七〕？

【注釋】

〔一〕約崇寧三年秋作於洪州分寧縣龍安山。　濟上人：生平法系不可考。本集卷二有送濟上人歸漳南，當即此僧。

〔二〕圓通：廬山圓通禪院。　廬山記卷二叙山北：「以圓通之壯觀甲於山北，不減山南之歸宗。」此或代指圓通圓璣禪師，黃龍慧南法嗣，惠洪師叔，屬臨濟宗黃龍派南嶽下十二世。建中靖國續燈録卷一二載廬山圓通圓璣禪師機語。　追碎牢關：禪門有初關、重關、牢關三關之説。樂普元安禪師稱「末後一句，始到牢關，鎖斷要津，不通凡聖」，故打破牢關方能大徹大悟，去住無礙。黃龍四家録第二寶覺祖心禪師語録：「黃龍有箇拳頭，舉起别無道理。直須打破牢關，總是自家行履。」聯燈會要卷一六潭州大溈法泰禪師：「達得人空法空，未稱祖佛家風。體得全用全照，亦非衲僧要妙。直須打破牢關，識取向上一竅。」

〔三〕古鏡：禪門常用以譬喻心性。　景德傳燈録卷一二鎮州三聖慧然禪師：「師在雪峰，聞峰垂語云：『人人盡有一面古鏡，遮箇獼猴亦有一面古鏡。』師出問：『歷劫無名，和尚爲什麽立爲古鏡？』峰云：『瑕生也。』」金陵清涼院文益禪師語録：「問：『古鏡未開，如何顯照？』師云：『何必再三。』」景德傳燈録卷三〇有法燈禪師泰欽古鏡歌，可參見。

〔四〕龍安：指龍安山兜率寺。　時慧照禪師住此山。參見本集卷一〇寄龍安照禪師注〔一〕。

〔五〕山路滑於苔：點化「石頭路滑」之古德公案，謂龍安禪師門庭高峻，難以到達。嘉泰普燈録卷七隆興府兜率從悦禪師：「説偈曰：『四十有八，聖凡盡殺。不是英雄，龍安路滑。』奄然而化。」參見本卷寄道鄉居士三首注〔二〕。

〔六〕「李珣骨已成丘壟」二句：廓門注：「李珣、仲遜不知何人。水雲謂雲水僧也。」錯按：水雲，泛指山林江湖，非謂雲水僧。本卷僧從事文字禪三首之一：「右轄詩清付水雲。」即此義。

〔七〕實頭：老實，踏實。已見前注。

芭蕉〔一〕

鳳尾爭高照映人〔二〕，玉芽明潔出埃塵。也知欲救衆生病㊀〔三〕，共現如來智智身〔四〕。

【校記】

㊀救：重刊貞和類聚祖苑聯芳集卷九作「治」。

【注釋】

〔一〕作年未詳。

〔二〕鳳尾：喻芭蕉葉。詩話總龜卷一二警句門：「錢易畫景云：『雙峰上簾額，獨鵲裊庭柯。』芭蕉云：『緑章封事緘初啓，青鳳求凰尾乍開。』」

〔三〕也知欲救衆生病：維摩詰經卷上方便品：「維摩詰因以身疾，廣爲説法：『……是身如芭蕉，中無有堅。』」

〔四〕共現如來智智身：華嚴經卷五九離世間品：「於十方世界普現身生，證一切智智身生。」參見本卷又次韻答之十首注〔九〕。

次韻無諍見懷三首〔一〕

韻傾瘦字試烏絲〔二〕，苦語偏多别後思。青巘君能容易去，白鷗愧我負幽期〔三〕。

數篙雲碧卷晴空，無數巖花落醉紅。滿袖東風疏雨後，却欣春露一甌同〔四〕。

老眼慵看讀過書，十年心跡更誰於〔五〕？青松我欲追三徑〔六〕，白髮誰令繼二疏〔七〕。

【注釋】

〔一〕政和五年春作於筠州新昌縣。無諍：法名彦隆，字無諍，善書。參見本集卷一隆上人歸省覲留龍山爲予寫起信論作此謝之注〔一〕。

〔二〕烏絲：即烏絲欄。指上下以烏絲織成欄，其間用朱墨界行之絹素，亦指有墨線格子之牋紙。甕牖閑評卷六：「黄素細密，上下烏絲織成欄，其間用朱墨界行，此正所謂烏絲欄也。」

〔三〕白鷗愧我負幽期：謂爽白鷗之盟約，未能隱居江湖。黄庭堅登快閣：「萬里歸船弄長笛，此心吾與白鷗盟。」此化用其意。

〔四〕春露：茶之美稱。已見前注。

〔五〕於：連詞，猶「與」。

〔六〕青松我欲追三徑：文選卷四五陶淵明歸去來辭：「三徑就荒，松菊猶存。」李善注：「三輔決録曰：『蔣詡字元卿，舍中三逕，唯羊仲、求仲從之游，皆挫廉逃名不出。』」此化用其意。

〔七〕白髮誰令繼二疏：「二疏」指漢疏廣、疏受叔姪，漢書有傳。宋李公焕箋注陶淵明集卷四詠二疏題下注云：「漢疏廣傳：廣字仲翁，爲太子太傅。兄子受，爲太子少傅。在位五歲，廣謂受曰：『知足不辱，知止不殆。今仕宦至二千石，名位如此，不去，懼有後悔。豈如父子相隨出關，歸老故鄉，不亦善乎？』即日上疏乞骸骨，宣帝許之。公卿大夫、故人邑子設祖道，供帳東都門外，送者車數百兩。觀者皆曰：『賢哉二大夫！』廣歸鄉里，日具酒食，故舊賓客，與相娱樂。」

三月二十日夢人持獼猴見贈乞詩口占〔一〕

長臂幽姿要性靈，寫經欣得爾添瓶。不須睡著惺惺著〔二〕，窗外聞人唤便應〔三〕。

【注釋】

〔一〕宣和五年三月二十日作於長沙。　鍇按：此詩未標作年，然考後詩三月二十三日心禪餉余新麫白蜜作二首作於宣和五年，此詩編排其前，當作於同年。

〔二〕惺惺著：清醒機靈狀。玄沙師備禪師語録卷中：「師問僧：『甚處來？』僧云：『瑞巖來。』師云：『瑞巖有甚麽言句？』云：『和尚尋常喚主人翁，自應曰：諾！惺惺著，佗後莫受人謾。』師云：『一等弄精魂，猶較些子。』」

〔三〕窗外聞人喚便應：景德傳燈録卷六朗州中邑洪恩禪師：「問：『如何得見性？』師云：『譬如有屋，屋有六窗，内有一獼猴。東邊喚山山！山山！應如是。六窗俱喚，俱應。』仰山禮謝起云：『所蒙和尚譬喻，無不了知。更有一事，只如内獼猴困睡，外獼猴欲與相見，如何？』師下繩牀執仰山手，作舞云：『山山！與汝相見了。』」

三月二十三日心禪餉余新麫白蜜作二首〔一〕

三月東莊新麥熟，碾遲羅細玉塵香〔二〕。要看十字開籠餅〔三〕，寄與庵頭老儭嘗〔四〕。

老儭年來百不忺〔五〕，最嫌苦淡不嫌甜。蜜中有味中邊絶〔六〕，莫笑山居世味添。

【注釋】

〔一〕宣和五年三月二十三日作於長沙。心禪：即了心禪師。鍇按：本集卷一六有心上座余故人慧廓然之嗣而規方外之猶子也過予於湘上夜語有懷廓然方外作兩絶，又卷二三臨平妙湛慧禪師語録序曰：「宣和三年十月初吉，有仲懷禪者過余湘上，出其示徒語爲示。」慧廓然即臨平妙湛思慧禪師，「過予於湘上」之「心上座」當即「過余湘上」之「仲懷禪者」。考五燈會元卷一六有金山了心禪師，爲思慧之法嗣。可知心上座即金山了心，字仲懷，为雲門宗青原下十四世。本集卷二八請東明疏：「恭惟某人，久游臨平之門，飫聞雲門之曲。薄游南楚，混跡東明。」據其行跡，可知請住東明寺之禪師，當爲了心。又據本集卷一八潭州東明石觀音贊序，東明寺在長沙城東，正與此詩「心禪」所在「東莊」方位相合，故知心禪即了心禪師，當無疑也。

〔二〕玉塵香：喻新碾白麪之香。蘇軾真一酒歌詠麥曰：「蒼波改色屯雲黄，天旋雷動玉塵香。」此借用其語。

〔三〕十字開籠餅：東坡詩集注卷二三游博羅香積寺：「散流一啜雲子白，炊裂十字瓊肌香。」注：「晉何曾性豪侈，每燕見，不食太官所設。帝輒命取其食蒸餅上，不拆作十字，則不食也。」此借其事言新麪所做蒸餅之美。

〔四〕老儼：惠洪自稱。智證傳：「予政和元年十月謫海外，明年三月館於瓊州之開元寺儼師院。」因自號儼師，或稱老儼。已見前注。

〔五〕忺：適意，高興。

〔六〕蜜中有味中邊絶：四十二章經：「佛言：『人爲道，猶若食蜜，中邊皆甜。吾經亦爾，其義皆快，行者得道矣。』」

與謙知藏二首〔一〕

老爛叢林四十年〔二〕，平生跛挈但隨緣〔三〕。未言親見雲居老〔四〕，只識歸言亦自賢〔五〕。

諸方法席慵擡眼，懶墮成群妬忌深〔六〕。此老把茅如覆頂〔七〕，却能努力捍叢林。

【注釋】

〔一〕作年未詳。謙知藏：生平法系不可考。知藏，禪院中管理經藏之僧。

〔二〕老爛：老練爛熟。冷齋夜話卷一〇日延一僧對飯：「趙閲道休官，歸三衢，作高齋而居之。禪誦精嚴，如老爛頭陀。與鍾山佛慧禪師爲方外友，唱酬妙語，照映叢林。」嘉泰普燈録卷二五泐潭闡提照禪師：「若能一時放下，便待從生至老，也只做得箇老爛禪和，亦是依教理行果修行，且不是教外别傳。」

〔三〕跛挈：禪門習語，足行不便貌，步履艱難貌，此指困窘蹇澀。語本景德傳燈録卷七定州柏巖明哲禪師：「藥山云：『跛跛挈挈，百醜千拙，且恁麽過時。』」

〔四〕雲居老：疑指雲居元祐禪師，惠洪師叔，元祐、紹聖年間嘗主持雲居寺。事具禪林僧寶傳卷二五雲居祐禪師傳。

〔五〕歸言：「讖」之賓語，當爲專有名詞，與上句「雲居」相對。然禪林實無「歸言」，疑爲「歸宗」之誤。歸宗，此當指真淨克文禪師。鍇按：紹聖元年至四年，真淨住持廬山歸宗寺。

〔六〕懶墮成羣妬忌深：本集卷二三臨平妙湛慧禪師語録序：「近世禪學者之弊，如碔砆之亂玉……懶惰自放似了達。」同卷潛庵禪師序：「嗚呼！佛法寖遠，壞衣瓦器之人，亦有侈欲；爲人師者，爭慕華構，便軟暖。」

〔七〕把茅如覆頂：指住持禪院。景德傳燈録卷一七洪州雲居道膺禪師：「後師問：『如何是祖師意？』洞山曰：『闍梨，他後有一把茅蓋頭，忽有人問，闍梨如何秖對？』曰：『道膺罪過。』」

本（木）上人久游歸宗贈之二首㈠〔一〕

熏烝聞見有源流〔二〕，詩學寒谿老比丘〔三〕。勿訝談禪太文彩，從來虎穴不生彪〔四〕。

攜詩過我亦翛然，百孔寒光壞衲穿。日與廬山對酬酢〔五〕，故應妙語嚼芳鮮〔六〕。

【校記】

㊀本：原作「木」，誤，今改。參見注〔一〕。

【注釋】

〔一〕建炎二年春作於南康軍廬山歸宗寺。本上人：底本作「木上人」，然禪僧法名未見有作「木」字者。今考本集卷二七跋本上人所蓄小坡字後曰：「予將發鸞溪，上人以此軸爲示。」鸞溪，在廬山歸宗寺旁，本集代指歸宗。故「蓄小坡字」之「本上人」與此「久游歸宗」之「木上人」事相合，「木」當爲「本」字之形誤，今改。

〔二〕熏烝：同「熏蒸」，猶言熏陶。司馬光上謹習疏：「是故上行下效謂之風，熏蒸漸漬謂之化。」鍇按：本集好用此語，如卷一六贈胡子顯八首之二：「作官要自有家法，童稚熏蒸飽見聞。」卷二四德效字序：「其姪善祐，熏烝見聞，惠敏出其天姿。」卷二六題休上人僧寶傳：「其師太公與予爲兄弟行，其熏烝見聞，有自來矣。」卷二八請湘公住神鼎：「熏烝見聞，霜露成熟。」卷二九代求濟書：「瞻承顏色，熏蒸見聞。」同卷代法嗣書：「非止見聞之熏烝，蓋亦琢磨之厭飫。」

〔三〕寒谿老比丘：當指詩僧祖可，詩入江西宗派，長住廬山開先寺旁東溪。參見本集卷一〇東溪僧聽泉堂注〔一〕。

〔四〕「勿訝談禪太文彩」二句：謂勿驚訝本上人獨自談禪而富有文彩，原是師從名僧之故，猶如小猛虎離虎穴獨自生存，仍文彩斑斕。癸辛雜識續集下虎引彪渡水：「諺云：『虎生三子，必有一彪。』彪最獷惡，能食虎子也。余聞獵人云：『凡虎將三子渡水，慮先往則子爲彪所食，則必先負彪以往彼岸，既而挈一子次至，則復挈彪以還，還則又挈一子往焉，最後始挈彪以去。蓋極意關防，惟恐食其子故也。』」參見本集卷一〇贈爲上人游方昭默之子也注〔二〕。

〔五〕酬酢：易繫辭上：「是故可與酬酢，可與祐神矣。」注：「可以應對萬物之求，助成神化之功也。酬酢，猶應對也。」

〔六〕妙語嚼芳鮮：東坡詩集注卷一三雪後便欲與同僚尋春一病彌月雜花都盡獨牡丹在爾劉景文左藏和順闍黎詩見贈次韻答之：「知君苦寂寞，妙語嚼芳鮮。」此借用其語。已見前注。

游邃然亭〔一〕

道火何曾燒著口〔二〕，問透法身藏北斗〔三〕。當時我若見雲門，一杖打殺乞與狗〔四〕。

【注釋】

〔一〕作年未詳。　跫然亭：未知其地所在。莊子徐無鬼：「夫逃虛空者，藜藋柱乎鼪鼬之逕，跟位其空，聞人足音，跫然而喜矣，而況乎昆弟親戚之謦欬其側者乎？」亭名取自此。

〔二〕道火何曾燒著口：雲門匡真禪師廣録卷上：「雖然如此，若是得底人，道火不能燒口。終日説事，未嘗挂著脣齒，未曾道著一字。」已見前注。

〔三〕問透法身藏北斗：雲門匡真禪師廣録卷上：「問：『如何是透法身句？』師云：『北斗裏藏身。』」

〔四〕「當時我若見雲門」二句：雲門匡真禪師廣録卷中：「舉：世尊初生下，一手指天，一手指地，周行七步，目顧四方云：『天上天下，唯我獨尊。』師云：『我當時若見，一棒打殺與狗子喫却，貴圖天下太平。』」此用雲門語而施於雲門，所謂以其人之道還治其人之身。

臨濟大師生辰〔一〕

靖康二年四月十〔二〕，眼見耳聞信不及。三玄三要都揭開〔三〕，露出法身赤吉力〔四〕。

【注釋】

〔一〕靖康二年四月十日作於襄州鹿門寺。　臨濟大師：即臨濟義玄禪師。　生辰：本集特指高僧忌日，已見前注。錯按：宋高僧傳卷一二唐真定府臨濟院義玄傳謂其「以咸通七年丙戌歲四月十日示滅」，景德傳燈録卷一二鎮州臨濟義玄禪師所記同，故靖康二年四月十日爲其「生辰」。

〔二〕靖康：廓門注：「靖康，宋欽宗年號也。」

〔三〕三玄三要：景德傳燈録卷一二鎮州臨濟義玄禪師：「師又曰：『夫一句語須具三玄門，一玄門須具三要，有權有用，汝等諸人作麼生會？』」參見本集卷一三送太淳長老住明教注〔二〕。

〔四〕赤吉力：俗語，猶言赤裸裸，赤條條。明釋真哲古雪哲禪師語録卷一八擬漁父辭十首金陵碧峰金禪師：「伐木丁丁聲太直，呼起法身赤吉力。」亦作「赤骨力」、「赤骨律」、「赤骨立」。景德傳燈録卷一〇湖南長沙景岑禪師：「云：『教學人向什麼處會？』師曰：『夏天赤骨力，冬寒須得被。』」圓悟佛果禪師語録卷五：「上堂云：『寸絲不挂，猶有赤骨律在；萬里無片雲處，猶有青天在。』」朱子語類卷二九：「聖人則和那裏面貼肉底汗衫都脱得赤骨立了。」廓門注：「『赤吉力』與『赤骨律』相同。」

瀟湘八景〔一〕

山市晴嵐

朝霞散綺快（仗）天容㊀〔二〕，無奈（際）山嵐分外濃㊁。風土蕭條人跡靜，林蹊花木自鮮穠。

洞庭秋月（色）㊂〔三〕

秋霽湖平徹底清，滄浪隱映曜光輪〔四〕。寒光炯炯爲誰好？倚岸凭欄興最清。

江天暮雪

長空暝色黯陰雲，六出飄花墮水濱〔五〕。萬境沉沉天籟息，溪翁忍凍獨垂綸。

瀟湘夜雨

嶽麓甍簷蒼莽中〔六〕，蕭蕭江雨打船篷。一聲長笛人何去，篛笠（蒻苙）蓑衣宿葦叢㊃〔七〕。

漁村落照

目斷青帘在水湄〔八〕，臨風漠漠映斜暉。漁郎笑傲蘆花裏，乘興爲（回）家何處歸㊄〔九〕。

遠浦歸帆

水國煙光映夕暉，誰家髣髴片帆歸。翩翩鷗鷺西風急，凝眄滄洲眼力微。

煙寺晚鐘

輕煙罩幕正（暮上）黃昏㊅，殷殷疏鐘度遠村。略彴（犳）橫溪人跡靜㊆〔一〇〕，幡竿縹緲插山根。

平沙落雁

寂寞蒹葭亂晚風，江波斂灎浸秋空。横斜倦翼歸何處？一點漁燈杳靄中。

【校記】

㈠快：原作「仗」，今從重刊貞和類聚祖苑聯芳集卷一〇。

㈡奈：原作「際」，今從祖苑聯芳集。

㈢月：原作「色」，今據祖苑聯芳集改。

㈣篛笠：原作「蒻苙」，今從四庫本、廓門本、祖苑聯芳集。

㈤爲：原作「回」，今從祖苑聯芳集。

㈥幕正：原作「暮上」，今從祖苑聯芳集。

㈦杓：原作「犳」，誤，今據四庫本、廓門本、武林本、祖苑聯芳集改。

【注釋】

〔一〕作年未詳。瀟湘八景：夢溪筆談卷一七書畫：「度支員外郎宋迪工畫，尤善爲平遠山水。其得意者，有平沙落雁、遠浦帆歸、山市晴嵐、江天暮雪、洞庭秋月、瀟湘夜雨、煙寺晚鐘、漁村落照，謂之八景，好事者多傳之。」方輿勝覽卷二三湖南路潭州：「瀟湘八景：湘山野録：『本朝宋迪度支工畫，有平沙雁落、遠浦帆歸、山市晴嵐、江天暮雪、洞庭秋月、瀟湘夜雨、煙寺晚鐘、漁村落照，謂之八景云。』」明一統志卷六三長沙府：「八景臺，在府城西，宋嘉祐中築。宋迪因作八景圖，僧惠洪賦詩，更名『八境』，陳傅良復其舊，并建二亭於旁。」參見本集卷八宋迪作八境絶妙人謂之無聲句演上人戲余曰道人能作有聲畫乎因爲之各賦一首注〔一〕。鍇按：此組詩作「八景」，而非「八境」。其排列順序與夢溪筆談所載不同。

〔二〕朝霞散綺快天容：文選卷二七謝朓晚登三山還望京邑：「餘霞散成綺，澄江靜如練。」此取用其語。

〔三〕秋月：底本作「秋色」，無據，歷代詩人詠瀟湘八景，皆作「洞庭秋月」，無作「洞庭秋色」者。詩中「曜光輪」、「寒光炯炯」皆詠月之辭，今據祖苑聯芳集改。

〔四〕光輪：廓門注：「『光輪』當作『光明』歟？此詩使二『清』字。」鍇按：此詩押庚韻，首句、末句皆用「清」字。又此詩寫秋月，「光輪」不誤。本集頗有庚韻、真韻混用之例，如卷八肇上人居京華甚久别余歸閩作此送之：「毳帽駝裘一尾輕，半開便面氣如春。醉歸穿市月隨人。」送因覺先：「南澗茶香笑語新，西洲春漲小舟横。困頓人歸爛熳晴。」禪籍偈頌亦多此例，蓋受南方方音影響，如禪宗頌古聯珠通集卷二瞎堂遠禪師頌：「毗嵐園裏喪嘉聲，分手徒勞布惡名。決是一文偷不得，至今虛作不良人。」不勝枚舉。

〔五〕六出：雪花之代稱。唐歐陽詢藝文類聚卷二引韓詩外傳曰：「凡草木花多五出，雪花獨六出。」南朝梁蕭統昭明太子集卷三錦帶書十二月啓黃鍾十一月：「彤雲垂四面之葉，玉雪開六出之花。」

〔六〕嶽麓：即長沙湘江西岸之嶽麓山。宋迪作八境絕妙人謂之無聲句演上人戲余曰道人能作有聲畫乎因爲之各賦一首之瀟湘夜雨：「嶽麓軒窗方在目，雲生忽收圖畫軸。」此亦爲組詩中唯一地名，蓋惠洪早年屢游嶽麓山道林寺等處，晚年住嶽麓山南臺寺，甚爲熟悉此詩中場景。

〔七〕篛笠：同「箬笠」，箬竹葉或篾編織之斗笠。底本作「蒻苙」，涉形近而誤，今改。

〔八〕青帘：即酒帘，酒家懸挂之青布旗幟，作招牌之用。廣韻：「帘，青帘，酒家望子。」劉禹錫魚復江中：「風檣好住貪程去，斜日青帘背酒家。」

〔九〕乘興爲家何處歸：底本「爲」作「回」。廓門注：「貞和集『回』作『爲』。此集六言詩曰：『何妨乘興爲家。』」其說甚有理。蓋既言「回家」，又言「何處歸」，於理不通。本集卷一四余游鍾山宿石佛峰下因上人自歸宗來贈之六首之五：「是處青山可老，何妨乘興爲家。」其言「乘興爲家」，即「是處」可爲家，故難確定何處。

〔一〇〕略彴：獨木橋。唐徐堅初學記卷七地部下橋第七：「廣志云：獨木之橋曰榷，亦曰彴。」

注：「榷，水上横一木爲渡。彴，今謂之略彴。」陸龜蒙甫里集卷九新夏東郊閒泛有懷襲美：「經略彴時冠暫亞，佩笭箵後帶頻搊。」禪籍或亦作「掠彴」，如景德傳燈録卷一〇趙州東院從諗禪師：「僧問：『久嚮趙州石橋，到來只見掠彴。』師云：『汝只見掠彴，不見趙州橋。』僧云：『如何是趙州橋？』師云：『度驢度馬。』僧云：『如何是掠彴？』師云：『箇箇度人。』」

卷十六

七言絶句

春詞五首〔一〕

映門楊柳未全遮，纔有柔條自在斜㊀。不信春寒猶有雪，誤驚飄舞作飛花〔二〕。

春到梅梢雪未知，横斜初見過牆枝。暗香愁絶無人問，一再風前月上時〔三〕。

昨夜江村雨一犁〔四〕，白沙江路曉無泥〔五〕。戲波拍拍鳧雛暖〔六〕，掠岸翩翩燕子低。

曉霽晴湖已拍橋，橋邊春色解相撩。分疏積雨饒鶯舌，拘束東風倩柳條〔七〕。

郊原雨歇看春耕，繭栗能馳稚子行〔八〕。青杏欲嘗先齒軟，海棠開徧恰新晴。

【校記】

㊀纔有：石倉本作「乍放」。

【注釋】

〔一〕作年未詳。

〔二〕誤驚飄舞作飛花：廓門注：「東坡詩二十二卷『應慚落地梅花識，却作漫天柳絮飛』之義也。須思。」

〔三〕風前月上：歷代無此習語，似當作「風前月下」。草書「上」、「下」二字形近，或抄録有誤。然亦可解作月初上時，猶「月上柳梢頭」之類。

〔四〕昨夜江村雨一犁：山谷内集詩注卷一戲和答禽語：「南村北村雨一犁，新婦餉姑翁哺兒。」任淵注：「東坡樂府曰：『歸去歸去，江上一犁春雨。』」

〔五〕白沙江路曉無泥：蘇軾浣溪沙游蘄水清泉寺：「松間沙路淨無泥。」此化用其語。

〔六〕戲波拍拍鳧雛暖：蘇軾游桓山會者十人以春水滿四澤夏雲多奇峰爲韻得澤字：「春風在流水，鳧雁先拍拍。」此化用其語意。

〔七〕「分疏積雨饒鶯舌」二句：擬人化描寫，謂黄鶯饒舌啼叫如同在爲積雨辯白，柳條長垂如同繩索將春風拘繫。分疏：辯白，訴説。古尊宿語録卷一二池州南泉普願禪師語要：「引經説義，皆是與他分疏，向他屋裏作活計，終無自由分。」錯按：此二句化用杜甫臘日詩「侵淩雲色還萱草，漏洩春光有柳條」之句法。又惠洪詩友謝逸溪堂集卷四同信民出城南訪正叔共約南湖之游至今不果信民即有長沙之行恐遂爽約戲作詩以督之：「驅除臘雪煩梅蕊，收拾春風倩柳條。」亦用此句法，而惠洪嘗次其韻，見本集卷一一次韻信民教授謝無逸游南湖。

〔八〕繭栗：牛犢之代稱。禮記王制：「祭天地之牛角繭栗。」漢書禮樂志二郊祀歌十九章練時日：「牲繭栗，粢盛香。尊桂酒，賓八鄉。」顔師古注：「繭栗，言角之小，如繭及栗之形也。」蘇軾次韻送程六表弟：「到處賣刀收繭栗。」即用漢書龔遂傳使民「賣劍買牛，賣刀買犢」事。

春日作〔一〕

山前山後花半紅，橋頭橋尾柳摇空。流鶯枝上未成語，始囀一聲來去風〔二〕。

【注釋】

〔一〕作年未詳。

〔二〕來去風：唐崔道融寄人二首之一：「花上斷續雨，江頭來去風。」

殘梅〔一〕

殘香和雪隔簾櫳，只待江頭一笛風〔二〕。今夜回廊無限意，小庭疏影月朦朦㊀。

【校記】

㊀ 朦朦：石倉本作「朦朧」。

【注釋】

〔一〕作年未詳。

〔二〕只待江頭一笛風：杜牧題宣州開元寺水閣閣下宛溪夾溪居人：「落日樓臺一笛風。」此借用其語。廓門注：「東坡詩二十五卷：『杯傾笛中吟。』注：『笛有落梅之曲。』」鍇按：宋郭茂倩樂府詩集卷二四横吹曲辭梅花落解題曰：「梅花落，本笛中曲也。」此寫殘梅，故戲謂之。

次韻通明叟晚春二十七首〔一〕

琴筑春流漲淺灘〔二〕，圓吭幽鳥語林端〔三〕。纖蒲水荇空淒寂，背立東風整釣竿。

緑徧西園春正殘，青梅小摘嗅仍看。單衣初試殊清爽，更愛涼風掠面寒。

落花片片怨春陰，霧雨那堪更作霖。小院晚春猶惜掃，欲穿準擬倩金針〔四〕。

散衣行處雨初涼，庭院誰家柳暗牆。倚杖南軒看修竹，快人解籜玉蒼蒼〔五〕。

居近幽林復碧江，水光林翠到西窗。鷓鴣啼竹聲相應，鸂鶒眠沙只一雙〔六〕。

落英寂寂草離離〔七〕，天氣清和得所宜。頭面惺憁快清曉〔八〕，可人惟有海棠枝。

枝上啼禽毛羽光，商量密葉恰能藏。路旁垂柳陰堪歇，牆外櫻桃小可嘗。

題詩徑欲挽春還，噪吻吟窗秃筆端〔九〕。寂寞却憐當檻竹，嫩黄新嫋出林竿。

晝永呼童挂北軒，青山無數卧披看。獨憐杜宇啼聲晚，催發芭蕉戰莫寒〔一〇〕。

桃李無言暗淺深〔一一〕，曉雲慚愧不成霖。化工勝却耶谿女〔一二〕，繡徧園林不犯針。

去歲春游愛野棠，今年還復出東牆。行思往事心猶在，却照清溪鬢已蒼。

睡魔晝永不能降，一夢春晴賞北窗。只有敲門漫谿叟〔一三〕，也嫌疏懶世無雙。

山桃噴火柳垂絲，野店溪橋處處宜。我作春游亦清散，榆錢聊挂瘦藤枝〔一四〕。

困人天氣渴思漿〔一五〕，喜有人家密竹藏。稚子不知僧不飲，壓糟醇釀勸人嘗〔一六〕。

春心百種竟衰殘，幽事侵尋尚數端。清晚閑題記新竹，粉衣香滑一竿竿。

清晨花下露團團，飛鳥行吟仰面看〔一七〕。傑句天資人不及，勿嗔島瘦與郊寒〔一八〕。

壓枝萬朵濃如繡，初歇連綿十日霖。穿蘂蝶鬚輕似線，剌香蜂尾快於針〔一九〕。

倦行放步卧垂楊，誰打鞦韆笑隔牆。風物惱人情不淺，歸來山色更青蒼。

夜涼静話欣同榻，春晚分題喜共窗。解笑疏狂才莫敵，詩禪美譽舊傳雙。

紅梅真是醉吴姬〔二〇〕，浴罷偎風事事宜。吟次紛紛落紅雨，小禽飛去動危枝。

從游法侶意何長，況更深雲僻處藏。共喜春山有新事，小窗晴試露芽嘗〔二一〕。

南來還復見春殘，歷亂愁人恰萬端。賈誼少年能肆筆〔二二〕，太公垂白始投竿〔二三〕。

楊花滿院掩深關，半摺文書偃卧看。幽鳥等閑回睡眼，暖風時復破春寒。

春寒瘦骨病難禁，多謝新晴霽晚霖。自補衲衣矮窗下，黄鸝聲好屢停針。

劇笑自知躋奥室〔二四〕，好詩安敢望門牆〔二五〕。饒君麗句春難敵，輸我朱顔鬢未蒼。

深院無人得散衣，海棠經雨更相宜。若爲化作翩翩蝶，遶此扶疏竹外枝〔二六〕。

清絶新詩寫硬黄〔二七〕，著籤端爲密收藏〔二八〕。自驚短拙知何限，愛子高才見未嘗。

【注釋】

〔一〕作年未詳。通明叟：惠洪法侶，生平法系不可考。

〔二〕琴筑春流：喻春日流水如琴筑之聲。列子湯問：「伯牙善鼓琴，鍾子期善聽。伯牙鼓琴，志在高山，鍾子期曰：『善哉！峩峩兮若泰山。』志在流水，鍾子期曰：『善哉！洋洋兮若江河。』」此點化其意。　筑：古絃樂器。文選卷二八荆軻歌序：「高漸離擊筑。」李善注：「應劭曰：『狀似琴而大，頭安絃，以竹擊之，故名曰筑也。』」清陳元龍格致鏡原卷四六：「筑，形如琴，十三絃，項細肩圓。鼓法以左手扼之，右手以竹尺擊之，隨調應律，唐代編入雅樂。」錯按：此言「筑」者，因琴而連類及之也。

〔三〕圓吭：圓潤歌喉。蘇軾西齋：「黄鳥亦自喜，新音變圓吭。」

〔四〕欲穿準擬倩金針：此言欲遣金針巧手聯綴落花成錦繡，故不忍掃也。　準擬：定可，打算。陸龜蒙甫里集卷一一自遣之二十七：「妍華須是占時生，準擬差肩不近情。」

〔五〕解籜：新竹脱筍殼。蘇軾過建昌李野夫公擇故居：「我來仲夏初，解籜呈新緑。」　玉蒼蒼：喻竹之色。黄庭堅從斌老乞苦筍：「煩君更致蒼玉束，明日風雨皆成竹。」語本此。

〔六〕㶉𪄳：即鸂鶒，水鳥名。太平御覽卷九二五引臨海異物志曰：「鸂鶒，水鳥，毛有五彩色，食短狐。其在，溪中無毒氣。」杜甫卜居：「無數蜻蜓齊上下，一雙鸂鶒對沉浮。」曲江陪鄭八丈南史飲：「雀啄江頭黄柳花，鵁鶄鸂鶒滿晴沙。」

〔七〕離離：分披繁盛貌。詩王風黍離：「彼黍離離，彼稷之苗。」白居易賦得古原草送别：「離離原上草，一歲一枯榮。」

〔八〕惺憁：同「惺憁」，清醒，清爽。「憁」爲俗字。釋貫休施萬病丸：「葫蘆盛藥行如風，病者與藥皆惺憁。」

〔九〕噪吻：蟲鳥聒噪，此自謙語，喻指吟詠。韋驤錢塘集卷一州宅牡丹盛開蒙剪欄中奇品見贈仍屬爲短歌於席上：「飲量恨非千丈陂，欲吸百嘲還噪吻。」此借用其語。

〔一〇〕莫寒：同「暮寒」。

〔一一〕桃李無言：史記李將軍列傳：「諺曰：『桃李不言，下自成蹊。』」此借用其語。

〔一二〕耶谿女：本指越州若耶溪浣紗女，此代指精於針線之美女。李白浣沙石上女：「玉面耶溪女，青蛾紅粉粧。」此借用其語。鍇按：方輿勝覽卷六紹興府：「若耶溪，在會稽縣東南，北流二十五里與照湖合。越絶記：薛燭對越王曰：『若耶之溪，涸而出銅。』」

〔一三〕漫谿叟：廓門注：「『漫溪』謂唐元結，此借用。」鍇按：元結號漫郎，非漫谿。新唐書元結傳載其自釋曰：「及有官，人以爲浪者亦漫爲官乎？呼爲漫郎。」依詩題，漫谿叟當指通明叟。

〔一四〕榆錢：榆莢形似銅錢，故稱。東坡詩集注卷一二次韻田國博部夫南京見寄二首之一：「深紅落盡東風惡，柳絮榆錢不當春。」趙次公注：「李賀詩：『榆莢相催不知數，沈郎青錢夾城路。』」

〔一五〕困人天氣：蘇軾浣溪沙春情：「綵索身輕長趁燕，紅窗睡重不聞鶯。困人天氣近清明。」謝逸如夢令：「如醉，如醉，正是困人天氣。」　渴思漿：黄庭堅古風次韻答初和甫二首之一：「渴思蔗漿玉盌涼。」

〔一六〕壓糟：以糟牀壓榨米酒。糟牀，榨酒之具。山谷内集詩注卷一四萬州太守高仲本宿約游岑公洞而夜雨連明戲作二首之二：「蓬窗高卧雨如繩，恰似糟牀壓酒聲。」任淵注：「老杜詩：『賴知禾黍收，已覺糟牀注。』」鍇按：李白金陵酒肆留別：「吴姬壓酒勸客嘗。」此化用其意。

〔一七〕飛鳥行吟：擬人化描寫，謂飛鳥啼鳴猶如詩人行吟。

〔一八〕「傑句天資人不及」二句：戲謂飛鳥所吟詩句天然傑出，非人力所能爲，故勿怪詩人如孟郊、賈島般吟詩艱難苦澀。島瘦與郊寒：彦周詩話：「東坡祭柳子玉文：『郊寒島瘦，元輕白俗。』此語具眼。」

〔一九〕「穿蘂蝶鬚輕似線」二句：廓門注：「老杜徐步詩：『花蘂上蜂鬚。』東坡詩二十五卷『夜寒那得穿花蝶』之類也。」刺香：李賀新夏歌：「刺香滿地菖蒲草。」此借用其語。鍇按：前既言花濃如繡，此故以蝶鬚穿線、蜂尾刺針坐實之。

〔二〇〕紅梅真是醉吴姬：蘇軾王伯敭所藏趙昌花梅花：「殷勤小梅花，仿佛吴姬面。」此用其意而形容之。

〔二一〕露芽：亦作「露牙」，名茶之一種。唐國史補卷下：「風俗貴茶，茶之名品益衆。福州有方山之露牙。」代指佳茶。

〔二二〕賈誼少年能肆筆：史記屈原賈生列傳：「廷尉乃言：『賈生年少，頗通諸子百家之書。』文帝召以爲博士。是時賈生年二十餘，最爲少。每詔令議下，諸老先生不能言，賈生盡爲之對，人人各如其意所欲出，諸生於是乃以爲能不及也。」

〔二三〕太公垂白始投竿：史記齊太公世家：「吕尚蓋嘗窮困年老矣，以魚釣奸周西伯。西伯將出獵，卜之曰：『所獲非龍非彲，非虎非羆，所獲霸王之輔。』於是周西伯獵，果遇太公於渭之陽，與語，大説，曰：『自吾先君太公曰：當有聖人適周，周以興。子真是邪？吾太公望子久矣。』故號之曰太公望。載與俱歸，立爲師。」

〔二四〕劇笑：大笑。　躋奧室：猶言登堂入室。漢書藝文志一〇：「如孔氏之門人用賦也，則賈誼登堂，相如入室矣。」此用其意。　奥室：内室深隱之處，引申指隱微深奥之境。

〔二五〕望門牆：論語子張：「子貢曰：『譬之宫牆，賜之牆也及肩，窺見室家之好。夫子之牆數仞，不得其門而入，不見宗廟之美，百官之富。得其門者或寡矣。』」此化用其意，謂通明叟之詩好，己乃不得窺見其中奥妙。

〔二六〕扶疏：枝葉繁茂分披貌。陶淵明讀山海經之一：「孟夏草木長，繞屋樹扶疏。」　竹外枝：蘇軾和秦太虚梅花：「江頭千樹春欲暗，竹外一枝斜更好。」此借用其語。

〔二七〕硬黄：經染色或塗蠟之紙，善書者多取以臨帖作字。洞天清録硬黄紙：「硬黄紙，唐人用以書經，染以黄檗，取其辟蠹，以其紙如漿，澤瑩而滑，故善書者多取以作字。」

〔二八〕著籤端爲密收藏：謂著牙籤爲標識，以收藏通明叟之詩。籤，指牙籤，已見前注。宋魏野東觀集卷三酬潤師見贈：「絶唱和難繼，因兹久滯淹。隔年酬不得，終日誦無厭。曬曝偏防蠹，收藏別著籤。偶吟聊報謝，遲拙莫相嫌。」此化用其意。

海棠〔一〕

酒入香腮笑未知〔二〕，小粧初罷醉兒癡。一枝柳外牆頭見，勝却千叢著雨時。

【注釋】

〔一〕作年未詳。本集卷八予作海棠詩曰一株柳外墻頭見勝却千叢著雨時寓居百丈春晴上南原縱望萬株浩如海追前詩之失言相隨苾芻請記其事，引此詩三四句，「一枝」作「一株」。該詩作於崇寧五年春，此詩必作於其前。

〔二〕酒入香腮笑未知：蘇軾寓居定惠院之東雜花滿山有海棠一株土人不知貴也：「朱唇得酒暈生臉，翠袖卷紗紅映肉。」此化用其意。

和余慶長老春十首〔一〕

野梅官柳不勝春〔二〕，妬面愁眉各鬬新。欲作清詩成瘦坐，生憎白雨解催人〔三〕。

葉欲藏禽花没腰，春愁疊疊覺難消。碧雲新月誰梳鬢，翠浪柔風自織綃。

梟鷗水暖聚圓沙〔四〕，帶雨春湖脉脉斜〔五〕。翠線受風遮徑柳，燕脂含雨隔籬花〔六〕。

葉雲誰剪芘花身〔七〕，花底何人笑語頻。應是流鶯訴心事，窺牆欲見恨無因。

一盞露芽祛睡思〔八〕，半簾疏雨作愁媒。似聞池館花如海，杖策當爲得得來〔九〕。

嫩寒清曉欲留春，睡足山中樂事新。珠玉等閒無脛至〔一〇〕，風流全付茂陵人〔一一〕。

柳如西子舞時腰〔一二〕，飛絮初狂雪未消。多謝余郎造化手，解拈春色寫鮫（蛟）綃

（銷）㊀〔一三〕。

雨過清流走白沙，隔籬紅杏一枝斜。可堪風日濃於酒，更愛君詩麗似花。

舊游新事兩關身，花下清晨吉噎（嗹）頻㊁〔一四〕。野步尋梅曾共樂，夜詩聯鼎願相因〔一五〕。

人笑才高真禍本，自驚詩好是窮媒。貪看百尺游絲轉，忽見雙飛乳燕來。

【校記】

㊀ 鮫：原作「蛟」，今從四庫本。 綃：原作「銷」，誤，今據四庫本、武林本改。參見注〔一三〕。

㊁ 噎：原作「嗹」，武林本作「唓」，誤，今改。參見注〔一四〕。

【注釋】

〔一〕大觀二年晚春作於江寧府。余慶長：名未詳，生平失考。惠洪與慶長游，當在寓居江寧時。參見本集卷二次韻余慶長春夢注〔一〕。 老春：指晚春。 鍇按：此十首詩實爲兩組次韻詩組成，前五首尾句韻依次爲「人」、「綃」、「花」、「因」、「來」，後五首尾句韻亦爲「人」、「綃」、「花」、「因」、「來」，用韻全同。

〔二〕野梅官柳：東坡詩集注卷一五送戴蒙赴成都玉局觀將老焉：「拾遺被酒行歌處，野梅官柳西郊路。」注：「杜甫詩：『時出碧雞坊，西郊近草堂。市橋官柳細，江路野梅香。』」此借用其語。

〔三〕生憎：最根，偏恨。杜甫送路六侍御入朝：「不分桃花紅勝錦，生憎柳絮白於綿。」白雨解催人：九家集注杜詩卷一八陪諸貴公子丈八溝攜妓納涼晚際遇雨：「片雲頭上黑，應是雨催詩。」趙次公注：「此蓋以爲戲也，雨甚，當速歸，而詩不了，則黑雲將欲爲雨以催之。笑東坡嘗使『纖纖入麥黄花亂，颯颯催詩白雨來』。」

〔四〕鳧鷗水暖聚圓沙：九家集注杜詩卷二二草堂即事：「寒魚依密藻，宿鷺起圓沙。」趙次公注：「圓沙者，禽鳥宿於沙上，其有隱沙之跡必圓，如魚没痕圓之義。」

〔五〕帶雨春湖脉脉斜：杜甫遣意二首之二：「簷影微微落，津流脉脉斜。」此借用其語。

〔六〕燕脂含雨隔籬花：杜甫曲江對雨：「林花著雨燕脂濕。」此化用其意。

〔七〕芘花身：王安石紅梨：「紅梨無葉庇花身，黄菊分香委路塵。」此借用其語。廓門注：「『芘』當作『庇』。」錯按：「芘」通「庇」，遮蔽之義，不誤。莊子人間世：「南伯子綦遊乎商之丘，見大木焉有異，結駟千乘，隱將芘其所賴。」釋文：「『芘』，本亦作『庇』。」

〔八〕露芽：即露牙，茶之名品。此代指茶。已見前注。

〔九〕得得來：特地來。釋貫休陳情獻蜀皇帝：「一缾一鉢垂垂老，千水千山得得來。」此借用其語。

〔一〇〕珠玉等閒無脛至：韓詩外傳卷六：「夫珠出於江海，玉出於崑山，無足而至者，猶主君之好也。士有足而不至者，蓋主君無好士之意耳。」文選卷四一孔融論盛孝章書：「珠玉無脛而自至者，以人好之也，況賢者之有足乎！」脛，同「踁」，人之小腿，亦泛指腿足。

〔一一〕茂陵人：代指漢司馬相如，此喻余慶長。史記司馬相如列傳：「相如既病免，家居茂陵。天子曰：『司馬相如病甚，可往從，悉取其書，若不然，後失之矣。』使所忠往，而相如已死，家無書問。其妻對曰：『長卿固未嘗有書也，時時著書，人又取去，即空居。長卿未死時，爲一卷書曰：有使者來求書，奏之，無他書。』其遺札書言封禪事，奏所忠。」宋范純仁范忠宣集卷五蜀郡范公景仁挽詞三首之一：「囊中有遺稿，不學茂陵人。」廓門注：「茂陵，五陵之其一也。文選西都賦：『北眺五陵。』五陵見一統志西安府。三體詩曰：『五陵年少如相問，阿對泉頭一布衣。』」其注殆未明詩意。

〔一二〕柳如西子舞時腰：杜甫絶句漫興九首之九：「隔户楊柳弱嫋嫋，恰似十五女兒腰。」此化用其意。西子，即西施，代指美女。

〔一三〕蛟綃：即鮫綃。「蛟」通「鮫」。文選卷五左思吴都賦：「泉室潛織而卷綃，淵客慷慨而泣珠。」李善注：「俗傳鮫人從水中出，曾寄寓人家，積日賣綃。綃者，竹孚俞也。鮫人臨去，從主人索器，泣而出珠滿盤，以與主人。」宋人或借以指作書之絹帛，如黄庭堅題馬當山魯望亭四首之四陸魯望：「欲問勒銘遺墨，應書水府鮫綃。」底本「綃」作「銷」，涉形近而誤。廓門注：「『銷』當作『綃』。」其説甚是。又此句次韻「翠浪柔風自織綃」句，亦可證當作「綃」，今據改。

〔一四〕花下清晨吉嚏頻：蘇詩補注卷一一元日過丹陽明日立春寄魯元翰：「白髮蒼顔誰肯記，曉來頻嚏爲何人。」查慎行注：「宋馬永卿云：『俗説以嚏爲人説，蓋古語也。今人嚏則云人道我。』」此化用其意。又山谷外集詩注卷二薛樂道自南陽來入都留宿會飲作詩餞行：「舉觴遥酌我，發嚏知見頌。」史容注：「邶國風云：『寤言不寐，願言則嚏。』箋云：『今俗人嚏云人道我，此古之遺語也。』」吉嚏，謂他人道我者，皆頌我之吉語。底本「嚏」誤作「⿰口建」。廓門注：「『⿰口建』當作『嘹』歟？祖庭事苑曰『吉嘹』。又或以多言爲吉嘹者，嶺南有鳥似鸜鵒，籠養久則能言。南人謂之吉嘹。開元初，廣州獻之，言音雄重如丈夫，委曲識人情性，非鸚鵡、鸜鵒之比。」其注未明詩意，殊誤。

〔一五〕夜詩聯鼎：謂聯句唱和。韓愈有石鼎聯句詩，故借以稱之。本集卷九閤資欽提舉生辰：「詩妙終聯鼎，文高類過秦。」

游西湖北山二首〔一〕

幽草青青繞竹扉，雨餘人在杏園西。無端黄鳥驚春夢，正向緑蘿深處啼。

春園南北筍過牆，牆下離離草更香。啼鳥野花無問處，蒼山牢落下殘陽〔二〕。

【注釋】

〔一〕崇寧元年春作於杭州。　西湖北山：明田汝成西湖遊覽志卷一西湖總叙：「西湖諸山之脈，皆宗天目。天目西去府治一百七十里，高三千九百丈，周廣五百五十里。蜿蟺東來，凌深拔峭，舒岡布麓，若翔若舞，萃於錢唐，而峭萃於天竺。從此而南而東，則爲龍井，爲大慈，爲玉岑，爲積慶，爲南屏，爲龍，爲鳳，爲吴，皆謂之南山。從此而北而東，則爲靈隱，爲僊姑，爲履泰，爲寶雲，爲巨石，皆謂之北山。」

〔二〕牢落：猶寥落，稀疏零落貌。文選卷六左思魏都賦：「臨菑牢落，鄢郢丘墟。」李善注：「牢落，猶遼落也。」

次韻超然春日湘上二首〔一〕

暮年身世極南邊，病眼愁看北客船。憶著金明池上路〔二〕，寶津晴瓦隔霏煙〔三〕。

年少無愁事業新，小詩寫得楚江春。已知字字愈頭痛〔四〕，可是騣騣解逼人〔五〕。

【注釋】

〔一〕崇寧二年春作於長沙。　超然：即僧希祖，惠洪法弟。詩稱希祖「年少無愁事業新」，可見爲早年之作。又稱己「暮年身世極南邊」，乃是歎老嗟卑之態。崇寧二年春日惠洪與希祖寓居長沙道林寺，時年三十三歲。

〔二〕金明池：在開封府西郊，亦稱西池。宋敏求春明退朝録卷中：「太宗於西郊鑿金明池，中有臺榭，以閲水戲。而士人游觀，無存泊之所。若兩岸如唐制設亭，即逾曲江之盛也。」葉夢得石林燕語卷一：「瓊林苑、金明池、宜春苑、玉津園，謂之四園。瓊林苑，乾德中置。太平興國中，復鑿金明池於苑北，導金水河水注之。以教神衛虎翼水軍習舟楫，因爲水嬉。宜春苑，本秦悼王園，因以皇城宜春舊苑爲富國倉，遂遷於此。玉津園，則五代之舊也。今惟瓊林、金明最盛。歲以二月開，命士庶縱觀，謂之開池。至上巳，車駕臨幸畢，即閉。歲賜二府從官燕及進士聞喜燕，皆在其間。金明水戰不復習，而諸軍猶爲鬼神戲，謂之旱教。」孟元老東京夢華録卷七三月一日開金明池瓊林苑：「三月一日，州西順天門外開金明池、瓊林苑。每日教習車駕上池儀範，雖禁從士庶許縱賞，御史臺有榜，不得彈劾。池在順天門街北，周圍約九里三十步，池西直徑七里許。」

〔三〕寶津：即寶津樓。山谷内集詩注卷一一宗室公壽挽詞二首之一：「題詩奉先寺，横笛寶津樓。」任淵注：「東京記云：『奉先資福禪院在明義坊。寶津樓在天苑坊，與金明池心亭榭相直。』」

〔四〕字字愈頭痛：言讀希祖小詩令人興奮，不覺愁苦。三國志魏書王粲傳附陳琳傳裴松之注引典略曰：「琳作諸書及檄，草成，呈太祖。太祖先苦頭風，是日疾發，卧讀琳所作，翕然而起曰：『此愈我病。』數加厚賜。」蘇軾次韻李公擇梅花：「詩成獨寄我，字字愈頭痛。」此借用其成句。

〔五〕駸駸解逼人：山谷内集詩注卷七次韻文潛休沐不出二首之二：「蘇公歎妙墨，逼人太駸駸。」任淵注：「法帖衛夫人書云：『衛有弟子王逸少，甚能學衛真書，咄咄逼人，筆勢洞精，字體遒媚。』南史王僧虔傳：『子敬謂中令云：弟書如騎騾，駸駸常欲度驊騮前。』」駸駸：疾速馳驟貌。詩小雅四牡：「駕彼四駱，載驟駸駸。」毛傳：「駸駸，驟貌。」

春晚二首〔一〕

方見柳條堪結紐〔二〕，忽驚梅葉解藏禽〔三〕。春歸掣肘徑不住〔四〕，院落殘紅一寸深。

閑愁一寸在垂楊，游絲百尺拖清曉。榆錢滿地贖春歸〔五〕，山茶昨夜都開了〔六〕。

【注釋】

〔一〕作年未詳。

〔二〕柳條堪結紐：黄庭堅送錢一杲卿：「到家春已融，柔條可結紐。」此借用其語。

〔三〕梅葉解藏禽：梅堯臣青梅：「梅葉未藏禽，梅子青可摘。」此反其意而用之。

〔四〕掣肘徑不住：猶掉頭甩手不顧而去之意。參見本集卷二送覺海大師還廬陵省親注〔一三〕。

〔五〕榆錢滿地贖春歸：既坐實榆莢爲榆錢，故欲以之贖買春天，不使歸去。

〔六〕山茶昨夜都開了：王覿望日與諸公會於大慈聞海雲山茶合江梅花開遂相邀同賞雖無歌舞實有清歡因成拙詩奉呈：「野寺山茶昨夜開，江亭初報一枝梅。」此化用其詩句。參見本集卷一四和人春日三首注〔五〕。

長春花〔一〕

人間花亦有仙髩，卯酒（酉）發妝呼不醒㊀〔二〕。醉裏那知夏歲月，韻高班草卧空庭〔三〕。

【校記】

㊀酒：原作「酉」，誤，今據四庫本、重刊貞和類聚祖苑聯芳集卷九改。參見注〔二〕。

【注釋】

〔一〕作年未詳。　長春花：蘇詩補注卷四二和陶和胡西曹示顧賦曹韻：「長春如稚女，飄飖倚輕颸。卯酒暈玉頰，紅綃卷生衣。」查慎行注：「長春，按本草：『金盞草，一名長春花，言耐久也。』但金盞花色深黄，今詩云『卯酒暈玉頰，紅綃卷生衣』，乃是紅色。當另是一種。」

〔二〕卯酒：卯時所飲之酒，即晨飲之酒。白居易醉吟：「耳底齋鐘初過後，心頭卯酒未消時。」發妝：化妝。柳永少年遊：「香幃睡起，發妝酒釅，紅臉杏花春。」鍇按：此句以美人醉酒比鮮花艷紅。冷齋夜話卷一詩本出處：「東坡作海棠詩曰：『只恐夜深花睡去，更燒銀燭照紅妝。』事見太真外傳，曰：『上皇登沉香亭，詔太真妃子。妃於時卯醉未醒，命力士從侍兒扶掖而至。妃子醉顏殘妝，鬢亂釵橫，不能再拜。上皇笑曰：「是豈妃子醉，真海棠睡未足耳。」』」又東坡詩集注卷六述古聞之明日即來坐上復用前韻同賦：「仙衣不用剪刀裁，國色初酣卯酒來。」程縯注：「唐玄宗内殿賞牡丹，謂穆修己曰：『今京邑詩誰爲首出？』修己曰：『李正封詩「天香夜染衣，國色早酣酒」。』時楊貴妃侍側，上曰：『妝臺前飲以一紫盞酒，則正封之詩見矣。』事出南部新書。」此反其意而用之，易花比美人爲美人比花。又點化蘇詩「卯酒暈玉頰」之句。「卯酒」底本作「卯酉」，廓門注：「『酉』當作『酒』。」其說甚是。

〔三〕班草：鋪草坐地。

上巳〔一〕

桃花落盡柳陰成，寒食風光小雨晴。半掩寶書凭几坐〔二〕，滿庭芳草爲誰生？

【注釋】

〔一〕作年未詳。　上巳：即三月三日，俗以此日洗潔祓禊。夢粱録卷二三月：「三月三日上巳之辰，曲水流觴故事，起於晉時。唐朝賜宴曲江，傾都禊飲踏青，亦是此意。」

〔二〕寶書：佛書之美稱。

題黄山壁〔一〕

夜雨曉晴春盎盎〔二〕，緑愁紅醉思遲遲。獨存滋味無人會，笑看柔風拂柳條。

【注釋】

〔一〕大觀元年暮春作於撫州宜黄縣。　黄山壁：指黄山寺壁。江西通志卷一一二寺觀二撫州府：「黄山寺，在宜黄縣崇賢鄉，本名唐濟寺，唐景福二年建。宋祥符二年改如意。」江西通志卷一〇山川四撫州府：「黄山，在宜黄縣南四十里。」

〔二〕盎盎：洋溢貌，充盈貌。杜牧李賀集序：「春之盎盎，不足爲其和也；秋之明潔，不足爲其格也。」

初夏四首〔一〕

嘒嘒新蟬緑葉遮〔二〕，一聲臨晚到山家。未應春色全歸去，猶有芳叢刺史花〔三〕。

野水稻苗青拂岸，柘岡麥穗熟分歧〔四〕。前村父老胥歡甚〔五〕，笑指橋邊露酒旗。

院落寥寥日正長，小梅初熟亞枝黄〔六〕。午窗書引昏昏思，角簟宜開舊竹牀〔七〕。

流鶯聲老緑楊中，欄檻蕭疏墮晚紅。二十四番花信重〔八〕，園林又覺轉熏風。

【注釋】

〔一〕作年未詳。

〔二〕嘒嘒新蟬：詩小雅小弁：「菀彼柳斯，鳴蜩嘒嘒。」毛傳：「蜩，蟬也。嘒嘒，聲也。」

〔三〕刺史花：即使君子花。花可觀賞，果仁供藥用。政和證類本草卷九今附：「俗傳，始因潘州郭使君療小兒，多是獨用此物。後來醫家因號爲使君子也。」又引圖經曰：「使君子生交、廣等州，今嶺南州郡皆有之。生山野中及水岸，其葉青，如兩指頭，長二寸，其莖作藤，如千指。三月生。花淡紅色，久乃深紅，有五瓣。七八月結子。」

〔四〕柘岡：種植桑柘之山岡。參見本集卷八宋迪作八境絶妙人謂之無聲句演上人戲余曰道人能作有聲畫乎因爲之各賦一首注〔一三〕。麥穗熟分歧：一麥雙穗，豐年之象。後漢書張堪傳：「勸民耕種，以致殷富。百姓歌曰：『桑無附枝，麥穗兩岐。張君爲政，樂不可支。』」

〔五〕胥：相與；皆。

〔六〕亞枝：杜甫上巳日徐司録林園宴集：「鬢毛垂領白，花蘂亞枝紅。」亞，通「壓」，低垂貌。

〔七〕角簟：細竹篾織就之席。資治通鑑卷二八三後晉紀四高祖天福七年：「地衣，春夏用角簟，秋冬用木棉。」胡三省注：「角簟，剖竹爲細篾織之，藏節去筠，瑩滑可愛。南蠻或以白藤爲之。」元稹飲致用神麴酒三十韻：「冰壺通角簟，金鏡徹雲屏。」

〔八〕二十四番花信重：苕溪漁隱叢話後集卷一七：「東皋雜録云：江南自初春至初夏，有二十四風信，梅花風最先，楝花風最後。唐人詩有『楝花開後風光好，梅子黄時雨意濃』，晏元獻有『二十四番花信風』之句。苕溪漁隱曰：徐師川一聯云：『一百五日寒食雨，二十四番花信風。』」明楊慎升庵集卷八〇二十四番花信風：「梁元帝纂要：一日兩番花信，陰陽寒暖，各隨其時。但先期一日，有風雨微寒者即是。其花則鵞兒、木蘭、李花、瑒花、榿花、桐花、金櫻、黄芳、楝花、荷花、檳榔、蔓羅、菱花、木槿、桂花、蘆花、蘭花、蓼花、桃花、枇杷、梅花、水僊、山茶、瑞香。其名俱存，然難以配四時十二月，姑存其舊。蓋通一歲言也。荆楚歲時記：小寒三信，梅花、山茶、水僊；大寒三信，瑞香、蘭花、山礬；立春三信，迎春、櫻桃、望春；雨水三信，菜花、杏花、李花；驚蟄三信，桃花、棣棠、薔薇；春分三信，海棠、梨花、木蘭；清明三信，桐花、菱花、柳花；穀雨三信，牡丹、荼蘼、楝花。此後立夏矣。此小寒至立夏之候也。」

南軒〔一〕

南軒日靜小簾開，百舌無端唤夢回〔二〕。莫爲楊花不相識，隨風還解過牆來。

【注釋】

〔一〕作年未詳。

〔二〕百舌：鳥名。善鳴，其聲多變化。淮南子説山：「人有多言者，猶百舌之聲。」高誘注：「百舌，鳥名。能易其舌效百鳥之聲，故曰百舌也。」

次韻方夏日五首時渠在禹谿余乃居福嚴〔一〕

殘書半摺立風檐，欲步還慵睡未忺〔二〕。忽憶故人談笑處，擘蓮嘗芡禦炎炎〔三〕。

聲華籍甚澌東西〔四〕，胸次玲瓏絶坎蹊〔五〕。那料南來遭白眼，强顔腰作偃松低〔六〕。

山縣蕭條早放衙〔七〕，塘蓮無主自開花。三叉路口炊煙起〔八〕，白瓦青旗一兩家。

水閣風微快葛衣，沙村返照淡餘暉。數聲楚些無情思〔九〕，不似吳中緩緩歸〔一〇〕。

我憶西湖山水清，君詩説盡欲歸情。何時京口同煙艇〔一一〕，柔櫓咿啞短作程〔一二〕。

【注釋】

〔一〕崇寧二年夏作於湖南衡山。 方：當指方禪師，此處疑有脱字。本集卷二一潭州大潙山中興記：「崇寧三年十一月，大潙山密印禪寺火，一夕而燼。住持僧海評移疾，郡以子方者繼焉，未幾而棄去。」同卷重修僧堂記稱，知潭州曾孝序「遴選諸方之名德十餘輩，所以扶其顛，振其傾，靈應方公乃其一也」。同卷潭州白鹿山靈應禪寺大佛殿記：「方禪師，黃龍、雲居之仍孫。」可知方禪師法名當爲子方，崇寧三年住持潙山密印禪寺，宣和間住持潭州白鹿山靈應禪院，屬臨濟宗黃龍派禪僧。又卷二九代雲蓋賀北禪方老書，「方老」亦當指此僧。 禹谿：代指南嶽雲峰寺。南嶽總勝集卷中：「雲峰景德禪寺：在廟之東十五里，後倚雲密，前臨禹溪，西有大禹巖，乃禹王傳玉文處。」余靖武溪集卷八南嶽雲峰山景德寺記：「雲峰者，南嶽五峰之一也。昔大禹登祭此山，得金簡玉字治水之要。故有禹之行宮，蚪蚪古碑，有時見者。遂名其溪曰禹溪。」 福嚴：即南嶽福嚴寺。南嶽總勝集卷中：「福嚴禪寺，在廟之北登山十五里。岳中禪刹之第一。」

〔二〕忺：適意，高興。

〔三〕嘗炗：蘇軾泛舟城南會者五人分韻賦詩得人皆苦炎字四首之四：「樓中煮酒初嘗炗，月下新粧半出簾。」

〔四〕聲華籍甚：名聲盛大。文選卷三六任昉宣德皇后令：「客游梁朝，則聲華籍甚。」李善注：「淮南子曰：『聲華嘔符之，樂其性者，仁也。』漢書曰：『陸賈游漢庭公卿間，名聲籍甚。』」唐皇甫湜皇甫持正文集卷六祭柳子厚文：「嗚呼柳州，秀氣孤稟。弱冠游學，聲華藉甚。」

淛東西：浙東浙西地區。淛，水名，同「浙」。史記項羽本紀：「秦始皇帝游會稽，渡浙江。」司馬貞索隱：「韋昭云：浙江在今錢塘。浙音折。蓋其流曲折，莊子所謂『淛河』，即其水也。淛、折聲相近。」

〔五〕胸次玲瓏絶坎蹊：謂心靈通透空明而無坎坷滯礙。玲瓏：空明貌。坎：不平。易説卦：「坎，陷也。」蹊：小路，山路。鍇按：「坎蹊」一詞他書未見，當爲惠洪自創，表示不平難行之路。

〔六〕强顔：厚顔，謂不知羞恥。文選卷四一司馬遷報任少卿書：「及以至是，言不辱者，所謂强顔耳，曷足貴乎？」腰作偃松低：謂屈身事人，腰如偃蓋之松。廓門注：「墨客揮犀曰：蘇伯材奉議云：『凡欲松偃蓋極不難，栽時當去松中大根，惟留四旁鬚根，則無不偃蓋。』」

〔七〕放衙：官府屬吏早晚參謁主司聽候差遣，謂之衙參。衙參結束，謂之放衙，即退衙。蘇軾入峽：「放衙鳴晚鼓，留客薦霜柑。」

〔八〕三叉路口：蘇軾縱筆三首之二：「溪邊古路三叉口，獨立斜陽數過人。」

〔九〕楚些：指楚人歌聲。五百家注昌黎文集卷八遠遊聯句：「楚些待誰弔，賈辭緘恨投。」注：「孫曰：楚些，宋玉招魂也。些，語助。待誰弔，謂誰人弔我也。祝曰：楚詞：『何爲四方些。』」東坡詩集注卷二過萊州雪後望三山：「帝鄉不可期，楚些招歸來。」宋援注：「楚詞宋玉招魂云：『魂兮來歸，何爲兮四方些。』」同書卷二四遷居臨皋亭：「淡然無憂樂，苦語不成些。」趙次公注：「宋玉招魂每句有『些』字，蓋楚人之聲也。」

〔一〇〕吳中緩緩歸：蘇軾陌上花三首引曰：「游九仙山，聞里中兒歌陌上花。吳越王妃每歲春必歸臨安，王以書遺妃曰：『陌上花開，可緩緩歸矣。』吳人用其語爲歌，含思宛轉，聽之凄然。而其詞鄙野，爲易之云。」詩之一：「陌上花開蝴蝶飛，江山猶是昔人非。遺民幾度垂垂老，遊女長歌緩緩歸。」之二：「陌上山花無數開，路人争看翠軿來。若爲留得堂堂去，且更從教緩緩迴。」之三：「生前富貴草頭露，身後風流陌上花。且作遲遲君去魯，獨歌緩緩妾回家。」

〔一一〕京口：即鎮江府，宋屬兩浙路。方輿勝覽卷三鎮江府：「事要：郡名京口。圖經：其城因山爲壘，緣江爲境。爾雅：『丘絶高曰京。』故名。」

〔一二〕柔櫓：杜甫船下夔州郭宿雨濕不得上岸别王十二判官：「柔櫓輕鷗外，含情覺汝賢。」此借用其語。咿啞：象聲詞，此指摇櫓聲。唐吴融唐英歌詩卷上汴上晚泊：「蕭然正無寐，夜櫓莫咿啞。」宋韓維南陽集卷九之雍丘舟中奉寄少述處士明叔公緼：「柔櫓咿啞晝鷁東，翛然清興不知窮。」

嘗盧（蘆）橘㊀〔一〕

皮似柹椑鬆（髮）易剥㊁〔二〕，核如龍眼味芳鮮〔三〕。滿盤的皪如金彈〔四〕，叢手分嘗憶去年〔五〕。

【校記】

㊀盧：原作「蘆」，誤，今從四庫本、武林本、新撰貞和分類古今尊宿偈頌集卷下、重刊貞和類聚祖苑聯芳集卷八。

㊁鬆：原作「髮」，誤，今據苕溪漁隱叢話後集卷二八、尊宿偈頌集、祖苑聯芳集、武林本改。參見注〔二〕。

【注釋】

〔一〕作年未詳。　盧橘：枇杷之别稱。參見本集卷八再和復答注〔八〕。

〔二〕柹椑：指柹子與椑實。椑，柹類果木，其實似柹而青。謝靈運山居賦：「椹梅流芬於回巒，椑柹被實於長浦。」　鬆，底本作「髮」，義難通。廓門注：「或作『鬆』。」其説甚是。苕溪漁隱叢話後集卷二八引此詩，「髮」作「鬆」，今據改。

〔三〕龍眼：亦稱桂圓，果中名品。太平御覽卷九七三引晉顧微廣州記：「龍眼，子似荔枝，七月熟。」

〔四〕的礫：同「的皪」，明珠光亮貌。金彈：喻盧橘之顔色形狀，既黄且圓。李綱梁谿集卷一八德安食枇杷：「故人餉盧橘，煙雨江上村。芳津流齒頰，核細肌豐温。誰爲黄金彈，偏宜白玉樽。返源旋味處，寂寞自無言。」

〔五〕叢手：衆手。

新竹〔一〕

琅玕數本倚牆陰〔二〕，新筍筠（均）條忽作林㊀〔三〕。昨夜小軒添得境，却煩佳月碎篩金〔四〕。

【校記】

㊀筠：原作「均」，誤，今據武林本改。

【注釋】

〔一〕作年未詳。

〔二〕琅玕：美玉，喻指竹。杜甫鄭駙馬宅宴洞中：「主家陰洞細烟霧，留客夏簟青琅玕。」黄庭堅竹軒詠雪呈外舅謝師厚并調李彥深：「鏗鏗青琅玕，閱此歲凜冽。」

〔三〕新筍筠條忽作林：廓門注：「山谷詩乞苦筍詩曰：『明日風雨皆成竹。』注：『樂天食筍詩「且食勿踟躕，南風吹作竹」』之類也。」

〔四〕却煩佳月碎篩金：韓愈城南聯句：「竹影金瑣碎。」宋王暐道山清話：「劉貢父一日問蘇子瞻：『老身倦馬河堤永，踏盡黃榆綠槐影。非閣下之詩乎？』子瞻曰：『然。』貢父曰：『是日影耶？月影耶？』子瞻曰：『竹影金鎖碎，又何嘗說日月也。』二公大笑。」此點化韓愈詩句。

秋晚三首〔一〕

藜（梨）杖晚經桑柘塢㊀，園林秋盡露人家〔二〕。破籬犬吠柴門掩，寒犢自歸山日斜。

碧雲紅樹晚相間，佇立不堪游子情。劃破秋空一行雁，斷腸南去兩三聲。

紫梨紅棗八九樹，竹屋柴門三四家。機杼聲遲秋日晚，遶籬寒菊自開花〔三〕。

【校記】

㊀ 藜：原作「梨」，誤，今據四庫本改。

【注釋】

〔一〕作年未詳。

〔二〕園林秋盡露人家：謂晚秋樹葉脱落，露出林中人家。唐江爲送客：「天形圍澤國，秋色露人家。」方回瀛奎律髓卷二九旅況類評江爲此聯詩曰：「三四眼工，『露』字尤妙。」此用其語意。

〔三〕遶籬寒菊自開花：唐皇甫冉重陽日酬李觀：「不見白衣來送酒，但令黄菊自開花。」此借用其語。

雪中山茶〔一〕

緑羅架上破紅裙〔二〕，占得春多獨有君。那料曉來猶帶雪，素衣丹頂鶴成群。

【注釋】

〔一〕作年未詳。

〔二〕緑羅架：喻山茶之枝葉。紅裙：喻山茶之花。破紅裙，喻花開。

謝妙高惠墨梅〔一〕

霧雨黄昏眼力衰，隔煙初見犯寒枝。徑煩南嶽道人手〔二〕，畫出西湖處士詩〔三〕。

【注釋】

〔一〕宣和元年秋作於長沙。妙高：即華光仲仁禪師，善畫墨梅，因住衡州華光山妙高寺，故稱。參見本集卷一華光仁老作墨梅甚妙爲賦此注〔一〕。

〔二〕南嶽道人：指仲仁禪師。鄒浩道鄉集卷三三天保松銘序：「衡州華光山，實衡嶽之南麓。」本集卷一二華光上人送墨梅來求詩還鄉：「南嶽有雲留不住，東歸結伴過湘湄。」

〔三〕西湖處士詩：指林逋山園小梅詩，中有「疏影横斜水清淺」之句。林逋隱居杭州西湖孤山，故稱西湖處士。此言「畫出」者，蓋譽仲仁「畫中有詩」。

妙高梅花〔一〕

戲折寒梅畫裏傳，便知香嚲攪（攬）佳眠㊀〔二〕。愛吾花木逡巡有〔三〕，乾笑春風入暮年〔四〕。

【校記】

㊀攪：原作「攬」，誤，今據聲畫集卷五、兩宋名賢小集卷二一一、新撰貞和分類古今尊宿偈頌集卷下改。

【注釋】

〔一〕作年未詳。　妙高：華光仲仁禪師。　鍇按：考聲畫集卷五收墨梅寄花光仁老、光上人送墨梅來求詩還鄉、妙高老人卧病遣侍者以墨梅相迓、書花光墨梅與此詩，皆未署名，而置於張敬夫墨梅二首之後。依其體例，則當承前省作者名，而屬張敬夫。故兩宋名賢小集卷二一一張栻（字敬夫）南軒集亦收此詩。然妙高仲仁與惠洪爲法侣，交游甚密，而與張栻時代迥不相接，又數首詩皆見於本集，年代可考，必屬惠洪無疑，故聲畫集、兩宋名賢小集皆誤收，姑識於此。

〔二〕便知香爨攪佳眠：極言所畫墨梅傳神，以致香味撲鼻，令人難眠。　香爨：香之一種，此喻梅香。陳氏香譜卷三香爨：「右用好酒噴過，日晒乾，以剪刀切碎，碾爲生料，篩羅粗末，瓦罈收頓。」　攪佳眠：打攪好睡。黄庭堅乞猫：「秋來鼠輩欺猫死，窺甕翻盤攪夜眠。」此借用其語。底本「攪」作「攪」，義難通，誤，今從聲畫集改。

〔三〕逡巡：頃刻，片刻。苕溪漁隱叢話後集卷一〇：「按續仙傳：殷七七字文祥，嘗醉歌云：『琴彈碧玉軫，爐煉白丹砂。解造逡巡酒，能開頃刻花。』」「逡巡」與「頃刻」互文見義。　鍇按：唐方干玄英集卷七陸山人畫水：「毫末用功成一水，水源山脈固難尋。逡巡便可見波浪，咫尺不能知淺深。」此化用其意以詠畫梅。

〔四〕乾笑：勉强做作之笑。語本宋書范曄傳：「曄妻先下，撫其子，回罵曄曰：『君不爲百歲阿家，不感天子恩遇，身死固不足塞罪，奈何枉殺子孫？』曄乾笑云『罪至』而已。」能改齋漫録卷二乾笑：「世以笑之不情者爲乾笑。按宋范蔚宗謀逆，就刑於市，妻來別，罵蔚宗曰：『身死固不足塞罪，奈何枉殺子孫。』蔚宗乾笑而已。乾笑此爲始。」

琛上人所蓄妙高墨戲三首　并序〔一〕

淮上琛上人袖妙高老墨戲三本來，閲此，不自知身在逆旅也。妙高得意懶筆，而琛公能蓄之，琛之好尚，蓋度越吾輩數十等也。爲作三首，結林間無塵之緣。

年年長恨春歸速，脱手背人收拾難〔二〕。那料高人筆端妙，一枝留得霧中看〔三〕。

倐葉鬧花增秀色，爲誰幽徑撒秋香。還如此老行藏處，不爲無人亦自芳〔四〕。

一幅湘山千里色，碧天如水蓋秋寬。磨錢作鏡時一照〔五〕，乞與禪齋坐卧看。

【注釋】

〔一〕建炎元年十月作於蘄州。　琛上人：蘄州資福禪院住持僧元琛，生平法系未詳。本集卷二一資福法堂記：「建炎元年十月，住持沙門元琛以書抵印。」蘄州屬淮南西路，故稱「淮上琛上人」。　妙高墨戲三首：當爲分别題華光仲仁墨戲三幅而作，第一首詠墨梅，第二首詠墨蘭，第三首詠遠景。

〔二〕脱手背人收拾難：蘇軾次韻答王鞏：「新詩如彈丸，脱手不暫停。」此借用其語寫春歸之速而不暫停。參見本集卷四送文中北還注〔一五〕。

〔三〕一枝：代指墨梅。如本集卷一華光仁老作墨梅甚妙爲賦此：「竹外一枝斜更好。」卷八書華光墨梅：「一枝已清妍，交枝更媚嫵。」同卷妙高墨梅：「一枝閒暇出墻頭。」卷一一妙高老人卧病遺侍者以墨梅相迓：「十分渾在一枝梅。」卷二〇王舍人宏道家中蓄花光所作墨梅甚妙戲爲之賦：「忽微霰之濺衣，驚一枝之當路。」

〔四〕不爲無人亦自芳：孔子家語在厄：「且芝蘭生於深林，不以無人而不芳。」黄庭堅幽芳亭記：「蘭生深林，不以無人而不芳；道人住山，不以無人而不禪。」錯按：本集卷二六題蘭：「無人自芳之態，此老何從見之？豈胸次有此風棄蕭散乎？」足可證華光仲仁亦善畫墨蘭。

〔五〕磨錢作鏡時一照：磨青銅錢作青銅鏡，以觀照景色，戲謂其墨意朦朧。山谷集外集卷九題公卷花光横卷：「高明深遠，然後見山見水，此蓋關仝、荆浩能事。花光懶筆，磨錢作鏡所見耳。」此借用其語，暗示此畫爲水墨平遠山水。

次韻翁教授見寄〔一〕

仙郎落筆敏驚鴻〔二〕，文字追回兩漢風。脱腕舊聞供十吏〔三〕，探懷行看取三公〔四〕。

【注釋】

〔一〕作年未詳。翁教授：名字生平不可考。

〔二〕敏驚鴻：喻才思敏捷，下筆迅疾，如鴻雁驚飛。語本曹植洛神賦：「翩若驚鴻。」借以喻才思。

〔三〕脱腕舊聞供十吏：極言起草文書才思敏捷，十吏執筆以致腕脱亦難跟上。蘇軾和趙郎中捕蝗見寄次韻：「往來供十吏，腕脱不容歇。」此化用其語意。參見本集卷五送季長之上都注〔七〕。

〔四〕探懷行看取三公：恭維其取三公高位如探懷取物之易。本集卷二二先志碑記：「疑侯功名在懷袖，取之易然行探手。」

夢中作〔一〕

無賴春風試怒號〔二〕，共乘一葉傲驚濤〔三〕。不知兩岸人皆愕，但覺中流笑語高。

【注釋】

〔一〕崇寧二年正月一日作於長沙。　鍇按：此詩本事見於冷齋夜話卷四夢中作詩：「崇寧元年元日，粥罷昏睡，夢中忽作一詩，既覺，輒能記之，曰：『無賴東風試怒號，共乘一葉傲驚濤。不知兩岸人皆愕，但覺中流笑語高。』三月七日，偶與瑩中渡湘江。是日大風當斷渡，而瑩中必欲宿道林，小舟掀舞白浪中，兩岸聚觀膽落，而瑩中笑聲愈高。予細繹夢中詩以語瑩中，瑩中云：『此段公案三十年後大行叢林也。』」瑩中即陳瓘。據陳了翁年譜，崇寧元年五月前，陳瓘尚在泰州任上。十月除名勒停，送袁州編管。崇寧二年正月除名編管廉州，三月過湖南。又據續資治通鑑長編拾補卷一九，崇寧元年二月蔡卞改知揚州。本集卷一三有與蔡揚州詩，乃爲獻蔡卞而作，則崇寧元年二月後惠洪尚游方於江淮間，決無可能與陳瓘同渡湘江。故知冷齋夜話所言「崇寧元年」當爲「崇寧二年」之誤，或惠洪晚年誤記，或後人抄刻誤録，今改。

〔二〕無賴：無聊，討厭。南朝陳徐陵烏棲曲之二：「惟憎無賴汝南雞，天河未落猶爭啼。」

〔三〕一葉：代指小船。

紀夢〔一〕

玉纖金釧隔窗紗〔二〕，醉整殘妝（粧）滿鏡花㈠。撼地跳珠千丈白〔三〕，骨飛寧復用毛車〔四〕。

【校記】

㈠妝：底本、廓門本作「粧」，涉形近而誤。四庫本作「粧」，同「妝」。

【注釋】

〔一〕作年未詳。鍇按：此夢有玉纖、金釧、殘妝等女性意象，蓋惠洪凡心未泯，既形之於夢，且紀之於詩，宜世人有「浪子和尚」之譏。

〔二〕玉纖：纖細如玉之手，指美人之手。温庭筠菩薩蠻詞：「玉纖彈處珍珠落，流多暗濕鉛華薄。」

〔三〕跳珠：喻落地之雨。蘇軾六月二十七日望湖樓醉書五首之一：「黑雲翻墨未遮山，白雨跳珠亂入船。」

〔四〕骨飛寧復用毛車：謂夢中身輕如仙骨飛翔，不必乘坐毛車。博物志卷二：「漢武帝時，弱水西國有人乘毛車以渡弱水來獻香者。」

過小院僧窗有假山絶妙作廬山勢書此〔一〕

廬阜歸心久未降〔二〕，夢魂時復渡溢江〔三〕。忽驚古寺秋庭上㊀，翠蹙煙巒對矮窗。

【校記】

㊀上：重刊貞和類聚祖苑聯芳集卷三作「下」。

【注釋】

〔一〕作年未詳。

〔二〕廬阜：即廬山。　歸心久未降：謂歸山之心久未平復。蘇軾閻立本職貢圖：「我喟而作心未降。」此借用其語。

〔三〕湓江：即湓水，亦曰湓浦，廬山在其南。方輿勝覽卷二二江州：「湓浦，在德化西一里。郡國志：有人於此洗銅盆，墮水，取之，見一龍而出。晉志作『盆』，隋志作『湓』。」

次韻五首〔一〕

成破須臾知世相〔二〕，雨雲翻覆見交情〔三〕。何時一葉春湖闊，塞管横風夜月清〔四〕。

正爾思山想歸路〔五〕，偶行看雪立階除。忽驚晝永軒窗迥，推抵清寒擁燎鑪。

懷中但自除衣垢〔六〕，面上從教有唾痕〔七〕。負日風檐成坐睡，夢隨鷗鷺落江村。

莓苔徧地榆錢滿〔八〕，院落無人柳絮飛。信手翻書香篆冷，夕光山翠上窗扉。

措置已落古人後〔九〕，猛省令人愧衲裙。廬山好處軒窗在，留眼歸看五老雲〔一〇〕。

【注釋】

〔一〕作年未詳。

〔二〕成破須臾知世相：謂世上成功破亡俱在須臾之間。唐釋宗密圓覺經略疏注卷下：「成法破法，皆名涅槃。二成破對，衆緣相會曰成，緣離曰破。又進修曰成，毁謗爲破。緣無自性，成破一如，故皆涅槃。」此借用其語。

〔三〕雨雲翻覆見交情：杜甫貧交行：「翻手作雲覆手雨，紛紛輕薄何須數。」蘇軾次韻三舍人省上：「紛紛榮瘁何能久，雲雨從來翻覆手。」

〔四〕塞管：笛之别稱，猶言羌笛，羌管。杜牧張好好詩：「繁絃迸關紐，塞管裂圓蘆。」

〔五〕正爾：正當。廓門注：「『正』當作『政』。山谷詩第十卷曰：『政爾良獨難。』」鍇按：「正」通「政」，不誤。

〔六〕除衣垢：此乃遵佛教戒律之行爲。釋氏要覽卷下入衆：「向火七過。僧祇云：一損眼，二壞色，三身羸，四衣垢，五壞卧具，六生犯戒緣，七增俗話。」衣垢爲僧人「向火七過」之一，故須除去。

〔七〕面上從教有唾痕：任從遭人唾面羞辱，皆能忍耐。新唐書婁師德傳：「其弟守代州，辭之官，教之耐事。弟曰：『人有唾面，絜之乃已。』師德曰：『未也。絜之是違其怒，正使自乾耳。』」參見本集卷一四誡上人試手游方二首注〔五〕。

〔八〕榆錢：即榆莢，形如錢串，故稱。已見前注。

〔九〕措置已落古人後：李白流夜郎贈辛判官：「氣岸遥凌豪士前，風流肯落他人後？」此反其意而用之。

〔一〇〕五老：即廬山五老峰。

次韻巽中見寄四首〔一〕

君才俊却海東青〔二〕，鼻笑生華筆有靈〔三〕。寄我小詩足風味，展開如對鏡中形。

臥念高人最起予〔四〕，時時想見秀眉疏〔五〕。石門自古無佳句〔六〕，寄語雲山莫放渠〔七〕。

停蓄幽懷萬頃陂（波）㊀〔八〕，一傾要及少年時。正當清嘯尋君去，已辦登山緑玉枝㊁〔九〕。

别後夢歸關不住，得歸車已走先鋒〔一〇〕。催詩疥子撈春甕，有味難言却皺容〔一一〕。

【校記】

㊀陂：原作「波」，誤，今從武林本、石倉本。參見注〔八〕。

㊁辦：廓門本作「辨」，涉形近而誤。

【注釋】

〔一〕作年未詳。巽中：詩僧善權，字巽中。已見前注。

〔二〕君才俊却海東青：喻善權詩才之敏捷。李太白集分類補注卷六高句驪：「翩翩舞廣袖，似鳥海東來。」蕭士贇補注：「東海俊鶻名海東青，此喻其舞之快捷，如海東青之快健也。」杜甫呀鶻行：「俊才早在蒼鷹上。」此合其語意而用之。參見本集卷一三次韻王覺之裕之承務二首注〔一一〕。

〔三〕鼻笑生華筆有靈：開元天寶遺事卷二夢筆頭生花：「李太白少時夢所用之筆，頭上生花。後天才贍逸，名聞天下。」　鼻笑，未詳何意，疑「鼻」字誤。

〔四〕起予：語本論語八佾：「子曰：『起予者，商也，始可與言詩已矣。』」何晏集解引包咸曰：「孔子言子夏能發明我意，可與共言詩。」此指謂善權言詩最能啓發自己。

〔五〕秀眉：廓門注：「輶軒絶代語曰：『東齊眉言秀眉。』」

〔六〕石門：指洪州靖安縣寶峰禪院，在石門山，時善權從應乾禪師參禪於此。本集卷二九馮氏墓銘：「初，幼子善權俊發，夫人曰：『此兒非仕林可致也。』施以從石門道人應乾游，以文學之美，致高名於世。」

〔七〕寄語雲山莫放渠：此戲謂雲山風景莫放過他，應讓其多作詩。釋廣如撰布袋和尚後序載唐布袋和尚偈語：「肩挑明月横街去，把定乾坤莫放渠。」此借用其語。

〔八〕停蓄幽懷萬頃陂：世説新語德行：「林宗曰：『叔度汪汪如萬頃之陂，澄之不清，擾之不濁，其器深廣，難測量也。』」此用其事。　底本「陂」作「波」，語無本，且不入韻。廓門注：

「『波』筠溪集作『陂』。」今從之。

〔九〕緑玉枝：猶緑玉杖，竹手杖之美稱。李白廬山謡寄盧侍御虚舟：「手持緑玉杖，朝別黄鶴樓。」廓門注：「緑玉枝，謂杖也。」

〔一〇〕車已走先鋒：喻歸鄉之心急，如先鋒之戰車，衝鋒在前。本集卷二王表臣忘機堂次蔡德符韻：「酒闌耳熱題詩處，豪放超逸先鋒車。」

〔一一〕「傕詩疥子撈春甕」二句：山谷内集詩注卷一五謝答聞善二兄九絶句之三：「疥手轑甕庯何傷。」任淵注：「曾慥集仙傳曰：張闓光嘗與母及弟出游，獨留嫗守舍。俄有道士敝衣冠，疥癬被體，直入，裸浴酒甕中，嫗不能拒。既暮，出游歸，渴甚，聞酒芳烈，亟就盎中飲。嫗心惡道士，不敢白，而但不飲。居數日，開光與母及弟拔宅而去。」此借用其事，喻欲作詩之感覺如疥瘡之癢與美酒之渴相交織，難以言傳。

謝人惠蘆雁圖〔一〕

道林煙雨久不到㊀〔二〕，忽見橘洲（州）蘆雁行㊁〔三〕。笑裏筆端三昧力〔四〕，坐中移我過瀟湘〔五〕。

【校記】

㊀ 煙雨：新撰貞和分類古今尊宿偈頌集卷下、重刊貞和類聚祖苑聯芳集卷九作「風景」。
到：尊宿偈頌集作「知」。

㊁ 洲：原作「州」，誤，今從尊宿偈頌集、祖苑聯芳集。參見注〔三〕。

【注釋】

〔一〕作年未詳。

〔二〕道林：即長沙湘江西岸嶽麓山下道林寺。已見前注。

〔三〕橘洲：長沙西湘江中沙洲，以其上多美橘，故名。水經注湘水：「湘水又北逕南津城西，西對橘洲。」已見前注。底本「洲」作「州」，涉音近而誤。

〔四〕筆端三昧力：謂繪畫藝術所具令人住心不動之魅力。錯按：本集好以「筆端三昧」稱書畫詩文之神妙。參見卷八晚歸自西崦復得再和二首注〔四〕。

〔五〕坐中移我過瀟湘：山谷内集詩注卷七題鄭防畫夾五首之一：「惠崇煙雨歸雁，坐我瀟湘洞庭。欲喚扁舟歸去，故人言是丹青。」任淵注：「老杜山水障歌曰：『悄然坐我天姥下，耳邊已似聞春猿。』」此化用其意以贊繪畫之逼真。

湓江宿舟中〔一〕

琵琶亭下孤舟宿〔二〕，夜静風清水四圍。胡蝶夢中江月白〔三〕，蘆花鳴笛釣船歸〔四〕。

【注釋】

〔一〕建中靖國元年冬作於江州，時買舟東下過此。參見本集卷一四送實上人還東林時余亦買舟東下四首。　湓江：即湓水，亦稱湓浦。已見前注。

〔二〕琵琶亭：輿地紀勝卷三〇江南西路江州：「琵琶亭，在西門外，面大江。白居易爲江州司馬，夜送客湓浦口，聞鄰舟琵琶聲，遇商婦，爲琵琶行之地，故名其亭。」

〔三〕胡蝶夢中江月白：唐崔塗春夕：「蝴蝶夢中家萬里，子規枝上月三更。」白居易琵琶行：「唯見江心秋月白。」此合二詩語而用之。　錯按：冷齋夜話卷一東坡得陶淵明之遺意：「不知者困疲精力，至死不之悟，而俗人亦謂之佳。如曰『一千里色中秋月，十萬軍聲半夜潮』，又曰『蝴蝶夢中家萬里，子規枝上月三更』，又曰『深秋簾幕千家雨，落日樓臺一笛風』，皆如寒乞相，一覽便盡。初如秀整，熟視無神氣，以其字露也。」然此亦化用其語，可謂作法不自斃。

〔四〕鳴笛：笛聲。　廓門注：「『鳴』，『吹』字差誤歟？」錯按：「鳴」字不誤。晉向秀思舊賦：「聽鳴笛之慷慨兮，妙聲絶而復尋。」

過蕪湖晚望〔一〕

盡日舟中情思疲，晚來何處最幽奇。沙鷗數隻妝江面，雲帶兩條山畫眉。

【注釋】

〔一〕建中靖國元年冬作於蕪湖縣。蕪湖縣屬江南東路太平州，位於長江邊。

東流阻風〔一〕

秋葉叢邊風索索〔二〕，迎賓亭下水瀰瀰〔三〕。蓼花深處老漁父，更把船（牀）頭羌笛吹㊀〔四〕。

【校記】

㊀船：原作「牀」，誤，今改。參見注〔四〕。

【注釋】

〔一〕建中靖國元年冬作於長江舟中。

〔二〕索索：葉落聲。山谷内集詩注卷一〇戲答俞清老道人寒夜三首之一：「索索葉自雨，月寒遥夜闌。」任淵注：「樂天詩：『乾葉不待黃，索索飛下來。』」

〔三〕迎賓亭：其地不可考。　瀰瀰：水盛貌。詩邶風新臺：「新臺有泚，河水瀰瀰。」毛傳：「瀰瀰，盛貌。」

〔四〕更把船頭羌笛吹：漁父或旅人船頭吹笛之場景頗見於宋詩，如黃庭堅登快閣：「萬里歸船弄長笛。」姜夔過湘陰寄千巖：「夜深吹笛移船去。」戴復古江濱晚霽：「漁翁醉吹笛，小艇泊前灣。」舒岳祥題蕭照畫卷：「歸舟何處家，中流弄長笛。」吳龍翰夜泊富陽：「船頭吹笛到天明。」不勝枚舉。底本「船」作「牀」，殊誤，今據改。　羌笛：笛之别稱。

次韻孫先輩見寄二首〔一〕

從來佳句出寒餓，太白飄零子美窮〔二〕。箸下萬錢如有意，作詩遺興不須工〔三〕。

長欲探懷取卿相〔四〕，對人信口比伊周〔五〕。安知投老空拳在，句法不醫雙鬢秋〔六〕。

【注釋】

〔一〕作年未詳。　孫先輩：名字不可考。

〔二〕「從來佳句出寒餓」二句：此本歐陽修梅圣俞詩集序「詩人少達而多窮」、「殆窮者而後工」之意。又蘇軾次韻張安道讀杜詩：「誰知杜陵傑，名與謫仙高。掃地收千軌，爭標看兩艘。詩人例窮苦，天意遣奔逃。」此並化用其意。

〔三〕「箸下萬錢如有意」二句：謂若有意於登高位，食萬錢，則作詩不必追求精工。晉書何曾傳：「食日萬錢，猶曰無下箸處。」

〔四〕探懷取卿相：謂宰執公卿之位如懷中之物，取之極易。本集好用此語，已見前注。

〔五〕對人信口比伊周：東坡詩集注卷一九蒜山松林中可卜居余欲僦其地地屬金山故作此詩與金山元長老：「杜陵布衣老且愚，信口自比契與稷。」注：「杜詩曰：『杜陵有布衣，老大意轉拙。許身一何愚，竊比稷與契。』」廓門注：「愚曰：比伊周，此類也。」伊周，指商伊尹、西周周公旦，皆嘗攝政，故以代指執政大臣。

〔六〕句法不醫雙鬢秋：謂作詩覓句無法醫治人之日益衰老。本集卷二王表臣忘機堂次蔡德符韻：「句法不醫霜鬢秋，邇來覽鏡莖莖雪。」

過湘江題慈雲寺壁〔一〕

慈雲寺在古城隈，月閣風軒照水開。獨倚欄干秋雨後，青山相逐渡江來〔二〕。

【注釋】

〔一〕崇寧二年秋作於湘陰縣。慈雲寺：明一統志卷六三長沙府：「慈雲寺，在湘陰縣治南。」

〔二〕青山相逐渡江來：王安石題湖陰先生壁二首之一：「兩山排闥送青來。」此活用其意。

再游讀舊題〔一〕

渡頭路入白雲隈，斷岸柴門窈窕開〔二〕。忽憶去年曾過此，拂塵閑看舊題來。

【注釋】

〔一〕崇寧三年作於湘陰縣。舊題：指前過湘江題慈雲寺壁，此詩當爲次韻之作。

〔二〕窈窕：深邃貌。

晚歸福嚴寺〔一〕

淺抹濃堆翠却煙，老松無數更蒼然。石梯又入千峰去，時見樓臺夕照邊。

【注釋】

〔一〕元符三年作於衡州衡山縣。福嚴寺：南嶽總勝集卷中：「在廟之北登山十五里，岳中禪刹之第一。」明一統志卷六四衡州府：「福嚴寺，在衡山縣雲居峰，舊有梵經唐太宗書五十卷。」詳見本集卷三游南嶽福嚴寺注〔一〕。錯按：寂音自序：「年二十九乃游東吴，明年游衡嶽。」此詩當作於初游衡嶽時。

次韻亭上人長沙雪中懷古二首〔一〕

楚國樓臺凌九霄〔二〕，軟風行復弄柔條。當年絃管今何處？飛雪滿空如舞腰〔三〕。

數峰江上曉不見〔四〕，指點先煩榔㮾條〔五〕。却望蒼崖尋折榦，偃松梢重壓龍腰〔六〕。

【注釋】

〔一〕作年未詳。亭上人：生平法系不可考。

〔二〕楚國：廓門注：「長沙，商爲荆楚地。」

〔三〕飛雪滿空如舞腰：韓愈春雪：「已訝凌歌扇，還來伴舞腰。」此化用其意。

〔四〕數峰江上曉不見：錢起省試湘靈鼓瑟：「曲終人不見，江上數峰青。」此借用其語。

〔五〕榔㮾：當作「榔栗」，木名，可作杖，故爲杖之代稱。賈島送空公往金州：「七百里山水，手中榔栗粗。」釋貫休道中逢乞食老僧：「赤椶櫚笠眉毫垂，拄榔栗杖行遲遲。」

〔六〕偃松梢重壓龍腰：喻雪壓夭矯偃仰之松。蘇軾留題石經院三首之二：「夭矯亭中檜，枯枝鵲踏銷。瘦皮纏鶴骨，高頂轉龍腰。」龍腰本喻檜，此借以喻松，蓋松檜相似也。

書白水寺壁〔一〕

寒巖花木鬭迎春，古寺脩筠戰雨聲。負日晴軒成坐睡，朦朧何處鷓鴣鳴？

【注釋】

〔一〕元符元年春作於撫州金谿縣。白水寺：在金谿縣。江西通志卷一〇撫州府：「墨池有三：一在金谿縣，距白水寺三里，乃謝靈運滌硯處。」鍇按：本集卷一九踈山仁禪師贊序：「余元符間至踈山，見仁禪師畫像。」據弘治撫州府志卷四山水志二金谿縣：「踈山，在縣西五十里。」則惠洪元符年間嘗至金谿縣，此詩當作於是時，姑繫於此。

過長馬市〔一〕

長馬人家古道旁，秋來禾黍已登場。池塘水落菱蒲冷㊀，籬落霜晴橘柚黃㊁。

【校記】

㊀落：石倉本作「淺」。

㊁黃：石倉本作「香」。

【注釋】

〔一〕作年未詳。長馬市：在潭州湘鄉縣。明嘉靖長沙府志卷四建置紀關梁湘鄉縣：「長馬市，在縣西北第四都。」

書湛然亭〔一〕

家在匡廬疊翠層〔二〕，雲開彷彿見微稜〔三〕。褰衣欲上千巖去〔四〕，隔岸扁舟喚不應。

【注釋】

〔一〕作年未詳。湛然亭：據詩意當在廬山，然不可考。

〔二〕匡廬：廬山之别稱。

〔三〕微稜：代指新月。新月之稜角微露，故稱。語本唐曹松山中寒夜呈進士許棠：「庭垂河半角，窗露月微稜。」宋潘閬酒泉子：「昔年獨上最高層，月出見微稜。」文同明月臺：「微稜生海角，圓魄到天心。」

〔四〕褰衣：猶褰裳，提起衣襟。詩邶風匏有苦葉：「深則厲，淺則揭。」毛傳：「揭，褰衣也。」焦氏易林卷一坤之第二萃：「褰衣涉河，澗流浚多。」

次韻張敏叔畫桃梅二首㊀〔一〕

要看紅雨滴殘春㊁〔二〕，作陣驚飛亂蝶群。好在一枝長不死㊂〔三〕，謾煩詩筆掃煙雲㊃。

玉骨冰姿過眼空〔四〕，却煩摹刻倩詩工㊄。暗香錯莫知誰寫〔五〕，多謝黄昏一陣風㊅。

【校記】

㊀梅：聲畫集卷六作「早梅」。

㊁紅：聲畫集作「江」，誤。

㊂好：重刊貞和類聚祖苑聯芳集卷九作「妙」。

㊃筆：聲畫集作「句」。

㊄煩：聲畫集作「須」。

㊅陣：聲畫集作「再」。

【注釋】

〔一〕元符三年春作於常州。　張敏叔：宋葉夢得避暑録話卷上：「張景修字敏叔，常州人。篤厚君子，少以賦知名，而喜爲詩，好用俗語，嘗有謝人惠油衣云：『何妨包裹如風箏，且免淋漓似水雞。』久在選調，家素貧，晚始改官，既叙年，得五品服。作詩寄所厚云：『白快近來逢素髮，赤窮今日得朱衣。』人或以爲笑。然此其性所好，他詩多佳語，不皆如是也。」又石林詩話：「張景修字敏叔，常州人。余大父客也。少刻苦作詩，至老不衰，典雅平易，時多佳句。元豐末爲饒州浮梁令，邑子朱天錫以神童應詔，景修作詩送之。天錫到闕，會忘取本州公據，爲禮部所却。因擊登聞鼓，院繳景修所送詩爲證。神宗一見，大稱賞之。翌日，以語宰相王禹玉，恨四方有遺材，即令召對。禹玉言：『不欲以一詩召人，恐長浮競，不若俟其秩滿赴部命之。』遂止，令中書籍記姓名。比景修罷官任，神宗已升遐，亦云命矣。大觀中，始與余同爲祠曹郎中，年已幾七十。有詩數千篇。大父元祐間自湖南憲請宫祠歸，景修嘗以詩寄曰：『聞説年來請洞霄，江湖奉使久勤勞。有神僊處閑方得，用老成時退更高。借宅但須新種竹，尋仙想見舊栽桃。浮梁居士塵埃甚，鬢髮而今也二毛。』其詩大抵類此。流落無聞，亦可惜也。」龔明之中吳紀聞卷三張敏叔：「張景修字敏叔，人物蕭灑，文章雅正。登治平四年進士第，雖兩爲憲漕，五領郡符，其家極貧窶，僦市屋以居。嘗有絶句云：『茅簷月有千金税，稻飯年無一粒租。生事蕭條人問我，水芭蕉與石菖蒲。』觀其詩，大抵多清淡，嘗題集清軒詩云：『洗竹放教風自在，傍溪看得月分明。』又多好用俗語，如得五品服詩云：『白快近來逢素鬢，赤窮今日得朱袍。』又謝人惠油衣詩云：『何妨包裹如風藥，且免淋漓似水雞。』蓋以文滑稽也。舊嘗作古風送朱天錫童子云：『黄金滿籯富有餘，一經教子金不如。君家有兒不肯娱，口誦七經隨卷舒。渥洼從來産龍駒，鸑鷟乃是真鳳雛。一朝過我父子俱，自稱窮苦世爲儒，雪窗夜映孫康書，春隴晝荷兒寬鋤。翻然西入天子都，出門慷慨曳長裾。神童之科今有無，談經射策皆壯夫。古來取士凡數塗，但願一一令吹竽。甘羅相秦理不誣，世人看取掌中珠。折腰未便賦歸歟，待君釋褐還鄉閭。』初，景修爲汝州梁令，作此詩。天錫既到闕下，忘取本州公據，爲禮部所却。因擊登聞鼓，繳景修詩爲證。神宗一見，大稱賞之。翌日，以語宰相王珪，而恨四方有遺材，即令召對。珪言：『不欲以一詩召人，恐長浮競，不若俟其秩滿，然後擢用之。』遂止，令中書籍記姓名。比罷官，而神宗已升遐矣。景修歷仕三朝，每登對，上必問：『聞卿作朱童子詩，試爲舉似。』由此詩名益著。終祠部郎中，年七十餘卒。平生所作詩幾千篇，號張祠部集。」　畫桃梅二首：第一首詠畫桃，第二首詠畫梅。宋史鑄百菊集譜卷四載王龜齡十朋詩，題曰：「毗陵張敏叔繪十花爲一圖，目曰十客圖，其間菊花曰壽客。錢塘關士容因賦詩。」然中吴紀聞卷四花客詩則曰：「張敏叔嘗以牡丹爲貴客，梅爲清客，菊爲壽客，瑞香爲佳客，丁香爲素客，蘭爲幽客，蓮爲淨客，酴醿爲雅客，桂爲仙客，薔薇爲野客，茉莉爲遠客，芍藥爲近客，各賦一詩。吴中至今傳播。」稱張景修所作爲十客詩，非十客圖。疑十客圖爲後之好事者據十客詩所作。且龔明之、葉夢得與景修時代接近，皆稱其工詩，未言其善畫，而十客中亦無桃花。疑此畫桃梅二首爲景修所作題畫詩，故惠洪次其韻。若畫爲景修所作，則此詩當題爲「題張敏叔畫桃梅二首」云云。鍇按：惠洪於元符三年、大觀二年兩度至常州，然大觀年間景修爲祠部郎中，在京師，無緣交往。元符三年惠洪客居常州半年，與汪迪（履道）交往甚密，屢觀其所藏書畫。時景修久在選調中，亦當居常州，應有緣交游。此詩或作於同觀汪迪家藏圖畫時。

〔二〕紅雨：代指桃花。語本李賀將進酒：「桃花亂落如紅雨。」沈義府樂府指迷：「鍊句下語最緊要，如説桃，不可直説破桃，須用紅雨、劉郎等字。」

〔三〕一枝長不死：謂畫上桃花不隨春盡而飄零，花枝長存。新唐書徐有功傳：「有功曰：『豈獨吾死，而諸人長不死耶？』」此借用其語。參見本集卷二三邵陽別胡强仲序。

〔四〕玉骨冰姿：代指梅花。蘇軾東坡樂府卷上西江月詠梅：「玉骨那愁瘴霧，冰姿自有仙風。」此借用其語。

〔五〕暗香：代指梅花。語本林逋山園小梅：「暗香浮動月黄昏。」　錯莫：紛紜雜亂貌。王安石詠菊二絶之二：「院落秋深菊數叢，緑花錯莫兩三蜂。」

送覺先歸大梁二首〔一〕

殘秋千里游梁去，破浪扁舟別我來。對坐無言看山月，一庭松雨在莓苔。

閑人忙事莫參差〔二〕，各夢同牀暗發嗟〔三〕。相值一懽難把玩〔四〕，摩頭輸子看京華〔五〕。

【注釋】

〔一〕大觀二年九月作於江寧府。覺先：法名淨因，字覺先，號佛鑑禪師。法雲惠杲禪師法嗣，惠洪法姪。參見本集卷八送因覺先注〔一〕。大梁：明一統志卷二六開封府：「郡名大梁，戰國魏名。」鍇按：本集卷一四有余游鍾山宿石佛峰下因上人自歸宗來贈之六首，作於大觀二年重陽，此詩作於其後。

〔二〕參差：不齊貌。此形容「閑」與「忙」之不齊。

〔三〕各夢同牀：猶言同牀異夢。語本黄庭堅翠巖真禪師語録序：「各夢同牀，不妨殊調；冷灰爆豆，聊爲解嘲云耳。」本集妃用此語，如卷一九蔡元中真贊：「與夫蒼顔槁項論博南、策未央者，殆各夢而同牀乎！」卷二八請寶覺臻公住天寧：「各夢同牀，曾失笑於破頭山下。」卷三〇祭覺林山主文：「如宿逆旅，各夢同牀。」

〔四〕一懽難把玩：蘇軾初別子由至奉新作：「一懽難把玩，回首了無在。」此借用其成句。

〔五〕輪子看京華：謂己未能前往游覽京師，終輪於覺先。廓門注：「開封府沿革曰：『五代梁都於此，號東京。晉、漢、周皆爲東京開封府，宋因之。』」

題賁遠書房〔一〕

軒上仙郎面如玉〔二〕，檻前修竹翠於葱。璧門（壁開）他日春眠足㊀〔三〕，應對同僚話故叢〔四〕。

【校記】

㊀壁門：原作「壁開」，誤，今改。參見注〔三〕。

【注釋】

〔一〕政和五年作於筠州新昌縣。賁遠：聶山（一〇七八～一一二七）字賁遠，撫州臨川人。大觀三年進士。除秘書省校書郎，遷尚書右司員外郎，以直龍圖閣爲荆湖南路計度轉運副使。歷任太府卿、户部侍郎、開封府尹。靖康間，欽宗以其有「周昌抗節之義」，改名聶昌，除同知樞密院。後爲絳州鈐轄趙子清所殺。建炎四年追贈觀文殿大學士，謚忠愍。宋史有傳。事具王庭珪盧溪文集卷四二故資政殿學士同知樞密院事贈觀文殿大學士聶公墓誌銘。輿地紀勝卷二七江南西路瑞州：「度門院，在新昌縣北三十里，舊曰石門。有樞密聶山讀書堂。」宋趙與虤娛書堂詩話：「周晞稷承勳，有詩名，曾爲瑞州新昌尉，題度門院詩云：『纔入度門寺，先觀覺範詩。昔人吟不盡，今日到方知。地僻寒來早，山高月上遲。池邊老修竹，曾映董生幃。』蓋龔龍圖端書堂在焉。」二説不同。鍇按：周晞稷詩中所言「修竹」，與此詩描寫相合，且本集無題龔端書房詩，故所謂「先觀覺範詩」，當即此題賁遠書房詩。疑趙與虤誤爲龔端書堂，或聶山、龔端書堂并在，今從輿地紀勝。寂音自序：「（政和）五年，夏於新昌之度門。」詩當作於是時。

〔二〕仙郎：郎官之美稱，此指聶山，嘗官尚書右司員外郎，故稱。參見本集卷一贈蔡儒效注〔一二〕。

〔三〕璧門：指宮門。蘇詩補注卷四六春帖子詞夫人閣四首之四：「璧門桂影夜參差。」注：「杜牧詩：『月上白璧門，桂影涼參差。』按石刻作『璧門』，正引用詩語。集本作『壁』從土者，譌，今改正。」此處恭維聶山在玉堂、璧門任職。底本作「壁開」，意不通，乃涉形近而誤。本集卷一贈吴世承：「璧門應夜直。」卷六送廓然：「璧門黄金闥。」皆可證。

〔四〕同僚：廓門注：「同僚，謂同官。」　故叢：舊時竹叢。白居易感秋寄遠：「燕影動歸翼，蕙香銷故叢。」

李商老自山北道中作詩見寄次韻〔一〕

蹇驢醉頰兀紅酣〔二〕，眼艷秋波望翠嵐〔三〕。長向詩中見風度，愛君筆力似黔南〔四〕。

【注釋】

〔一〕約政和五年作於筠州新昌縣。　李商老：李彭字商老，號日涉園夫，南康軍建昌人。詩入江西詩派。參見本集卷二次韻李商老匡山道中望天池注〔一〕。此詩次李彭自西林投宿歸宗詩韻，李詩見附録。

〔二〕蹇驢醉頰：黄庭堅老杜浣花谿圖引：「落日蹇驢馱醉起。」兀：昏沉貌。紅酣：因酒醉而臉紅。后山詩注卷六答顔生：「顔蒼寧復借紅酣。」任淵注：「謂止酒。鄭谷詩：『衰顔酒借紅。』王介甫詩：『荷花落日紅酣。』」

〔三〕秋波：廓門注：「秋波，謂眼波。」

〔四〕黔南：指黄庭堅。廓門注：「山谷謫黔州，見詩集。按黔州，一統志重慶府黔江縣是也。商老比山谷言。」錯按：吕本中江西宗派圖列豫章（黄庭堅）法嗣二十五人，李彭爲其一。此詩稱其「筆力似黔南」，乃時人公論。又庭堅紹聖間謫涪州别駕、黔州安置，自號涪翁，又號黔安居士，作有謫居黔南五首、和答元明黔南贈别諸詩，故時人亦稱其黔南。

【附録】

宋李彭云：江都著足寫餘酣，頗怪朝暉變夕嵐。我與諸峰俱是畫，解隨歸鳥過山南。（日涉園集卷一〇自西林投宿歸宗）

初至崖州喫荔枝〔一〕

口腹平生厭事治，上林珍果亦嘗之〔二〕。天公見我流涎甚〔三〕，遣向崖州喫荔枝。

【注釋】

〔一〕政和二年五月作於海南朱崖軍。　崖州：即朱崖軍。宋史地理志四：「吉陽軍，同下州，本朱崖軍，即崖州。熙寧六年廢爲軍。紹興六年廢軍爲寧遠縣。十三年復。後改名吉陽軍。」寂音自序：「以政和元年十月二十六日配海外。以二年二月二十五日到瓊州，五月七日到崖州。」能改齋漫録卷一一洪覺範因張郭罪配朱崖：「政和元年，張、郭得罪，而覺範決脊杖二十，刺配朱崖軍牢。」此稱崖州者，乃依其舊名。

〔二〕上林珍果亦嘗之：此以上林苑代指皇宮禁苑。元釋熙仲歷朝釋氏資鑑卷一〇：「天寧節，上召諸禪教宿德入禁中，以法衣、寶覺師號賜之。」寂音自序：「節使郭天信奏師名。」僧寶正續傳卷二明白洪禪師傳：「太尉郭天民奏錫椹服，號寶覺圓明。」則惠洪當在大觀元年十月十日天寧節受召入禁中，嘗禁苑珍果或在是時。又惠洪與郭天信相善，常出入其府邸，亦當有機會嘗皇上所賜珍果。參見本集卷四郭祐之太尉試新龍團索詩。

〔三〕流涎：杜甫飲中八仙歌：「道逢麴車口流涎。」此借用其語。

至海昏三首〔一〕

前身定是赤頭璨〔二〕，風帽自欹麻苧衣〔三〕。久客瓊崖看詩律〔四〕，袖中藏得海山歸〔五〕。

我老又窮交舊絶，姓名面目畏知聞。餐痂是病竟不悟〔六〕，裹飯相從獨有君〔七〕。天公無計奈此老，時復致之拴索間〔八〕。寄語故人休念我，幸因王事得游山〔九〕。

【注釋】

〔一〕政和四年九月初作於洪州建昌縣。海昏：古縣名，即宋建昌縣。時惠洪北上太原證獄，途經此地。參見本集卷四余將北游留海昏而餘祐禪者自靖安馳來覓詩。

〔二〕赤頭璨：即禪宗三祖僧璨大師。釋契嵩傳法正宗記卷六震旦第三十祖僧璨尊者：「初，璨尊者以風疾出家，及居山谷，疾雖愈，而其元無復黑髮。故舒人號爲『赤頭璨』。」參見本集卷三黃魯直南遷艤舟碧湘門外半月未游湘西作此招之注〔五〕。

〔三〕風帽自欹麻苧衣：此僧璨大師衣著之狀，諸禪籍未載，當爲惠洪以己之衣著而推想之辭。本集卷一八六世祖師畫像贊三祖：「但赤頭顱，特諱名氏，離見超情，欲盡世累。潛谿海山，麻衣風帽，翩然往來，被褐懷寶。」卷四大方寺送祖超然見道林方等禪師：「故人若問老垂垂，爲言肘骨露麻衣。赤頭已作齊眉雪，自提風帽海山歸。」

〔四〕久客瓊崖：廓門注：「瓊州府，郡名瓊崖，漢名。」鍇按：據寂音自序，惠洪以政和元年十月流配海南，二年二月至瓊州，五月至崖州，三年十一月渡海北歸。

〔五〕袖中藏得海山歸：冷齋夜話卷五句中眼：「造語之工，至于荆公、東坡、山谷，盡古今之變。……東坡又曰：『我攜此石歸，袖中有東海。』山谷曰：『此皆謂之句中眼，學者不知此妙語，韻終不勝。』」此化用東坡詩意。

〔六〕餐痂是病竟不悟：南史劉穆之傳附劉邕傳：「邕性嗜食瘡痂，以爲味似鰒魚。嘗詣孟靈休，靈休先患灸瘡，痂落在牀，邕取食之，靈休大驚，痂未落者，悉褫取飴邕。邕去，靈休與何勖書曰：『劉邕向顧，見噉，遂舉體流血。』南康國吏二百許人，不問有罪無罪，遞與鞭，瘡痂常以給膳。」此指嗜好怪癖，喻衆皆知躲避流配證獄之人，此人反而一心相從，如餐痂之有悖常情。

〔七〕裹飯相從：自帶糧食而從之游，指義氣深重，不離不棄。莊子大宗師：「子輿與子桑友。而霖雨十日，子輿曰：『子桑殆病矣。』裹飯而往食之。」黄庭堅次韻楊明叔見餞十首之五：「桑輿金石交，既別十日雨。子輿裹飯來，一笑相告語。」　獨有君：此指本忠禪師，字無外，惠洪弟子。參見本集卷四謝忠子出山注〔一〕。

〔八〕時復致之拴索間：惠洪此前已入金陵制獄、開封府獄，又流配海南，此次太原證獄，又遭拴縛，故有此言。本集卷一一金陵初入制院：「依然收付建康獄，拴索瓏璁驚市人。」卷四次韻公弼寄胡强仲：「念昔謫海南，路塵吹瘴風。未即棄溝壑，尚在拴索中。」卷二三潛庵禪師序：「余政和四年冬，證獄太原，拴縛在旅邸，人諱見之。」

〔九〕王事：公事，爲君王服勞之事。此太原證獄當爲皇帝委派廉訪使督查之案，故稱。參見本集卷四御手委廉訪守貳監勘劉慶裕二十三日復收入禁注〔一〕。

次韻壁間蔣侯詩〔一〕

軒前叢玉是誰種〔二〕？笑裏風姿件件宜。耐久節高真不屈，此情惟有雪霜知。

【注釋】

〔一〕作年未詳。蔣侯：疑即蔣之奇。之奇字穎叔，宜興人，元豐間爲江南西路轉運副使。宋史有傳。錯按：明一統志卷五七瑞州府：「九峰山，在上高縣西五十里，其峰有九……宋蔣之奇詩：『緣澗攀崖入翠霞，寺僧猶記舊鍾家。芙蓉秀出天河外，我欲名爲小九華。』」此處壁間蔣侯詩，疑亦在筠州上高縣、新昌縣一帶，俟考。

〔二〕叢玉：謂竹。强至依韻奉和經略司徒侍中寒食後池詩二首之二：「曉竹洗煙叢玉瘦，春池濺雨亂珠圓。」此借用其喻。

游石臺寺〔一〕

歲晏身心無一事〔二〕，江山信美又吾鄉〔三〕。去年今日黄河北，夜趁明駞上太行①〔四〕。

【校記】

㊀ 駞：原作「馳」，誤，今據四庫本、武林本改。參見注〔四〕。

【注釋】

〔一〕政和五年冬作於筠州新昌縣。石臺寺：方輿勝覽卷二〇瑞州：「石臺山，在新昌縣南二十里，有清涼院。東坡、欒城嘗游賦詩，今有石刻。」

〔二〕歲晏：歲暮，一年將盡。

〔三〕江山信美又吾鄉：三國魏王粲登樓賦：「雖信美而非吾土兮，曾何足以少留。」此反其意而用之。

〔四〕「去年今日黄河北」二句：指政和四年十月證獄太原之事。明駞：即駱駝。酉陽雜俎卷一六廣動植之一：「駞性羞。木蘭篇『明駞千里脚』，多誤作『鳴』字。駞卧，腹不帖地，屈足漏明，則行千里。」

永固登小閣〔一〕

老僧乞食城郭去，小閣無人獨自登。急雨忽來添暝色，諸峰領略露寒層〔二〕。

【注釋】

〔一〕作年未詳。永固：禪院名，其地俟考。古尊宿語録卷四五寶峰雲庵真淨禪師偈頌下中再游永固院：「悠悠塵世外，居者少關心。是事有遷謝，斯門無古今。乾坤同永久，山水共幽深。我愧重來此，諸方懶去尋。」惠洪所游永固當即此院。

〔二〕領略：猶約略，略微。已見前注。

會性之山中二首〔一〕

秋來林下偶相尋，松雨風泉一徑深。小立聽君臨水語，十分知我住山心〔二〕。

江山千里笑談中，暖熱寒泉出伏龍〔三〕。却看秋容能拂掠〔四〕，夕陽無語斂眉峰〔五〕。

【注釋】

〔一〕大觀元年秋作於江州廬山。性之：王銍字性之，汝陰人。南渡後嘗居剡中，自稱汝陰老民。大觀元年，王銍從其父王莘至江州，惠洪與之相會當在是年。山中：當指廬山山中。參見本集卷二贈王性之注〔一〕。

〔二〕住山心：唐李端題從叔沆林園：「自嫌身未老，已有住山心。」

〔三〕暖熱寒泉出伏龍：指廬山湯泉。廬山記卷三叙山南：「淨慧舊名黄龍靈湯院，有湯泉，四時沸騰，爲丹黄之臭，須臾熟生物，病瘡人浴之有愈者。」冷齋夜話卷六僧可遵好題詩：「福州僧可遵好作詩，暴所長以蓋人。叢林貌禮之，而心不然。嘗題詩湯泉壁間，東坡游廬山，偶見，爲和之。遵曰：『禪庭誰立石龍頭，龍口湯泉沸不休。直待衆生塵垢盡，我方清冷混常流。』東坡曰：『石龍有口口無根，龍口湯泉自吐吞。若信衆生本無垢，此泉何處覓寒温？』」

〔四〕拂掠：輕輕掠過，形容輕抹化妝。以秋有容貌，故言拂掠坐實之。

〔五〕夕陽無語斂眉峰：宋王禹偁村行：「數峰無語立斜陽。」此化用其語意。

守道太尉醉鄉〔一〕

懽伯平生數往還〔二〕，箇中城郭未嘗關〔三〕。暮歸健倒三四五〔四〕，憑仗酪奴扶玉山㊀〔五〕。

【校記】

㊀玉：原作「王」，誤，今據寬文本、廓門本、四庫本、武林本、天寧本改。參見注〔五〕。

【注釋】

〔一〕政和元年作於開封府。守道太尉：梁師成（？～一一二六）字守道，爲宦者，政和間甚見貴幸，官至太尉，開府儀同三司。羣奸諂附，都人目爲隱相。宋史梁師成傳：「凡御書號令，皆出其手，多擇善書吏，習倣帝書，雜詔旨以出，外廷莫能辨。師成實不能文，而高自標牓，自言蘇軾出子。是時天下禁誦軾文，其尺牘在人間者皆毀去。師成訴於帝曰：『先臣何罪？』自是軾之文乃稍出。以翰墨爲己任，四方儁秀名士，必招致門下，往往遭點污。」錯按：佛祖歷代通載卷一九：「張丞相當國，復度爲僧，易名德洪。數延入府中，與論佛法。有詔賜號寶覺圓明。一時機貴人爭致之門下，執弟子禮。」梁師成亦爲「機貴人」，且好招致「四方儁秀名士」，故惠洪與之交往，當在大觀四年十月十日天寧節賜號寶覺圓明禪師之後，姑繫於政和元年。

〔二〕懽伯：即「歡伯」，酒之別稱。焦氏易林卷二坎之兑曰：「酒爲歡伯，除憂來樂，福喜入門，與君相索，使我有得。」其辭又見於同書遯之未濟。黄庭堅謝答聞善二兄九絶句之一：「身入醉鄉無畔岸，心與歡伯爲友朋。」此借用其語擬酒爲人。

〔三〕箇中城郭未嘗關：王績醉鄉記謂醉之鄉「無邑居聚落」，此則化用其意，謂醉鄉有城郭，然門未嘗關，可與歡伯自由往還。

〔四〕暮歸健倒三四五：冷齋夜話卷三諸葛亮劉伶陶潛李令伯文如肺腑中流出：「誠實著見，學者多不曉。如玉川子歸醉詩曰：『昨夜村飲歸，健倒三四五。摩挲青莓苔，莫嗔驚着汝。』」玉川子即唐詩人盧仝，宋洪邁萬首唐人絶句卷九收此題作村醉，詩曰：「村醉黄昏歸，健倒三四五。摩娑莓苔背，嗔我驚爾不？」文字略異。此借用其語形容醉態。　健倒：快速倒地。元李冶敬齋古今黈卷五：「健羨、健忘、健倒，健者，敏速絶甚之謂。」

〔五〕憑仗酪奴扶玉山：謂憑仗飲茶可使醉倒者清醒。酪奴：茶之别名。洛陽伽藍記卷三城南報德寺：「王肅字公懿，琅琊人。肅初入國，不食羊肉及酪漿等物，常飯鯽魚羹，渴飲茗汁。經數年以後，肅與高祖殿會，食羊肉酪粥甚多。高祖怪之，謂肅曰：『卿中國之味也，羊肉何如魚羹？茗飲何如酪漿？』肅對曰：『羊者是陸産之最，魚者乃水族之長。所好不同，并各稱珍。以味言之，甚是優劣，羊比齊魯大邦，魚比邾莒小國。唯茗不中，與酪作奴。』……彭城王謂肅曰：『卿不重齊魯大邦，而愛邾莒小國。』肅對曰：『鄉曲所美，不得不好。』彭城王重謂曰：『卿明日顧我，爲卿設邾莒之食，亦有酪奴。』因此復號茗飲爲酪奴。」扶玉山：謂扶起醉倒之人。世説新語容止：「嵇叔夜之爲人也，巖巖若孤松之獨立；其醉也，傀俄若玉山之將崩。」黄庭堅阮郎歸效福唐獨木橋體作茶詞：「一杯春露莫留殘，與郎扶玉山。」此借用其語。

世明九客同登滕王閣索詩口占〔一〕

西山出雲青未了〔二〕，九客憑欄一笑時。秋天便是一張紙〔三〕，寫取江南覺範詩〔四〕。

【注釋】

〔一〕作年未詳。世明：姓名生平不可考。九客之名亦不可得。滕王閣：在洪州南昌縣。已見前注。

〔二〕西山：即洪州新建縣西山。王勃滕王閣詩所謂「珠簾暮捲西山雨」，即此。青未了：杜甫望嶽：「岱宗夫如何？齊魯青未了。」此借用其語。

〔三〕秋天便是一張紙：冷齋夜話卷五舒王山谷賦詩：「山谷在星渚，賦道士快軒詩，點筆立成，其略曰：『吟詩作賦北窗裹，萬言不及一盃水，願得青天化爲一張紙。』想見其高韻，氣摩雲霄，獨立萬象之表，筆端三昧，游戲自在也。」此化用其語意。廓門注：「此詩不載集。」錯按：山谷外集詩注卷九有此詩，題爲壽聖觀道士黄至明開小隱軒太守徐公爲題曰快軒庭堅集句詠之，詩中有句曰：「吟詩作賦北窗裹，安得青天化作一張紙。」而無「萬言不及一盃水」句，廓門注失考。

〔四〕江南覺範：惠洪字覺範，江南西路筠州新昌縣人，故云。

贈胡子顯八首〔一〕

小縣風光秀句傳，太平無象宰君賢〔二〕。雖非社日常聞鼓，不是炊時亦有煙。

作官要自有家法，童稚熏蒸飽見聞〔三〕。堆案文書談笑了，先將勤政報君恩。

去年苛政如狼虎〔四〕，盜賊縱横民散居。那料春來見天日，抱孫門巷買犁鉏。

社飲扶攜春日和，柘岡麥隴竟相過〔五〕。不因舊歲追胥苦〔六〕，安得春來喜氣多。

無數花紅霞委地，幾重雲碧幕攤空。遥知客退西園裏，盡落登臨語笑中。

庭訟凋殘道氣增〔七〕，早衙清罄夜香燈〔八〕。吏人莫作官人看，我是南州有髮僧〔九〕。

弄晴雨過秧針出〔一〇〕，花信風來麥浪寒。想見豐登民訟少，長官行摺道書看。

煙鬟散亂猶杭月〔一一〕，谷口含胡欲吐雲〔一二〕。山寺閉門春睡足，可憐凭檻不同君。

【注釋】

〔一〕作年未詳。胡子顯：名不可考，時爲江西洪州某縣縣令。

〔二〕太平無象：謂太平盛世並無顯著徵象。新唐書牛僧孺傳：「僧孺曰：『臣待罪宰相，不能康濟，然太平亦無象。今四夷不內擾，百姓安生業，私室無强家，上不壅蔽，下不怨讟，雖未及至盛，亦足爲治矣。而更求太平，非臣所及。』」

〔三〕熏蒸：猶言熏陶，習染。司馬光上謹習疏：「是故上行下效謂之風，熏蒸漸漬謂之化。」

〔四〕苛政如狼虎：禮記檀弓下：「孔子過泰山側，有婦人哭於墓者而哀。夫子式而聽之，使子路問之，曰：『子之哭也，壹似重有憂者。』而曰：『然，昔者吾舅死於虎，吾夫又死焉，今吾子又死焉。』夫子曰：『何爲不去也？』曰：『無苛政。』夫子曰：『小子識之，苛政猛於虎也。』」

〔五〕柘岡：泛指種植桑柘之山岡。已見前注。

〔六〕追胥：逐寇捕盜。山谷外集詩注卷五次韻寅菴四首之一：「年豐村落罷追胥。」史容注：「周禮：『小司徒之職，乃會萬民之卒伍而用之，以比追胥。』注：『追，逐寇也；胥，伺捕盜賊也。』」

〔七〕庭訟凋殘道氣增：謂使民風好訟之習減，而好道之氣增。黄庭堅江西道院賦序：「江西之俗，士大夫多秀而文，其細民險而健，以終訟爲能。由是玉石俱焚，名曰珥筆之民。雖有辯者，不能自解免也。惟筠爲州，獨不嚚於訟，故筠州太守號爲守江西道院，然與南康、廬陵、宜春三郡，並蒙惡聲。」

〔八〕早衙：官府屬吏早晚兩次參謁主司聽候差遣，早者謂之早衙。白居易舒員外游香山寺數日不歸走筆題長句以贈之：「白頭老尹府中坐，早衙纔退暮衙催。」清磬：即清磬。磬，通「磬」，寺院中集衆僧之鉢形銅樂器。鍇按：清磬、香燈皆寺院用品，此蓋謂衙門「不嚚於訟」，猶如道院也。

〔九〕「吏人莫作官人看」二句：蘇軾慶源宣義王丈以累舉得官爲洪雅主簿雅州户掾……有書來求紅帶既以遺之且作詩爲戲：「吏民莫作官長看，我是識字耕田夫。」此化用其句法以贊胡子顯。南州：本集代指洪州豫章郡，參見卷一贈淨上人注〔七〕。有髮僧：黄庭堅寫真自贊五首之五：「似僧有髮，似俗無塵。作夢中夢，見身外身。」

〔一〇〕弄晴雨過秧針出：東坡詩集注卷二四東坡八首之四：「毛空暗春澤，針水聞好語。分秧及初夏，漸喜風葉舉。」注：「蜀人以細雨爲雨毛，稻初生時，農夫相語：稻針水矣。」

〔一一〕煙鬟散亂猶梳月：以散亂煙鬟喻羣山，進而坐實月出山間爲「梳月」。東坡詩集注卷二八南都妙峰亭：「霜林散烟鬟。」趙次公注：「退之詩：『擢玉紆烟鬟。』先生今句蓋言山之露頂如烟鬟耳。」

〔一二〕含胡：亦作「含糊」，模糊不清貌。

何忠孺出芝草三本皆黄色指其小者曰昔登第時産此今重華爲作此〔一〕

家山又産靈芝瑞，天獨於君著意深。層秀已呈重蓋兆〔二〕，色黄更類笏頭金〔三〕。

【注釋】

〔一〕政和八年作於臨江軍新淦縣。何忠孺：何昌言字忠孺，新淦人，紹聖四年進士第一。時謫退閑居故鄉。惠洪訪何昌言事，詳見本集卷二何忠孺家有石如硯以水灌之有枝葉出石間如巖桂狀爲作此注〔一〕。

〔二〕重蓋兆：官至宰執之吉兆。宋朱彧萍洲可談卷一：「在京百官席帽，宰執、皇親用繖，呼爲重蓋。」

〔三〕笏頭金：指笏頭金帶，亦謂此靈芝乃宰執之瑞應。宋王鞏甲申聞見二録補遺：「笏頭金帶，惟見任執政、前宰相乃賜之。」續資治通鑑長編卷一六五仁宗慶曆八年十一月：「癸亥，賜王貽永、李用和笏頭金帶。故事，非二府大臣不賜，惟張耆在樞密院兼侍中，嘗賜之。」

古鼎〔一〕

器分三足真神物〔二〕，具體而微有旨哉〔三〕。我識地靈先獻瑞，知公才業足鹽梅〔四〕。

【注釋】

〔一〕政和八年作於臨江軍新淦縣。古鼎：國之重器，以喻三公宰輔之位。鍇按：此詩亦爲何昌言作，借詠古鼎以頌其當成相業。

〔二〕器分三足真神物：説文解字：「鼎，三足兩耳，和五味之寶器也。」

〔三〕具體而微：孟子公孫丑上：「昔者竊聞之，子夏、子游、子張，皆有聖人之一體。冉牛、閔子、顔淵，則具體而微。」趙岐注：「具體者，四肢皆具；微，小也，比聖人之體微小耳。體以喻德也。」此謂何昌言家之古鼎，較國之重器寶鼎可謂具體而微。

〔四〕鹽梅：書説命下：「若作和羹，爾惟鹽梅。」此爲殷高宗命傳説爲相之辭，後以鹽梅喻指宰相。

舟行書所見〔一〕

剩水殘山慘淡間〔二〕，白鷗無事小舟閒㊀。箇中著我添圖畫，便似華亭落照灣㊁〔三〕。

【校記】

㊀小：冷齋夜話作「釣」。

㊁似：苕溪漁隱叢話前集卷五六、詩話總龜後集引冷齋夜話、宋詩紀事卷九二作「是」。

【注釋】

〔一〕作年未詳。錯按：冷齋夜話卷三詩説煙波縹緲處：「又嘗暮寒歸，見白鳥，作詩曰：『剩水殘山慘淡間，白鷗無事釣舟閑。箇中着我添圖畫，便似華亭落照灣。』」

〔二〕剩水殘山：九家集注杜詩卷一八陪鄭廣文游何將軍山林十首之五：「賸水滄江破，殘山碣石開。」注：「滄江破而爲賸水，碣石開而爲殘山。『賸水殘山』，杜公之新語，宋子京得之，於唐書中有『殘膏賸馥』之句。『賸』，俗作『剩』。」

〔三〕華亭落照灣：指船子和尚垂釣處。景德傳燈録卷一四華亭船子德誠禪師：「華亭船子和尚，名德誠，嗣藥山。嘗於華亭吴江汎一小舟，時謂之船子和尚。」本集好以船子和尚自況，參見卷一次韻超然游南塔注〔一六〕。

【附録】

宋趙蕃云：剩水殘山慘澹間，道人名字滿江干。向疑此語來天上，何意真成朝暮看。（其一）釣舟無事白鷗閒，自是江湖境界寬。我欲汎然隨所往，竹君誰與報平安。（其二）箇中著我添圖畫，能畫今誰如輞川。但寫一簑仍一笠，不須羽服記蹁躚。（其三）便似華亭落照灣，要人彈壓媿詩孱。餘霞散盡空無綺，新月初升勢已彎。（其四，淳熙稿卷一七用洪覺範詩爲首作四絶）

東坡羹〔一〕

分外濃甘黄竹筍〔二〕，自然微苦紫藤心。東坡鐺内相容攝，乞與饞禪掉舌尋〔三〕。

【注釋】

〔一〕政和二年初夏作於海南瓊州。　東坡羹：以蘇軾制羹之法所作菜羹。萍洲可談卷二：「東坡在黄州，手作菜羹，號『東坡羹』，自叙其制度，好事者珍奇之。」作羹制度見蘇軾東坡羹頌并引：「東坡羹，蓋東坡居士所煮菜羹也。不用魚肉五味，有自然之甘。其法以菘若蔓菁、若蘆菔、若薺，揉洗數過，去辛苦汁。先以生油少許塗釜緣及一瓷盌，下菜湯中，入生米爲糝，及少生薑，以油盌覆之，不得觸，觸則生油氣，至熟不除。其上置甑炊飯，如常法。既不可遽覆，須生菜氣出盡乃覆之。羹每沸涌，遇油輒下，又爲盌所壓，故終不得上。不爾，羹上薄飯，則氣不得達，而飯不熟矣。飯熟，羹亦爛可食。若無菜，用瓜茄，皆切破，不揉洗，入罨，熟赤豆與稉米半爲糝。餘如煑菜法。應純道人將適廬山，求其法以遺山中好事者。以頌問之：『甘苦嘗從極處回，鹹酸未必是鹽梅。問師此箇天真味，根上來麼塵上來？』」又蘇軾菜羹賦叙：「東坡先生卜居南山之下，服食器用，稱家之有無。水陸之味，貧不能致，煮蔓菁、蘆菔、苦薺而食之。其法不用醯醬，而有自然之味。蓋易具而可常享。」鍇按：本集卷二三送李仲元寄超然序：「余至海南，留瓊山，太守張公憐之，使就雙井養病，在郡城之東北隅。東坡北渡嘗游，愛泉相去咫尺而異味，爲名其亭曰洞酌，且賦詩而去。其旁有堂，名曰疏快，渠渠高深，吞風吐月。堂之後有軒，名曰俱清。倚欄東望，山海之勝，一覽而盡得之。太守又構庵于後，其名至遠。余既居之，乞橄欖于旁舍，判荔樹於沙岸，作詩，其略曰：『整藍乞橄欖，斵樹判荔枝。』日作東坡羹，有佳客至，饌山谷豆腐以餉之。」此詩詠東坡羹，當作於是時。

〔二〕黄竹筍：初生竹筍色黄，故稱。廓門注：「黄竹謂黄州。」殊誤。此蓋指惠洪在海南所作東坡羹，非指蘇軾在黄州所作之菜羹。「黄竹筍」對「紫藤心」亦可證。

〔三〕饞禪：饞嘴之和尚，此自稱。蘇軾和文與可洋川園池三十首篔簹谷：「料得清貧饞太守，渭濱千畝在胸中。」此仿「饞太守」之詞而曰「饞禪」。掉舌：蠕動舌頭。漢書蒯通傳：「酈生一士，伏軾掉三寸舌，下齊七十餘城。」顔師古注：「掉，摇也。」本指摇唇鼓舌之游説，此借用。

宿芙蓉峰書方丈壁三首〔一〕

二十六窩猿臂上㊀〔二〕，夜晴引手酌星河〔三〕。忽驚此地羊腸險〔四〕，世路羊腸嶮更多〔五〕。

赤髭病客煙瘴面〔六〕，漆瞳道人冰雪容〔七〕。俯檻夜殘看落月，不知脚下有千峰。

人間熱惱不到處〔八〕，一室篝燈到曉明。枕臂聊爲吉祥卧〔九〕，雪猿聲與夢俱清。

【校記】

㊀二：重刊貞和類聚祖苑聯芳集卷七作「三」。

【注釋】

〔一〕宣和二年十二月作於潭州寧鄉縣。芙蓉峰：太平寰宇記卷一一四潭州寧鄉縣：「芙蓉山，在縣西，舊名青羊山。名勝志：『芙蓉山與大潙山相接，其中有芙蓉洞。』」廓門注：「芙蓉山在各所，未知何處芙蓉峰。」失考。鍇按：本集卷二六題浮泥壁：「空印禪師以宣和二年十二月偕余謁從禪師於芙蓉峰。累石於玉淵之上以爲塔，酌泉賦詩，暮夜矣，遂宿焉。」詩當作於是時。參見本集卷一五次韻空印游山九首。

〔二〕二十六窩：未詳其義。廓門注：「『二』當作『三』歟？」然「三十六窩」義亦未詳。猿臂上：謂如猿猴用臂攀援而上，狀山之陡峭。

〔三〕引手酌星河：極言山之高，近傍星辰。宋趙令畤侯鯖録卷二載曾阜見黄梅縣峰頂寺李白題詩曰：「夜宿峰頂寺，舉手捫星辰。不敢高聲語，恐驚天上人。」此化用其意。

〔四〕羊腸險：文選卷二七魏武帝苦寒行：「北上太行山，艱哉何巍巍。羊腸阪詰屈，車輪爲之摧。」李善注：「吕氏春秋曰：『天地之間，上有九山。何謂九山，曰太行、羊腸。』高誘曰：『太行山，在河内野王縣北也。羊腸，其山盤紆如羊腸，在太源晉陽北。』高誘注淮南子曰：『羊腸阪是太行孟門之限。』然則阪在太行，山在晉陽也。」

〔五〕世路羊腸嶮更多：白居易太行路：「太行之路能摧車，若比君心是坦途。」此化用其意。嶮，高險。

〔六〕赤髭病客煙瘴面：此爲惠洪自我形象描述。高僧傳卷二佛陀耶舍傳：「舍爲人赤髭，善解毗婆沙，時人號曰『赤髭毗婆沙』。」東坡詩集注卷一九九日尋臻闍黎遂泛小舟至懃師院二首之二：「白足赤髭迎我笑。」注：「白足、赤髭，皆高僧也。」鍇按：本集多以「霜須瘴面」自狀，此言「赤髭」者，欲以高僧自許也。

〔七〕漆瞳道人冰雪容：此指空印元軾禪師。蘇軾贈僧：「漆瞳已照人天上。」此借用其語。

〔八〕人間熱惱不到處：蘇軾雪齋：「人間熱惱無處洗，故向西齋作雪峰。」此化用其語意，謂芙蓉峰遠離塵世，可洗人間熱惱。

〔九〕吉祥卧：景德傳燈録卷六百丈禪門規式：「卧必斜枕牀脣，右脅吉祥睡者，以其坐禪既久，略偃息而已。」參見本集卷九讀瑜伽論注〔四〕。

過寶應訪達川不遇書其壁〔一〕

屋老僧殘湘水濱，叢林氣象傲比鄰。莫嫌川客貧徹骨〔二〕，滿院青春不借人〔三〕。

【注釋】

〔一〕約宣和年間作於長沙。寶應：禪院名，當在長沙，然不可考。達川：禪僧名，法系不可考。

〔二〕川客：猶言蜀客，此指達川。石溪心月禪師語録卷中示海上人：「江西則全機大用，革變通途；東山則魯語巴歌，復回逸轍。是二老者，皆川客也。」江西指馬祖道一禪師，漢州什邡人，東山指五祖法演禪師，綿州人，二祖師皆蜀人。

〔三〕不借人：李白醉後贈從甥高鎮：「江東風光不借人。」此借用其語。

次韻曾侯分春亭〔一〕

杖藜（梨）庭下花如海㊀〔二〕，紅浪顛風急雨時。分得春歸無著處，都將裁刻入新詩。

【校記】

㊀藜：原作「梨」，今從四庫本。

【注釋】

〔一〕宣和五年春作於長沙。曾侯：曾孝序字逢原，時以經略安撫使、顯謨閣待制知潭州。

〔二〕杖梨：當作「杖藜」，即以藜爲杖。廓門注：「『梨』當作『黎』。」鍇按：「梨」通「黎」。莊子讓王：「原憲華冠縰履，杖藜而應門。」郭象注：「杖藜，以藜爲杖也。」後世或譌作「杖黎」。

次韻晚起〔一〕

春眠失曉殊可喜〔二〕，紅日曈曨聞喚起〔三〕。平生嚼蠟觀世間〔四〕，一覺夢鄉如此矣。

【注釋】

〔一〕宣和五年春作於長沙。此詩亦當爲次韻曾孝序作。

〔二〕春眠失曉：此即孟浩然春曉所謂「春眠不覺曉」之義。失曉：謂不知天曉。

〔三〕曈曨：日初出漸明貌。廓門注：「『曨』當作『曈』。東坡詩十三卷：『曈曈日色籠丹禁。』」錯按：「曨」字不誤。文苑英華卷四唐闕名登天壇山望海日初出賦：「登岧嶤之峻極，見曈曨之初出。」參見本集卷一三次韻題必照軒注〔二〕。喚起：鳥名。苕溪漁隱叢話前集卷一七引冷齋夜話云：「喚起，聲如絡緯，圓轉清亮，偏於春曉鳴，亦謂之春喚。」已見前注。

〔四〕嚼蠇：喻無味。蠇，俗「蠟」字。楞嚴經卷八：「我無欲心，應汝行事，於橫陳時，味如嚼蠟。」王安石示董伯懿：「嚼蠟已能忘世味。」此化用其語意。

次韻春風〔一〕

吹鬢風俱小雨來，殘紅掃盡露蒼苔。稻畦緑錦無邊幅〔二〕，更欲煩君爲剪裁〔三〕。

【注釋】

〔一〕宣和五年春作於長沙。此詩亦當爲次韻曾孝序作。

〔二〕邊幅：布帛之邊緣。錯按：此喻稻田爲緑錦，故以「無邊幅」言之。

〔三〕更欲煩君爲剪裁：此化用唐賀知章詠柳「二月春風似剪刀」之義，以扣合「春風」之題。

次韻題葆光庵〔一〕

一庵萬事不挂眼〔二〕，孤坐枵然龜六藏〔三〕。漆園摸索太饒舌〔四〕，强爲立名爲葆光。

【注釋】

〔一〕宣和五年春作於長沙。此詩亦當爲次韻曾孝序作。葆光庵：庵名取自莊子齊物論：「注焉而不滿，酌焉而不竭，而不知其所由來，此之謂葆光。」郭象注：「至人之心若鏡，應而不藏，故曠然無盈虚之變也。至理之來，自然無迹，任其自明，故其光不弊也。」釋文：「葆音保。崔云：『若有若無，謂之葆光。』」

〔二〕萬事不挂眼：東坡詩集注卷二一戲子由：「門前萬事不挂眼。」趙次公注：「韓退之詩：『吾老嗜讀書，餘事不挂眼。』」此借用其成句。

〔三〕孤坐：獨坐。枵然：空虚貌。語本莊子逍遥遊。參見本集卷六聽道人諳公琴注〔一五〕。龜六藏：取義佛經中龜藏頭尾四肢之寓言，詳見雜阿含經卷四三。大般涅槃經卷四如來性品之一：「覆藏諸惡，如龜藏六。」參見本集卷一四粹中自郴江瑩中與南歸時余在龍山容泯齋爲誦唐詩人郭隨緣住思山破夏歸之句爲韻十首注〔一五〕。

〔四〕漆園：指莊子。史記老莊申韓列傳：「莊子者，蒙人也，名周。周嘗爲蒙漆園吏。」

次韻棊堂〔一〕

畫戟叢中小寢驚〔二〕，日長閑試道衣輕。含風廣廈過微雨〔三〕，賓從時聞下子聲〔四〕。

【注釋】

〔一〕宣和五年春作於長沙。此詩亦當爲次韻曾孝序作。

〔二〕畫戟叢中小寢驚：韋應物郡齋雨中與諸文士燕集：「兵衛森畫戟，宴寢凝清香。」此化用其意。

〔三〕含風廣廈：冷齋夜話卷一東坡夢銘紅靴：「植立含風廣殿，微聞環珮摇聲。」本集卷一〇夏日偶書二首之一：「含風廣殿聞棊響。」此寫棊堂，故用前語。

〔四〕賓從：賓客及僕從。　時聞下子聲：白居易池上二絶之一：「山僧對棊坐，局上竹陰清。映竹無人見，時聞下子聲。」此用其成句。

次韻西樓〔一〕

萬古湘江繞故城，水光夕照動簷楹〔二〕。行人仰看春風軟，吹落凭欄笑語聲。

【校記】

㊀夕：石倉本作「斜」。

【注釋】

〔一〕宣和五年春作於長沙。此詩亦當爲次韻曾孝序作。

三月登湘陰景醇湖山堂時江漲而雨未止〔一〕

煙雨溟濛暗小窗，湖山堂下水連江。已欣一葉浮千頃〔二〕，更愛飛來白鳥雙。

【注釋】

〔一〕宣和六年三月作於潭州湘陰縣。景醇：彭景醇，號湖山居士，嘗以奉議郎爲湘陰縣令。湖山堂：彭景醇書堂。參見本集卷六寄彭景醇奉議注〔一〕、〔八〕。

〔二〕一葉：謂小船。

又登鄧氏平遠樓縱望見小廬山作〔一〕

倚欄天際數歸帆，春在滄洲（州）數筆間㊀〔二〕。我與小樓俱是畫〔三〕，雨中猶復見廬山。

【校記】

㈠洲：原作「州」，誤，今改。參見注〔二〕。

【注釋】

〔一〕宣和六年三月作於潭州湘陰縣。鄧氏：鄧沿字循道，湘陰縣富豪。其事詳見本集卷二二先志碑記，參見卷七鄧循道分財贍族湘陰諸老賦詩同作注〔一〕。平遠樓：當在鄧氏莊園中。小廬山：方輿勝覽卷二三潭州：「小廬山，在益陽，似九江廬山，故曰小廬山。上有清修寺。」益陽毗鄰湘陰，故小廬山縱望可見。

〔二〕滄洲：濱水之處。底本作「滄州」，誤。據元豐九域志卷二，滄州屬河北東路，與潭州迥不相接。鍇按：南朝齊謝朓之宣城出新林浦向板橋：「天際識歸舟，雲中辨江樹。旅思倦搖搖，孤游昔已屢。既歡懷禄情，復協滄洲趣。」此詩前二句暗用其語。

〔三〕我與小樓俱是畫：前引日涉園集卷一〇自西林投宿歸宗：「我與諸峰俱是畫，解隨歸鳥過山南。」此襲用其意。

意行入古寺見鄧生之富以谷量牛馬寺舊藉余賦詩〔一〕

清明雨過快晴天，古寺尋春亦偶然。濃笑春風窮似我〔二〕，也將柳絮當榆錢〔三〕。

【注釋】

〔一〕宣和六年三月作於潭州湘陰縣。　意行：率意而行。　鄧生：即鄧沿。　以谷量牛馬：謂以山谷計量其牲畜，極言其富有。參見本集卷七初到鹿門上莊見燈禪師遂同宿愛其體物欲託迹以避世戲作此詩注〔五〕。　寺舊：寺中之故舊，惠洪法友。

〔二〕濃笑：大笑。李賀唐兒歌：「東家嬌娘求對值，濃笑書空作唐字。」

〔三〕榆錢：榆莢似錢串，故稱。已見前注。

南嶽會禪師往京口省枯木老禪過余湘上夜語及前詩三絶要謁夢蝶老居士不覺有懷其人〔一〕

若逢夢蝶庵中老，爲道歸期壓舊年〔二〕。肯施獨龍岡畔地〔三〕，大勝小嶺買山錢〔四〕。

【注釋】

〔一〕宣和五年作於長沙。　南嶽會禪師：生平未詳。此言往京口省枯木法成，當爲曹洞宗僧人。今考嘉泰普燈録卷九有台州真如道會禪師，乃芙蓉道楷法孫，寶峰闡提惟照法嗣，枯木法成法侄，屬曹洞宗青原下十三世，會禪師或即此僧。　京口：即鎮江府。　枯木老禪：即枯木法成禪師，時住鎮江焦山。參見本集卷八游龍王贈雲老注〔一〕、〔九〕。

夢蝶老居士：蔡仍字子因，蔡卞子，號夢蝶居士。參見本集卷三寄蔡子因注〔一〕。鍇按：本集卷二七跋蔡子因詩書三首之一：「宣和元年十月八日，臨川瞻上人出以爲示，便覺神魄飛越於鐵甕城之下，瓜洲杳靄之間。」可知蔡子因自宣和元年以來，已居京口、瓜洲一帶，故會禪師至鎮江省枯木法成，順道謁見蔡子因。

〔二〕壓：迫近。

〔三〕肯施獨龍岡畔地：此以寶公自比，戲謂蔡子因肯否施捨陰宅之地以葬己。景德傳燈録卷二七金陵寶誌禪師：「臨亡，然一燭以付後閤舍人吳慶。慶以事聞，帝歎曰：『大師不復留矣，燭者將以後事囑我乎？』因厚禮葬于鍾山獨龍阜，仍立開善精舍。」本集卷三〇鍾山道林真覺大師傳：「帝昔與公登鍾山之定林，指前岡獨龍阜曰：『此爲陰宅，則永其後。』帝曰：『誰當得之？』公曰：『先行者。』至是念公以此言，以金二十萬易其地以葬焉。」卷一七述古德遺事作漁父詞八首之三寶公：「來往獨龍岡畔路，杖頭落索閑家具。」

〔四〕小嶺買山錢：高僧傳卷四支道林傳：「俄又投迹剡山，於沃洲小嶺立寺行道。」世説新語排調：「支道林因人就深公買印山，深公答曰：『未聞巢由買山而隱。』」此合二事而用之。

會師胡盧而笑曰獨無語以餞我乎因賦此〔一〕

倦卧耆闍峰頂雲〔二〕，呼船閒立楚江濆〔三〕。愛師任運如湘月，影入千江體不分〔四〕。

【注釋】

〔一〕宣和五年作於長沙。此詩與前詩作於同時。會師：即南嶽會禪師。胡盧：猶盧胡，笑聲在喉間。後漢書應劭傳：「夫覩之者，掩口盧胡而笑。」温庭筠病中書懷呈友人：「葉龍圖夭矯，燕鼠笑胡盧。」

〔二〕耆闍峰：衡山七十二峰之一，此代指南嶽。南嶽總勝集卷上：「耆闍峰，謂山形像與天竺國耆闍無異，故名之。」

〔三〕濆：水邊高地。

〔四〕「愛師任運如湘月」二句：王安石記夢：「月入千江體不分，道人非復世間人。」此化用其語意。

贈覺成上人〔一〕

雲泉措置萬事外，鬢髮凋零仲穴中。想見龍城山下路〔二〕，一川秋色稻花風。

【注釋】

〔一〕政和四年秋作於筠州高安縣。覺成上人：高安龍城院寺僧，生平法系未詳。

〔二〕龍城山：本集卷二三寄老庵記：「高安，南州之屬郡，地連西山、廬嶽之勝，俗美訟簡，士大夫自爲江西道院。飛楹畫棟，間見層出於茂林修竹，往往皆浮圖老子之廬。龍城院去郭餘一舍，山川精神發於雲泉林壑間，如人眉目處。」

送向禪者省親約三月時復來〔一〕

小雨初晴上元過，湘江水生圖畫開。江南今日且歸去〔二〕，杜宇啼時還復來〔三〕。

【注釋】

〔一〕宣和年間作於長沙。向禪者：生平法系未詳，或爲惠洪弟子。

〔二〕江南：本集特指江南西路。

〔三〕杜宇：即杜鵑鳥，至三月鳴，晝夜不止。參見本集卷一五宗上人求偈之江南注〔三〕。

次韻惠梅禪師見寄秋日四首〔一〕

客情容易到雙眉，乾没晴湘夜月暉〔二〕。風露滿庭人未寢，飛螢故入小簾幃。

長廊廣殿午風清，禪倦何妨曳履行。歡喜閒中有奇事，鑷髭空對紙窗明。

兑高山水目清暉〔三〕，雨勒孤雲放縱飛。多謝炎凉摧溽暑〔四〕，更闌靜極忽僧歸。

飽霜毛穎泛松煤〔五〕，窗底魚牋自在開〔六〕。琢得小詩清似玉（王）㊀，步筇時遶紫莓苔。

【校記】

㊀ 玉：原作「王」，誤，今據四庫本、廓門本、武林本改。

【注釋】

〔一〕作年未詳。 惠梅禪師：生平法系不可考。

〔二〕乾没：猶言陸沉，喻埋没而無人知。已見前注。

〔三〕兑高山水目清暉：謝靈運石壁精舍還湖中作：「昏旦變氣候，山水含清暉。」此化用其句。 鍇按：底本此句疑有誤字，「兑高」當作「凭高」，「目」當作「自」，涉形近而誤。

〔四〕炎涼：廓門注：「『炎涼』當作『風涼』。」其説有理。

〔五〕飽霜毛穎泛松煤：山谷内集詩注卷一二次韻黄斌老所畫横竹：「晴窗影落石泓處，松煤淺染飽霜兔。」毛穎謂筆，松煤謂墨。

〔六〕魚牋：即魚子箋，亦稱魚箋。「箋」爲「牋」本字。唐時蜀地所産紙，面呈霜粒，如魚子，故稱。唐國史補卷下：「紙則有越之剡藤、苔牋，蜀之麻面、屑末、滑石、金花、長麻、魚子、十色箋。」王勃七夕賦：「握犀管，展魚箋。」廓門注：「山谷詩七卷：『猩毛束筆魚網紙。』見注。」此泛指紙。

補東坡遺真姜唐佐秀才飲書其扇〔一〕

此生身世兩茫茫，醉裏因君到故鄉。滄海何曾斷地（池）脉㈠〔二〕，白袍從此破天荒〔三〕。

【校記】

㈠ 地：原作「池」，誤，今據四庫本、武林本改。參見注〔一〕、〔二〕。

【注釋】

〔一〕政和三年秋作於海南瓊州。補東坡遺：作詩追補蘇軾在海南當作而未作之闕，爲惠洪自創體。參見本集卷五補東坡遺三首題武王非聖人論後注〔一〕。姜唐佐秀才：姜唐佐字君弼，瓊州人。蘇軾書柳子厚詩後：「元符己卯閏九月，瓊士姜君來儋耳，日與予相從。」又爲之作跋姜君弼課册。鍇按：蘇轍欒城集後集卷三補子瞻贈姜唐佐秀才引曰：「予兄子瞻謫居儋耳，瓊州進士姜唐佐往從之游。氣和而言道，有中州士人之風。子瞻愛之，贈之詩曰：『滄海何曾斷地脉，白袍端合破天荒。』且告之曰：『子異日登科，當爲子成此篇。』君游廣州州學，有名學中。崇寧二年正月，隨計過汝南，以此句相示。時子瞻之喪再逾歲矣，覽之流涕。念君要能自立，而莫與終此詩者，乃爲足之。」其詩曰：「生長茅間有異芳，風流稷下古諸姜。適從瓊管魚龍窟，秀出羊城翰墨場。滄海何曾斷地脉，白袍端合破天荒。錦衣他日千人看，始信東坡眼目長。」可知惠洪「補東坡遺」乃受蘇轍補子瞻贈姜唐佐秀才詩之啓發。宋葛立方韻語陽秋卷一八：「瓊州進士姜唐佐，東坡極愛之，贈之詩曰：『滄海何曾斷地脉，白袍端合破天荒。』且告之曰：『子異日登科，當爲子成此篇。』及唐佐預廣州計偕，過汝陽，見子由，時東坡已下世矣。子由因爲足成篇云：『（詩略）』唐佐是年省闈不利，則有負於錦衣之祝矣。」

〔二〕滄海何曾斷地脉：廓門注：「此一句東坡句。『池』當作『地』。」其説甚是。

〔三〕白袍：士子未仕者所著服裝。唐國史補卷下：「或有朝客譏宋濟曰：『近日白袍子何太紛紛？』濟曰：『蓋由緋袍子、紫袍子紛紛化使然也。』」破天荒：五代王定保唐摭言卷二海述解送：「荆州解比，號天荒。大中四年，劉蛻舍人以是府解及第。時崔魏公作鎮，以破天荒錢七十萬資蛻。蛻謝書略曰：『五十年來，自是人廢；一千里外，豈曰天荒。』」孫光憲北夢瑣言卷四破天荒解：「唐荆州衣冠藪澤，每歲解送舉人，多不成名，號曰『天荒解』。劉蛻舍人以荆解及第，號爲『破天荒』。」廓門注：「此句亦東坡句也。」

次韻蕭子植承務四首〔一〕

別後時時想見之，朅來吐語便能奇〔二〕。夕陽寒帶殊山雨〔三〕，寫出蕭郎醉裏詩。

萬鍾我欲解帶食〔四〕，雙璧從來賜立談〔五〕。君視新豐獨杯客，不因州縣著來簪〔六〕。錦堂聞有傳（傳）夫子㊀〔七〕，馬鬣倉官卧夕煙〔八〕。未展玉堂揮翰手，却來從我弄雲泉〔九〕。

秀句端如我晚煙㊁，白髭畫出石門禪〔一〇〕。未論翰墨驚流輩，只識蕭郎亦自賢。

【校記】

㊀傳：原作「傳」，今從廓門本。

㊁煙：四庫本作「年」。

【注釋】

〔一〕政和八年作於臨江軍新淦縣。蕭子植承務：蕭建功字子植，新淦人，時爲承務郎。陳瓘（了翁）之孫壻，蕭皞（用極）之子。鳳墅帖收惠洪浪淘沙詞，詞末署曰：「政和八年五月初吉作長短句送用極，弟覺範。」曾宏父跋：「用極即蕭建功也，有二字。……見蕭郎於巴丘，即清江之峽江，蕭濟父休亭、李先之草堂在焉。蓋古巴丘縣。」鳳墅帖又收李彭報蕭子植詩，曾宏父跋曰：「李商老皆惠草堂蕭建功者。蕭又字子植，前四篇已刊日涉園集中。石銚詩曰：『良工刻削類天成。』墨詩曰：『遠愧山陰詩換鵝。』後篇集中不載，其可不傳於世？李於了翁皆參禪學。子植，了翁之子正彙壻也。」鍇按：隆慶臨江府志卷一二隱逸傳：「蕭餉，字濟父，新淦人。累試不利，遂卜築巴丘之高原，望玉笥諸山，名之曰休亭。黃庭堅與爲友，常以隱君子名之。建功其諸孫云。」黃庭堅蕭濟父墓誌銘曰：「吾友蕭濟父，新淦人，諱公餉。……生六子，男曰皡、曄、麟、玕，二女，爲歐陽毖、郭欽正妻。初，濟父既無仕進意，築室於清江峽之碕巴丘之上，曰休亭。」濟父之長子名皡。詩小雅蓼莪：「欲報之德，昊天罔極。」漢書鄭崇傳詔語引詩作：「欲報之德，皡天罔極。」注：「皡字與昊同。」據此，蕭皡當字用極，其義取自詩語。建功既爲蕭餉諸孫，按世系當爲蕭皡之子。隆慶臨江府志卷一二人物列傳：「蕭建功，字懋德，峽江人。與清江令李朴友善。朴謫官，貧不能歸，建功居食之。朴死，以女妻其孤孌。丞相李綱進言建功賢，召試分宜令，擢知衡州。」據此，則建功一字子植，一字懋德，皆符「字以表德」之義，而用極則字與建功無涉。曾宏父蓋誤父爲子，失考。

〔二〕竭來：邇來。

〔三〕殊山：輿地紀勝卷三四江南西路臨江軍景物上：「殊山，在新淦東北七十里，有寺曰安國。」

〔四〕萬鍾：指豐厚之奉禄。漢酈炎見志詩二首之一：「終居天下宰，食此萬鍾禄。」　解帶食：謂出仕食俸禄。後漢書周磐傳：「乃解韋帶，就孝廉之舉。」李賢注：「以韋皮爲帶，未仕之服也。求仕則服革帶，故解之。賈山上書曰『布衣韋帶之士』也。」

〔五〕雙璧從來賜立談：山谷内集詩注卷一次韻公擇舅：「昨夢黃粱半熟，立談白璧一雙。」任淵注：「史記虞卿傳曰：『說趙孝成王，一見賜黃金百鎰、白璧一雙。』唐人王建六言詩曰：『再見封侯萬户，立談賜璧一雙。』」此化用其語意。　鍇按：任淵注誤，「王建」當作「王維」，王維六言詩題爲田園樂七首，此引詩爲其二。

〔六〕「君視新豐獨杯客」二句：新唐書馬周傳：「舍新豐，逆旅主人不之顧，周命酒一斗八升，悠然獨酌，衆異之。」又云：「初，帝遇周厚，周頗自負。爲御史時，遣人以圖購宅，衆以其興書生，素無貲，皆竊笑。它日，白有佳宅直二百萬，周遽以聞，詔有司給直，并賜奴婢什物，由是人乃悟。周每行郡縣，食必進雞，小吏訟之。帝曰：『我禁御史食肉，恐州縣廣費，食雞尚何與？』榜吏斥之。」　來簪：代指御史。分門集注杜工部詩卷一九奉酬寇十侍御錫見寄四韻復寄寇：「來簪御府筆，故泊洞庭船。」王洙注：「魏略曰：殿中侍御史簪白筆，側階而直。上問曰：『此何官也？』辛毗對曰：『御史簪筆書過，以記不依法。』」簪，指簪筆，插筆於冠，以備記事。　鍇按：以上解帶食萬鍾，立談賜雙璧，與馬周來簪御史筆，皆爲君臣遇合之美事，此借以勉勵蕭子植。

〔七〕錦堂：堂之美稱。廓門注：「謂晝錦堂者歟？」鍇按：晝錦堂爲故宰相韓琦所作，與此無關。　傅夫子：疑即傅雱，字彦濟，臨江軍清江人。嘉靖臨江府志卷六人物志一：「傅雱字彦濟，清江人。政和八年進士。高宗初，相李綱薦雱可使虜。假工部侍郎充通問使，行，尋詔止之，授朝奉郎，尚書考功員外郎。」此組詩作於政和八年，正爲傅雱進士及第之年，以其榮錦而歸也，故稱錦堂。　本集卷二六題白鹿寺壁：「余自長沙來（益陽），館余四昔。　時故人傳彥濟試手作邑，攙姦推滑，民驚以神。」該文作於宣和七年，而稱傅雱爲「故人」，故惠洪與傅雱初交，當在此時。參見本集卷一二和傅彥濟知縣注〔一〕。底本「傅」作「傳」，義難通，當涉形近而誤，今從廓門本改。

〔八〕馬鬣：喻松針。山谷内集詩注卷四送謝公定作竟陵主簿：「澗松無心古鬚鬣。」任淵注：「酉陽雜組曰：『松言五粒者，粒當言鬣。自有一種名鬣，皮無鱗甲，而結實多。』」倉官：即蒼官，松之代稱。倉，通「蒼」。宋馬永卿懶真子卷五：「金陵（王安石）詩云：『歲晚蒼官聊自保，日高青女尚横陳。』蒼官謂松也，青女謂霜也。言日高而松上霜猶不消也。」

〔九〕「未展玉堂揮翰手」二句：歐陽修出郊見田家蠶麥已成慨然有感：「收取玉堂揮翰手，却尋南畝把鋤犁。」蘇軾次韻林子中春日新堤書事見寄：「收得玉堂揮翰手，却爲淮月弄舟人。」此效其句意句法。又蘇軾游東西巖即謝安東山也：「放懷事物外，徙倚弄雲泉。」此借其語。

〔一〇〕石門禪：惠洪自謂。政和四年後惠洪住筠州新昌縣石門寺，故云。

英上人手録冷齋爲示戲書其尾〔一〕

五鼎八珍非我事〔二〕，曲眉清倡乞人爭〔三〕。一帙冷齋夜深話，青燈相對聽秋聲。

【注釋】

〔一〕宣和四年作於長沙。英上人：惠英字穎孺，惠洪弟子。參見本集卷一送英老兼簡鈍夫注〔一〕。手録冷齋：指手録冷齋夜話。鍇按：本集卷二六題英大師僧寶傳、題所録詩皆惠洪爲惠英手録己書稿而作，時在宣和四年，此詩亦當作於是時。據此，則冷齋夜話至遲於宣和四年已完稿。許顗彦周詩話：「洪覺範在潭州水西小南臺寺。覺範作冷齋夜話，有曰：『詩至李義山，爲文章一厄。』僕至此蹙額無語。渠再三窮詰，僕不得已曰：『夕陽無限好，只是近黄昏。』覺範曰：『我解子意矣。』即時删去。今印本猶存之，蓋已前傳出者。」許顗與惠洪交往在宣和三年，是時冷齋夜話已爲人抄録傳出，抄録者當非惠英一人而已。

〔二〕五鼎：形容飲食之奢侈。漢書主父偃傳：「丈夫生不五鼎食，死則五鼎亨耳。」顔師古注引張晏曰：「五鼎食，牛、羊、豕、魚、麋也。諸侯五，卿大夫三。」八珍：八種烹飪法。周禮天官冢宰膳夫：「珍用八物。」注：「珍謂淳熬、淳母、炮豚、炮牂、擣珍、漬、熬、肝膋也。」後世泛指珍貴食品。

〔三〕曲眉清倡：代指美貌歌女。倡，唱也。韓愈送李愿歸盤谷序：「曲眉豐頰，清聲而便體，秀外而惠中，飄輕裾，翳長袖，粉白黛緑者，列屋而閒居，妬寵而負恃，爭妍而取憐。」

入九峰道中〔一〕

插身在俗熱惱處〔二〕，留眼看山寒翠中。脩徑掃除知有寺，忽驚窗户濕青紅〔三〕。

【注釋】

〔一〕政和六年作於筠州上高縣。九峰：在筠州上高縣西五十里。已見前注。本集卷四追和帛道猷一首序：「政和六年正月十日，余已定居九峰。」

〔二〕插身在俗熱惱處：唐釋道世法苑珠林卷七六道篇地獄部業因部：「若作世間諸事業，恒多惱亂諸衆生。彼等當生熱惱處，於無量時受熱惱。」

〔三〕窗户濕青紅：狀寺院窗户之彩色油漆新鮮欲滴。東坡樂府卷上水調歌頭黄州快哉亭贈張偓佺：「知君爲我新作，窗户濕青紅。」此借用其語。

讀和靖西湖詩戲書卷尾〔一〕

長愛東坡眼不枯，解將西子比西湖。先生詩妙真如畫，爲作春寒出浴圖㊀〔二〕。

【校記】

㊀出浴：永樂大典卷二二六四作「水墨」。

【注釋】

〔一〕崇寧元年春作於杭州。　和靖：林逋字君復，杭州錢塘人。仁宗賜謚和靖先生。有和靖詩集傳世。　鍇按：詩話總龜卷一六引冷齋夜話：「東坡愛西湖，詩曰：『若把西湖比西子，淡粧濃抹也相宜。』余宿孤山下，讀林和靖詩，句句皆西湖寫生，特天姿自然，不施鉛華耳。作詩書壁曰：『長愛東坡眼不枯，解將西子比西湖。先生詩妙真如畫，爲作春寒出浴圖。』」永樂大典卷二二六四僧惠洪冷齋集文字與詩話總龜略同，惟「出浴」作「水墨」。參見本集卷一一偶讀和靖集戲書小詩卷尾云長愛東坡眼不枯（略）爲作春寒出浴圖廓然見詩大怒前詩規我又和二首注〔一〕。

〔二〕春寒出浴圖：白居易長恨歌：「春寒賜浴華清池。」又宣和畫譜卷六著録唐周昉楊妃出浴圖。此喻西湖爲西子，故以楊妃出浴圖之類美人出浴圖比之。

與超然至谷山尋崇禪師遺蹤〔一〕

行盡湘西十里松，到門却立數諸峰〔二〕。崇公事跡無尋處，庭下春泥見虎蹤。

【注釋】

〔一〕崇寧三年二月作於長沙。　超然：釋希祖字超然，惠洪法弟。　谷山：明一統志卷六三長沙府：「谷山，在府城西七十里，山有靈谷深邃，名梓木洞，其下有龍潭，禱雨輒應。」　崇禪師：禪林僧寶傳卷一四谷山崇禪師傳：「禪師名行崇，不知何許人也。初住福州報恩寺，後住潭州谷山寺，嗣保福展禪師，雪峰之的孫也。……贊曰：洞山清稟禪師作澄心堂録，録崇語句，細味之，骨氣不減巖頭，恨不能多見。」本集卷二五題谷山崇禪師語：「予讀澄心堂録長慶稜公之孫、保福展公之嗣谷山禪師之語，奇嶮宏妙，光明廣大，觀其膽氣逸羣，不在巖頭、雲門之下，而録失其名。然語多稱報恩。傳燈但有潭州谷山句禪師，而無機緣。其列熙、崇兩人機語，校句所□示殆相萬，然皆住報恩，豈句亦常居之耶？」鍇按：本集卷二五題谷山崇禪師語：「予常與超然衡虎游谷山，訪其遺事，無所考，因相對歎息。追念東坡之語曰：『齊魯有大臣，史失其名，而黄四娘乃得與杜詩不朽。』事莫不爾。作詩曰：『行盡湘西十里松……庭下春泥見虎蹤。』又十年，復與超然夏於石門，偶閲前詩，遂併録之。」又禪林僧寶傳卷一四谷山崇禪師傳贊曰：「崇寧之初，衡虎至谷山，塔冢莫辨，事跡零落，不可考究，坐而太息。作偈曰：『行盡湘西十里松……庭下春泥見虎蹤。』」亦載其事。惠洪與希祖坐夏於石門，乃政和四年事，逆推十年，正是崇寧三年。

〔二〕到門却立數諸峰：唐僧常達山居八詠之一：「啜茶思好水，對月數諸峰。」此借用其語。

崇山堂五詠爲通判大樂張侯賦〔一〕

静隱堂

扶策經行此堂上，萬峰翔集漢江津〔二〕。山林未放公深隱，只恐功名逼逐人〔三〕。

信美亭〔四〕

小停與客登臨處，閒暇江山又故丘〔五〕。最愛名花每含笑，更憐幽草解忘憂〔六〕。

致爽亭〔七〕

亭中偶坐悠然見，不學王郎拄笏看〔八〕。多謝秋山每傾倒，潑雲秀色墮欄干。

妙觀庵〔九〕

閑來禪室倚蒲團，幻影浮花入正觀。江月松風藏不得，大千俱在一毫端〔一〇〕。

崇山堂

襄陽林壑精神處，此地正如眉目間〔一〕。笑看弓彎弄雲水〔二〕，風流那減謝東山〔三〕。

【注釋】

〔一〕靖康元年春作於襄州。崇山堂五詠：詠崇山堂等五處堂室亭榭，據詩中「萬峰翔集漢江津」、「襄陽林壑精神處」之句，當皆在襄州。通判大樂張侯：張侯，名字未詳，生平不可考。嘗任大樂令，時爲襄州通判。

〔二〕萬峰翔集：謂萬峰堆疊之勢如鳥之翔舞聚集。本集以鳥翔喻山勢句例甚多，已見前注。漢江：襄州瀕臨漢江。廓門注：「漢江，在襄陽府。」

〔三〕只恐功名逼逐人：言其雖無心求功名，却難逃功名之追逼，此恭維其定能成就功名。廓門注：「翻轉『富貴逼人』。」鍇按：隋書楊素傳：「素應聲答曰：『臣但恐富貴來逼臣，臣無心求富貴。』」

〔四〕信美亭：亭名取自王粲登樓賦：「雖信美而非吾土兮，曾何足以少留。」或謂王粲登樓賦作於襄陽，輿地紀勝卷八二襄陽府古跡有王粲樓。

〔五〕閒暇江山又故丘：此謂江山既美，又爲故土，反王粲之意而用之。據此，則張侯當爲襄陽人。

〔六〕「最愛名花每含笑」二句：冷齋夜話卷五丁晉公和蘇文公詩兩聯：「韓子蒼曰：『丁晉公海外詩曰：「草解忘憂憂底事，花能含笑笑何人？」世以爲工。及讀東坡詩曰：「花非識面嘗含笑，鳥不知名時自呼。」便覺才力相去如天淵。』」此化用丁謂詩句意。

〔七〕致爽亭：亭名取自世説新語簡傲：「王子猷作桓車騎參軍，桓謂王曰：『卿在府久，比當相料理。』初不答，直高視，以手版拄頰云：『西山朝來致有爽氣。』」

〔八〕王郎：即晉王徽之，字子猷，羲之子。笏：即手版，亦作「手板」。宋書禮志五：「笏者，有事則書之。手板，即古笏也。」

〔九〕妙觀庵：本集以萬法平等之心來觀察世界之方法爲妙觀，此以之名庵。已見前注。

〔一〇〕大千俱在一毫端：華嚴經卷一世主妙嚴品：「一一毛端，悉能容受一切世界，而無障礙。」

〔一一〕「襄陽林壑精神處」二句：謂崇山堂處於襄陽山林之關鍵位置，如顯現其精神面貌之眉目處。黄庭堅南康軍都昌縣清隱禪院記：「蓋南山之於都昌，如娟秀人直其眉目清明處也。」此化用其意。又本集卷二二寄老庵記：「龍城院去郭餘一舍，山川精神發於雲泉林壑間，如人眉目處。」亦用此意。

〔一二〕弓彎：舞女向後彎腰及地如弓形，此代指美人。語本唐沈亞之異夢録記邢鳳事：「鳳卒詩，請曰：『何謂弓彎？』曰：『妾傅年父母使教妾爲此舞。』美人乃起，整衣張袖，舞數拍，爲弓彎狀，以視鳳。」已見前注。

〔三〕風流那減謝東山：世説新語識鑒：「謝公在東山畜妓，簡文曰：『安石必出。既與人同樂，亦不得不與人同憂。』」劉孝標注引宋明帝文章志曰：「安縱心事外，疏略常節，每畜女妓，攜持游肆也。」

書寂音堂壁〔一〕

永懷焦管愧平生〔二〕，任運無心更道情。野火燒廬成露寢，暑天因浴亦江行〔三〕。

【注釋】

〔一〕宣和年間作於長沙。寂音堂：惠洪自號寂音，此堂當在長沙水西南臺寺，或爲「隨身叢林」，隨其所住而名之。參見本集卷一二偶書寂音堂壁三首注〔一〕。

〔二〕焦管：廓門注：「『焦管』當作『焦先』歟？」錯按：「焦管」不誤，當指焦先與管寧，皆東漢末高士。焦先事見三國志魏書管寧傳裴松之注引魏略、高士傳，故焦管並稱。且「管」字仄聲，「先」字平聲，若作「焦先」，則不合平仄格律。

〔三〕「野火燒廬成露寢」二句：高士傳卷下焦先傳：「焦先字孝然，世莫知其所出也。或言生漢末，及魏受禪，常結草爲廬於河之湄，獨止其中。冬夏袒不著衣，卧不設席，又無蓐，以身親土，其體垢汗，皆如泥滓，不行人間。或數日一食，行不由邪徑，目不與女子，迕視口，未嘗言，雖有警急，不與人語。後野火燒其廬，先因露寢，遭冬雪大至，先祖卧不移，人以爲死，就視如故。後百餘歲卒。」

介然館道林偶入聚落宿天寧兩昔雨中思山遂渡湘飯於南臺口占兩絶戲之介然住廬山二十年尚能詳説山中之勝〔一〕

城中信宿無所詣〔二〕，徑作思山破雨歸〔三〕。偶過南臺同野飯，聽公放意説巖扉。

楞伽本在海中央〔四〕，鉢具懸知挂舊房。不乏木杯驚俗眼〔五〕，一蓑煙雨渡瀟湘。

【注釋】

〔一〕宣和三年夏作於長沙。　介然：釋守端字介然，廣東連州人，廬山楞伽院僧。詳見本集卷八楞伽端介然見訪余以病未及謝先此寄之注〔一〕。　道林：即湘江西岸嶽麓山下道林寺。　聚落：此指長沙城。　天寧：佛祖歷代通載卷一九：「改年崇寧，詔天下軍州創崇寧寺。又改天寧替先號。」潭州天寧寺，當在長沙城中。　兩昔：即兩夕，兩夜。　南臺：即水西南臺寺，在湘江西岸，惠洪住此。

〔二〕信宿：再宿，連宿兩夜。參見本集卷三七夕卧病注〔一五〕。

〔三〕思山破雨歸：唐詩僧善生送玉禪師：「入郭隨緣住，思山破夏歸。」此化用其句。

〔四〕楞伽：佛書中山名。大唐西域記卷一一僧伽羅國：「國東南隅有駿迦山，巖谷幽峻，神鬼游舍，在昔如來於此説駿迦經（舊曰楞伽經，訛也）。」楞伽經卷一：「一時佛住南海濱楞伽山頂，種種寶華以爲莊嚴，與大比丘僧及大菩薩衆俱，從彼種種異佛刹來。」錯按：守端住廬山楞伽院，又爲廣東連州人，古廣東爲南海郡，故釋契嵩鐔津文集卷二三附序詩贊題載其弔明教嵩禪師詩一百韻，署名「南海楞伽山守端」。此雙關佛經中楞伽山與廬山楞伽院。

〔五〕泛木杯：用異僧杯度事。高僧傳卷一〇杯度傳：「杯度者，不知姓名，常乘木杯度水，因而爲目。初見在冀州，不修細行，神力卓越，世莫測其由來。嘗於北方寄宿一家，家有一金像，度竊而將去。家主覺而追之，見度徐行，走馬逐而不及。至孟津河，浮木杯於水，憑之度河。無假風棹，輕疾如飛，俄而度岸，達于京師。」

題清芬軒〔一〕

隔屋江梅欲墮飄，幽香細細故相撩。披衣春曉無人見，小立微聞意已消〔二〕。

【注釋】

〔一〕作年未詳。清芬軒：未詳何人之軒，其地俟考。

〔二〕意已消：謂聞江梅幽香使人邪念消除。語本莊子田子方：「（東郭順子）其爲人也真，人貌而天，虛緣而葆真，清而容物，物無道，正容以悟之，使人之意也消。」蘇軾初別子由：「使人之意消，不善無由萌。」

次韻資欽提舉游浯溪〔一〕

邁往高風不可攀〔二〕，老成今獨見波瀾〔三〕。平生嗜好如漫叟〔四〕，更在浯溪煙水間。

【注釋】

〔一〕宣和六年十二月作於潭州湘陰縣。資欽提舉：閻孝忠字資欽，號潁皋居士。宋會要輯稿食貨三二之一五稱孝忠於宣和六年提舉荆湖南路香礬事。浯溪：方輿勝覽卷二五永州：「浯溪，在祁陽縣南五里，流入湘江，水清石峻。唐上元中，容管經略使元結家焉。結作大唐中興頌，顏真卿大書，刻於此崖。結又爲峿臺、庴亭、石室諸銘。陳衍題浯溪圖云：『元氏始命之意，因水以爲吾溪，因山以爲吾山，作屋以爲吾亭，三吾之稱，我所自也，制字從水、從山、與广，我所命也。三者之自皆自吾焉，我所擅而有也。』」鍇按：本集卷七臘月十六日夜讀閻資欽提舉詩一巨軸曰：「讀遍潁皋居士詩。」此詩當爲讀後次韻唱和之作。

〔二〕邁往：一往無前，超凡脱俗。王羲之誡謝萬書：「以君邁往不屑之韻，而俯同羣辟，誠難爲意也。」錯按：本集卷二次後韻亦稱閻資欽「平生邁往氣，醞造次公狂」，可參見。

〔三〕老成今獨見波瀾：杜甫敬贈鄭諫議十韻：「毫髮無遺憾，波瀾獨老成。」此化用其句。

〔四〕漫叟：新唐書元結傳載結作自釋曰：「後家瀼濱，乃自稱浪士。及有官人以爲浪者，亦漫爲官乎，呼爲漫郎。」此稱「漫郎」爲「漫叟」，蓋因絶句平仄之需。

次韻題德岡鋪〔一〕

舊聞清憲使臨邛〔二〕，今日公能繼此風。舍者從教坐爭席〔三〕，玩龜不廢撫焦桐〔四〕。

【注釋】

〔一〕宣和六年十二月作於湘陰縣。德岡鋪：其地俟考。此詩亦爲次韻閻資欽之作。

〔二〕清憲：當作「清獻」，即趙抃（一〇〇八～一〇八四），字閱道，衢州西安人。神宗朝擢參知政事，以太子少保致仕，卒贈太子少師，謚清獻。宋史有傳。使臨邛：指趙抃知成都事。蘇軾趙清獻公神道碑：「旋除龍圖閣直學士，知成都。公以寬治蜀，蜀人安之。」續資治通鑑長編卷二〇三英宗治平元年十二月癸丑：「吏部員外郎、天章閣待制、河北都轉運使趙抃爲龍圖閣直學士，知成都府。」　臨邛：本爲蜀雅州郡名，此代指成都府。

〔三〕舍者從教坐爭席：謂無矜夸之氣，平易近人。莊子寓言：「其往也，舍者迎將其家，公執席，妻執巾櫛，舍者避席，煬者避竈。其反也，舍者與之爭席矣。」郭象注：「去其夸矜故也。」

〔四〕玩龜不廢撫焦桐：謂趙抃治蜀以一琴一龜自隨。趙清獻公神道碑：「上謂曰：『聞卿匹馬入蜀，以一琴一龜自隨，爲政簡易，亦稱是耶？』」然宋人記載各不同，如沈括夢溪筆談卷九曰：「趙閱道爲成都轉運使，出行部内，惟攜一琴一鶴，坐則看鶴鼓琴。」葉夢得石林詩話卷上則曰：「趙清獻公以清德服一世，平生畜雷氏琴一張，鶴與白龜各一，所向與之俱。始除帥成都，蜀風素侈，公單馬就道，以琴、鶴、龜自隨。蜀人安其政，治聲藉甚。元豐間，既罷政事守越，復自越再移蜀，時公將老矣。過泗州渡淮前已放鶴，至是復以龜投淮中。既入見，先帝問：『卿前以匹馬入蜀，所攜獨琴、鶴，廉者固如是乎？』公頓首謝。故其詩有云『馬尋舊路如歸去，龜放長淮不再來』者，自紀其實也。」後之宋史趙抃傳、續資治通鑑卷六五皆作「一琴一鶴」。惠洪此從蘇軾之説。　焦桐：琴之代稱。後漢書蔡邕傳：「吳人有燒桐以爨者，邕聞火烈之聲，知其良木，因請而裁爲琴，果有美音，而其尾猶焦，故時人名曰『焦尾琴』焉。」

次韻自武岡趨東安道中〔一〕

枕孤衾冷月空斜，卧看青燈自委花〔二〕。逸想醉翁非夢語，酒醒能道客思家〔三〕。

【注釋】

〔一〕宣和六年十二月作於湘陰縣。武岡：縣名，宋屬荆湖南路武岡軍。東安：亦縣名，宋屬荆湖南路永州零陵郡。皆見元豐九域志卷六。此詩亦次韻閻資欽之作。

〔二〕青燈自委花：燈心餘燼如花萎落，故云。

〔三〕「逸想醉翁非夢語」二句：歐陽修夢中作：「夜涼吹笛千山月，路暗迷人百種花。棋罷不知人换世，酒闌無奈客思家。」醉翁，歐陽修自號。

次韻邵州道中〔一〕

斗折清江接暮林〔二〕，墮江殘月水浮金。松間（聞）有風自成曲㊀，清坐不須重整琴〔三〕。

【校記】

㊀ 間：原作「聞」，誤，今據四庫本、武林本改。

【注釋】

〔一〕宣和六年十二月作於湘陰縣。　邵州：宋屬荆湖南路，治邵陽縣。　此詩亦次韻闍資欽之作。

〔二〕斗折：以北斗星之曲折形狀喻清江水流。　語本柳宗元永州八記之小石潭記：「潭西南而望，斗折蛇行，明滅可見。」

〔三〕「松間有風自成曲」二句：謂風過松林自成雅曲，不須彈琴。蓋琴曲有風入松，故借以言之。樂府詩集卷六〇琴曲歌辭四僧皎然風入松歌題下注：「琴集曰：『風入松，晉嵇康所作也。』」李白琴讚：「秋風入松，萬古奇絶。」

次韻曾機宜游山湘江晚望〔一〕

貪看江草間江花，不覺移舟著淺沙。數筆瀟湘春自曉，橘叢籬（離）落露人家㊀〔二〕。

【校記】

㊀ 籬：原作「離」，誤，今據四庫本、重刊貞和類聚祖苑聯芳集卷七改。參見注〔二〕。

【注釋】

〔一〕宣和五年春作於長沙。 曾機宜：曾訏字嘉言，曾孝序幼子。官宣教郎。機宜，爲宣撫使司書寫機宜文字之簡稱。宋制，許宣撫使辟親屬充機宜，時孝序爲湖南宣撫使，故得辟其子爲機宜。參見本集卷五次韻曾嘉言試茶注〔一〕。

〔二〕籬落：籬笆院落。廓門注：「『離』當作『籬』。」其說甚是。

閏三月經旬雨江漲已及舊痕而湖山堂之下船猶著沙二十七日與天寧清修白鹿龍牙開法同赴景醇飯而廣法益陽來遂掇坐入門湖水漲滿其碧勝鏡景醇曰湖山正爲公輩甚喜作此〔一〕

湖山景物亦相知，豈獨紗巾壞衲師〔二〕。喜我遠來何以見，夜來湖水滿平隄。

【注釋】

〔一〕宣和六年閏三月作於湘陰縣。惠洪宣和年間寓居湖南，據陳垣二十史朔閏表，唯有宣和六年閏三月，故詩題「閏三月」必在宣和六年。 湖山堂：湖山居士彭景醇之堂室。已見前注。天寧：指佛鑑大師淨因，字覺先，法雲惠杲法嗣，惠洪法姪，時住長沙天寧寺，參見本集卷一六佛鑑興修天寧而大檀越輻湊六月初吉有雙蓮開殿庭之西池作此。清修：指元禪師，字希一，時住益陽小廬山清修院，參見本集卷七送元老住清修、卷二六題清修院壁。白鹿：指法太禪師，字希先，時住益陽白鹿寺，參見本集卷二六題白鹿寺壁。龍牙：指智才禪師（一〇六七～一一三八），舒州人，俗姓施氏。爲太平慧勤禪師法嗣，屬臨濟宗楊岐派南嶽下十五世。嘉泰普燈録卷一六潭州龍牙𠺕嚧智才禪師稱「潭帥服師之名，以嶽麓延請，開法逾三月，遷龍牙」，「居龍牙十三載」，「遷住雲居，經四稔」，紹興八年戊午八月卒。據其卒年上推十七年，智才遷龍牙當在宣和四年，潭帥正爲曾孝序。宣和六年，龍牙寺住持仍當爲智才。然羅湖野録卷上則曰：「龍牙才禪師受潭帥曾公孝序之請，既開堂於天寧。有僧致問：『德山棒，臨濟喝，今日請師爲拈掇。』答云：『蘇嚕蘇嚕。』進云：『蘇嚕蘇嚕還有西來意也無？』答云：『蘇嚕蘇嚕。』由是叢林呼爲『才蘇嚕』。」謂其開堂於天寧，與嘉泰普燈録之説不同，疑誤記。開法：指覺慈禪師，字季真，惠洪弟子，本集卷二七跋山谷雲庵贊稱「長沙開法長老覺慈，實其的孫」，跋尾署曰：「宣和五年中秋前一日題。」可知覺慈時住開法寺。廣法：指住益陽廣法寺之禪師，法名生平俱不可考。明一統志卷六三長沙府：「廣法寺，在益陽縣治西。」乾隆長沙府志卷三五方外寺觀益陽縣：「廣法寺，在縣西，觀鴨禪師住錫處。」廓門注：「清修，一統志：長沙府小廬山，舊名清修。白鹿寺在白鹿山，宋建。龍牙亦在長沙府。天寧寺亦在長沙。」鍇按：以上諸僧皆以其所住持寺院稱之，故寺名實爲僧名。

〔二〕紗巾：此泛指僧巾。宋釋法雲翻譯名義集卷一菩薩別名：「阿迦雲，此故藥王。本草序云：醫王子姓韋名古，字老師，元是疏勒國得道人也。身被毳袍，腰懸數百葫蘆，頂戴紗巾，手持藜杖，常以一黑犬同行。」釋善卿祖庭事苑卷三雪竇祖英上引周朴詩：「中有高人在，紗巾倚杖黎。」　壞衲：僧衣。

巫山圖〔一〕

誰開幅紙如方鏡，照見巫山十二鬟〔二〕。若信朝雲是呵霧〔三〕，許愁那復置眉間。

【注釋】

〔一〕作年未詳。　巫山圖：畫者未詳。宋王十朋梅溪王先生文集後集卷一四寄巫山圖与林致一喻叔奇：「圖畫巫山十二峰，緘題遥寄舊游從。」金趙秉文閑閑老人滏水文集卷二〇題巫山圖後：「昔宋玉賦高唐之事，其意言山水之峻激，林木之振蕩，鳥獸之號呼，足以使人移心易志，以諷襄王之荒淫，神志既蕩，梦與神遇，以無爲有也。其卒章言覽萬方，思國害，開賢聖，輔不逮，勸百而諷一，亦已晚矣。其後卒賦神女之事，豈荒淫之主竟不可以已耶？然亦玉之罪矣，惜乎！無是可也。後世不知者，遂寔其事，乃知楚人事鬼，尚矣。其後繪以爲圖，公南征得之，觀其群峰秀拔，雲烟葱蔚，意必有神主之，褻瀆如此，無乃汙靈尊乎？乃爲之辨。」皆未言畫者。

〔二〕照見巫山十二鬟：方鏡可照容，喻紙如方鏡，巫山如美人煙鬟，故云。巫山十二鬟：指巫山十二峰。唐李端巫山高：「巫山十二峰，皆在碧虚中。」其初本無確指。元劉壎隱居通議卷二九十二峰名：「巫山十二峰，口習耳聞熟矣，終未悉其何名。今因蜀江圖所載始得其詳，曰獨秀，曰筆峰，曰集仙，曰起雲，曰登龍，曰望霞，曰聚鶴，曰棲鳳，曰翠屏，曰盤龍，曰松巒（巒），曰仙人。」壎孫凝案語稱別書有朝雲、淨壇、上昇、聖泉，而無獨秀、筆峰、盤龍、仙人。黄庭堅雨中登岳陽樓望君山二首之二：「綰結湘娥十二鬟。」此借用其語。

〔三〕朝雲：清晨之雲霧，雙關巫山神女。宋玉高唐賦記神女辭別楚王曰：「妾在巫山之陽，高丘之阻。旦爲朝雲，暮爲行雨。朝朝暮暮，陽臺之下。」呵霧：呵氣使鏡成霧，此亦就紙如方鏡言之。冷齋夜話卷一〇詩忌深刻：「黄魯直使余對句，曰：『呵鏡雲遮月。』對曰：『啼妝露著花。』魯直罪余於詩深刻見骨，不務含蓄。」

古詩云蘆花白間蓼花紅一日秋江慘憺中兩箇鷺鷥(鶿)相對立幾人喚作水屏風然其理可取而其詞鄙野余爲改之曰換骨法㊀〔一〕

蘆花蓼花能白紅，數曲秋江慘憺中。好是飛來雙白鷺，爲誰粧點水屏風？

【校記】

㊀鷥：原作「鶿」，誤，今據四庫本改。

【注釋】

〔一〕作年未詳。　題中古詩云：「蘆花白間蓼花紅，一日秋江慘憺中。兩箇鷺鷥相對立，幾人喚作水屏風？」考其平仄格律，實爲七言絕句，近晚唐人風格。蓋此所謂「古詩」，乃泛指古人之詩，非謂古體詩。　慘憺：即慘澹，同「慘淡」，淒涼之貌。　換骨法：此惠洪自創之詩法，即於前人詩取其理而改其詞之法，即「不易其意而造其語」，或「以妙意取其骨而換之」。冷齋夜話卷一換骨奪胎法：「山谷云：『詩意無窮，而人之才有限，以有限之才追無窮之意，雖淵明、少陵不得工也。然不易其意而造其語，謂之換骨法；規模其意形容之，謂之奪胎法。』」且示例云：「如鄭谷十日菊曰：『自緣今日人心別，未必秋香一夜衰。』此意甚佳，而病在氣不長，西漢文章雄深雅健者，其氣長故也。曾子固曰：『詩當使人一覽語盡而意有餘，乃古人用心處。』所以荆公作菊詩則曰：『千花百卉凋零後，始見閒人把一枝。』東坡則曰：『萬事到頭終是夢，休休，明日黄花蝶也愁。』又如李翰林詩曰：『鳥飛不盡暮天碧。』又曰：『青天盡處没孤鴻。』然其病如前所論，山谷作登達觀臺詩曰：『瘦藤拄到風煙上，乞與游人眼界開。不知眼界闊多少，白鳥去盡青天回。』凡此之類，皆换骨法也。」天廚禁臠卷中换骨句法：「春日：『有情芍藥含春淚，無力薔薇卧曉枝。』又：『白蟻撥醅官酒熟，紫棉揉色海棠開。』前少游詩，後山谷詩。夫言花與酒者，自古至今，不可勝數，然皆一律，若兩傑，則以妙意取其骨而换之。」鍇按：學界多以爲「换骨法」爲黄庭堅所倡詩法，然山谷集中未見旁證，今所見「换骨法」之説，皆見於惠洪著述，當爲其自創。

佛鑑與修天寧而大檀越輻湊六月初吉有雙蓮開殿庭之西池作此〔一〕

露井銀牀照碧苔〔二〕，地靈獻瑞亦奇哉。將成萬壽千楹搆〔三〕，故遣雙蓮一夜開〔四〕。

【注釋】

〔一〕宣和六年六月初一作於長沙。佛鑑：即淨因，字覺先，賜號佛鑑大師。本集卷二六題佛鑑僧寶傳：「有佛鑑大師淨因者……因以父事佛照，以大父事雲庵，而視余爲季父也。」同卷題佛鑑蓄文字禪自稱「年十六七從洞山雲庵學出世法」，「今三十八年矣，而見雲庵平時親愛之人佛鑑大師淨因於湘中」。按其年十六從真淨克文計，下推三十八年，正爲宣和六年。廓門注：「舒州太平慧懃佛鑑嗣法於五祖演。」殊誤。蓋佛鑑之號非慧懃所獨有，本集明言佛鑑大師淨因，爲佛照（法雲惠杲）之嗣，則此佛鑑非慧懃已明。　天寧：即潭州天寧寺，在長沙城中，時淨因爲其住持。　大檀越：大施主。　輻湊：車輻集中於軸心，喻人或物聚集一處。戰國策魏策一：「地四平，諸侯四通，條達輻湊，無有名山大川之阻。」初吉：即初一。

〔二〕露井：露天無覆蓋之井。　銀牀：銀飾井欄，或爲轆轤架。杜甫冬日洛城北謁玄元皇帝廟：「風筝吹玉柱，露井滴銀牀。」此借用其語。

〔三〕萬壽：此指天寧寺。蓋徽宗誕辰爲天寧節，即萬壽節，故天下各軍州之天寧寺亦名天寧萬壽寺。本集卷二八天寧修造：「湖湘巨鎮，望最重於清瀟；禪律精藍，名特推於萬壽。」

〔四〕故遺雙蓮一夜開：蘇軾沈諫議召游湖不赴明日得雙蓮於北山下作一絶持獻：「水仙亦恐公歸去，故遺雙蓮一夜開。」此借用其成句。

題通判學士適軒〔一〕

小軒只著竹方牀，散髮陶然夏簟涼〔二〕。手倦抛書成午睡〔三〕，夢回齒頰帶茶香〔四〕。

【注釋】

〔一〕作年未詳。　通判學士：未知其姓字及所通判州名。　適軒：其地俟考。

〔二〕「小軒只著竹方牀」二句：歐陽修憎蒼蠅賦：「華榱廣廈，珍簟方牀。炎風之燠，夏日之長。」　方牀：卧榻。　廓門注：「淵明時運詩曰：『陶然自樂。』」

〔三〕手倦拋書成午睡：宋蔡確夏日登車蓋亭十首之三：「紙屏石枕竹方牀，手倦拋書午夢長。」此借用其語。

〔四〕夢回齒頰帶茶香：蘇軾留別金山寶覺圓通二長老：「沐罷巾冠快晚涼，睡餘齒頰帶茶香。」此借用其語。

清侍者自長沙歸雲居來辭且乞偈余斂目想見清自瑶(遥)田莊拄策而上將及到天亭回視諸峰如闕穜(種)所作廬山夕陽圖㊀〔一〕

到天亭下開春曉，叢摺萬峰螺髻青〔二〕。瘦策緣雲上峰頂，爲誰粧點夕陽屏。

【校記】

㊀ 瑶：原作「遥」，誤，今改。　穜：原作「種」，誤，今據武林本改。

【注釋】

〔一〕宣和年間作於長沙。　清侍者：僧清，字道芬，惠洪弟子，生平無考。蓋禪師之侍者，多由其弟子任之。參見本集卷四石門中秋同超然鑒忠清三子翫月、卷九清明前一日聞杜宇示清道芬、卷一〇和清上人。　雲居：即雲居寺，在江西建昌縣歐山（雲居山）。方輿勝覽卷一七南康軍：「雲居寺：在山之顛。諺云：『天上雲居，地下歸宗。』言其相亞云。」　瑶田莊：在雲居山南。李彭日涉園集卷七有自雲居歸欲到瑶田作。王洋東牟集卷六下雲居至瑶田戲贈圓老：「也須認得瑶田路，方見青雲一望間。」全宋文卷七七一〇張大猷五龍池記：「大猷嘗觀鍾山所作神傳，知安樂公之名始於雲居，惜其未詳。大猷昨竊廩建昌，特往訪問，住山遇老具述其事云：『昔有司馬頭陀至山之南曰瑶田，見道瑢禪師。』」元叟行端禪師語録卷七題雲居即庵和尚入院佛事遺藁：「即菴始登雲居時，先一夕，宿瑶田莊，夢伽藍神安樂公。」今雲居山尚有瑶田寺。底本「瑶」作「遥」，涉音近而誤，今改。　到天亭：在雲居山頂。南宋裘萬頃竹齋詩集卷三安樂窩三首之三：「生來歲晚寄南窗，燕坐常聞御墨香。却笑到天亭上客，日將茗粥攪枯腸。」　關穜：五代畫家。穜，亦作仝、同、童。圖畫見聞誌卷一論三家山水：「畫山水，惟營丘李成、長安關同、華原范寬，智妙入神，才高出類。三家鼎跱，百代標程。……石體堅凝，雜木豐茂，臺閣古雅，人物幽閒者，關氏之風也。」同書卷二紀藝上：「關同（注：一名穜，又王文康家圖上題云童），長安人。工畫山水，學從荆浩，有出藍之美，馳名當代，無敢分庭。有趙陽山居、溪山晚霽、四時山水、桃源早行等圖傳於世。」宣和畫譜卷一〇山水一：「關仝（注：一名穜），長安人。畫山水，早年師荆浩，晚年筆力過浩遠甚。尤喜作秋山寒林，與其村居野渡、幽人逸士、漁市山驛，使其見者悠然如在灞橋風雪中、三峽聞猿時，不復有市朝抗塵走俗之狀。蓋仝之所畫，其脱略毫楮，筆愈簡而氣愈壯，景愈少而意愈長也。而深造古淡，如詩中淵明，琴中賀若，非碌碌之畫工所能知。」　廬山夕陽圖：宣和畫譜載御府所藏關仝畫九十四幅，中無「廬山夕陽圖」，世傳諸畫譜亦無此圖。此蓋想象清侍者登到天亭，回望廬山諸峰，如關仝所畫秋山寒林之景。底本「穜」作「種」，涉形近而誤，今改。

〔二〕叢摺：夕陽下羣山之溝壑遠望如衣之褶皺，故云。　螺髻：螺狀髮髻，喻峰巒。　鍇按：楊萬里舟過謝潭：「好山萬皺無人見，都被斜陽拈出來。」即於此「從摺萬峰」引而申之。

宿興化寺〔一〕

天陰連日不成雨，古寺無人鳥雀喧。立盡黄昏門半掩，縮肩裹被作猿蹲〔二〕。

【注釋】

〔一〕宣和五年作於湘陰縣。　興化寺：在湘陰縣，無考。本集卷一三有詩題曰：「宣和五年四月十二日，余館湘陰之興化。」即此寺，此詩亦當作於是年。

〔二〕猿蹲：如蹲坐之猿猴。語本杜甫東屯月夜：「暫睡想猿蹲。」

心上座余故人慧廓然之嗣而規方外之猶子也過予於湘上夜語有懷廓然方外作兩絶〔一〕

風骨東甌語帶吴〔二〕，見君滿眼是西湖〔三〕。徑山和(河)上今佳否㊀〔四〕？想見年來鬢亦枯。

十年不得吴中耗〔五〕，凋盡耆年付等閒。聞道瘦覶顔愈少〔六〕，獨餘此老殿湖山〔七〕。

【校記】

㊀和：原作「河」，誤，今改。參見注〔四〕。

【注釋】

〔一〕宣和三年十月作於長沙。　心上座：即了心禪師，字仲懷。宣和四年後住長沙東明寺，晚住金山寺。五燈會元卷一六雲門宗青原下十四世有金山了心禪師，爲思慧禪師法嗣，即此僧。參見本集卷一五三月二十三日心禪餉余新麪白蜜作二首注〔一〕。　慧廓然：即思慧，字廓然，原名思睿，人稱睿廓然，惠洪早年法友。參見本集卷一懷慧廓然注〔一〕。　規方外：即有規，字方外，與思慧同嗣法於大通善本禪師。參見本集卷三次韻道林會規方外注〔一〕。　猶子：兄弟之子，有規與思慧爲同門師兄弟，心上座爲思慧法嗣，爲有規法姪，依世俗之禮，法姪故同猶子。　禮記檀弓上：「喪服，兄弟之子，猶子也，蓋引而進之也。」　鍇按：此兩絶句第一首懷思慧，第二首懷有規。

〔二〕風骨東甌語帶吴：據此，則心上座本爲福建人，而從思慧參學於杭州，故語帶吴音。　東甌：福建之代稱。方輿勝覽卷一〇福建路福州：「事要郡名……東甌。舊經：閩越地即古東甌。今建亦其地。」　吴：浙西路之代稱，亦指杭州。　方輿勝覽卷一臨安府：「建置沿革：東漢分浙西爲吴郡。陳立錢塘郡。隋平陳，置杭州。」本集卷二四寂音自序謂「年二十九乃遊東吴」，東吴即主要指杭州。

〔三〕見君滿眼是西湖：嘉泰普燈録卷八福州雪峰妙湛思慧禪師：「出住霅川道場。法席不減二本之盛。繼徙徑山、淨慈。」淨慈寺在西湖畔，心上座嘗從思慧參學於此，故見其人如見西湖云。

〔四〕徑山和上：指思慧，嘗住杭州徑山，故稱。　咸淳臨安志卷二五：「徑山，在（臨安）縣北，去縣五十里。　徑山事狀云：『山乃天目之東北峰，有徑路通天目，故謂之徑山。奇勝特異，五峰周抱，中有平地，人跡不到。』」　和上：即和尚。　廓門注：「或曰：『河上』即『和尚』也，同音故。」鍇按：「上」同「尚」，故「和尚」亦作「和上」，然絶無稱「河上」之例。底本「河」字涉音近而誤，今改。

〔五〕耗：音問，消息。

〔六〕瘦規：指有規。廓門注：「瘦規，謂規方外。」鍇按：本集慣以僧人之形態特征冠於其法名第二字之前，如曰骨瑛、瘦權、癩可、頎紹等，此稱瘦規亦同，此蓋其時禪林之習稱。

〔七〕殿：鎮守，鎮撫。詩小雅采菽：「殿天子之邦。」廓門注：「『殿』，如『孟之反不伐，奔而殿』。」所引例義似不確。

寄題勝因環翠亭二首〔一〕

遥知與客登臨處〔二〕，看得雲山到落暉。四注小亭清入畫㊀〔三〕，萬竿寒玉碧成圍。

萬身高節清癯老㊁〔四〕，四座飛簷寒影間㊂。門外黄塵吹鬢者，有誰見此坐看山㊃。

【校記】

㊀ 注：武林本、臨平記補遺作「柱」。

㊁ 萬：臨平記補遺作「一」。

㊂ 簷：臨平記補遺作「簾」。間：原作「間」，今從臨平記補遺。

㊃看：臨平記補遺作「青」。

【注釋】

〔一〕作年未詳。廓門注：「按詩中環翠，謂竹者也。按一統志黄州府：環翠亭在蘄州子城上，宋建。」鍇按：廓門注失考。清張大昌臨平記補遺：「僧德洪寄題勝因顯報院環翠亭。郭北三山志：環翠亭在勝因顯報禪院，釋德洪寄題詩二首：『遥知與客登臨處……有誰見此坐青山。』」咸淳臨安志卷八一寺觀七：「勝因顯報院，在永和鄉臨平山。紹聖二年，尚書左丞蔡卞奏請充功德院，賜今額。」詩當寄與思慧廓然，然作年無考。

〔二〕遥知與客登臨處：王維九月九日憶山東兄弟：「遥知兄弟登高處。」此用其句法。

〔三〕四注：四周環繞。文選卷八司馬相如上林賦：「高廊四注，重坐曲閣。」吕延濟注：「注，猶帀也。」本集卷八任价玉館東園十題四可亭：「四注開野亭，面面可人意。」

〔四〕清癯老：謂竹。本集卷一〇崇勝寺後竹千餘竿獨一根秀出呼爲竹尊者：「高節長身老不枯，平生風骨自清癯。」

次韻夏均父寄曾元素三首〔一〕

溪上江山似故鄉，朅來卜築近魚梁〔二〕。會須一葉浮秋浪，卧看驚飛白鳥行。

文章風節冠中朝，聳壑昂霄太華高〔三〕。想見山陽賓從上〔四〕，醉圍佳麗寫臨皋〔五〕。

孤鳳丹山五色雛〔六〕，人呼身後秘行書〔七〕。高標秀徹如春曉，更愛含風萬頃湖〔八〕。

【注釋】

〔一〕約作於宣和七年。　夏均父：夏倪字均父，蘄州人。詩入江西詩派。參見本集卷五予頃還自海外夏均父以襄陽別業見要使居之後六年均父謫祁陽酒官余自長沙往謝之夜語感而作注〔一〕、卷九次韻曾伯容哭夏均父注〔一〕。　曾元素：當爲曾肇子絢。宋曾肇曾文昭公集卷四附楊時撰神道碑曰：「公（曾肇）有子八人，緄、縱、絢、統、緎、緯、續、纁。……絢提舉湖北常平倉。」今已知曾縱字元矩，見蘇轍欒城第三集卷二曾郎元矩見過逾月聽其言久而不厭追感平昔爲賦詩一首；曾統字元中，見京口耆舊傳卷二，一作字元忠，見楊時龜山集卷二一答曾元忠書；曾續字元嗣，見呂本中紫微詩話；曾纁字元禮，見汪藻浮溪集卷二七奉議郎知舒州曾君墓誌銘。則元素當爲曾絢字，其義取自論語八佾「素以爲絢兮」，與其兄弟取字規則相同。同治建昌府志卷七選舉表進士：「曾絢，建昌軍南豐人。宣和六年登進士第。歷朝請大夫、提舉湖北路常平茶鹽公事。」　鍇按：此組詩第一首寫己，第二首寫夏均父，第三首寫曾元素。

〔二〕揭來卜築近魚梁：謂近來欲於襄州定居終老。　卜築：擇地建屋。　梁書劉訏傳：「曾與族兄劉歆聽講於鍾山諸寺，因共卜築宋熙寺東澗，有終焉之志。」魚梁：在襄州。水經注卷二八沔水：「襄陽城東有東白沙、白沙，北有三洲，東北有宛口，即淯水所入也。沔水中有魚梁洲。」孟浩然夜歸鹿門歌：「山寺鳴鍾晝已昏，魚梁渡頭爭渡喧。」與諸子登峴山：「水落魚梁淺，天寒夢澤深。」夏均父嘗以襄陽別業邀使惠洪居之，惠洪此時欲卜築襄陽，或因均父之意。鍇按：本集卷七贈別若虛：「我如浮水葉，遇坎當自止。行將看荆山，歸老鹿門寺。」同卷宣和七年重陽前四日余自長沙還鹿門過荆渚謁天寧璋禪師留二宿作此：「茲行歸鹿門，已作終焉計。」均表示「卜築近魚梁」終老襄陽之志。

〔三〕聳壑昂霄：躍出溪谷，直上雲霄，喻出人頭地。新唐書房玄齡傳：「吏部侍郎高孝基名知人，謂裴矩曰：『僕觀人多矣，未有如此郎者。當爲國器，但恨不見其聳壑昂霄云。』」太華：山名，即西嶽華山。山海經西山經：「又西六十里，曰太華之山，削成而四方，其高五千仞，其廣十里。」唐崔顥行經華陰：「岧嶢太華俯咸京，天外三峰削不成。」此喻均父人品之高。鍇按：本集卷九次韻曾伯容哭夏均父亦喻其「聳壑色芳鮮」，可參見。

〔四〕山陽：據元豐九域志卷五，淮南東路楚州山陽郡，治山陽縣。鍇按：疑宣和七年均父嘗知楚州。俟考。

〔五〕醉圍佳麗寫臨皋：謂均父亦如蘇軾風流，佳麗圍繞，觀其醉中落筆。本集卷二七跋東坡平山堂詞：「東坡登平山堂，懷醉翁，作此詞。張嘉甫謂予曰：『時紅粧成輪，名士堵立，看其落筆。』」　臨皋：亭名，在黄州，蘇軾嘗居此。

〔六〕孤鳳丹山五色雛：喻曾元素初登第便如丹鳳之雛而有文采。山海經南山經：「丹穴之山，其上多金玉，丹水出焉，而南流注於渤海。有鳥焉，其狀如雞，五采而文，名曰鳳凰。首文曰德，翼文曰義，背文曰禮，膺文曰仁，腹文曰信。是鳥也，飲食自然，自歌自舞，見則天下安寧。」

〔七〕人呼身後秘行書：謂其博聞强記，人呼之爲唐虞世南之後身「行秘書」。隋唐嘉話卷中：「太宗嘗出行，有司請載副書以從。上曰：『不須。虞世南在此，行秘書也。』」此處倒爲「秘行書」，或因欲合詩律平仄而生造。參見本集卷七次韻曾運句游山注〔四〕。

〔八〕含風萬頃湖：用世説新語德行「叔度汪汪如萬頃之陂」之喻，已見前注。

廬山雜興六首〔一〕

野徑無人花競芳，淡紅疏碧間輕黄。不須折向尊前供，杖屨歸來已自香。

山中流水水中山，盡日青藜（黎）共往還㊀〔二〕。閒向僧窗看圖畫，不知身在畫圖間〔三〕。

幽花疏竹冷梢雲，江北江南正小春。但得青山常在眼，不妨白髮暗隨人。

別開山徑入松關，半在雲間半雨間。紅葉滿庭人倚檻，一池寒水動秋山。

白水連空不見村，冥冥細雨濕黄昏。秋山只尺無由到㊁〔四〕，須信關人不用門。

秋山木落見遥村，取次人家只隔雲〔五〕。一陣西風雨中過，數聲笑語嶺頭聞。

【校記】

㊀ 藜：原作「黎」，今從四庫本、武林本。

㊁ 只：四庫本、武林本作「咫」。

【注釋】

〔一〕作年未詳。

〔二〕青藜：即青藜，代指手杖。晉王嘉拾遺記卷六後漢：「劉向於成帝之末校書天禄閣，專精覃思。夜有老人著黄衣，植青藜杖，登閣而進。」王安石晝寢：「井逕從蕪漫，青藜亦倦扶。」

〔三〕「閒向僧窗看圖畫」二句：謂己於僧窗下看如畫之風景，而不知己與僧窗亦爲此景畫之一部分，此即「畫中人」觀念之延伸，觀畫之人本身亦在畫中。

〔四〕只尺：短距離，同「咫尺」。孟東野詩集卷七寄張籍：「天子只尺不得見，不如閉眼且養真。」

〔五〕取次：次第，挨次。

道中二首〔一〕

蒲柳冥冥花已殘，水田南北是青山。晚村歸路聞啼鳥，家住寒雲縹緲間。

元石無塵處處青〔二〕，一谿花照碧天晴。山雲亂却來時路，雞犬惟聞洞口聲。

【注釋】

〔一〕作年未詳。

〔二〕元石：廓門注：「『元』當作『頑』歟？」

奉要勝軒居實居士三首〔一〕

漠漠煙雲映碧流，暖風晴日動鳴鳩。何當綠葉楓林下，杖屨相追結勝游。

出御未聞歸北闕〔二〕，角巾長念入西臺〔三〕。林間三月花猶在，第恐春風作惡來〔四〕。

柘岡陰滿雨初晴，野逕無人獨自行。一飯茅齋最瀟灑，香芽如玉待君烹〔五〕。

【注釋】

〔一〕作年未詳。要勝軒：軒名取自佛書。華嚴經卷一一功德華聚菩薩十行品：「除滅一切煩惱習氣，成就出要勝妙方便。」　居實居士：姓名未詳，生平不可考。

〔二〕出御：出外治理，指自京城外出爲官。晉陸雲贈鄱陽府君張仲膺詩之一：「入輔帷幄，出御千里。」　北闕：宫殿北面門樓，代指朝廷。漢書高帝紀：「至長安，蕭何治未央宫。立東闕、北闕、前殿、武庫、太倉。」顔師古注：「未央殿雖南嚮，而尚書奏事，謁見之徒，皆詣北闕。是則以北闕爲正門。」孟浩然歲暮歸南山：「北闕休上書，南山歸敝廬。」

〔三〕角巾：有棱角之頭巾，即方巾，隱者所戴。　西臺：中書省之别稱。據舊唐書職官志二，唐高宗龍朔時改門下省爲東臺，中書省爲西臺，神龍中復舊。

〔四〕第恐：但恐，只恐。　春風作惡：后山詩注卷四春興：「東風作惡不成寒，野水穿沙自作灘。」任淵注：「王介甫詩：『睡過東風作惡時。』」此借用其語。

〔五〕香芽：謂茶。黄庭堅醉落魄詠茶：「香芽嫩蘂清心骨，醉中襟量與天闊。」朱松韋齋集卷五元聲許茶絶句督之：「鳳山一震卷春回，想見香芽幾焙開。」

卷十七

偈頌

摩陁歌贈乾上人〔一〕

處處三門向南開〔二〕，青山緑水自圍裹。鐘魚鳴時攤鉢盂〔三〕，精粗隨分喫些箇。一生受用只如此，何用忙忙脚踏火〔四〕。口閑莫説事〔五〕，留取吞飯顆〔六〕。眼明穿得針，要自時補破。粥後眠一覺，不著溲漲亦不起〔七〕；齋後行數步，不是肚膨也打過〔八〕。我不求世人，世人不求我。時時牽衣領，臃腫包頭渦〔九〕，一味怯風吹耳朵〔一〇〕。世上許多人，栫栫猶如蟻旋磨〔一一〕，團團並頭爭什麽〔一二〕？一籌輸與摩陁板頭盤脚坐〔一三〕。人言南嶽好，奇峰七十朵〔一四〕。廬山更是好，瀑布垂天雲〔一五〕，淨色不受涴〔一六〕。殿閣參差如畫出，萬人圍遶看登坐。汝若學道便成佛，汝若不學地獄禍。眼看鼻孔也尋常，六月日頭甚熱火。一籌輸與摩陁看屋卧。喚渠挽不來，送渠推不可〔一七〕。摩陁摩陁，無如之何〔一八〕。問著不答，好啞大哥〔一九〕。

【注釋】

〔一〕崇寧三年夏作於洪州分寧縣。摩陁歌：廓門注：「或曰：摩陀借聲音，即謂磨兜堅也。愚按：朱子語類曰：『磨兜堅，秦人。座右三字銘謂：謹言也。』又輟耕録第九卷引浮休閲日集作『磨兜鞬』。又宋王雱字書誤讀曰：『磨兜堅，吾師也。』又宋濂文集磨兜堅箴曰：『磨兜堅者，古之慎言人也。』詳於諸書。」鍇按：此歌雖有「好啞大哥」之句，然細繹其内容，實爲禪門日用修行之事，非僅謂「慎言」也。廓門注所引皆出自儒書，且後出，未必爲惠洪所據，且「磨兜堅」與「摩陁」讀音亦頗不同，未必爲借聲音。愚以爲摩陁當爲梵語「奢摩他」之略稱，意爲寂止。圓覺經：「若諸菩薩悟淨圓覺，以淨覺心，取靜爲行；由澄諸念，覺識煩動，靜慧發生，身心客塵從此永滅，便能内發寂靜輕安；由寂靜故，十方世界諸如來心於中顯現，如鏡中像。此方便者名奢摩他。」唐釋宗密圓覺經略疏卷二：「此方便者，名奢摩他，此翻云止，定之異名，寂靜義也。謂於染淨等境心不妄緣故。」惠洪楞嚴經合論作「奢摩陀」。陀，同「陁」，通「他」。唐釋玄覺禪宗永嘉集奢摩他頌第四：「恰恰用心時，恰恰無心用，無心恰恰用，常用恰恰無。」具言寂止之義，文繁不録。此處摩陁歌，仿唐以來禪宗歌頌如騰騰和尚了元歌、南嶽懶瓚和尚歌、石頭和尚草庵歌、道吾和尚樂道歌、一鉢歌等等之傳統，大唱禪宗日用中寂止之樂。乾上人：當指至乾禪師，屬臨濟宗南嶽下十三世，乃真淨克文法嗣，惠洪師兄。嘉泰普燈録卷七、五燈會元卷一七載其機語。參見本集卷三乾上人會余長沙注〔一〕。

〔二〕三門：釋氏要覽卷上住處寺院三門：「凡寺院有開三門者，只有一門亦呼爲三門者，何也？佛地論云：『大宫殿三解脱門，爲所入處。』大宫殿，喻法空涅槃也。三解脱門，謂空門、無相門、無作門。今寺院是持戒修道、求至涅槃人居之，故由三門入也。」

〔三〕鐘魚：即木魚，寺院撞鐘之木，因製成鯨魚形，故稱。釋氏要覽卷下雜紀犍稚：「今寺院木魚者，蓋古人不可以木朴擊之，故創魚象也。又必取張華相魚之名，或取鯨魚一擊蒲牢，爲之大鳴也。」黄庭堅阻風入長蘆寺：「金碧動江水，鐘魚到客船。」

〔四〕脚踏火：形容急急忙忙、脚不敢落地之貌。

〔五〕口閑：口中無事。廓門注：「當作『閉』。」錯按：此言口閑無事，可留來喫飯，若作「口閉」，則難以吞飯粒。底本不誤。

〔六〕吞飯顆：寒山詩集：「渴時飲水漿，飢來吞飯顆。」此借用其語。

〔七〕溲漲：大小便脹。國語晉語四：「少溲於豕牢。」注：「豕牢，廁也。溲，便也。」史記倉公列傳：「令人不得前後溲。」司馬貞索隱：「前溲，謂小便；後溲，大便也。」亦專指小便。史記酈生陸賈列傳：「沛公不好儒，諸客冠儒冠來者，沛公輒解其冠，溲溺其中。」索隱：「溲即溺義也。」

〔八〕肚膨：肚飽脹。廓門注：「膨，脹貌。」　打過：放過。雪峰真覺禪師語録卷上：「問：『百不思時如何？』師云：『又向陰界裏坐作麽？』進云：『向後作麽生？』師云：『又打過作什麽？』」

〔九〕臃腫：肥大隆起狀。廓門注：「臃腫，莊子字，肉起。」鍇按：莊子逍遥遊：「吾有大樹，人謂之樗，其大本擁腫而不中繩墨，其小枝卷曲而不中規矩。」擁腫，同「臃腫」。　渦：笑靨，俗稱酒窩。蘇軾百步洪二首之二：「不知詩中道何語，但覺兩頰生微渦。」

〔一〇〕風吹耳朵：景德傳燈録卷二〇撫州荷玉光慧禪師：「問：『古人道，若記一句，論劫作野狐精。未審古人意如何？』師曰：『龍泉僧堂未曾鎖。』曰：『和尚如何？』師曰：『風吹耳朵。』」

〔一一〕栟栟：衆多貌，與泯泯義同。栟，同「蘖」。景德傳燈録卷三〇一鉢歌：「枉却一生頭栟栟，究竟不能知始末。」本卷不能爭得偈：「頭顱栟栟食肉臠。」又本集卷二七跋東坡緘啓：「山林之人，泯泯栟栟，若無所用，而其志好尚亦清絶哉！」　蟻旋磨：山谷内集詩注卷一演雅：「枉過一生蟻旋磨。」任淵注：「晉書天文志：周髀家云：『譬之于蟻行磨石之上，磨左旋而蟻右去，磨疾而蟻遲，故不得不隨磨而左迴焉。』」

〔一二〕團團並頭爭：團團圞在一起，頭挨頭相互爭奪。本集卷二王表臣忘機堂次蔡德符韻：「並頭暗中爭射利。」卷一五李光祖自了翁法窟來訪余於鍾山留十日方知鼻孔大頭向下既行作六首送之之四：「謾煩機巧並頭爭。」本卷南安巖主定光生辰五首之三：「可憐馳逐並頭爭。」

〔一三〕板頭：即板牀，木板製牀榻。參見本集卷二送能上人參源禪師注〔一一〕。

〔一四〕奇峰七十朵：山谷内集詩注卷一九離福嚴：「不見祝融峰，還泝瀟湘去。」任淵注：「南嶽有七十二峰，祝融其一也。」此言七十朵，乃舉其成數。 朵：將山比作花，故稱。陸龜蒙飲巖泉：「已甘茅洞三君食，欠買桐江一朵山。」

〔一五〕瀑布垂天雲：太平御覽卷七一瀑布水：「周景式廬山記曰：『泉在黄龍南數里，即瀑布水也。土人謂之泉湖。其水出山腹，挂流三四百丈，飛湍於林峰山表，望之若懸索。注水處石悉成井，其深不測也。』」韓愈送惠師：「是時雨初霽，懸瀑垂天紳。」

〔一六〕涴：污染。

〔一七〕「唤渠挽不來」二句：山谷内集詩注卷二和答外舅孫莘老：「西風挽不來，殘暑推不去。」任淵注：「晉書鄧攸傳：吴人歌曰：『紞如打五鼓，雞鳴天欲曙。鄧侯挽不留，謝令推不去。』」此借用其語。

〔一八〕無如之何：對其毫無辦法，無可奈何。語本禮記大學：「雖有善者，亦無如之何矣。」

〔一九〕好啞大哥：擬人化稱奢摩他，以其義爲寂止無聲，故云。景德傳燈録卷二〇襄州石門寺獻禪師：「凡對機多云『好好大哥』，時謂大哥和尚。」其例如：「時楚王馬氏出城延接，王問：『如何是祖師西來大道？』師曰：『好好大哥，御駕六龍千古秀，玉堦排仗出金門。』」又如：「僧問：『月生雲際時如何？』師曰：『三箇童兒抱華鼓，好好大哥，莫來攔我毬門路。』」此仿其語氣而言之。

讀禪要法〔一〕

天王如來現於世，文殊思往問法義。便遭貶向鐵圍山，須臾復攝文殊至〔二〕。文殊拜起依位住，問我此謫坐何過。佛言汝自墮艱難，故起現行爲不可。佛邊女子名離意，端然入定方七歲。又問何以不逐之，佛言此女久無意〔三〕。女以無意逐獲免，十方來衆何不遣。如來自在神足禪㊀，有意測之近成遠。

【校記】

㊀在：四庫本作「是」。

【注釋】

〔一〕約元符二年作於洪州靖安縣寶峰院。禪要法：廓門注：「按，禪要法謂西秦三藏法師竺法護譯諸佛要集經下卷也。」此偈實則爲檃括諸佛要集經卷下主要内容而成，原經文繁不録。鍇按：林間録卷下：「教中有女子出定因緣，叢林商略甚衆，自非道眼明白，親見作家，莫能明也。大愚芝禪師每問僧曰：『文殊是七佛之師，爲什麽出此女子定不得？罔明菩薩下方而至，但彈指一聲，便能出定？』莫有對者，乃自對曰：『僧投寺裏宿，賊入不良家。』予滋愛其語，作偈記之曰：『出定只消彈指，佛法豈用工夫。我今要用便用，不管罔明文殊。』雲庵和尚見之，明日升座，用前話，乃曰：『文殊與罔明，見處有優劣也無？若言無，文殊何故出女子定不得？只如今日，行者擊動法鼓，大衆同到座前，與罔明出女子定，是同是别？』良久曰：『不見道，欲識佛性義，當觀時節因緣。』亦有偈曰：『佛性天真事，誰云别有師？罔明彈指處，女子出禪時。不費纖毫力，何曾動所思。衆生總平等，日用自多疑。』」此「女子出定因緣」與禪要法内容相關，則惠洪讀此經當在寶峰院從雲庵真淨克文參學時。姑繫於此。

〔二〕「天王如來現於世」四句：諸佛要集經卷下：「文殊師利如伸臂頃，須臾之間，從忍世界忽然不現，至普光土天王佛所。於時文殊皆繞三千大千世界至于七匝，稽首諸佛，却住一面。爾時天王如來右面，有一女人名曰離意，結跏趺坐，以普月離垢光明三昧正受。時天王佛心自念言：『文殊師利，諸佛所歎，深奥忍辱，行於空慧，無能逮者。虚静寂寞，以爲功勳。今從忍界興心念來，墮大顛倒，極受吾我，而有所趣，當退立之鐵圍山頂。由是之故，令講無極深妙之法，當爲將來諸菩薩衆顯大光明。所以者何？諸佛之法，不可思議，巍巍無量，深不可逮。文殊師利博聞第一，道慧超殊，如十方空，尚令住於鐵圍山頂，爾乃能發起一切衆生。』天王如來告文殊曰：『來至於此，欲何所觀？』文殊白曰：『唯然世尊，我在忍界，心自念言：諸佛興世，甚難得值；講説經典，亦復難遇。十方諸佛，不可稱數，億百千載，悉來集會普光世界，宣要集法。吾當往詣，見諸如來，聽所説法。以法故舉詣此佛土。』天王如來即如其像，三昧正受，而現神足，移文殊師利自然立於鐵圍山頂，不自覺知誰爲舉著於此山頂。」鐵圍山：法苑珠林卷二三界會名：「四洲地心即是須彌山。山外别有八山，圍如須彌，山下大海，深八萬四千由旬。其邊八山大海，初廣八千由旬，中有八功德水，如是漸小，至第七山下，水廣一千二百五十由旬。其外醎海，廣於無際。海外有山，即是大鐵圍山，四周圍輪，并一日月晝夜迴轉，照四天下，名爲一國土。」

〔三〕「文殊拜起依位住」八句：諸佛要集經卷下：「文殊師利發意之頃，光明幢俱鐵圍山頂忽然不見，尋往天王如來之前，稽首足下，右繞三匝，退住，一面叉手恭立，十方世界諸天子等，亦復如是也。文殊師利白天王佛：『若善男子及善女人，俱殖德本，修深妙法，不當懷疑，成已法器，一切蒙恩。所以者何？見諸大聖逾於龍象，又諸大聖既共會焉，吾在於外，不得預數，離於如是輩深妙法義。其離意女身續獨存，專坐於斯，而不動移，不見退去。如我見遣，諮嗟如此，無極微妙經典之要，我反徙住鐵圍山頂。吾自憶念，一旦食頃，遍至東方不可計會恒沙佛土，稽首諸佛，聽所演法，執持在心，啓問諸佛解決所疑，未曾識念，而見發遣處他佛土。諸佛世尊察我志操，尚復相勸，須宣經道。於今大聖反徙我著鐵圍山頂，因此興發無極法教，多所歡悦，咸共渴仰，飢虛道化若干法教，其心兀兀，欲覩如來。而發念言：以何等故，獨徙吾身捨於衆會，其離意女安然不出？復更念言：如來至真所演經教，不見侵枉，心非不受，是我不及。彼所説法，非其器故，以故相移住於此耳，獨不徙女。』天王如來報文殊曰：『諸佛世尊所宣經道，仁者於彼，靡不應受。又諸佛世尊，道慧玄殊，不可攀逮。以是之故，不可如常。一等如意演諸佛要集。又文殊師利，向者從忍世界發起來時，心自念言：今普光界講佛要集經典之義，我當往至，稽首諸佛聽所演法。當爾之時，墮大艱難，在無極倒不順思想。從彼刹來，欲得見佛，聽所説法，則以三事自著罣礙，懷抱此意，至斯佛土。何謂爲三？一得己身，二得諸佛，三逮諸法。文殊當知，不可倒行致諸菩薩無礙慧行。於文殊意所趣云何？從古以來，頗有能覩見如來乎？如來寧可復觀察耶？』

送端上人入黄龍〔一〕

一箇面如楪子大〔二〕，眼耳鼻舌分疆界。髑髏裏面都不言㊀〔三〕，聽渠外邊爭捏怪㊁〔四〕。日用經行坐卧中，一段光明没遮蓋。端上人，會不會？會與不會俱窒礙。如見靈源瞌睡翁〔五〕，石火光中著精彩〔六〕。

【校記】

㊀言：從容庵録卷二第二十則地藏親切引此頌作「知」。

㊁渠：從容庵録作「汝」。

【注釋】

〔一〕作年未詳。　端上人：即應端禪師，黄龍惟清法嗣，屬臨濟宗黄龍派南嶽下十四世。嘉泰普燈録卷一〇潭州法輪應端禪師：「南昌人，族徐氏。少依化度善月，圓顱登具。謁真淨文禪師，機不諧。至雲居，會靈源分座，爲衆激昂。師扣其旨，然以妙入諸經自負。源嘗痛劄之，師乃援馬祖、百丈機語及華嚴宗旨爲表。源笑曰：『馬祖、百丈固錯矣，而華嚴宗旨與箇事喜没交涉。』師憤然欲他往，因請辭，及揭簾，忽大悟，汗流浹背。源見，乃曰：『是子識好惡矣。馬祖、百丈、文殊、普賢幾被汝帶累。』由此譽望四馳，名士夫爭挽應世，皆不就。政和末，大師張公司成以百丈堅命開法，師不得已，始從。上堂，舉大隨『劫火洞然』話，遂曰：『六合傾翻劈面來，暫披麻縷混塵埃。因風吹火渾閑事，引得游人不肯回。壞不壞，隨不隨，徒將聞見强針錐。太湖三萬六千頃，月在波心説向誰。』僧問：『如何是賓中賓？』曰：『芒鞋竹杖走紅塵。』云：『如何是賓中主？』曰：『十字街頭逢上祖。』云：『如何是主中賓？』曰：『御馬金鞭混四民。』云：『如何是主中主？』曰：『金門誰敢擡眸覷。』云：『賓主已蒙師指示，向上宗乘又若何？』曰：『昨夜霜風刮地寒，老猿嶺上啼殘月。』」　黄龍：指洪州分寧縣黃龍山，爲臨濟宗黃龍派祖庭。

〔二〕一箇面如楪子大：歐陽修歸田録卷下：「吕文穆公（蒙正）以寬厚爲宰相，太宗尤所眷遇。有一朝士家藏古鑑，自言能照二百里，欲因公弟獻以求知。其弟伺間，從容言之，公笑曰：『吾面不過楪子大，安用照二百里？』其弟遂不復敢言，聞者歎服。」此借用其語。

〔三〕髑髏：死人頭骨。莊子至樂：「夜半，髑髏見夢。」禪籍好用此語，泛指人頭骨。景德傳燈録卷一一鄧州香嚴智閑禪師：「問：『如何是道？』師曰：『枯木龍吟。』僧曰：『學人不會。』師曰：『髑髏裏眼睛。』」同書卷一五舒州投子山大同禪師：「問：『枯木中還有龍吟也無？』師曰：『我道髑髏裏有師子吼。』」

〔四〕捏怪：作怪，生事，禪籍常用俗語。鎮州臨濟慧照禪師語録：「爾一念心秖向空拳指上生寔解，根境法中虛捏怪。」景德傳燈録卷一三汝州風穴延沼禪師：「問：『凡有所問，盡是捏怪，請師直截根源。』師曰：『罕逢穿耳客，多遇刻舟人。』」

〔五〕靈源：即黃龍靈源惟清禪師。　瞌睡翁：靈源嘗作瞌睡歌，叢林傳唱，故稱。錯按：黃龍死心新禪師語録、圓悟佛果禪師語録卷二〇皆有和靈源瞌睡歌，而靈源原唱已佚。

〔六〕石火光中：禪機不可擬議，如電光石火，轉瞬即逝。古尊宿語録卷四五寶峰雲庵真淨禪師偈頌下中寶壽開堂三聖推出僧：「石火光中電影分，怒雷隨震動乾坤。」　著精彩：禪籍俗語，猶言振作精神。景德傳燈録卷一九韶州雲門文偃禪師：「兄弟一等是蹋破草鞋，拋却師僧父母行脚，直須著些子精彩始得實。」卷二一泉州招慶道匡禪師：「今既上來，各著精彩，招慶一時拋與諸人，好麽？」

好菩薩〔一〕

好菩薩，人中來；好菩薩，羊中來〔二〕。女媧弄土飛塵埃〔三〕。洛陽樓閣非願力〔四〕，衆生業影空崔嵬〔五〕。苾芻心不在法道，鮮衣美食何爲哉〔六〕？好菩薩，人中來；好菩薩，羊中來。女媧弄土飛塵埃。

【注釋】

〔一〕作年未詳。好菩薩：此爲唱道類禪宗歌曲，以高僧傳卷九耆域傳爲依託，借用民歌首尾複沓之形式，倡導求法道之意。

〔二〕「好菩薩」四句：耆域傳：「時或告人以前身所更，謂支法淵從羊中來，竺法興從人中來。」

〔三〕女媧弄土飛塵埃：太平御覽卷七八皇王部三引風俗通曰：「俗説天地開闢，未有人民，女媧摶黄土作人。劇務力不暇供，乃引繩於絙泥中，舉以爲人。故富貴者，黄土人也；貧賤凡庸者，絙人也。」李白上雲樂：「女媧戲黄土，團作愚下人。散在六合間，濛濛若沙塵。」

〔四〕洛陽樓閣非願力：耆域傳：「見洛陽宫城云：『髣髴似忉利天宫，但自然之與人事不同耳。』

域謂沙門耆闍蜜曰：『匠此宮者，從忉利天來，成便還天上矣。屋脊瓦下應有千五百作器。』時咸云：『昔聞此匠實以作器著瓦下。』又云：『宮成之後尋被害焉。』」

〔五〕業影：善業惡業隨身如影，故云。大智度論卷六：「復次如影，人去則去，人動則動，人住則住；善惡業影亦如是，後世去時亦去，今世住時亦住，報不斷故，罪福熟時則出。」崔嵬：高聳貌。此就「洛陽樓閣」而言。

〔六〕「苾芻心不在法道」二句：耆域傳：「域昇高座曰：『守口攝身意，慎莫犯衆惡。修行一切善，如是得度世。』言訖便禪默。行重請曰：『願上人當授所未聞，如斯偈義，八歲童子亦已諳誦，非所望於得道人也。』域笑曰：『八歲雖誦，百歲不行，誦之何益？人皆知敬得道者，不知行之自得道，悲夫！』」又曰：「又譏諸衆僧，謂衣服華麗，不應素法。」此化用其意。苾芻：比丘之異譯。本西域草名，梵語以喻佛弟子之已受具足戒者。

慎姪來侍求偈〔一〕

十方都盧是箇虎，玄沙斫柴見不怖。傍却報僧云是汝〔二〕，言中有響今誰悟〔三〕？華林年少相體解，庵中與之同行住。誰會呼作大小空，癡兒見之毛卓豎〔四〕。我居十年無侍者，呼喚應時隨指顧。有人問著是何宗〔五〕？萬里無雲霜月苦。

【注釋】

〔一〕作年未詳。　慎姪：惠洪法姪，屬臨濟宗黄龍派南嶽下十四世，然法名師承未詳。來侍：來爲侍者。　鍇按：佛門中侍候長老之隨從僧徒，稱侍者。

〔二〕「十方都盧是箇虎」三句：景德傳燈録卷一八福州玄沙師備禪師：「一日普請，往海坑斫柴，見一虎。天龍曰：『和尚，虎！』師曰：『是汝虎。』歸院後，僧問：『適來見虎，云是汝，未審尊意如何？』師曰：『娑婆世界有四重障，若人透得，許汝出陰界。』」　都盧：疊韻聯綿詞，意爲統統，全部，總是。景德傳燈録卷二八汾州大達無業國師語：「從前記持憶想，見解智慧，都盧一時失却。」參見本集卷五食菜羹示何道士注〔八〕。　廓門注：「漢劉熙釋名釋宫曰：『盧在柱端。都盧，負屋之重也。』」殆未明此處「都盧」之義。

〔三〕言中有響：語本景德傳燈録卷一九韶州雲門文偃禪師：「不敢望汝言中有響，句裏藏鋒。」鍇按：此謂玄沙師備「是汝虎」言中有深意，蓋玄沙倡「三界唯心」之説，若心中無虎，何懼外界之虎。

〔四〕「華林年少相體解」四句：謂華林禪師能體悟玄沙之深意，以虎爲侍者。景德傳燈録卷八潭州華林善覺禪師：「一日，觀察使裴休訪之，問曰：『師還有侍者否？』師曰：『有一兩箇。』裴曰：『在什麼處？』師乃唤『大空、小空』，時二虎自庵後而出。裴覩之驚悸。師語二虎曰：『有客且去。』二虎哮吼而去。」　毛卓豎：汗毛豎立，指驚悸。

〔五〕問著是何宗：汾陽無德禪師語録卷下歌頌秋夜：「諦思仁不識，審細何依託。不見有纖毫，應物隨機作。人問是何宗，同道鳴金鐸。」此借用其語。

變禪者歸蔣山見佛果乞偈〔一〕

霸陵將軍萬人敵，射虎飲羽馬躃易。下馬視之輒一笑，寧知虎爲草中石。控弦復射又中的，砉然有聲箭不入。將軍但知爲石耳，坐令疑虎心相失〔二〕。諸方今誰達此機？蔣山老勤默而識。變公心挂蔣山雲，浩然欲歸約不得。洞庭青草水粘天〔三〕，高帆摩空一千尺。仰看浪摧碧玉山，此時法界毛端集〔四〕。

【注釋】

〔一〕宣和年間作於長沙。　變禪者：游方僧，生平法系不可考。　蔣山：即江寧府鍾山。太平寰宇記卷九〇江南東道二昇州上元縣：「蔣山，在縣東北十五里，周迴六十里。按輿地志云：『蔣山古曰金陵山，縣之名因此山立。漢輿地圖名鍾山。吴大帝時，有蔣子文發神驗於此，封子文爲蔣侯，改曰蔣山。』」　佛果：即圓悟克勤禪師。僧寶正續傳卷四圓悟勤禪師傳：「政和末，有旨移金陵蔣山，法道大振。」同書卷六徑山杲禪師傳：「宣和六年，圜悟禪師被旨都下天寧。」則克勤住蔣山在政和末至宣和六年間。參見本集卷一二蜀道人明禪過余甚勤久而出東山高弟兩勤送行語句戲作此塞其見即之意注〔一〕。

〔二〕「霸陵將軍萬人敵」八句：史記李將軍列傳：「廣出獵，見草中石，以爲虎而射之，中石没鏃，視之，石也。因復更射之，終不能復入石矣。」霸陵將軍：代指李廣。李將軍列傳：「嘗夜從一騎出，從人田間飲，還至霸陵亭。霸陵尉醉，呵止廣。廣騎曰：『故李將軍。』尉曰：『今將軍尚不得夜行，何乃故也。』」蹕易：同「辟易」，驚退。史記項羽本紀：「赤泉侯爲騎將，追項王。項王瞋目叱之，赤泉侯人馬俱驚，辟易數里。」張守節正義：「言人馬俱驚，開張易舊處，乃至數里。」砉然：象聲詞。莊子養生主：「砉然嚮然，奏刀騞然。」注：「砉音畫，皮骨相離聲。」鍇按：李廣射虎事，僧人喜借以説禪理。如宋釋延壽宗鏡録卷一六：「如婦人詣情幽冥，城爲之崩者。列女傳云：『杞梁妻就其夫屍，於城下哭之，十日而城爲之崩。』孝至而石開者。漢書云：『李廣無父，問其母曰：「我父何耶？」母曰：「虎殺之。」遂行，射虎於草中。夜見石似虎，射之没羽。後射之，終不入矣。』以城、石之事，隨心感變，所以崩開。理妙非麁不傳，由影之傳於形者。」

〔三〕洞庭青草：洞庭湖與青草湖。方輿勝覽卷二三湖南路潭州：「青草湖，志：『南曰青草，北曰洞庭，所謂重湖。』黄魯直詩：『乙丑越洞庭，丙寅渡青草。』」

〔四〕法界毛端集：華嚴經卷一世主妙嚴品：「一一毛端，悉能容受一切世界，而無障礙。」同書卷四五阿僧祇品：「如是塵數無邊刹，俱來共集一毛端。」

送逸禪者歸荆南見無盡居士〔一〕

長沙大蟲方肉醉，倚樹痾癢威見尾。逸禪來展寂子機，舉足欲促適其睡〔二〕。後身荆州張曲江〔三〕，解鍛佛祖如老龐〔四〕。如聞去作丹霞問〔五〕，正當一口吸西江〔六〕。西江一口吸得盡，是汝法身應有賸。要令川客讀此詩，都作蔣山吞栗硬〔七〕。

【注釋】

〔一〕宣和年間作於長沙。　逸禪者：游方僧，生平法系不可考。　荆南：即江陵府荆南節度。　無盡居士：即張商英。

〔二〕「長沙大蟲方肉醉」四句：以仰山慧寂與長沙景岑禪師之公案，喻逸禪者參見張商英。景德傳燈録卷一〇湖南長沙景岑禪師：「因庭前向日，仰山云：『人人盡有遮箇事，只是用不得。』師云：『恰是請汝用。』仰山云：『作麽生用？』師乃蹋倒仰山。仰山云：『直下似箇大蟲。』自此諸方謂爲『岑大蟲』。」　大蟲：虎之別稱。　肉醉：山谷内集詩注卷九題伯時畫揩痒虎：「猛虎肉醉初醒時，揩磨苛痒風助威。」任淵注：「俗言虎食狗則醉。禮記内則曰：『疾痛苛痒。』注云：『苛，疥也。』退之畫記：『馬有痒磨樹者。』」此化用其句，以坐實長沙岑大蟲之威風。　廓門注：「『痾癢』當作『苛痒』。」鍇按：痾，亦作「疴」，病。「苛」通

「疴」。癢，同「痒」。　寂子：仰山慧寂禪師。

〔三〕後身荆州張曲江：唐名相張九齡，字子壽，韶州曲江人。嘗爲荆州長史，開元二十一年拜相。張商英姓氏、仕履與之相似，故借以喻之。廓門注：「張曲江，見前，無盡居士以張姓言也。」參見本集卷五予頃還自海外夏均父以襄陽别業見要使居之後六年均父謫祁陽酒官余自長沙往謝之夜語感而作注〔二七〕。

〔四〕鍛佛祖：禪林僧寶傳卷一六翠巖芝禪師傳：「汾陽有十智同真法門，鍛佛祖鉗鎚。今時禪者，姿質不妙，莫有成器者。」鍛，錘煉。　老龐：唐襄州居士龐蘊，此以喻無盡居士。

〔五〕如聞去作丹霞問：以丹霞天然禪師訪問龐居士，喻逸禪者參見無盡居士。景德傳燈録卷一四鄧州丹霞天然禪師：「師訪龐居士。」參見本集卷一五寄道鄉居士三首注〔六〕。

〔六〕一口吸西江：景德傳燈録卷八襄州居士龐蘊：「後之江西，參問馬祖云：『不與萬法爲侶者是什麽人？』祖云：『待汝一口吸盡西江水，即向汝道。』居士言下頓領玄要。」

〔七〕蔣山吞栗硬：圓悟佛果禪師語録卷四上堂四：「住建康府蔣山。問：『臨濟滅却正法眼，三聖直下便承當。盤山會裏要傳真，普化當時翻筋斗。未審此意如何？』師云：『跳出金剛圈，吞過栗棘蓬。』」又曰：「大衆，先佛有頂顙一機，如擊石火，似閃電光。祖師有末後一句，吞栗棘蓬，跳金剛圈，可以敵聖驚群，可以轉凡成聖。」鍇按：吞栗棘蓬喻指參究難理解之祖師公案。

警策〔一〕

汝未辦道業〔二〕，何能超塵累〔三〕？但觀身精進〔四〕，則知心猛利〔五〕。日中乃當食〔六〕，食不敢盡味。夜分而後寢，寢不敢熟睡〔七〕。貪入光明想〔八〕，貪證法明智〔九〕。是名心出家，是名身出世〔一〇〕。大哉無累神，合此有道器〔一一〕。若具所行心，件件俱不是。而稱釋氏子，動止是羞愧。

【注釋】

〔一〕作年未詳。　警策：警戒鞭策，此爲警戒出家人修辦道業而作。釋氏要覽卷上戒法：「增輝記云：『戒者，警也。警策三業，遠離緣非也。』」禪門有潙山警策，詳見宋釋子昇禪門諸祖師偈頌卷上之下潙山大圓禪師警策。

〔二〕辦道業：完成佛道修行。最勝問菩薩十住除垢斷結經卷七化衆生品：「是謂菩薩分别諸眼，成辦道業，爲諸世間作良祐善友。」

〔三〕超塵累：擺脱煩惱惡業之種種束縛牽累。楞嚴經卷一：「應身無量，度脱衆生，拔濟未來，越諸塵累。」廣弘明集卷二二釋玄奘重請三藏聖教序啓：「豈止區區梵衆獨荷恩榮，亦使蠢蠢迷生方超塵累而已。」

〔四〕身精進：持善樂道而不放逸，身體力行而無倦怠。大般若波羅蜜多經卷三七七初分無相無得品：「是菩薩摩訶薩修行般若波羅蜜多，成就勇猛身精進故，能令精進波羅蜜多速得圓滿。」大智度論卷一六：「問曰：『精進是心數法，經何以名身精進？』答曰：『精進雖是心數法，從身力出，故名爲身精進。如受是心數法，而有五識相應受，是名身受；有意識相應受，是爲心受。精進亦如是，身力懃修，若手布施，口誦法言，若講説法，如是等名爲身口精進。復次，行布施、持戒，是爲身精進；忍辱、禪定、智慧，是名心精進。復次，外事懃修，是爲身精進；內自專精，是爲心精進。麁精進名爲身，細精進名爲心。爲福德精進名爲身，爲智慧精進是爲心。』」

〔五〕心猛利：內心勇猛精進，修持佛道，志願無倦。釋氏要覽卷上出家三等出家人：「上者根心猛利，應捨結使纏縛，禪定惠力，心得解脱，淨身口意，出於緣務煩惱之家，永處閑靜清涼之室。是名上等出家弟子。」

〔六〕日中乃當食：釋氏要覽卷上中食正食：「僧祇律云：『時食，謂時得食，非時不得食。』今言中食，以天中日午時得食，當日中，故言中食。」同卷中食齋云：「佛教以過中不食名齋。」

〔七〕寢不敢熟睡：釋氏要覽卷下入衆臥法：「瑜伽論：問曰：『何緣右脇而臥？』答：『與師子王法相似。一切獸中，勇捍堅猛，最爲第一。苾芻亦爾，發勤精進，勇捍堅猛，最第一。由是因緣，與師子臥法相似。如是臥時，身無掉亂，念無忘失，睡不極重，不見惡夢故。』」同卷入衆睡眠：「卧之垂熟也，此是心所法中四不定一也，令人不自在，昧略爲性，障染爲業。」

〔八〕光明想：唐李通玄解迷顯智成悲十明論：「以此光明從足輪中出，初照三千大千世界，令修行者隨光心作光明想，遍照三千大千世界。」楞嚴經合論卷七：「彌勒曰：『當觀法光明，能治三種黑暗。猶不如實知諸法，故於去來今多生疑惑，於佛法等亦復如是。』又曰：『睡當累足，作光明想。』」

〔九〕法明智：李通玄華嚴經合論卷三七夜摩天宮偈讚品：「精進林是修行之人，金剛慧世界是修行之法，明智慧能破煩惱，名金剛故。解脱眼佛，是此位之佛果。」

〔一〇〕「是名心出家」二句：唐釋圓測仁王經疏卷中教化品：「依本記云：『出家二種：一心出家，二形出家。』今六欲天，依於佛法，皆出生死家，故不相違。」新羅太賢梵網經古跡記卷下：「出家有二：一心出家，二身出家。故通二衆不忍爲非。」

〔一一〕「大哉無累神」二句：南史褚彦回傳：「嘗聚袁粲舍，初秋涼夕，風月甚美。彦回援琴，奏别鵾之曲，宮商既調，風神諧暢。王彧、謝莊並在粲坐，撫節而歎曰：『以無累之神，合有道之器，宮商暫離，不可得已。』」此化用其語以言出家得道之境界。

雲庵和尚生辰燒香偈〔一〕

直心是道無虚假〔二〕，是牛何曾呼作馬〔三〕。平生日日常一般，但知九旬爲一夏〔四〕。

聲色崢嶸爭蓋覆〔五〕，法身散失無尋處。因緣時節屬今朝〔六〕，不用追求全體露〔七〕。七十八年彈指過〔八〕，元來諸數不曾墮〔九〕。南臺再拜炷爐香〔一〇〕，重渠當時不説破〔一一〕。

【注釋】

〔一〕宣和四年十月十六日作於長沙。雲庵和尚：惠洪師父真淨克文禪師。生辰：本集特指死亡之日，即忌日。據本集卷三〇雲庵真淨和尚行狀，克文卒於崇寧元年十月十六日，故每年十月十六日爲其「生辰」。本集卷一七雲庵生辰十一首之一：「今年十月十六日，老漢行藏世不知。」可證。燒香偈：本集卷二七跋東坡山谷帖二首之二：「前代尊宿火浴，無燒香偈子，山谷獨能偈之。」然山谷集中未見其名目，疑爲惠洪所創。參見本集卷一五十生觀音生辰燒香偈示智俱注〔一〕。錯按：此偈有「南臺再拜炷爐香」之句，當作於長沙水西南臺寺，姑繫於此年。

〔二〕直心是道無虚假：維摩經卷上菩薩品：「我問：『道場者何所是？』答曰：『直心是道場，無虚假故。』」

〔三〕是牛何曾呼作馬：玄沙師備禪師廣録卷上：「四生九類，萬别千差，牛是牛，馬是馬，驢是驢，羊是羊。諸仁者，緇素分明，辯其是非始得，莫只與麽虚頭過却時光。」

〔四〕九旬爲一夏：僧人自四月十五日至七月十五日坐夏，共九十日，十日爲一旬，故曰九旬。宋高僧傳卷一唐京兆大薦福寺義淨傳：「三年詔入内，與同飜經沙門九旬坐夏。」

〔五〕崢嶸：高下不平貌，此引申爲千差萬別貌。宏智禪師廣録卷二頌古：「森羅萬象許崢嶸。」　蓋覆：即覆蓋，遮蔽。大寶積經卷六清淨陀羅尼品：「涅槃界中無有障礙，亦無蓋覆。」

〔六〕因緣時節屬今朝：謂今朝即爲真淨克文重生之因緣時節，即「生辰」。大智度論卷二四：「得因緣具足，便與果報。如地中種子，得因緣時節，和合便生。」景德傳燈録卷九潭州潙山靈祐禪師：「經云：欲見佛性，當觀時節因緣。時節既至，如迷忽悟，如忘忽憶，方省己物不從他得。」

〔七〕全體露：佛法全體顯露之意。景德傳燈録卷二一復州資福院智遠禪師：「師曰：『一物不生全體露，目前光彩阿誰知？』」已見前注。

〔八〕七十八年：雲庵真淨和尚行狀：「言卒而歿，壽七十八，臘五十二。」　彈指過：謂人生短暫，快如彈指之間。蘇軾過永樂文長老已卒：「三過門間老病死，一彈指頃去來今。」

〔九〕元來諸數不曾墮：維摩經卷上弟子品：「佛身無漏，諸漏已盡；佛身無爲，不墮諸數。如此之身，當有何疾？當有何惱？」　諸數，指諸種法數。有爲之諸法，有種種差別之數，故稱。

〔一〇〕南臺：惠洪自宣和二年遷居長沙水西南臺寺，故自稱。

〔一一〕重渠當時不説破：景德傳燈録卷一五筠州洞山良价禪師：「僧問：『和尚初見南泉發迹，爲什麽與雲巖設齋？』師曰：『我不重先師道德，亦不爲佛法，只重不爲我説破。』又因設忌齋。」此化用其意。

雲庵生日空印設供作偈福嚴南臺萬壽三老與焉次韻〔一〕

不見叢林老陜(陝)西㊀〔二〕，鐵牛生得石牛兒〔三〕。泐潭撲面紅塵起〔四〕，四海禪流滿肚疑㊁〔五〕。潙山作人熱心肺〔六〕，冷處著火人方知〔七〕。龍山説偈聊戲耳〔八〕，萬象驚叫天魔悲。三生大士視雲漢〔九〕，和倡四座知爲誰？南臺拱讀萬壽笑，生機妙語皆臨時。諸方傳誦著精彩〔一〇〕，不是龍山唱和詩。

【校記】

㊀陝：原作「陜」，誤，今改。

㊁肚：四庫本作「地」。

【注釋】

〔一〕宣和二年十月十六日作於潭州湘潭縣龍山。　生日：同生辰，即忌日。　空印：元軾禪師，號空印。已見前注。　福嚴：指衡山福嚴寺長老慈覺禪師，爲泐潭應乾法嗣，惠洪法姪，屬臨濟宗黄龍派南嶽下十四世。參見本集卷六會福嚴慈覺大師注〔六〕。　南臺：指衡山南臺寺長老定昭禪師，空印元軾法嗣，屬雲門宗青原下十四世。參見本集卷一八衡山南臺寺飛來羅漢贊、卷二一潭州大溈山中興記。　萬壽：疑指衡山萬壽寺長老道琮禪師，真如慕喆法嗣，屬臨濟宗南嶽下十三世。鄒浩道鄉集卷一四有示萬壽長老道琮詩，即此僧。參見嘉泰普燈録卷七目録。　南嶽總勝集卷中叙觀寺：「應天萬壽禪寺，在廟之北，登山十五里。在福嚴寺東。寺額乃唐懿宗書，題記處皆玉刻也。」

〔二〕老陝西：禪林僧寶傳卷二三泐潭真淨文禪師傳：「真淨和尚，出於陝府閿鄉鄭氏。」參見本集卷三贈石頭志庵主注〔一〕。

〔三〕鐵牛生得石牛兒：鐵牛喻真淨克文，石牛兒喻己，猶虎父生犬子之義，謂己未能得其真諦。明一統志卷二九河南府：「鐵牛，在陝州城外黄河中，頭在河南，尾在河北。世傳禹鑄以鎮河患，有廟。唐賈至作鐵牛頌。」克文爲陝州人，故取以爲喻。　景德傳燈録卷一七台州瑞巖師彦禪師：「問：『如何是佛？』師曰：『石牛。』曰：『如何是法？』師曰：『石牛兒。』」此借用其語。

〔四〕泐潭：代指靖安縣寶峰禪院，克文晚年住持此院。輿地紀勝卷二六江南西路隆興府：「泐潭，在靖安縣北四十里，上有寶峰院，號石門山。」

〔五〕四海禪流：禪宗習語。祖堂集卷五龍潭和尚：「其天皇和尚住寺内，獨居小院，多閉禪房，靜坐而已，四海禪流，無由湊泊。」

〔六〕潙山：代指元軾禪師，時住持大潙山密印禪寺。

〔七〕冷處著火：禪門習語。嘉泰普燈録卷七隆興府泐潭湛堂文準禪師：「寶峰相席打令，告諸禪德，也好冷處著把火。」大慧普覺禪師語録卷一：「上堂，拈拄杖卓一下，喝一喝云：『幸自可憐生，特地胡打亂喝，作甚麽？』擲下云：『冷處著把火。』」

〔八〕龍山：廓門注：「龍山謂覺範歟？」鍇按：龍山與惠洪無關，不當自稱。此偈題爲「空印設供作偈」，則「龍山説偈」當指元軾作偈。元軾設供之地在龍山，龍山即隱山，在潭州湘潭縣。參見本集卷九隱山照上人求詩注〔一〕。

〔九〕三生大士視雲漢：景德傳燈録卷二七諸方雜舉徵拈代别語：「有老宿令人傳語思大禪師：『何不下山教化衆生，目視雲漢作麽？』思大曰：『三世諸佛被我一口吞盡，更有甚衆生可教化？』」思大禪師即慧思，續高僧傳卷一七有傳。以其苦行得見三生所行道事，故稱三生大士，此指慈覺禪師。南嶽總勝集卷中叙觀寺：「福嚴禪寺，有八功德水、三生藏、馬祖庵、思大塔。昔惠思三次生此修行方成道。」慈覺住持福嚴寺，故稱。

〔一〇〕著精彩：猶言振作精神。已見前注。

欽禪者乞偈〔一〕

三世如來所説〔二〕，開遮或擒或縱〔三〕。一切微塵句偈，只明衆生日用〔四〕。譬如一室千燈，其光不雜不共〔五〕。無色天女擊鼓〔六〕，四大部洲頭痛〔七〕。一切智智清淨〔八〕，開合不成痕縫〔九〕。欽禪一等行脚〔一〇〕，莫聽虜子取奉〔一一〕。若説有法可傳，但作眼見鼻孔〔一二〕。

【注釋】

〔一〕作年未詳。欽禪者：生平法系不可考。廓門注：「六言偈也。」

〔二〕三世如來所説：大乘本經心地觀經卷二報恩品：「三世如來所説妙法，有如是等難思議事，是名法寶不思議恩。」三世如來：即過去佛、現在佛、未來佛。

〔三〕或擒或縱：汾陽無德禪師語録卷上：「佛法現前，擒縱自在，生殺臨機。」同書卷下歌頌讚深沙神：「我今知，能方便，利物觀根千萬變。或擒或縱或扶持，只要速超生死岸。」

〔四〕「一切微塵句偈」二句：謂一切佛説句偈，皆與衆生日常生活相關。隋釋吉藏淨名玄論卷二立名不同門：「華嚴凡有三本：大本有三千大千世界微塵偈，一四天下微塵品。」鍇按：惠洪著述中屢明此理，如智證傳：「華嚴十萬偈，而十地品第六地，唯論十二緣生。十二緣生者，三苦已成之軀是也。首楞嚴十卷，披剥根境詳矣，而其終特言五藴，亦三苦已成之軀是也。佛意若曰：吾之法妙，不出衆生日用。使學者於凡夫身實證耳。」楞嚴經合論卷二：「雜華曰：『……唯一堅密身，一切塵中現身。雜塵耶？則不可言堅密唯一也。不雜塵耶？則不可言一切塵中現也。』此最深妙明了之旨，以是意而推，衆生日用，皆平等究竟覺。」

〔五〕「譬如一室千燈」二句：圓覺經：「由彼妙覺性遍滿故，根性塵性無壞無雜；根塵無壞故，如是乃至陀羅尼門無壞無雜。如百千燈光照一室，其光遍滿，無壞無雜。」

〔六〕無色：即無色界，三界之一，指無物質、純精神之世界。

〔七〕四大部洲：即佛經所稱四大洲。俱舍論卷八分别世品：「謂四大洲：一南贍部洲，二東勝身洲，三西牛貨洲，四北俱盧洲。」天聖廣燈録卷一八袁州南源山楚圓禪師：「上堂云：『道吾打鼓，四大部洲同參。』」此借用其語。

〔八〕一切智智清淨：其説詳見大般若波羅蜜多經卷一八四初分難信解品：「一切智智清淨，無二、無二分、無别、無斷故。受、想、行、識清淨，即一切智智清淨。」

〔九〕開合不成痕縫：禪林僧寶傳卷一四谷山崇禪師傳：「直須不見有法，是别底法，方得圓備。到遮裏，更能翻擲自由，開合不成痕縫，如水入水，如火入火，如風入風，如空入空。」此借用其語。

〔一〇〕一等行脚：景德傳燈録卷一九韶州雲門文偃禪師：「兄弟一等是蹋破草鞋，抛却師僧父母行脚，直須著些子精彩始得實。」古尊宿語録卷四三寶峰雲庵真淨禪師語録住寶峰院語録：「一等行脚，離鄉别井，出一叢林，入一叢林，訪尋善知識，決擇生死，直須子細。」一等，猶言一種、一類。行脚，即游方，周游諸方叢林。

〔二〕虜子：蜀人對北方中原人之貶稱，此未詳所指。參見本集卷一三燈禪師出蜀住此山十年爲作南食且約同住作此以贈注〔五〕。

〔三〕「若説有法可傳」二句：景德傳燈録卷一五朗州德山宣鑒禪師：「師曰：『我宗無語句，實無一法與人。』」此化用其意。眼見鼻孔：喻不可能之事。法演禪師語録卷上次住海會語録：「出隊半箇月，眼不見鼻孔。忘却祖師禪，拾得箇骨董。」此借用其語。

宣上人天真庵〔一〕

醉李宣道者〔二〕，活計太天真。把茅蓋頭處〔三〕，只就松樹身。樹邊有石兩三塊，便與傾倒爲比鄰。眼子崒嵂奇〔四〕，寂寂亦惺惺〔五〕。却倩松風替説法，而石側耳聽〔六〕。宣公咄云〔七〕：直饒聽得如器盛水瀉〔八〕，也是外來之□㊀。何如我此横眠坐睡，佛祖一齊喪氣。

【校記】

㊀□：原闕一字，武林本作「物」，天寧本作「句」，無據。

【注釋】

〔一〕作年未詳。　宣上人：惠洪所交往之宣上人，據本集有三：一爲兜率從悦禪師法嗣智宣，見卷一五余嘗問無盡居士曰（略）宣師爲侍者余于叢林三見之矣政和元年又會於顯忠寺且欲歸江南作三偈送之；二爲智海智清禪師法嗣四祖祖印仲宣，見卷二一雙峰正覺禪院涅槃堂記、五慈觀閣記；三爲道林清富宣師，見卷二六又宣上人所蓄。未知此爲何僧。

〔二〕醉李：古地名，代指秀州嘉興縣。左傳定公十四年：「五月，於越敗吴于檇李。」杜預注：「檇李，吴郡嘉興縣南醉李城。」公羊傳定公十四年作「醉李」。

〔三〕把茅蓋頭：盤結草庵，引申爲住持禪院。景德傳燈録卷一五朗州德山宣鑒禪師：「是伊將來有把茅蓋頭，駡佛駡祖去在。」此指居住天真庵。

〔四〕崒嵂：山高聳貌，此借指眼睛突出奇特貌。陳師道規禪停雲齋：「何年一把茅，據坐孤崒嵂。」

〔五〕寂寂亦惺惺：語本唐釋玄覺禪宗永嘉集奢摩他頌第四：「惺惺寂寂是，無記寂寂非；寂寂惺惺是，亂想惺惺非。」此指禪定之狀態，既寂靜安定，又清醒明了。

〔六〕而石側耳聽：東林十八高賢傳道生法師傳：「入虎丘山。聚石爲徒，講涅槃經，至闡提處，則説有佛性。且曰：『如我所説，契佛心否？』羣石皆爲點頭。」此暗用其意。

〔七〕咄：表指責、呵斥。景德傳燈録卷八韶州乳源和尚：「師見仰山作沙彌時念經，師咄云：『這沙彌，念經恰似哭聲。』」

〔八〕直饒：猶縱使，即使。鎮州臨濟慧照禪師語録：「師打露柱云：『直饒道得，也秖是箇木橛。』」　如器盛水瀉：以瓶器盛水喻領受佛法。大般涅槃經卷四〇憍陳如品：「自事我來，持我所説十二部經，一經於耳，曾不再問。如寫（瀉）瓶水，置之一瓶，唯除一問。」釋氏要覽卷中志學寫瓶傳器：「經云：阿難領受佛法，如瀉瓶水，傳之别器，更無遺餘。瓶器雖殊，水則無别。」

題草衣巖〔一〕

祝融凌寒空〔二〕，方陟緣雲徑。此山翠被重，有巖如側罄㊀〔三〕。拂石聊枕肱，便覺諸緣靜。萬瓦粲霜曉〔四〕，千里增目迥。石頭有高弟〔五〕，衣草却心病。千年續燈人，誰接懸絲命〔六〕？

【校記】

㊀罄：四庫本作「磬」。

【注釋】

〔一〕崇寧元年冬作於南嶽衡山。　草衣巖：南嶽總勝集卷上「三十八巖」中有「草衣巖」。參見本集卷一一題草衣巖注〔一〕。

〔二〕祝融：南嶽衡山主峰。

〔三〕罄：通「磬」。

〔四〕萬瓦粲霜曉：黄庭堅祕書省冬夜宿直寄懷李德素：「姮娥攜青女，一笑粲萬瓦。」此化用其句。

〔五〕石頭有高弟：石頭指唐希遷大師，於衡山南寺石頭上盤結草庵，故稱。其高弟未詳爲何僧。據本集卷一一題草衣巖，有「石室至今增壯觀，可知千載得人傳」之句，考南嶽總勝集卷上：「東有石室。又草衣和尚曰定名，後遷妙高峰，結草爲衣，因而呼之。」然未言其爲希遷弟子。又景德傳燈録卷一九有潭州石室善道和尚，雖爲長髭曠禪師法嗣，實嘗從石頭希遷大師問道，可稱石頭高弟，然無衣草之事。俟考。

〔六〕「千年續燈人」二句：六祖大師法寶壇經行由品：「自古佛佛惟傳本體，師師密付本心，衣爲爭端，止汝勿傳。若傳此衣，命如懸絲。」景德傳燈録卷三第三十二祖弘忍大師：「所謂授衣之人，命如懸絲也。」

送先上人親潛庵〔一〕

潛庵九十一，自是百歲人。造物偶遺漏，頓置漳水濱〔二〕。先禪江西來，邈得渠儂真〔三〕。展挂雪色壁，毛髮皆精神。三玄合水乳〔四〕，五位透金塵〔五〕。譬如百衲帔，歲晚思惠新〔六〕。懆（臊）僧不肯信㊀〔七〕，眼肉懸千斤〔八〕。飛兔略燕楚〔九〕，敏若臂屈伸〔一〇〕。衲子參活意〔一一〕，擊電飛機輪〔一二〕。寧如懆（臊）僧徒，蠢蠢粘唾津〔一三〕。

【校記】

㊀ 懆：底本作「臊」，誤，今改。後「懆僧」之「懆」同。參見注〔七〕。

【注釋】

〔一〕宣和四年作於長沙。　先上人：法系生平不可考。　潛庵：即清源禪師，號潛庵，爲黃龍慧南法嗣，惠洪師叔，嘗住持南康軍清隱禪院。參見本集卷一送充上人謁南山源禪師注〔一〕。鍇按：據本集卷二三潛庵禪師序，惠洪政和五年自太原南歸見潛庵，其壽八十四，此偈言「潛庵九十一」，則當作於宣和四年。

〔二〕頓置漳水濱：據潛庵禪師序，潛庵晚年居南昌上藍寺之東堂。漳水，即贛江，南昌位於贛江之濱，故稱。參見本集卷二送濟上人歸漳南注〔一〕。

〔三〕邈得渠儂真：描繪出潛菴畫像。　邈：同「貌」，描繪，摹寫。筠州洞山悟本禪師語録：「師臨行又問雲巖：『和尚百年後，忽有人問：還邈得師真否？如何祇對？』」　渠儂：方言，他，此指潛菴。

〔四〕三玄合水乳：謂臨濟三玄如水乳交融，不可分開。景德傳燈録卷一二鎮州臨濟義玄禪師：「師又曰：『夫一句語須具三玄門，一玄門須具三要。』」鎮州臨濟慧照禪師語録：「祇如今有一箇佛魔同體不分，如水乳合。」

〔五〕五位：曹洞宗五位君臣。祖庭事苑卷二雪竇頌古：「洞山五位：一正中偏，二偏中正，三正中來，四兼中至，五兼中到。」惠洪林間録、智證傳、禪林僧寶傳皆謂「兼中至」爲「偏中至」之誤。　透金塵：古尊宿語録卷三八襄州洞山第二代初禪師語録：「問：『將何指示？令學人得透金塵？』師云：『天子馬蹄鳴。』」

〔六〕「譬如百衲帔」二句：黄庭堅書洞山价禪師新豐吟後：「今日偶味此文，皆吾家日用事。乃知此老人作百衲被，歲久天寒方知用處。」此化用其意。　帔，當作「被」，然禪籍中常混用。

〔七〕懆僧：性浮躁粗疏之僧。廓門注：「『臊』當作『⿱喿心』。祖庭事苑：『性⿱喿心，情性疏貌。』」鍇按：祖庭事苑卷一：「性懆：懆當作『⿱喿心』，蘇到切，性疏貌。」「⿱喿心」同「懆」。圓悟克勤禪師心要卷四示中竦知藏：「雪峰問投子：『一槌便成時如何？』云：『不是性懆漢。』」本卷述古德遺事作漁父詞八首船子：「猶迷照，漁舟性懆都翻了。」底本「懆」作「臊」，無據，今改。

〔八〕眼肉懸千斤：眼皮挂千斤之物，極言其睜不開眼，難覩玄理。鍇按：天聖廣燈録卷二一、卷三〇有「眼皮重」之説，此引申其意誇張而言之。

〔九〕飛兔略燕楚：駿馬一日之内巡行燕楚之地，喻人之疾速敏捷。東坡詩集注卷二八徐大正閒軒：「君如汗血駒，轉眄略燕楚。」程縯注：「李白天馬歌：『升崑崙，歷西極，四足無一蹶，雞鳴發燕晡秣越。』」此化用其語意。　飛兔：吕氏春秋離俗：「飛兔、要褭，古之駿馬也。」已見前注。

〔一〇〕敏若臂屈伸：觀無量壽佛經：「譬如壯士屈伸臂頃，即生西方極樂世界。」蘇軾弔天竺海月辯師三首之二：「生死猶如臂屈伸。」此借用其語。

〔一一〕參活意：聯燈會要卷二一澧州夾山善會禪師：「他參活意，不參死意，溢目不登，揚眉自曉。」

〔一二〕擊電飛機輪：喻機鋒之迅疾，如擊電飛輪，轉瞬即逝。景德傳燈録卷一九漳州保福院從展禪師：「問：『因言辯意時如何？』師曰：『因什麽言？』僧低頭良久。師曰：『擊電之機，徒勞佇思。』」

〔一三〕蠢蠢：愚昧無知貌。景德傳燈録卷二九梁寶誌和尚大乘讚十首之七：「可笑衆生蠢蠢，各執一般異見。」　粘唾津：大般涅槃經卷三一師子吼菩薩品：「譬如蒼蠅，爲唾所粘，不能得出。是人亦爾，於小罪中，不能自出。」參見本集卷一五瑩中南歸至衡陽作六首寄之注〔一二〕。

珪上人兩過吾家既去作此〔一〕

牛鳴馬不仰〔二〕，火必就燥地〔三〕。應真隱耽（躭）源㊀，寂子一再至〔四〕。至言無緣飾，大道甚簡易〔五〕。三關不却人〔六〕，見者自擬議〔七〕。法身忽有膭，佛祖俱喪氣。君看暮歸人，徑去方掉臂〔八〕。

【校記】

㊀耽：原作「躭」，誤，今改。參見注〔四〕。

【注釋】

〔一〕崇寧五年作於洪州分寧縣。珪上人：釋士珪字粹中，號竹庵，成都人，俗姓史氏。龍門清遠禪師法嗣，爲臨濟宗楊岐派南嶽下十五世。參見本集卷三珪粹中與超然游舊超然數言其俊雅除夕見於西興喜而贈之注〔一〕。錯按：崇寧五年春，士珪自百丈山别惠洪前往郴州見陳瓘，是年夏自郴州歸黄龍山見惠洪，故稱「兩過吾家」。其事詳見本集卷三陳瑩中自合浦遷郴州時余同粹中寓百丈粹中請逕之以病不果粹中獨行作此送之、卷一四粹中自郴江瑩中與南歸時余在龍山容泯齋爲誦唐詩人郭隨緣住思山破夏歸之句爲韻十首。

〔二〕牛鳴馬不仰：猶言牛鳴而馬不應，喻道不同不相爲謀。韓詩外傳卷一：「君子潔其身而同者合焉，善其音而類者應焉。馬鳴而馬應之，牛鳴而牛應之。非知也，其勢然也。」此化用其意。

〔三〕火必就燥地：易乾卦九五：「子曰：『同聲相應，同氣相求，水流濕，火就燥。』」

〔四〕「應真隱耽源」二句：景德傳燈録卷五西京光宅寺慧忠國師：「師曰：『貧道去後，有侍者應真。』……應真後住耽源山。」同書卷一三有吉州耽源山應真禪師機語。又同書卷一一袁州仰山慧寂禪師：「初謁耽源，已悟玄旨。」鍇按：此以應真住耽源，喻己住百丈、黄龍；以慧寂謁見應真，喻士珪造訪。惠洪年長士珪十二歲，故有此喻。

〔五〕大道甚簡易：易繫辭上：「乾以易知，坤以簡能。易則易知，簡則易從。」林間録卷上：「大經云：『三界唯心，萬法唯識。』此是所證本理，能詮正宗也。予嘗三復此言，歎佛祖所示，廣大坦夷，明白簡易如此。」

〔六〕三關：此指黄龍三關。林間録卷上：「南禪師居積翠時，以佛手、驢脚、生緣語問學者，答者甚衆。南公瞑目如入定，未嘗可否之。學者趨出，竟莫知其是非。故天下謂之三關語。」

〔七〕擬議：揣度議論。易繫辭上：「擬之而後言，議之而後動，擬議以成其變化。」禪宗主張直指人心，反對擬議，如古尊宿語録卷九石門山慈照禪師鳳巖集：「開口即遨，擬議即差。」碧巖録卷九第八十六則雲門廚庫三門：「垂示云：把定世界，不漏絲毫；截斷衆流，不存涓滴。開口便錯，擬議即差。且道：作麽生是透關底眼？試道看。」

〔八〕「君看暮歸人」二句：禪林僧寶傳卷二二黃龍南禪師傳：「公曰：『已過關者，掉臂徑去，安知有關吏？從吏問可否，此未透關者也。』」

送親上人乞食三首〔一〕

荆簪女，工（上）採桑㈠；畫鶡女，衣羅紈〔二〕。赤脚人，趁兔鹿；著靴人，飽食肉〔三〕。百丈出家不害癡，一日不作一日飢〔四〕。後生十指不沾（點）水㈡〔五〕，得便宜是落便宜〔六〕。親禪學道不擔（檐）板㈢〔七〕，自然公辦私亦辦〔八〕。新年持鉢走衡湘，要令一衆毛孔香〔九〕。

雖應鋒機，不是語句。鴨寒下水，雞寒上樹〔一〇〕。不妨辦衆，推究自己。一手摸魚，一手戽水。推開三玄玉鎖〔一一〕，揩拭同真十智〔一二〕。要知天下南臺，口含三十六齒〔一三〕。

夜歸候門立地笑，眼腦癡憨肚裏峭〔一四〕。緣來點鐵成金法〔一五〕，白揣與人人不要〔一六〕。以有夢幻身，安能蟬飢渴〔一七〕？剃頭捨飾好〔一八〕，則以乞爲活。鍊盡世間心，方稱閒披衲。格言非汝欺，餘塵尚諸學〔一九〕。吾師三界尊，食時亦持鉢〔二〇〕。春風吹湘雲，萬峰寒踢卓〔二一〕。出門一句子〔二二〕，團團生四角〔二三〕。

【校記】

㊀工：原作「上」，誤，今據寬文本、廓門本、四庫本、武林本改。

㊁沾：原作「點」，誤，今改。參見注〔五〕。

㊂擔：原作「檐」，誤，今據武林本改，參見注〔七〕。

【注釋】

〔一〕宣和三年正月作於長沙。　親上人：惠洪弟子。　鍇按：惠洪自宣和二年三月遷居長沙水西南臺寺，衆僧相從，拒之不得，然寺小僧衆，故送僧外出乞食。親上人爲外出乞食僧之一。參見本集卷二四送僧乞食序、卷二八化供三首、化供八首、德士復僧求化二首等。此組偈頌第一首有「新年持鉢走衡湘」之句，第二首有「要知天下南臺」之句，當作於遷居南臺後之宣和三年新年，姑繫於此。

〔二〕「荆簪女」四句：宋詩紀事卷一七張俞蠶婦：「昨日入城市，歸來淚滿巾。徧身羅綺者，不是養蠶人。」此化用其意。　荆簪：猶荆釵，以荆枝作髮簪，爲貧女裝束。　畫鵶：蘇軾蝶戀花佳人：「學畫鵶兒猶未就，眉尖已作傷春皺。」明楊慎升庵集卷六八黄眉黑粧：「後周靜帝令宮人黄眉黑粧，至唐猶然。觀唐人詩詞如『蘂黄無限當山額』，又『額黄無限夕陽山』，又『學畫鵶黄半未成』，又『雅黄粉白車中出』，又『寫月圖黄罷』，其證也。」

〔三〕「赤脚人」四句：景德傳燈録卷一三汝州風穴延沼禪師：「問：『大衆雲集，請師説法。』師曰：『赤脚人趁兔，著鞾人喫肉。』」汾陽無德禪師語録卷上：「問：『祖意教意是同是別？』師云：『赤脚人趁兔，著靴人喫肉。』『乞師指示。』師云：『著靴人飽，赤脚人飢。』」此借用其語。錯按：以上八句言世上勞者不獲、不勞而獲之現象。

〔四〕「百丈出家不害癡」二句：天聖廣燈録卷八洪州百丈山大智禪師：「師凡作務執勞，必先於衆。衆不忍其勞，密收作具而請息之。師云：『吾無德矣，爭合勞人？』既徧求作具不獲，而亦不食。故有『一日不作，一日不食』之言流播寰宇矣。」

〔五〕後生十指不沾水：聯燈會要卷一四潭州雲峰文悦禪師：「就中今時後生，纔入衆來，便自端然拱手，受他別人供養。到處菜不擇一莖，柴不般一束，十指不沾水，百事不干懷，雖則一期快意，爭奈三塗累身。」此語又見於宋釋如祐録禪門諸祖師偈頌下之下、五燈會元卷一二、續傳燈録卷九。文悦爲臨濟宗南嶽下十一世，爲惠洪法祖輩，此化用其語。底本「沾」作「點」，誤，今據諸禪籍改。錯按：林間録卷上：「百丈寺在絶頂，每日力作，以償其供。有勸止之者，則曰：『我無德以勞人。』衆不忍，藏去作具，因不食。故有『一日不作，一日不食』之語。先德卒身多如此，故六祖以石墜腰，牛頭負粮供衆。今少年苾蒭擎鉢顰曰：『吾臂酸。』」此亦批評少年後生學佛之懶惰者。

〔六〕得便宜是落便宜：謂得到好處便是失去好處。此爲唐宋俗語，亦爲禪門習語，如古尊宿語録卷八汝州首山念和尚語録勘辯語：「僧云：『草賊大敗。』師云：『得便宜是落便宜。』」同書卷九石門山慈照禪師鳳巖集次住谷隱山太平寺語：「問：『師子是獸中之王，爲什麽却被六塵吞？』師云：『須知六塵好手。』僧禮拜，師云：『得便宜是落便宜。』」黄龍晦堂心和尚語録室中垂問代答：「僧曰：『謝和尚重重相爲。』師曰：『得便宜是落便宜。』」白雲端和尚語録卷三：「佛祖掃除非好手，直須刃下有針錐。有針錐，囉邏哩，得便宜是落便宜。」保寧禪院勇和尚語録：「賊偷賊物大希奇，好手還他火伴知。今日并贓齊捉獲，得便宜是落便宜。」鍇按：詩人亦有借用此語者，所謂「以俗爲雅」。苕溪漁隱叢話前集卷三二引西清詩話云：「曼卿官册府時，五鼓趨朝，見二舉子繫邏舍，望曼卿號呼請救。因駐馬，召卒長問之，曰：『昨夕里閈間有納婦者，二子穴隙以窺，夜分乃被執。』曼卿力爲揮解，卒長勉從之。二子叩頭拜於馬前，曼卿按轡，口占絶句詩調之云：『司空憐汝汝須知，月下敲門更有誰？叵耐一雙窮相眼，得便宜是落便宜。』」金元好問遺山集卷一三樂天不能忘情圖二首之一：「得便宜是落便宜，木石癡兒自不知。」

〔七〕擔板：禪宗喻執著於一邊之見，語本俗諺「徐六擔板，只見一邊」。景德傳燈録卷一二睦州龍興寺陳尊宿：「或見講僧，乃召云：『座主。』其僧應諾。師云：『擔板漢。』」明覺禪師語録卷一住蘇州洞庭翠峰禪寺語：「問：『丹霄獨步時如何？』師云：『脚下踏索。』進云：『天下横行去也？』師云：『徐六擔版。』」禪林僧寶傳卷一九西余端禪師傳：「端説偈曰：『章公好學仙，吕公好坐禪。徐六喻擔板，各自見一邊。』聞者傳以爲笑。」底本「擔」作「檐」，誤，今據諸禪籍改。

〔八〕公辨：指爲南臺寺衆僧乞食負米。私亦辨：指乞食實同修行，遵如來大師之遺則。參見送僧乞食序。釋氏要覽卷上中食乞食：「僧祇云：『乞食，分施僧尼，衛護令修道業，故云分衛。』法集云：『出家爲成道，行乞食者，破一切憍慢故。』肇法師云：『乞食略有四意：一爲福利群生，二爲折伏憍慢，三爲知身有苦，四爲除去滯著。』」

〔九〕要令一衆毛孔香：維摩經卷下菩薩行品：「是長者維摩詰，從衆香國，取佛餘飯，於舍食者，一切毛孔皆香若此。」此化用其意。

〔一〇〕「鴨寒下水」二句：本俗諺，陸游老學庵筆記卷二：「淮南諺曰：『雞寒上樹，鴨寒下水。』驗之皆不然。有一媪曰：『雞寒上距，鴨寒下嘴耳。上距，謂縮一足；下嘴，謂藏其味於翼間。』」五代巴陵顥鑒禪師借以喻宗門與教門各有意旨，後爲禪宗著名話頭。景德傳燈録卷二二岳州巴陵顥鑒大師：「僧問：『祖意教意是同是别？』師曰：『雞寒上樹，鴨寒入水。』」祖庭事苑卷二雪竇瀑泉：「岳州巴陵新開顥鑒禪師，嗣雲門，時謂鑒多口。凡遇雲門諱日，皆不贊供食，人問其故，曰：『吾嘗對話有三語，足以報先師恩德。』三語者：僧問：『如何是道？』云：『明眼人落井。』『祖意教意是同是别？』云：『雞寒上樹，鴨寒下水。』『如何是提婆宗？』云：『銀椀裏盛雪。』叢林有語云：『巴陵平生三轉語。』」鍇按：禪林僧寶傳卷一二薦福古禪師傳無「僧問如何是道」一句，而有「問吹毛劍，答曰『珊瑚枝枝撑著月』」一句，本集卷二五題韶州雙峰蓮華叔姪語録亦同。

〔一〕三玄：即臨濟宗「三玄三要」綱宗，已見前注。　玉鎖：鎖之美稱。喻「三玄」爲禪關，故以玉鎖坐實之。

〔二〕同真十智：即「十智同真」，汾陽善昭禪師提出之禪法。汾陽無德禪師語録卷上：「作麽是十智同真？與諸上座點出：一同一質，二同大事，三總同參，四同真志，五同遍普，六同具足，七同得失，八同生殺，九同音吼，十同得入。」參見本集卷一五汾陽十智同真二首注〔一〕。

〔三〕口含三十六齒：華嚴經卷七五入法界品：「頰如師子，具四十齒，悉皆齊密。」明釋弘贊四分律名義標釋卷二一：「二十二、四十齒相（注：謂常人但有三十六齒，惟佛具足四十齒）。」

〔四〕癡憨：愚笨樸實。林間録卷下引金華懷志上座偈：「萬機俱罷付癡憨。」　峭：嚴峻剛直。

〔五〕點鐵成金法：道教煉丹術，謂丹成，可使點鐵石爲黄金。禪師借以喻指點學人，使之開解覺悟。祖堂集卷一三招慶和尚：「問：『環丹一顆，點鐵成金；妙理一言，點凡成聖。請師點。』師云：『不點。』」景德傳燈録卷一八杭州龍華寺靈照禪師：「問：『還丹一粒，點鐵成金；至理一言，點凡成聖。請師一點。』師曰：『還知齊雲點金成鐵麽？』」宗鏡録卷一標宗章：「神丹九轉，點鐵成金；至理一言，轉凡成聖。」黄庭堅借以論詩文，豫章黄先生文集卷一九答洪駒父書：「古之能爲文章者，真能陶冶萬物，雖取古人之陳言入於翰墨，如靈丹一粒，點鐵成金也。」

〔一六〕白揣與人：白白送與人。廓門注：「『白』當作『自』歟？」無據。

〔一七〕軃：同「躲」。

〔一八〕剃頭捨飾好：指出家爲僧。維摩經卷一佛國品：「蓋諸大衆得無所畏功德智慧，以修其心，相好嚴身，色像第一，捨諸世間所有飾好。」

〔一九〕餘塵尚諸學：此即學佛之格言，語本楞嚴經卷六文殊師利偈句：「塵垢念應銷，成圓明淨妙。餘塵尚諸學，明極即如來。」宋釋戒環楞嚴經要解卷一二：「細惑未盡曰餘塵，分證未滿曰諸學。惑淨明極，即如來矣。」

〔二〇〕「吾師三界尊」二句：謂如來亦有乞食之行。六度集經卷一布施度無極章：「故今得佛爲三界尊。」佛本行集經卷四受決定記品：「彼最上行如來，欲至聚落城邑乞食，足步虛空，去地六尺。是時天、龍、人、非人等，高聲唱言：『此佛世尊，名最上行。』」

〔二一〕踼卓：山勢卓立貌。同「趴卓」。參見本集卷六送悟上人歸潙山禮覲注〔二〕。

〔二二〕出門一句子：禪宗習語，指送僧外出時語句。古尊宿語録卷三九智門祚禪師語録：「或云：出門一句不問你，萬里無雲道將一句來。」圓悟佛果禪師語録卷四上堂四：「且出門一句作麽生道？頭頭物物皆成現，正眼當陽廓太虛。」

〔二三〕團團生四角：願圓圓車輪生出四角而不能行，表挽留不忍别之意。唐陸龜蒙甫里集卷七古意：「君心莫淡薄，妾意正栖託。願得雙車輪，一夜生四角。」此化用其意。

讀龍勝尊者語〔一〕

鼓聲無作者，有作必有處。乃知畢竟空，誑惑凡耳故〔二〕。鏡象無生滅，生滅則有體。乃知畢竟空，誑惑凡眼爾〔三〕。以我如實知〔四〕，法無心外者〔五〕。若人見自心，一切如幻化。

【注釋】

〔一〕作年未詳。龍勝尊者語：此指大智度論。龍勝尊者即龍樹菩薩。參見本集卷一隆上人歸省覲留龍山爲予寫起信論作此謝之注〔一二〕。

〔二〕「鼓聲無作者」四句：大智度論卷六：「如響者，若深山狹谷中，若深絶澗中，若空大舍中，若語聲，若打聲，從聲有聲，名爲響。無智人謂爲有人語聲；智者心念：是聲無人作，但以聲觸，故更有聲，名爲響。響事空，能誑耳根。」此化用其意。畢竟空：一切之有爲法與無爲法，畢竟爲空。大智度論卷三一：「畢竟空者，以有爲空、無爲空破諸法，令無有遺餘，是名畢竟空。」

〔三〕「鏡象無生滅」四句：大智度論卷六：「復次，如鏡中像實空，不生不滅，誑惑凡人眼。一切諸法亦復如是，空無實，不生不滅，誑惑凡夫人眼。」此化用其意。

〔四〕如實知：大智度論卷八四：「如實智，唯是諸佛所得。何以故？煩惱未盡者，猶有無明故，不能知如實。二乘及大菩薩，習未盡故，不能遍知一切法、一切種，不名如實智；但諸佛於一切無明盡無遺餘故，能如實知。」

〔五〕法無心外者：入楞伽經卷七無常品：「三界上下法，我説皆是心。離於諸心法，更無有可得。」

花藥英禪師生日其子通慧設齋作此〔一〕

甲辰臘旦底時節〔二〕，太虛完全無一缺。陷虎機參陜（陝）右禪㊀〔三〕，罵人觜是新羅鐵〔四〕。雲居老子最精鋭〔五〕，長笑師兄難控制。龍象蹴踏非驢堪〔六〕，鵝王擇乳非鴨類〔七〕。睡快庵中知見香〔八〕，試焚一銖熏十方〔九〕。不在鼻端空與木，畢竟此香何處藏〔一〇〕。

【校記】

㊀陝：原作「陜」，誤，今改。

【注釋】

〔一〕宣和六年十二月一日作於潭州湘陰縣。　花藥英禪師：即釋進英（？—一一二二），字拙叟，吉州太和人，俗姓羅氏。真淨克文法嗣，惠洪師兄，屬臨濟宗黃龍派南嶽下十三世。初開法長沙開福寺，後庵梁山，政和四年住持衡州花藥山天寧寺。事具本集卷三〇花藥英禪師行狀，又見僧寶正續傳卷二花藥英禪師傳。雲卧紀談卷上：「衡州花藥英禪師，江之湖口李氏子也。」叙其姓氏籍貫不同，當以行狀、僧傳爲準。　生日：即忌日。　通慧：法名選，字通慧，進英弟子，惠洪法姪。參見本集卷七贈别通慧選姪禪師注〔一〕。

〔二〕甲辰：即宣和六年。　臘旦：臘月初一。　花藥英禪師行狀：「宣和三年冬謝事，復庵梁山。越明年臘月，示疾蟬蜕。」花藥英禪師傳：「四年十二月，滅於梁山。」　底：何，什麽。

〔三〕陷虎機參陝右禪：指參究真淨克文，克文爲陝西閿鄉人，故稱。　花藥英禪師行狀：「晚謁雲庵，夜參，聞貶剥諸方，以黃檗接臨濟、雲門接洞山機緣，爲入道之要，擿其疑處以啓問。師恍然大悟，如桶底脱。」　陷虎機：捕捉老虎之陷阱機關，喻言句中深藏之禪機。古尊宿語録卷三黃檗斷際禪師宛陵録：「後溈山舉此因緣問仰山：『莫是黃檗構他南泉不得麽？』仰山云：『不然。須知黃檗有陷虎之機。』」克文嘗舉黃檗接臨濟機緣啓問進英，故云。

〔四〕罵人觜是新羅鐵：花藥英禪師行狀：「師有爽氣，喜暴所長，以激後學，三十年一節不移，故佛印呼爲鐵喙。」雲卧紀談卷上：「初於真淨處受記莂，乃往雲居，佛印命首衆僧。一日，佛印握拳問曰：『首座如何？』英曰：『佗日不敢忘和尚。』佛印私以爲喜，有偈遺之曰：『誰人識得吉州英，觜是新羅鐵打成。終不隨佗烏鵲隊，望雲閑叫兩三聲。』蓋美其機辯矣。由是叢林呼爲『英鐵觜』。」觜：通「嘴」，特指鳥喙。

〔五〕雲居老子：即了元禪師（一〇三二～一〇九八），字覺天，號佛印。饒州浮梁人，俗姓林氏。嗣法開先善暹禪師。歷住江州承天、淮山斗方、廬山開先、歸宗、丹陽金山、焦山、江西大仰，四住雲居。紹聖五年正月遷化，世壽六十七。事具禪林僧寶傳卷二九雲居佛印元禪師傳，五燈會元卷一六列雲門宗青原下十世。

〔六〕龍象蹴踏非驢堪：維摩經卷中不思議品：「譬如龍象蹴踏，非驢所堪，是名住不可思議解脱菩薩智慧方便之門。」龍象，佛教喻指修行勇猛有最大力者。此借用其語，贊進英有大威德力，非衆僧可比。

〔七〕鵝王擇乳非鴨類：正法念處經卷六四身念處品：「譬如水乳同置一器，鵞王飲之，但飲乳汁，其水猶存。」袁州仰山慧寂禪師語録：「師云：『鵞王擇乳，素非鴨類。』」此借用其語，喻進英能辨别佛法之真僞，揀擇禪機之精粗。參見本集卷二送能上人參源禪師注〔七〕。

〔八〕睡快庵：當爲通慧設齋焚香之處所，庵名取自景德傳燈録卷三〇石頭和尚草庵歌：「吾結草庵無寶貝，飯了從容圖睡快。」知見香：黄庭堅賈天錫惠寶薰乞詩予以兵衛森畫戟燕寢凝清香十字作詩報之其十：「當念真富貴，自薰知見香。」已見前注。

〔九〕試焚一銖熏十方：華嚴經卷七八入法界品：「譬如天上黑栴檀香，若燒一銖，其香普熏小千世界。」同書卷三盧舍那佛品：「衆香次第，普熏十方。」此借用其語。廓門注：「『銖』當作『炷』歟？」殆未明出處。

〔一〇〕「不在鼻端空與木」二句：楞嚴經卷三：「阿難！汝又嗅此鑪中栴檀，此香若復然於一銖，室羅筏城四十里内同時聞氣，於意云何？此香爲復生栴檀木？生於汝鼻？爲生於空？阿難！若復此香生於汝鼻，稱鼻所生，當從鼻出，鼻非栴檀，云何鼻中有栴檀氣？稱汝聞香，當於鼻入，鼻中出香，説聞非義。若生於空，空性常恒，香應常在，何藉鑪中爇此枯木？若生於木，則此香質因爇成煙，若鼻得聞，合蒙煙氣，其煙騰空，未及遥遠，四十里内，云何已聞？是故當知香臭與聞，俱無處所，即嗅與香，二處虚妄，本非因緣，非自然性。」廓門注：「楞嚴經五卷：香嚴童子曰：『香氣寂然，來入鼻中。我觀此氣，非木非空，非煙非火，去無所著，來無所從。』」出處不確。

四偈 并序〔一〕

和州褒禪山二禪者甲乙〔二〕，俱學於長老允平〔三〕。平稱乙才敏，甲忌刻，日夕以計傾之。平用之作維那〔四〕，甲愈怒，以惷語侵平〔五〕。平不得已，用爲監院〔六〕。於是乙怨，羞列其下，不勝其忿，首於官曰：『甲嘗焚毀九曜幀子〔七〕。』官囚甲，甲稱平所教。坐此，平編管利州〔八〕，甲編管洪州。甲見余哀訴曰：『吾未死，猶復乙也。』余憫其爲嗔火所焚，蓋差緣耳〔九〕。始俱學道，極善緣也；中相忌以私，緣差耳；終至於累其師。作四偈以勸學者，此風殆不可長也。

妬忌之火，焚燒善根。增惡果報，壞好名聞。以著我故，見慢增勝〔一〇〕。瞋所蓋纏〔一一〕，心不清淨。大則壞國，小則殺身。從古至今，數如沙塵。既會怨憎，當衣慈忍〔一二〕。如是進者，名真隨順〔一三〕。

見勝進者，心生嫉妬。以苾芻相〔一四〕，包蛇虺怒〔一五〕。不敢以身，而先天下〔一六〕。三人同行，必有師者〔一七〕。孔老之聖，行己如此。奈何懷瞋，而稱釋子。子以緣差，我故痛告。盡世間心，乃可學道。

瞋恚現行時，無明所迷醉。不知自之失，但見他人是。如人在暗處，見外不見裏。大哉聖人學，事事必求己〔一八〕。

曹谿傳祖位，夜舂先屈身〔一九〕。童子誦句偈〔二〇〕，乃稱曰上人〔二一〕。南山證果位，天神常伏膺〔二二〕。自以本持律，不敢稱大乘〔二三〕。

【注釋】

〔一〕作年未詳。

〔二〕和州褒禪山：輿地紀勝卷四八淮南西路和州景物下：「褒禪山，本名華山，在含山縣北一十五里。山有起雲峰、龍洞、羅漢洞、龍女泉、白龜泉。」同卷仙釋：「唐浮屠惠褒：褒禪山在含山縣北一十五里，惠空寺，唐正觀時，浮屠惠褒之廬冢也。自淳化中，太守錢儼禱雨有應。王安石記可考。今賜號法護大師。」王安石游褒禪山記：「褒禪山，亦謂之華山。唐浮圖慧褒始舍於其址，而卒葬之，以故其後名之曰褒禪。今所謂慧空禪院者，褒之廬冢也。」此指慧空禪院。

甲乙：即某甲某乙，人名代稱。山谷内集詩注卷八次韻晁仲考進士試卷：「變名混甲乙，謄寫失句讀。」任淵注：「謂糊名謄録，莫知某甲某乙也。」

〔三〕長老允平：允平，字無等，廣漢人，真淨克文法嗣，惠洪師兄。屬臨濟宗黄龍派南嶽下十三世。續傳燈録卷二二克文法嗣有龜山允平，當即此僧。參見本集卷二次韻平無等歲暮有懷注〔一〕。

〔四〕維那：佛寺僧職，司寺中事務者。又稱授事、知事。

〔五〕惷語：不恭順之語。惷，同「蠢」。爾雅釋訓：「蠢，不遜也。」郭璞注：「蠢動爲惡，不謙遜也。」

〔六〕監院：即監寺。釋氏要覽卷下住持主事四員：「一監寺，會要云：『監者，總領之稱。』所以不稱寺院主者，蓋推尊長老。二維那，此云悅衆，毗奈耶云授事人。三典座，僧祇律云：『典次付牀座。』此掌僧九事之一也。四直歲，三千威儀經：『具十德，堪充直歲。』」蓋監院位在維那之上，僅次於住持長老。

〔七〕九曜幀子：指九曜像之畫卷。圖畫見聞誌卷二：「道士張素卿，簡州人。有老子過流沙并朝真圖、八仙、九曜、十二真人等像傳於世。」同書卷三：「高益，涿郡人。工畫佛道鬼神、蕃漢人馬。後被旨畫大相國寺行廊阿育王等變相暨熾盛光、九曜等。」宣和畫譜收有張僧繇、張素卿、曹仲元、孫知微、侯翌、郭忠恕等所畫九曜像。幀子：即畫幅。錯按：佛教、道教皆有九曜之説。道教或以日爲九曜，或以北斗七星加二輔星爲九曜。宋張君房雲笈七籤卷八三洞經教部經釋釋三十九章經：「皇上四老真人，在日中無影，呼日名爲九曜。」同書卷二四日月星辰部總説星：「北斗之星，精曜九道，光映十天。北斗九星，七見二隱。」佛教九曜又名九執，即梵曆中九星。唐釋一行大日經疏卷四：「執有九種，即是日、月、火、水、木、金、土七曜及與羅睺、計都，合爲九執。羅睺是交會食神。計都正翻爲旗，旗星謂彗星也。除此二執之外，其餘七曜相次直日，其性類亦有善惡，如梵曆中説。」故佛教亦有九曜神像之畫。此未知孰是。

〔八〕利州：宋屬利州路，治綿谷縣，故治在今四川廣元市。

〔九〕差緣：猶緣差，因緣之錯失。禪宗永嘉集慕道志儀第一：「日夜精勤，恐緣差故。專心一行，爲成業故。」宗鏡録卷四二：「若未見道，念念緣差，一失人身，萬劫不復。」

〔一〇〕見慢增勝：見與慢諸煩惱之心增加。大般若波羅蜜多經卷四八六第三分菩薩品：「我從初發大菩提心乃至證得一切智智，定當不起貪欲、瞋恚、愚癡、忿害、見慢等心。」見慢或指慢見，恃己而凌他，猶傲慢。大明三藏法數卷三三：「謂心生憍慢，計己爲勝，視他爲劣，是名慢見。」

〔一一〕瞋所蓋纏：佛教有五蓋十纏，皆煩惱之數，以其能覆蓋心性而不生善法，故曰蓋。以其煩惱纏繞心性，故曰纏。大智度論卷七有瞋纏、卷一七有瞋恚蓋。參見本集卷一四病中寄山中故舊八首注〔一〇〕。

〔一二〕當衣慈忍：唐釋大覺四分律行事鈔卷五受戒緣集篇第八：「袈裟名慈悲忍辱服，外既披之，內心應懷忍辱之德也。」

〔一三〕名真隨順：唐釋澄觀華嚴經疏卷五五：「若順佛學，是真隨順，自然順於一切智法。」華嚴經卷二八十迴向品：「願一切衆生得隨順智，住無上覺。」

〔一四〕苾芻：即比丘，僧人之總稱。

〔一五〕蛇虺：泛指毒蛇，喻兇殘陰毒之人。

〔一六〕「不敢以身」二句：老子六十六章：「是以欲上民，必以言下之；欲先民，必以身後之。是以聖人處上而民不重，處前而民不害。是以天下樂推而不厭，以其不爭，故天下莫能與之爭。」

此概述其意。

〔一七〕「三人同行」二句：論語述而：「子曰：『三人行，必有我師焉。擇其善者而從之，其不善者而改之。』」

〔一八〕「大哉聖人學」二句：論語衛靈公：「子曰：『君子求諸己，小人求諸人。』」禮記射義：「射者，仁之道也。射求正諸己，己正而後發。發而不中，則不怨勝己者，反求諸己而已矣。」

〔一九〕「曹谿傳祖位」二句：景德傳燈録卷三第三十二祖弘忍大師：「咸亨中，有一居士姓盧名慧能，自新州來參謁。師問曰：『汝自何來？』曰：『嶺南。』師曰：『欲須何事？』曰：『唯求作佛。』師曰：『嶺南人無佛性，若爲得佛？』曰：『人即有南北，佛性豈然。』師知是異人，乃訶曰：『著槽廠去。』能禮足而退，便入碓坊，服勞於杵臼之間，晝夜不息。經八月，師知付授時至。……夜乃潛令人自碓坊召能行者入室，告曰：『諸佛出世，爲一大事，故隨機小大而引導之。遂有十地、三乘、頓漸等旨，以爲教門。然以無上微妙祕密圓明真實正法眼藏，付於上首大迦葉尊者，展轉傳授二十八世，至達磨届於此土，得可大師承襲，以至於吾。今以法寶及所傳袈裟用付於汝，善自保護，無令斷絶。』」曹谿：代指六祖慧能，以其在韶州曲江縣曹溪寶林寺演法，故稱。

〔二〇〕童子誦句偈：廓門注：「『童子』謂雪山童子釋迦如來。」錯按：釋迦嘗於雪山修行，故稱雪山童子。雪山童子爲半偈捨身之事，見大般涅槃經卷一四聖行品，文繁不録。

〔二二〕乃稱曰上人：釋氏要覽卷上稱謂上人：「摩訶般若經云：『何名上人？佛言：若菩薩一心行阿耨菩提，心不散亂，是名上人。』律缾沙王呼佛弟子爲上人。古師云：『內有智德，外有勝行，在人之上，名上人。』」

〔二三〕「南山證果位」二句：指唐釋道宣之事。道宣從智首律師受具足戒，習戒律，嘗隱跡終南山，後世稱南山宣律師。宋高僧傳卷一四唐京兆西明寺道宣傳載天神服膺事甚多：「嘗築一壇，俄有長眉僧談道知者，其實賓頭盧也。復三果梵僧禮壇，讚曰：『自佛滅後，像法住世，興發毗尼，唯師一人也。』乾封二年春，冥感天人來談律相，言：『鈔文輕重，儀中舛誤，皆譯之過，非師之咎，請師改正。』故今所行著述多是重修本是也。又有天人云：『曾撰祇洹圖經，計人間紙帛一百許卷。』宣苦告口占，一一抄記，上下二卷。又口傳偈頌，號付囑儀，十卷是也。貞觀中，曾隱沁部雲室山，人睹天童給侍左右。於西明寺夜行道，足跌前階，有物扶持，履空無害。熟顧視之，乃少年也。宣遽問：『何人中夜在此？』少年曰：『某非常人，即毗沙門天王之子那吒也。護法之故，擁護和尚，時之久矣。』宣曰：『貧道修行，無事煩太子。太子威神自在，西域有可作佛事者，願爲致之。』太子曰：『某有佛牙，寶掌雖久，頭目猶捨，敢不奉獻。』俄授於宣，宣保録供養焉。復次，庭除有一天來禮謁，謂宣曰：『律師當生覩史天宮。』持物一苞，云：『是棘林香。』爾後十旬，安坐而化，則乾封二年十月三日也。……先所居久在終南，故號南山律宗焉。」伏膺：衷心信服。禮記中庸：「得一善，則拳拳服臏，而弗失之矣。」

〔一三〕「自以本持律」二句：景德傳燈録卷二八汾州大達無業國師語：「南山尚自不許呼爲大乘，學語之流，爭鋒脣舌之間，鼓論不形之事，並他先德，誠實苦哉！」本集卷二五題玄沙語録：「南山律師曉達教乘，而不敢自呼大乘師，止言律師耳。」卷二六題隆道人僧寶傳：「唐沙門道宣，通兼三藏，而精於持律。持律，小乘之學也。而宣不許人呼以爲大乘師。」

日用〔一〕

晝爲情緣，夜爲惡想。譬如血脉，流注不斷。笑喜怒駡，折旋俯仰〔二〕。我觀個中〔三〕，無三界相〔四〕。山河大地，與意俱喪〔五〕。十方分身，向此安葬〔六〕。耳中有塵，捕風縛響〔七〕。舌頭無骨，如拳展掌〔八〕。嬰兒哆啝，語無背向。終必得物，人不敢誑〔九〕。是堅密身，獨露萬象〔一〇〕。纔落意地〔一一〕，即同侣伴。

【注釋】

〔一〕作年未詳。日用：日常，平日。禪宗關注日用事，謂佛法在其間。景德傳燈録卷二七杭州龍册曉榮禪師：「問：『日用事如何？』師曰：『一念周沙界，日用萬般通。湛然常寂滅，常轉自家風。』」錯按：此偈韻脚之想、仰、響、掌、象五字屬廣韻上聲養韻，相、向、誑三字屬去聲漾韻，喪、葬二字屬去聲宕韻，皆通押。然斷、伴二字屬上聲緩韻，與偈中其餘諸字不通押，出韻，疑爲惠洪方音所致。

〔二〕折旋俯仰：指日常待人接物，周旋應付。魏書禮志四：「至乃折旋俯仰之儀，哭泣升降之節，去來闔巷之容，出入閨門之度，尚須疇諮禮官，博訪儒士。」續高僧傳卷一一唐京師大興善寺釋法侃傳：「且侃形相英偉，庠序端隆，折旋俯仰，皆符古聖。」法華經合論卷二：「受持讀誦、書寫演説者，經行坐卧，折旋俯仰，不令餘念敢間斷之。」

〔三〕個中：此中，其中。此指上文「晝爲情緣，夜爲惡想」之日用事。

〔四〕三界相：法華經論優婆提舍譬喻品：「三界相者，謂衆生界即涅槃界，不離衆生界，有如來藏故。」

〔五〕「山河大地」二句：唐李通玄略釋新華嚴經修行次第決疑論卷二之上：「意滅故妄境界隨滅，如薪盡火滅，意盡業空，四大同謝。山河大地，與意俱喪。」此用其成句。

〔六〕「十方分身」二句：謂十方分身佛亦將置此日用之中，意即佛亦分身於十方日用事之中。十方分身佛之概念見法華經卷四見寶塔品：「我分身諸佛在於十方世界説法者，今應當集。」法華經合論卷一：「多寶佛塔忽然現前，三變淨土，各十方分身佛畢集，微塵菩薩隨佛語聲，從地涌出。」

〔七〕「耳中有塵」二句：耳爲六根之一，聲爲六塵之一。聲爲耳塵，故耳聞聲如捕風縛響，虚妄不實。

〔八〕「舌頭無骨」二句：皆爲禪門習語。舌頭柔軟，可收捲自如，如展拳爲掌。形容禪宗語言隨機應物。古尊宿語録卷六睦州和尚語録：「問：『三界唯心、萬法唯識時如何？』師云：『牙齒敲磕。更置將一問來。』僧無語。師云：『舌頭無骨。』」建中靖國續燈録卷七洪州兜率道寬禪師：「少林妙訣，古佛家風。應用隨機，卷舒自在。如拳作掌，開合有時；似水成漚，起滅無定。」

〔九〕「嬰兒哆啝」四句：景德傳燈録卷一四潭州石室善道和尚：「十六行中，嬰兒行爲最，哆哆和和時，喻學道之人離分別取捨心，故讚歎嬰兒，可況取之。」元釋萬松行秀從容庵録卷一：「哆哆和和，嬰兒言語不真貌。」禪林僧寶傳卷一撫州曹山本寂禪師傳引寶鏡三昧曰：「如世嬰兒，五相完具。不去不來，不起不住。婆婆和和，有句無句。終必得物，語未正故。」「哆哆和和（啝啝）」作「婆婆和和」。參見本集卷一二雲巖寶鏡三昧注〔六〕。

〔一〇〕「是堅密身」二句：此爲萬象之中獨露堅密身之倒裝句。景德傳燈録卷一八福州長慶慧稜禪師：「頌曰：『萬象之中獨露身，唯人自肯乃方親。昔時謬向途中覓，今日看如火裏冰。』」　堅密身：語本華嚴經卷六如來現相品慧燈普明菩薩頌：「唯一堅密身，一切塵中現。」禪宗常以此爲話頭，如景德傳燈録卷一九泉州福清玄訥禪師：「問：『教云：唯一堅密身，一切塵中現。如何是堅密身？』師曰：『驢馬猫兒。』」同書卷二六澤州古賢謹禪師：「師勘僧云：『如來堅密身，一切塵中現。如何是堅密身？』僧豎指。」同卷福州支提辯隆禪師：「問：『如何是堅密身？』師曰：『倮倮地。』曰：『恁麽即不密也。』師曰：『見什麽？』」

〔一一〕意地：猶心地。意乃第六識，爲支配一身之所，又爲發生萬事之處，故曰地。已見前注。

八月十六入南昌右獄作對治偈〔一〕

那落迦中〔二〕，論劫受苦〔三〕。焚鐵其地，汁銅其柱，魚鱠而臠，瓜分而鋸〔四〕。於一日夕，有萬痛楚。我避世紛，重閉其户。而此知識，勃然而怒〔五〕。吏收付官，於此土住。自尋其罪，焦芽石女〔六〕。然非天人，所能見與〔七〕。自業成熟〔八〕，現行會遇。受盡還無〔九〕，無可措慮〔一〇〕。我作是觀，上契佛祖。

【注釋】

〔一〕政和八年八月十六日作於南昌。寂音自序：「又爲狂道士誣以爲張懷素黨人。官吏皆知其誤認張丞相爲懷素，然事須根治，坐南昌獄百餘日。」僧寶正續傳卷二明白洪禪師傳：「將自西安入衡湘，依法屬以老。復爲狂道士執以爲張懷素黨，下南昌獄。治百餘日，非是。」南昌右獄：即洪州右獄。淳熙三山志卷七公廨類一曹官廳：「政和間，罷府院，更兩司理院爲左右獄。」惠洪友人汪藻浮溪集卷一八洪州右獄盡心堂記：「今吾與子一杯相屬于此，亦思有向隅悲泣，滿堂爲之不樂者乎？亦思有箠楚之下何求而不得者乎？亦思有禁繫之中寒不得衣、飢不得食者乎？」　對治：斷煩惱之法，以對症治病爲喻，佛教各經論名目甚多。華嚴經卷一四賢首品賢首菩薩偈曰：「隨諸衆生病不同，悉以法藥而對治。」同書卷二三十迴向品：「以如是等善根迴向，修行清淨對治之法。」禪宗永嘉集奢摩他頌：「第三對治者，以寂寂治緣慮，以惺惺治昏住。用此二藥，對彼二病，故名對治。」

〔二〕那落迦：梵語naraka之音譯，即地獄。唐釋道世諸經要集卷一八地獄部會名緣：「問曰：『地獄多種，或在地下，或處地上，或居虛空，何故並名地獄？』答曰：『舊翻地獄，名狹處局，不攝地空。今依新翻經論，梵本正音名那落迦，或云捺落迦。此總攝人處苦集，故名捺落迦。』」遼釋希麟續一切經音義卷九：「捺落迦，或云那落迦，梵語異也。此云苦器，或云苦具，謂受苦之器具，即八寒、八熱、無間等大地獄總名也。」

〔三〕論劫受苦：古尊宿語録卷三七鼓山先興聖國師和尚法堂玄要廣集：「問：『學人單貧，請師拯濟。』師云：『有什麼事？』學云：『爭奈單貧何？』師云：『論劫受苦。』」

〔四〕「焚鐵其地」四句：例舉地獄中受苦之狀。增一阿含經卷五一大愛道般涅槃分品：「死後皆生地獄中，是時，獄卒以五縛繫之，其中受苦不可稱量，或鞭，或縛，或捶，或解諸支節，或取火炙，或以鎔銅灌其身，或剥其皮，或以草著腹，或拔其舌，或刺其體，或鋸解其身，或鐵臼中擣，或輪壞其形，使走刀山劍樹，不令停息，抱熱銅柱，或挑其眼，或壞耳根，截手足耳鼻，已截復生；復舉身形著大鑊中，復以鐵叉擾動其身，不令息住，復從鑊中出，生拔脊筋，持用治車，復使入熱炙地獄中，復入熱屎地獄中，復入刺地獄中，復入灰地獄中，復入刀樹地獄中，復令仰卧以熱鐵丸使食之，腸胃五藏皆悉爛盡，從下而過，復以鎔銅而灌其口，從下而過，於中受苦惱；要當罪畢，然後乃出。」此用其意而簡言之。參見本集卷一五瑩中南歸至衡陽作六首寄之注〔五〕「無厭足王」之地獄描寫。

〔五〕「而此知識」二句：謂狂道士怒而誣告之事。知識，此謂惡知識，指雜毒虛假、居心險惡之人。

〔六〕焦芽石女：謂焦穀之芽，石女之兒，喻本無所有。石女，指因生殖系統構造不全而不能生育之女。維摩經卷中觀衆生品：「菩薩觀衆生爲若此。如無色界色，如焦穀芽，如空中鳥跡，如石女兒。」

〔七〕「然非天人」二句：謂地獄道所受之苦，非天道、人道所能見識。佛教謂衆生輪迴六道之中，六道者，天道、人道、阿修羅道、地獄道、餓鬼道、畜生道。後三種爲三惡道。

〔八〕自業成熟：十地經論焰地卷四之六：「云何隨所淨，諸佛世界中教化衆生自業成熟故。」此用其語。

〔九〕受盡還無：景德傳燈録卷三〇菩提達磨略辨大乘入道四行：「二隨緣行者，衆生無我，並緣業所轉，苦樂齊受，皆從緣生。若得勝報榮譽等事，是我過去宿因所感，今方得之，緣盡還無，何喜之有？得失從緣，心無增減。」此化用其意以自解。本集卷二一雙峰正覺禪院涅槃堂記：「當令以觀，常自現前。授與此疾，非人非天。是我自業，成熟則然。受盡還無，如雞出㷌。」卷二四寂音自序：「報冤行曰：『僧嬰王難，情觀可醜。夙業純熟，所以甘受。受盡還無，何醜之有？轉重還輕，佛恩彌厚。』」

〔一〇〕措慮：猶思索考慮。

食不繼偈〔一〕

觀餓鬼趣，論劫飢渴。針鋒其咽，火聚其髮。晝夜號呼，百千死活〔二〕。我常飽暖，今暫缺乏。當生大悲，入此觀法〔三〕。

【注釋】

〔一〕作年未詳。　鍇按：此偈作於乏食之時，俟考。

〔二〕「觀餓鬼趣」六句：大智度論卷一六：「見餓鬼中飢渴故，兩眼陷，毛髮長，東西馳走。若欲趣水，護水諸鬼，以鐵杖逆打；設無守鬼，水自然竭；或時天雨，雨化爲炭。或有餓鬼常被火燒，如劫盡時，諸山火出。或有餓鬼羸瘦狂走，毛髮蓬亂，以覆其身。或有餓鬼常食屎尿，涕唾歐吐，盪滌餘汁；或時至廁溷邊立，伺求不淨汁。或有餓鬼常求産婦藏血飲之，形如燒樹，咽如針孔；若與其水，千歲不足。或有餓鬼自破其頭，以手取腦而舐。或有餓鬼形如黑山，鐵鎖鎖頸，叩頭求哀，歸命獄卒。或有餓鬼先世惡口，好以麁語加彼衆生，衆生憎惡，見之如讎，以此罪故，墮餓鬼中。如是等種種罪故，墮餓鬼趣中，受無量苦痛。」此用其意而簡言之。錯按：餓鬼趣，即餓鬼道，衆生輪迴六道之一，蓋六道又名六趣。

〔三〕入此觀法：指觀餓鬼趣之法，生慈悲之心。

讀巘禪師録〔一〕

白衣微涴輒易覺，軟泥硬地俱隱脚。自家力量那借人，了義心頭無處著。實無一法可相傳，直語臨機休卜度〔二〕。

【注釋】

〔一〕作年未詳。巘禪師：即昇州長慶道巘禪師，揚州光孝慧寬法嗣，趙州從諗法孫，屬南嶽下五世。嘗撰楞嚴説文，唐人以禪宗解經者，自師始。其書已佚，清錢謙益楞嚴經疏解蒙鈔據海眼補注、大藏一覽略鈔數則。巘禪師録，當指其語録。景德傳燈録卷一二收其機語，然似未齊備。玄沙師備禪師語録、智證傳、林間録引其語，均不見於傳燈録。當本有語録傳世，今已佚。

〔二〕「自家力量那借人」四句：景德傳燈録卷一二昇州長慶道巘禪師：「師一日上堂謂衆曰：『彌勒世尊朝入伽藍，暮成正覺，乃説偈云：「三界上下法，我説皆是心。離於諸心法，更無有可得。」看他恁麽道，也大殺惺惺。若比吾徒，猶是鈍漢。所以一念見道，三世情盡。如印印泥，更無前後。諸子生死事大，快須薦取，莫爲等閑業識茫茫，蓋爲迷己逐物。世尊臨入涅槃，文殊請佛再轉法輪。世尊咄文殊言：「吾四十九年住世，不曾一字與人。汝請吾再轉法輪，是謂吾曾轉法輪也。」然今時衆中，建立箇賓主問答，事不獲已，蓋爲初心爾。』」林間録卷上：「故長慶巘禪師曰：『二十八代祖師皆説傳心，且不説傳語。但破疑情，終不於佛心體上答出話頭。』」此化用其意。

次韻李商老送杲上人還石門〔一〕

解彈無絃琴〔二〕，急拍紅牙碎㊀〔三〕。得生覩史天〔四〕，冤債有頭對〔五〕。須知泐潭禪〔六〕，妙出言詮外。猛焰爐中墮指冰〔七〕，箭鋒拄處君休昧〔八〕。

【校記】

㊀牙：武林本作「芽」，誤。

【注釋】

〔一〕政和六年作於洪州靖安縣。　李商老：李彭字商老。已見前注。　杲上人：宗杲（一〇八九～一一六三），字曇晦，宣州寧國人，俗姓奚氏。年十七落髮受具，飽參諸方。依寶峰湛堂文準。準示寂後，謁張商英求塔銘，商英名其庵曰妙喜。往東京天寧參圓悟克勤，後爲首座。賜號佛日大師。靖康南渡，居古雲門，避亂入閩，築庵長樂洋嶼。後住徑山，法席之盛冠於一時。孝宗即位，賜號大慧禪師。隆興元年示寂，年七十五，賜謚普覺。事具僧寶正續傳卷六、宋釋祖詠編大慧普覺禪師年譜。宗杲初爲文準弟子，惠洪法姪，屬臨濟宗黃龍派。後爲克勤法嗣，屬臨濟宗楊岐派。五燈會元卷一九列臨濟宗楊岐派南嶽下十五世。

石門：此指靖安縣石門山寶峰禪院，文準生前住此。　鍇按：李彭與宗杲嘗同參文準。雲卧紀談卷下：「海昏逸人號日涉園夫者，李彭商老，參道於寶峰湛堂。遇山舒水緩，必拉大慧老師爲禪悦之樂。」大慧普覺禪師年譜政和六年引張浚（德遠）撰宗杲塔銘曰：「湛堂歸寂，師謁張公無盡求準塔銘。……師既歸，以道路之艱，乃告與商老，商老作清餓賦以戲師。商老與師最爲莫逆，往來石門、歐阜，追隨無間。」宗杲自張商英處還歸石門，當在政和六年。李彭送宗杲還石門詩不見於日涉園集，已佚。

〔二〕無絃琴：晉書陶淵明傳：「性不解音，而畜素琴一張，絃徽不具，每朋酒之會，則撫而和之，曰：『但識琴中趣，何勞絃上聲。』」禪宗借以喻不立文字之禪。景德傳燈録卷一三汝州首山省念禪師：「問：『無絃琴請師音韻。』師良久曰：『還聞麼？』僧曰：『不聞。』師曰：『何不高聲聞著？』」同書卷二〇襄州石門寺獻禪師：「曰：『未審將何法示人？』師曰：『無絃琴韻流沙界，清和普應大千機。』」

〔三〕紅牙：即紅牙板，檀木製成之拍板，歌唱時以伴節拍。

〔四〕覩史天：即兜率天，梵語 tusita 之音譯。一切經音義卷七二：「兜率哆：經中或作兜駛多，或言兜率陀，皆訛也。正言覩史多，此知足天，又云妙足也。」大唐西域記卷三：「覩史多天：舊曰兜率他也，又曰兜術他，訛也。」錯按：佛教天分多層，第四層爲兜率天，其内院爲彌勒淨土，外院爲天上衆生所居之處。法華經卷七普賢菩薩勸發品：「若有人受持讀誦，解其義趣，是人命終，爲千佛授手，令不恐怖，不墮惡趣，即往兜率天上彌勒菩薩所。」

〔五〕冤債有頭對：建中靖國續燈録卷二五温州永嘉雙峰山普寂宗達佛海禪師：「上堂，衆集定，喝一喝，云：『冤有頭，債有主。珍重！』」

〔六〕泐潭禪：指湛堂文準之禪。文準住寶峰禪院，寶峰即泐潭。本集卷三〇有泐潭準禪師行狀。宋釋師明集續古尊宿語要第一集收湛堂準和尚語，日涉園李彭爲之序，可略見泐潭禪之要。

〔七〕猛焰爐中墮指冰：景德傳燈録卷一八福州長慶慧稜禪師：「昔時謬向途中覓，今日看如火裏冰。」此就「火裏冰」而變本加厲形容之。墮指：凍掉手指，形容極端寒冷。漢書高帝紀下：「會大寒，士卒墮指者什二三。」

〔八〕箭鋒拄處：喻禪師之間互鬭機鋒。楊億景德傳燈録序：「機緣交激，若拄於箭鋒；智藏發光，旁資於鞭影。」

永明禪師生日〔一〕

教乘法檀越，宗門禪判官〔二〕。今朝藏不得，推出與人看。看！看！夜行只管貪明月，不覺渾身露水寒〔三〕。

【注釋】

〔一〕作年未詳。永明禪師：即釋延壽（九〇四～九七五），錢塘人，俗姓王氏。壯年投龍册寺翠巖禪師出家。後參天台韶國師，授以心法。初住明州雪竇山院，朝暮演法，學侶臻湊。建隆元年，錢忠懿王請居靈隱山新寺，爲第一世，明年復請住永明寺爲第二世，衆盈二千。住永明寺十五年。著宗鏡録一百卷，詩偈賦詠凡千萬言，播於海外。高麗國王覽師言教，遣使齎書叙弟子之禮。賜號智覺禪師。事具宋高僧傳卷二八、禪林僧寶傳卷九。生日：即忌日。景德傳燈録卷二六杭州永明寺延壽禪師：「以開寶八年乙亥十二月示疾，二十六日辰時，焚香告衆，跏趺而亡。」故延壽每年「生日」爲十二月二十六日。

〔二〕「教乘法檀越」二句：讚譽延壽禪師著述宗鏡録能做到禪教合一，於教乘與宗門皆有宣揚判剖之功。法檀越，即佛法之施主，謂其以闡揚佛法之舉供養教乘。禪判官，謂其以佛教教理判別禪門宗派。禪林僧寶傳卷九永明智覺禪師傳：「智覺以一代時教流傳此土，不見大全。而天台、賢首、慈恩性相三宗，又互相矛盾。乃爲重閣，館三宗知法比丘，更相設難，至波險處，以心宗旨要折中之。因集方等秘經六十部，西天此土聖賢之語三百家，以佐三宗之義，爲一百卷，號宗鏡録。」本集卷二五題宗鏡録：「切當深觀之，其出入馳騖於方等契經者六十本，參錯通貫此方異域聖賢之論者三百家，領略天台、賢首，而深談唯識，率折三宗之異義，而要歸於一源。故其横生疑難，則鈎深賾遠；剖發幽翳，則揮掃偏邪。其文光明玲瓏，縱横放肆，所以開曉衆生自心成佛之宗，而明告西來無傳之的意也。」

〔三〕「夜行只管貪明月」二句：禪林僧寶傳卷二八法昌遇禪師傳：「寶覺心禪師問曰：『不是風兮不是幡，黑花猫子面門斑。夜行人只貪明月，不覺和衣渡水寒。豈不是和尚偈耶？』遇曰：『然。有是語。』」此化用其語意。

墮軒〔一〕

當初二祖説禪，拜起依位而立〔二〕。後來百丈聽法，卷却坐前拜席〔三〕。曹山一墮三

（二）目㊀〔四〕，老兒衣穿骨露。譬如彈指閣前，門開還合如故〔五〕。

【校記】

㊀ 三：底本作「二」，誤，今改。參見注〔四〕。

【注釋】

〔一〕作年未詳。墮軒：軒名取自曹山本寂禪師「三種墮」。鍇按：本集卷二〇有墮庵銘，卷二三有墮齋偈序，墮庵、墮齋之名亦取自「三種墮」，可參見。

〔二〕「當初二祖說禪」二句：景德傳燈録卷三第二十八祖菩提達磨：「乃命門人曰：『時將至矣，汝等蓋各言所得乎？』時門人道副對曰：『如我所見，不執文字，不離文字，而爲道用。』師曰：『汝得吾皮。』……最後慧可禮拜後依位而立。師曰：『汝得吾髓。』乃顧慧可而告之曰：『昔如來以正法眼付迦葉大士，展轉囑累而至於我。我今付汝，汝當護持。』」二祖即慧可。

〔三〕「後來百丈聽法」二句：景德傳燈録卷六洪州百丈山懷海禪師：「馬祖上堂，大衆雲集。方陞坐，良久，師乃卷却面前禮拜席。祖便下堂。」

〔四〕曹山一墮三目：謂曹山本寂禪師一「墮」字含三種類目。廓門注：「曹山三墮者，類墮、隨墮、尊貴墮也。又曹山傳曰：『問：眉與目還相識也無？』愚按：『一墮二目』有差誤歟？」

錯按：墮庵銘曰：「異哉曹山，法幢特建，以墮一字，雪諸情見。」墮齋偈序則曰：「曹山以墮統三法。」可見「以墮一字」，實「統三法」，即所謂三種墮。撫州曹山元證禪師語録：「凡情聖見是金鎖玄路，直須回互。夫取正命食者，須具三種墮：水牯牛，不受食，不斷聲色，只墮去。」林間録卷上：「曹山本寂禪師躭章曰：『取正命食者，須具三種墮：一者披毛戴角，二者不斷聲色，三者不受食。』時會中有稠布衲問：『披毛戴角是什麼墮？』答曰：『是類墮。』進曰：『不斷聲色是什麼墮？』答曰：『是隨墮。』進曰：『不受食是什麼墮？』答曰：『是尊貴墮。』因又爲舉其要曰：『食者即是本分事。本分事知有不取，故曰尊貴墮。若執初心，知有自己及聖位，故曰類墮。若初心知有己事，回光之時，擯却聲色香味觸法，得寧謐，即成功勳後，却不執六塵等事，隨分而昧，任之即礙。所以外道六師是汝之師。彼師所墮，汝亦隨墮，乃可取食。食者，即是正命食也。食者，亦是却就六根門頭見聞覺知，只是不被佗染污。將爲墮，且不是同向前均他。本分事尚不取，豈況其餘事耶？』曹山凡言墮，謂混不得，類不齊耳。凡言初心者，所謂悟了同未悟耳。」禪林僧寶傳卷一撫州曹山本寂禪師傳：「又曰：『凡情聖見是金鎖玄路，直須回互，夫取正命食者，須具三種墮：一者披毛戴角，二者不斷聲色，三者不受食。』有稠布衲者問曰：『披毛戴角是什麼墮？』章曰：『是類墮。』問：『不斷聲色是什麼墮？』曰：『是隨墮。』問：『不受食是什麼墮？』曰：『是尊貴墮。夫冥合初心而知有，是類墮；知有而不礙六塵，是隨墮。維摩曰：外道六師是汝之師。彼師所墮，汝亦隨墮，乃可取食。食者，正命食也。食者亦是就六根門頭見覺聞知，只不被他染汙。將爲墮，且不是同也。』」底本作「一墮二目」，「二」字爲缺筆之誤，今從本集與諸禪籍作「三」。

〔五〕「譬如彈指閣前」二句：華嚴經卷七九入法界品：「爾時，善財童子恭敬右遶彌勒菩薩摩訶薩已，而白之言：『唯願大聖開樓閣門，令我得入！』時彌勒菩薩前詣樓閣，彈指出聲，其門即開，命善財入。善財心喜，入已還閉，見其樓閣廣博無量同於虛空。」此用其事。

棗柏生辰〔一〕

十世古今圓當念〔二〕，日用當以何法驗？夢中享盡百年榮，黃粱（梁）未熟路傍店㊀〔三〕。乃知無明無性體〔四〕，狂逐妄緣顛倒轉。棗柏指我此妙門，故能千偈如瓴建〔五〕。

【校記】

㊀梁：原作「粱」，誤，今改。參見注〔三〕。

【注釋】

〔一〕作年未詳。棗柏：即唐李通玄，人稱棗柏大士，嘗造華嚴經合論四十卷及解迷顯智成悲十明論等。宋高僧傳卷二二有傳。參見本集卷六景醇見和甚妙時方閱華嚴經復和戲之注〔四〕。　生辰：即忌日。李通玄卒於開元十八年暮春二十八日，故每年三月二十八日爲其忌日。　已見前注。

〔二〕十世古今圓當念：華嚴經合論卷一：「無邊刹境，自他不隔於毫端；十世古今，始終不移於當念。」

〔三〕「夢中享盡百年榮」二句：事本唐沈既濟枕中記，其略曰：開元中，道老吕公經邯鄲道上邸舍中，有一少年盧生同止於邸。主人方蒸黄粱，共待其熟。盧不覺長歎。公問之，具言生世困厄。公取囊中枕以授盧曰：「枕此，當榮遇如願。」生俯首，但覺身入枕穴中，遂至其家。未幾，登歷臺閣，出入將相五六十年。子孫皆列顯仕，榮盛無比。盧生欠伸而寤。吕翁在旁，黄粱尚未熟。　已見前注。　鍇按：底本「粱」作「梁」。廓門注：「『梁』當作『粱』。」其説甚是，今據改。

〔四〕乃知無明無性體：解迷顯智成悲十明論：「智慧之體，是一切衆生之本源也。爲真智慧無體性，不能自知無性。故爲無性之性，不能自知無性，故名曰無明。如華嚴經第六地：『不了第一義，故號曰無明。』將知以真智慧本無性，故不能自了。」惠洪著述於此點甚多引用申説，參見本集卷一四和珣上人八首注〔五〕。

〔五〕千偈如瓴建：謂作禪偈甚多，且易如翻水。參見本集卷三次韻莫翁豐年斷注〔一二〕。

三月十七老黄龍生辰〔一〕

黄龍三月十有七，天下衲僧信不及〔二〕。盡道三關透者難〔三〕，鼻直眼横誰不識〔四〕。滿院東風花不言，死生情盡於今日。汨羅江上小叢林〔五〕，放意説禪無愧色。

【注釋】

〔一〕宣和六年三月十七日作於湘陰縣。老黄龍：黄龍慧南禪師（一〇〇二～一〇六九），信州玉山人，俗姓章氏。年十九落髮受具足戒。游方至廬山歸宗，復依棲賢諟禪師三年。渡淮，依三角澄禪師，及澄移泐潭，又與俱，澄使分座接納，名振諸方。後見慈明楚圓禪師，圓與商略洞山三頓棒公案，不契，再叩以趙州婆子案，仍不契。圓詬罵之，乃默悟其旨。遂嗣法楚圓。後開法同安，移歸宗、黄檗、黄龍，開創臨濟宗黄龍派。爲南嶽下十一世。事具禪林僧寶傳卷二二黄龍南禪師傳。生辰：即忌日。黄龍南禪師傳曰：「熙寧二年三月十七日，饌四祖、惠日兩專使，會罷越，跏趺寢室前，大衆環擁。良久而化。」

〔二〕天下衲僧信不及：鎮州臨濟慧照禪師語録：「爾欲得識祖佛麽？秖爾面前聽法底，是學人信不及，便向外馳求。設求得者，皆是文字勝相，終不得他活祖意。」此借用其語。

〔三〕盡道三關透者難：謂黄龍三關難透過。參見本卷前珪上人兩過吾家既去作此注〔六〕。

〔四〕鼻直眼横：宗門語。古尊宿語録卷二〇舒州白雲山海會演和尚初住四面山語録：「學云：『如何是境中人？』師云：『鼻直眼横。』」潭州開福禪寺第十九代寧和尚語録卷下：「若也辨得，頭圓似天，脚方似地，鼻直眼横，清風萬里。」

〔五〕汨羅江上小叢林：指湘陰興化寺，時惠洪住此。本集卷一三有詩題曰：「宣和五年四月十二日，余館湘陰之興化。」明一統志卷六三長沙府：「汨羅江，在湘陰縣北七十里。源出豫章，流經湘陰縣，分二水。一南流，曰汨水；一經古羅城，曰羅水。至屈潭復合，故曰汨羅，西流入江。」

黄龍生辰因閱晦堂偈作此〔一〕

萬古知音是今日〔二〕，晦堂古錐口門窄〔三〕。今既不來昔不往〔四〕，桃花落盡春狼籍〔五〕。南臺茗椀薦爐香〔六〕，世禮叢林笑未忘。只箇死生收不得，夢中聲色謾遮藏。

【注釋】

〔一〕宣和二年三月十七日作於長沙。　黄龍：即黄龍慧南禪師。　晦堂：黄龍祖心禪師（一〇二五～一一〇〇）自號晦堂，賜號寶覺大師。南雄州始興人，俗姓鄔氏。年十九出家，後嗣法黄龍慧南。南入滅，繼住持黄龍十有三年。屬臨濟宗黄龍派南嶽下十二世，爲惠洪師伯。事具禪林僧寶傳卷二三黃龍寶覺心禪師傳。林間録卷上：「長沙岑禪師因僧亡，以手摩之曰：『大衆，此僧却真實爲諸人提綱商量，會麽？』乃有偈曰：『目前無一法，當處亦無人。蕩蕩金剛體，非妄亦非真。』又曰：『不識金剛體，却喚作緣生。十方真寂滅，誰在復誰行？』雪峰和尚亦因見亡僧，作偈曰：『低頭不見地，仰面不見天。欲識金剛體，但看髑髏前。』玄沙曰：『亡僧面前，正是觸目菩提，萬里神光頂後相。』有僧問法眼：『如何是亡僧面前觸目菩提？』法眼答曰：『是汝面前。』又問：『遷化向什麽處去？』答曰：『亡僧幾曾遷化？』進曰：『爭奈即今何？』答曰：『汝不識亡僧。』近代尊宿不復以此旨曉人，獨晦堂老師時一提起，作南禪師圓寂日偈曰：『去年三月十有七，一夜春風撼篝室。三角麒麟入海中，空餘片月波心出。真不掩僞，曲不藏直。誰人爲和雪中吟，萬古知音是今日。』又曰：『昔人去時是今日，今日依前人不來。今既不來昔不往，白雲流水空悠哉。誰云秤尺平，直中還有曲。誰云物理齊，種麻還得粟。可憐馳逐天下人，六六元來三十六。』」晦堂此偈又見於智證傳、禪林僧寶傳卷二三。

〔二〕萬古知音是今日：此借用晦堂偈成句。

〔三〕古錐：宗門語，指示啓悟學人之宗師，猶如鑽透愚頑之鐵錐，故云。古尊宿語録卷六睦州和尚語録：「上堂云：『觀自在菩薩行深般若波羅蜜多時，信受奉行。』問僧：『我適來念什麽？』僧云：『和尚念經。』師便打云：『此老古錐，心不負人，面無慚色。』」同書卷三四舒州龍門佛眼和尚語録頌古玄沙虎：「宗師方便太慈悲，是汝之言實古錐。萬里神光騰頂後，肯將生死嚇愚痴。」　口門窄：亦宗門語，意謂説不清楚。景德傳燈録卷一〇鄧州香嚴下堂義端禪師：「一日，師謂衆曰：『語是謗，寂是誑，寂語向上有路在。老僧口門窄，不能與汝説得。』便下堂。」禪林僧寶傳卷二七金山達觀穎禪師傳：「至石門，謁聰禪師，理明安之語，曰：『師意如何？』聰曰：『大陽不道不是，但口門窄，滿口説未盡。老僧即不與麽。』」

〔四〕今既不來昔不往：此亦借用晦堂偈成句。

〔五〕狼籍：同「狼藉」，縱横散亂貌。三月十七日已爲春末，落英繽紛，故曰「狼籍」。

〔六〕南臺：惠洪於宣和二年三月初還居長沙水西南臺寺，故云。

正月六日南安巖主生辰〔一〕

生死樅然無背面㊀〔二〕，名字由汝舌頭轉。昔日曾死今應生，今日是生何不見〔三〕。是俗何故無鬚髮，是僧何不著伽梨〔四〕。僧俗死生明不得，團欒一句匾如錐〔五〕。

【校記】

㊀樅：武林本作「縱」。

【注釋】

〔一〕宣和元年正月六日作於長沙谷山。　南安巖主：釋自嚴（九三四～一〇一五），泉州同安人，俗姓鄭氏。年十一依建興卧像寺僧契緣出家，十七受具。游方至廬陵，謁西峰豁禪師，依止五年，密契心印。乾德二年，至汀州武平南黄石巖，四遠爭敬事之，家畫其像，飲食必祭。後游南康槃古山，住三年而成叢林，乃還南安。異跡甚著，所屬狀以聞，詔佳之。宰相王欽若、大參趙安仁已下皆獻詩。卒，閱世八十有二，坐六十有五夏。謚曰定光圓應禪師。事具禪林僧寶傳卷八南安巖嚴尊者傳。輿地紀勝卷一三二福建路汀州仙釋：「定光，泉州人，姓鄭名自嚴。乾德二年，駐錫武平南安巖。淳化二年，別立草庵居之。景德初，遷南康軍盤古山。祥符四年，汀守趙遂良即州宅創後庵延師。至八年，終於舊巖。見周必大新創定光庵記。」周必大文見周文忠公集平園續稿卷四〇汀州定光庵記。禪林僧寶傳謂自嚴卒於淳化乙卯，然淳化有辛卯年，而無乙卯年，疑誤記。今從周必大庵記作卒於大中祥符八年。　南安巖：輿地紀勝卷一三二福建路汀州景物下：「南安巖，去武平縣八十里。鄞江志云：『定光佛所閞。』」　生辰：即忌日。鍇按：本集卷二六題珣上人僧寶傳：「凡經諸方三十年，得百餘傳，中間忘失其半。晚歸谷山，遂成其志。時長汀璲、珣二衲子來從予游，録此副本。」卷一八南安巖主定光古佛木刻像贊：「僧彦珣自汀州來，出示定光化身木刻像，平生偈語百餘首，皆稱性之句，非智識所到之地，真雲門諸孫也。」禪林僧寶傳之南安巖嚴尊者傳，或據彦珣所示自嚴禪師平生偈語所增補。惠洪歸谷山在政和八年十二月，此偈當作於谷山，姑繫於此。

〔二〕樅然：同「摐然」，紛錯貌。景德傳燈録卷二六温州瑞鹿寺本先禪師：「師示衆云：『爾等諸人還見竹林、蘭若、山水、院舍、人衆麽？若道見，則心外有法。若道不見焉，奈竹林、蘭若、山水、院舍、人衆現在摐然地。還會恁麽告示麽？』」永明智覺禪師唯心訣：「方知理智圓融，大道無外，絶一塵而獨立，何衆相以摐然。」禪林僧寶傳卷一四神鼎諲禪師傳：「對曰：『惟心故根境不相到，惟識故聲色摐然。』」

〔三〕「昔日曾死今應生」二句：南安巖嚴尊者傳：「淳化乙卯正月初六日，集衆曰：『吾此日生，今正是時。』遂右脇卧而化。」

〔四〕是僧何不著伽梨：南安巖嚴尊者傳：「鄰寺僧死，公不知法當告官，便自焚之。吏追捕坐庭中，問狀不答，索紙作偈曰：『雲外野僧死，雲夜野僧燒。二法無差互，菩提路不遥。』而字畫險勁，如擘窠大篆。吏大怒，以爲狂且慢己，去僧伽梨曝日中。既得釋，因以布帽其首，而衣以白服。」

〔五〕團欒一句：景德傳燈録卷八襄州居士龐藴：「有偈曰：『有男不婚，有女不嫁。大家團欒頭，共説無生話。』」　匾：同「扁」。禪宗頌古聯珠通集卷二一真淨文頌古：「漳泉福建，頭匾如扇。只可聞名，不可見面。」

超禪師示衆云見聞覺知只可一度〔一〕

見聞覺知只一度，如刀斫水終不破〔二〕。細尋痕跡了無有，謂無破處則不可。譬如密室風寂然，謂風無有俱是過。以扇爲風則動摇，風本不動汝會麽〔三〕？

【注釋】

〔一〕作年未詳。超禪師示衆云：語本景德傳燈録卷二五廬山歸宗策真禪師：「廬山歸宗寺法施禪師策真，曹州人也，姓魏氏，本名慧超，升淨慧之堂。問：『如何是佛？』淨慧曰：『汝是慧超。』師從此信入，其語播于諸方。初自廬山余家峰請下住歸宗，上堂示衆曰：『諸上座，見聞覺知，只可一度。只如會了，是見聞覺知，不是見聞覺知？要會麽，與諸上座説破了也，待汝悟始得。』」錯按：智證傳：「大法炬陀羅尼經曰：『復次應觀是色，作無相想。云何觀色作無相想？當知此色生滅輪轉，念念不停。毗舍佉如是色相，不可眼見，當知彼是意識境界，唯意所知，是故不可以眼得見。』傳曰：奉先慧超禪師每曰：『大衆，見聞覺知，只可一度。』其有得於此乎？」

〔二〕如刀斫水終不破：佛説未曾有因緣經卷上：「世人行慈難得久停，如刀斫水，隨破隨合。持不瞋戒，亦復如是。」禪林僧寶傳卷一六廣慧璉禪師傳贊曰：「廣慧機緣語句，雖不多見，然嘗一臠知鼎味。大率如刀斫水，不見痕縫，真可謂作家宗師也。」嘉泰普燈録卷二七拈古淨因枯木成禪師二則之二：「大凡稱提此事，如刀斫水，似手把風，兩不相傷，彼此無礙。」

〔三〕「譬如密室風寂然」四句。禪林僧寶傳卷八永明智覺禪師傳：「譬如風性本不動，以緣起故動。儻風本性動，則寧有靜時哉！密室中若有風，風何不動？若無風，遇緣即起。非特風爲然，一切法皆然。」聯燈會要卷四蒲州麻谷寶徹禪師：「師使扇次，僧問：『風性常動，無處不周，和尚爲甚麽却使扇？』師云：『儞只知風性常動，且不知無處不周。』云：『作麽生是無處不周底道理？』師却摇扇，僧作禮。」此合永明智覺與麻谷寶徹之語而用之。

不能爭得偈〔一〕

頭顱枿枿貪肉臠〔二〕，眼孔巴巴憎妬聚〔三〕。但尋他人是非説，不知自己敗闕露〔四〕。鬭死他年輸與我，鬭生今日不及汝〔五〕。見時先意相不審〔六〕，各自念佛修行去。

【注釋】

〔一〕作年未詳。

〔二〕枿枿：衆多貌，與泯泯義同。枿，同「蘖」。景德傳燈録卷三〇一鉢歌：「枉却一生頭枿枿，究竟不能知始末。」參本卷摩陁歌贈乾上人注〔九〕。

〔三〕眼孔：眼睛，眼光，見識。宋魏泰東軒筆録卷一一：「太祖曰：『苟用其長，亦當護其短。措大眼孔小，賜與十萬貫，則塞破屋子矣。』」古尊宿語録卷八汝州首山念和尚語録：「雖然如是，到這裏，急著眼始得。若是眼孔定動，即千里萬里。」　巴巴：切盼貌。眼孔巴巴，猶俗語眼巴巴。

〔四〕敗闕：猶過失。韓愈論變鹽法事宜狀：「宰相者，所以臨察百司，考其殿最。若自爲使，縱有敗闕，遣誰舉之？此又不可者也。」景德傳燈録卷一二汝州寶應和尚：「僧到參，師舉拂子。僧曰：『今日敗闕。』師放下拂子。」

〔五〕「鬬死他年輸與我」二句：謂不爭之人生在世上時似若輸與好爭之人，而在面臨死亡時則相反。鬬，比賽，競勝。錯按：趙州從諗禪師與侍者文遠論義「鬬劣不鬬勝」，爲叢林著名公案。此言「鬬死」、「鬬生」或仿其造語。

〔六〕相不審：猶言相問候。釋贊寧大宋僧史略卷上禮儀沿革：「又如比丘相見，曲躬合掌，口云『不審』者何？此三業歸仰也，（原注：曲躬合掌，身也；發言不審，口也。心若不生崇重，豈能動身口乎？）謂之『問訊』。其或卑問尊，則『不審少病少惱，起居輕利不？』上慰下，則『不審無病惱，乞食易得，住處無惡伴，水陸無細蟲不？』後人省其辭，止云『不審』也，大如歇後語乎？」詳參項楚敦煌語言文學論集敦煌變文詞語札記不審（上海古籍出版社二〇一一年版，頁一一三～一一四）。

雲庵和尚生日燒香偈〔一〕

妄見往來顛倒性，智入三際刹那定〔二〕。即此名言是污染，知爲污染心清淨〔三〕。此知不屬緣非緣〔四〕，一絲不挂魚脱淵〔五〕。夢幻死生藏不得，永夜清宵常現前。

【注釋】

〔一〕作年未詳。雲庵和尚生日：雲庵真淨克文禪師卒於崇寧元年十月十六日，已見前注。此偈當作於十月十六日，然年不可考。

〔二〕三際：即前際，指過去；後際，指未來；中際，指現在。唐釋澄觀華嚴經隨疏演義鈔卷八四：「世尊始成正覺，身遍十方，智入三際。」

〔三〕「即此名言是污染」二句：大寶積經卷二六法界體性無分別會：「大德舍利弗，若已有生，即有染污，是污染者法界體性。大德舍利弗，若知污染是法界體性，是名白淨。然第一義，無有污淨，若污染法，若白淨法。」

〔四〕此知不屬緣非緣：宗鏡録卷七〇：「經云：『諸法從緣起，無緣即不起。』乃至則知塵體空無所有。今悟緣非緣，起無不妙。但緣起體寂，起恒不起；達體隨緣，不起恒起。如是見者，名實知見。」

〔五〕一絲不挂魚脱淵：以魚脱去釣絲喻心無繫挂滯累，自由自在。山谷内集詩注卷六僧景宗相訪寄法王航禪師：「一絲不挂魚脱淵，萬古同歸蟻旋磨。」任淵注：「傳燈録：南泉問陸亘：『十二時中作麽生？』陸云：『寸絲不挂。』師云：『猶是階下漢。』老子曰：『魚不可脱於淵。』此特借用其語，以言航游戲自在，如魚之脱於釣絲也。」此借用其成句。

戊戌歲元日夢雲庵攜登塔問答甚多覺而忘之作此〔一〕

政和八年四十八〔二〕，一念了知一切法〔三〕，顛倒妄想垢消滅，平等性智光通達〔四〕。常令現前絶功勳〔五〕，不欲染污差毫髪。雲庵夢中提誨我〔六〕，不然何以同登塔。

【注釋】

〔一〕政和八年正月一日作於新昌縣洞山。　戊戌歲：即政和八年。

〔二〕政和八年四十八：惠洪生於神宗熙寧四年辛亥，至政和八年戊戌爲四十八歲。

〔三〕一念了知一切法：華嚴經卷一六須彌頂上偈讚品：「了知一切法，自性無所有。如是解法性，則見盧舍那。」

〔四〕平等性智光通達：圓覺經：「以大圓覺爲我伽藍，身心安居，平等性智，涅槃自性，無繫屬故。」楞嚴經卷六：「塵銷覺圓淨，淨極光通達。」此借用其語。

〔五〕常令現前絶功勳：謂佛道常在眼前日用之中，須斷絶建功立業之想，即所謂「道絶功勳」。天聖廣燈録卷二四襄州石門山慧徹禪師：「問：『如何是道絶功勳？』師云：『浩然不隱的，横身物外閑。』」禪林僧寶傳卷二八法昌遇禪師傳：「陞座曰：『法昌今日開鑪，行脚僧無一箇。惟有十八高人，緘口圍鑪打坐。不是規矩嚴難，免見諸人話墮。直饒口似秤磓，未免燈籠勘破。不知道絶功勳，安用修因證果。』」

〔六〕提誨：提醒教誨。古尊宿語録卷三四舒州龍門佛眼和尚語録垂代：「吕少馮入室，問：『和尚有何提誨？』師云：『若有提誨，即埋没足下。』」

過張家渡遇雲庵生辰〔一〕

十月十六誰宗旨？無聲三昧重拈起〔二〕。十方三世側耳聽，刹刹塵塵俱解義〔三〕。雙林樹開榮枯枝〔四〕，寶塔佛分生滅理〔五〕。一絲不挂露堂堂〔六〕，要識雲庵今日是〔七〕。

【注釋】

〔一〕作年未詳。張家渡：清一統志卷二四九吉安府：「張家渡，在吉水縣南，即義川水所經。有皆市，可泊舟，爲雜貨所聚。又水南渡在縣南一里。」雲庵生辰：即雲庵真淨克文禪師忌日，爲十月十六日。

〔二〕無聲三昧：指高僧圓寂，無聲説法而具三昧。語本景德傳燈録卷九福州古靈神贊禪師：「師後住古靈，聚徒數載，臨遷化，剃沐，聲鐘告衆曰：『汝等諸人還識無聲三昧否？』衆曰：『不識。』師曰：『汝等靜聽，莫别思惟。』衆皆側聆，師儼然順寂。」

〔三〕刹刹塵塵：亦作「塵塵刹刹」，佛教指每一刹那每一微塵之處，即在在處處之世界。汾陽無德禪師語録卷下歌頌法界無差：「莊嚴法界廣精勤，刹刹塵塵見佛身。經卷塵中誰解出，法王真子可宣陳。」

〔四〕雙林樹開榮枯枝：廓門注：「娑羅雙樹，佛入涅槃，時四株枯，四株榮。」隋釋智顗法華玄義卷九：「又知涅槃即生死，顯四枯樹；知生死即涅槃，顯四榮樹。知生死涅槃不二，即一實諦，非枯非榮，住大涅槃也。」

〔五〕寶塔佛分生滅理：法華經卷四見寶塔品：「若我成佛滅度之後，於十方國土有説法華經處，我之塔廟，爲聽是經故，踊現其前。若我寶塔，爲聽法華經故，出於諸佛前時，其有欲以我身示四衆者，彼佛分身諸佛，一一在於十方世界説法，盡還集一處，然後我身乃出現耳。」參見本集卷一五讀法華五首注〔八〕。

〔六〕一絲不挂露堂堂：謂其全體真實顯現，無遮蓋掩藏。雪峰真覺禪師語録卷下：「復問僧云：『闍梨名什麼？』僧云：『玄機。』師云：『日織多少？』僧云：『寸絲不挂。』師云：『參堂去。』僧行三五步，師云：『袈裟落地也。』僧回首，師便打云：『大好寸絲不挂。』」建中靖國續燈録卷四舒州浮山圓鑒禪師：「僧曰：『如何是清淨法身？』師云：『寸絲不挂。』」圓悟佛果禪師語録卷五上堂五：「本然居士請，上堂云：『寸絲不挂，猶有赤骨律在；萬里無片雲處，猶有青天在。』」

〔七〕要識雲庵今日是：禪林僧寶傳卷八南安巖嚴尊者傳：「淳化乙卯正月初六日，集衆曰：『吾此日生，今正是時。』遂右脇卧而化。」此化用自嚴尊者語。

永明禪師生辰〔一〕

西湖水生洲渚失〔二〕，南屏雪盡峰巒集〔三〕。新春歸來誰使令？殘臘遁逃追不及。死生難分後先際，古今不與絲毫隔〔四〕。平生説法如雨雲〔五〕，説得分明惟此日。

【注釋】

〔一〕建中靖國元年十二月二十六日作於杭州。永明禪師生辰：景德傳燈録卷二六杭州永明寺延壽禪師：「以開寶八年乙亥十二月示疾，二十六日辰時，焚香告衆，跏趺而亡。」

〔二〕西湖水生洲渚失：景德傳燈録卷二六杭州慧日永明寺智覺禪師延壽：「師有偈曰：『欲識永明旨，門前一湖水。日照光明生，風來波浪起。』」此化用其意。

〔三〕南屏：輿地紀勝卷二兩浙西路臨安府景物下：「南屏山，在興教寺後，怪石聳秀，亭榭參差，中穿一洞，巖石若屏。坡詩：『我識南屏金鯽魚。』」

〔四〕古今不與絲毫隔：景德傳燈録卷二〇潭州報慈藏嶼禪師：「問：『如何是實見處？』師曰：『絲毫不隔。』」

〔五〕平生説法如雨雲：景德傳燈録卷一五鄂州清平山令遵禪師：「直饒頭上出水，足下出火，燒身鍊臂，聰慧多辯，聚徒一千二千，説法如雲如雨，講得天華亂墜，只成箇邪説爭競是非，去佛法大遠在。」同書卷二八汾陽大達無業國師語：「他説法如雲如雨，猶被佛呵，云見性如隔羅縠。」此借用其語。

贈承天邃岑〔一〕

長沙大蟲今尚在〔二〕，眼吻開合珠光彩。妙年憑陵舌翻海〔三〕，衲僧呼作叢林害（客）㊀〔四〕。邇來頭有把茅蓋〔五〕，栽田博飯自扶耒〔六〕。禪道從他别人會，且復閑眠搔癢背。

【校記】

㊀害：原作「客」，誤，今改。參見注〔四〕。

【注釋】

〔一〕元符三年作於常州。承天邃岑：指承天寺住持德岑禪師。鄒浩道鄉集卷二六承天寺大藏記：「毗陵郡城中名刹相望，而傳法者凡六院，惟承天據城之東南，實隋司徒陳果仁之别圃。果仁死非其所，其妻用浮屠法薦助之，遂捨爲寺。唐長慶二年賜號正勤，至真宗皇帝即位之初，改賜今額。……元祐某年某月，道人德岑既領住持寺事。……岑嗣揚州建隆昭慶禪師，蓋臨濟之苗裔也。」同書卷二八慶禪師語録序：「禪師昭慶示寂既二十年，門人德岑乃以語録屬予。」建隆昭慶（一〇二七～一〇八九），嗣法黄龍慧南，屬臨濟宗黄龍派南嶽下十二世，爲惠洪師叔，事具秦觀淮海集卷三三慶禪師塔銘、五燈會元卷一七。德岑爲昭慶法嗣，屬臨濟宗黄龍派南嶽下十三世，乃惠洪法兄，續傳燈録卷二〇目録有名無録。此稱德岑爲「邃岑」，如稱善權爲瘦權，祖可爲癩可，妙瑛爲骨瑛，乃北宋禪門稱呼之慣例。

〔二〕長沙大蟲今尚在：因德岑法名第二字爲「岑」字，與晚唐長沙景岑禪師法名第二字同，故借以比之。景德傳燈録卷一〇湖南長沙景岑禪師：「諸方謂爲『岑大蟲』。」故曰「長沙大蟲」。大蟲，即虎。參見本卷送逸禪者歸荆南見無盡居士注〔二〕。

〔三〕憑陵：侵凌，進逼。

〔四〕叢林害：戲謂德岑爲禪林之害，猶如大蟲爲叢林之害，此贊其禪風峻烈嚴厲。東坡全集卷九七澹軒銘：「吾然後知澹叟之不澹，蓋將盡口眼之變，而起無窮之爭。其自謂叢林之一害，豈虛名也哉！」此借用其語。又禪林僧寶傳卷二六法雲圓通秀禪師傳贊曰：「及拜瞻其像，面目嚴冷，怒氣巽人。平生以罵爲佛事，又自謂叢林一害，非虛言哉！」本集卷五器資喜談禪縱横迅辯嘗摧衲子叢林苦之有詩見贈次其韻：「彭侯慣法戰，機鋒吸西江。衲子畏面目，望見投矛鏦。叢林真一害，斯人喧此邦。」底本「害」作「客」，無據，涉形近而誤，今改正。鍇按：此偈句句押韻，「在」、「彩」、「海」爲上聲海韻，「害」、「蓋」、「會」爲去聲泰韻，「耒」、「背」爲去聲隊韻，其韻通押。「客」字爲入聲陌韻，與諸句不押韻，故必爲「害」之誤。

〔五〕邇來頭有把茅蓋：謂德岑近來「把茅蓋頭」，住持承天寺。語本景德傳燈録卷一五朗州德山宣鑒禪師：「潙曰：『是伊將來有把茅蓋頭，罵佛罵祖去在。』」已見前注。

〔六〕栽田博飯：種田換取飯喫。林間録卷上載五代桂琛禪師名言曰：「諸方説禪浩浩地，爭如我此間栽田博飯喫。」參見本集卷一送充上人謁南山源禪師注〔五〕。

題淡軒〔一〕

道人口吻最光滑，行脚飽參奈粗糲〔二〕。少年嘗偏（編）諸方禪㊀〔三〕，邇來解毳三隻韈〔四〕。世味從來崖蜜甜〔五〕，我此一軒如嚼蠟〔六〕。客來有語但寒温〔七〕，坐久時見眼開合〔八〕。

【校記】

㈠ 偏：原作「編」，誤，今改。參見注〔三〕。

【注釋】

〔一〕作年未詳。淡軒：當爲某禪僧道號，即以庵堂軒齋爲號，然其人不可考。

〔二〕飽參：意謂多方參究、充分領會禪宗妙理。羅湖野録卷四：「明州和庵主，從南嶽辨禪師游，叢林以爲飽參。」粗糲：糙米飯，粗劣食物，此喻粗劣禪法。杜甫有客：「竟日淹留佳客坐，百年粗糲腐儒餐。」鍇按：此偈押入聲韻，故「糲」字當讀作力達切，入聲曷韻，音「辣」。

〔三〕嘗偏諸方禪：謂其游方嘗偏諸方禪味。五燈會元卷六温州陳道婆：「嘗偏扣諸名宿，後於長老山淨和尚語下發明。」底本「偏」作「編」，情理不通，蓋「嘗」與「粗糲」呼應，「偏」與「飽參」相合。

〔四〕毳：僧服，此用作動詞。三隻韈：陶穀清異録卷上三隻韈：「去習者雲行，至峨眉山而隱，蓄三隻韈，常穿二補一。歲久裂帛交雜，望之茸茸焉。自呼爲獅子韈。」吳則禮北湖集卷二有懷介然偶作因記之：「介然平生三隻襪，意行跛跛復挈挈。」韈，同「襪」。

〔五〕崖蜜：指櫻桃。冷齋夜話卷一詩本出處：「（東坡）作橄欖詩曰：『待得微甘回齒頰，已輸崖蜜十分甜。』事見鬼谷子曰：『照夜，青熒也。百花，醲蜜也。崖蜜，櫻桃也。』」宋人多辨其誤，然亦有讚同惠洪者，參見本集卷一〇資國寺春晚注〔五〕。

〔六〕如嚼蠟：喻無味。楞嚴經卷八：「我無欲心，應汝行事，於横陳時，味如嚼蠟。」

〔七〕客來有語但寒温：謂與客相見只是互道天氣冷暖。寒温，猶言寒暄，作爲應酬之詞。世説新語雅量：「謝與王叙寒温數語畢，還與羊談賞。」

〔八〕眼開合：景德傳燈録卷四嵩嶽慧安國師：「曰：『如何是密作用？』師以目開合示之。」

送澄禪者入蔣山〔一〕

妙明廓徹圓當念〔二〕，念未圓明顛倒轉。譬如醉眼旋屋廬，屋廬巋然醉目眩〔三〕。要令鶻崙常現前〔四〕，一切時中莫污染〔五〕。昔日蔣山解顛草，一字不可饒兩點〔六〕。

【注釋】

〔一〕宣和年間作於長沙。澄禪者：游方僧，生平法系不可考。蔣山：即江寧府鍾山，時圓悟克勤禪師住此。參見本卷變禪者歸蔣山見佛果乞偈注〔一〕。

〔二〕妙明廓徹：裴休注華嚴法界觀門序：「法界者，一切衆生身心之本體也。從本已來，靈明廓徹，廣大虚寂，唯一真之境而已。」

〔三〕「譬如醉眼旋屋廬」二句：喻人之顛倒妄見，如醉眼看屋廬，以爲屋廬旋轉，實則屋廬未動，乃醉眼自眩故。巋然：屹立不動貌。

〔四〕鶻崙：即囫圇，渾然一體之意。禪林僧寶傳卷三〇黄龍佛壽清禪師傳贊曰：「生死鶻崙誰劈破。」已見前注。

〔五〕一切時中莫污染：黄檗斷際禪師宛陵録：「今但一切時中，行住坐卧，但學無心。」景德傳燈録卷二八江西大寂道一禪師語：「道不用修，但莫污染。何爲污染？但有生死心，造作趣向，皆是污染。」

〔六〕「昔日蔣山解顛草」二句：顛草似指張顛草書，然蔣山解顛草未詳何指，其事待考。

送忠道者乞炭〔一〕

水行無聲知其深，玉瑕不變知其粹。逆順門高懽喜登〔二〕，辦心成就一切智〔三〕。楊歧卧榻有真珠㊀〔四〕，杜順法身無紙被〔五〕。焰上説禪炭裏藏〔六〕，不妨道者閑游戲。

【校記】

㊀ 歧：四庫本作「岐」。

【注釋】

〔一〕宣和四年十二月作於長沙。　忠道者：即本忠，字無外，惠洪弟子。參見本集卷一謝忠子出山注〔一〕。　乞炭：僧人冬日烤火用炭，求人布施。林間録卷上：「悦又詣芝所，求入室。芝曰：『佛法且置之，大衆夜寒須炭，更當乞炭一次，學未晚。』悦又行乞，歲晏載炭歸，且求示誨。」

〔二〕逆順門高懽喜登：謂乞炭於施主之門，有順境，亦有逆境，皆以歡喜心態登之。黄龍晦堂心和尚語録寒月喜丐士迴山：「垢衣權挂入塵埃，順逆門高不易開。」此借用其語。

〔三〕辨心：成辦法供之心。歷代法寶記無住和上：「又云：『汝但辨心，諸天辨供。何等心辨？不求心，不貪心，不愛心，不染心。』」

〔四〕楊岐卧榻有真珠：古尊宿語録卷一九袁州楊岐山普通禪院會和尚語録：「上堂：『楊岐乍住屋壁疏，滿床皆布雪真珠。縮却項，暗嗟吁。』良久，云：『翻憶古人樹下居。』」林間録卷下：「（楊岐會禪師）嘗因雪示衆曰：『楊岐乍住屋壁疏，滿床盡布雪真珠。縮却項，暗嗟吁，翻憶古人樹下居。』其活計風味類如此。」

〔五〕杜順法身：杜順，即釋法順，俗姓杜氏，雍州萬年人。年十八出家，依聖寺僧道珍，受學定法。後住終南山，宏華嚴教法。唐太宗嘗詔入問道，賜號帝心。著華嚴法界觀門、華嚴五教止觀、妄盡還原觀等，華嚴宗尊爲初祖。事具續高僧傳卷二五唐雍州義善寺釋法順傳。智證傳：「杜順和尚，文殊師利菩薩之化身也。作法身偈曰：『懷州牛喫禾，益州馬腹脹。天下覓醫人，炙豬左膊上。』」無紙被：黄龍晦堂心和尚語録：「僧問：『達磨九年面壁，意旨如何？』師曰：『身貧無被蓋。』」從容庵録卷二第二十八則護國三懡：「法身無被不禁寒。」

〔六〕焰上説禪炭裏藏：景德傳燈録卷一五舒州投子山大同禪師：「問：『如何是火焰裏藏身？』師曰：『有什麽掩處？』曰：『如何是炭堆裏藏身？』師曰：『我道汝黑似漆。』」同卷西川香山澄照大師：「僧問：『諸佛有難，向火焰裏藏身。未審衲僧有難，向什麽處藏身？』師曰：『水精甕裏著波斯。』」古尊宿語録卷四二寶峰雲庵真淨禪師住洞山語録：「因發化主，上堂：『出家沙門，當清淨自活，以乞食爲正命，食不過分，離憍慢故。以乞法爲正念，增長智慧，不滯寂故。火焰裏藏身，淤泥中出現。』」此借用其語以明乞炭之意義。

再送之〔一〕

出家放曠斷愛緣，是心清淨離蓋纏〔二〕。君看鐵脊忠道者〔三〕，妙如神魚初脱淵〔四〕。閑行覷地一笑喜〔五〕，自言拾得南臺禪〔六〕。東勝身洲兜一喝〔七〕，驚得山河磨蟻旋〔八〕。

【注釋】

〔一〕宣和四年十二月作於長沙。　再送之：指再送忠道者外出乞炭。

〔二〕蓋纏：佛教有五蓋十纏，皆煩惱之數，以其能覆蓋心性而不生善法，故曰蓋。以其煩惱纏繞心性，故曰纏。已見前注。

〔三〕鐵脊：喻性格剛直倔强。景德傳燈録卷一五朗州德山宣鑒禪師：「巖頭聞之曰：『德山老人一條脊梁，骨硬似鐵拗不折。』」

〔四〕妙如神魚初脱淵：以魚脱去釣絲，歸於淵潭，喻心無繫挂滯累，自由自在。語本黄庭堅僧景宗相訪寄法王航禪師：「一絲不挂魚脱淵。」已見前注。

〔五〕覷地：古尊宿語録卷八汝州首山念和尚語録：「問：『魚鼓未鳴時如何？』師云：『望天不見天。』僧云：『鳴後如何？』師云：『覷地不見地。』」

〔六〕南臺禪：指惠洪自己之禪法。時惠洪住長沙水西南臺寺，故稱。

〔七〕東勝身洲：佛經所稱四大洲之一，在須彌山東方之鹹海中。俱舍論記卷八分别世品：「東勝身洲，身形勝故。或身勝贍部，故名勝身。」　兜：通「陡」，突然，猛然。

〔八〕磨蟻旋：黄庭堅演雅：「枉過一生蟻旋磨。」又僧景宗相訪寄法王航禪師：「萬古同歸蟻旋磨。」此借用其語。

昌禪師瓦翁塔〔一〕

瓦翁外瓦中曠達，未死不妨先建塔。心如平地起骨堆〔二〕，聊對時人翻著襪〔三〕。住山送客不過溪〔四〕，瓦徑不滅石頭滑〔五〕。諸方來者莫麤心，舉步亦須防倒躂〔六〕。

【注釋】

〔一〕作年未詳。昌禪師：生平法系未詳。瓦翁塔：昌禪師自號瓦翁，其塔建於未死時，即所謂壽塔。錯按：北宋禪林有禪師生前建壽塔之風氣，非止一二例。詳見本集卷二九三角劼禪師壽塔銘注〔一〕。

〔二〕平地起骨堆：宗門語，意爲無事生事。古尊宿語録卷三八襄州洞山第二代初禪師語録：「問：『諸方盡落綣模，請師出竅道。』師云：『十八女兒不繫裙。』云：『與麽則平地起骨堆？』師云：『自領出去。』」建中靖國續燈録卷四舒州浮山圓鑒禪師：「問：『如何是祖師西來意？』師云：『平地起骨堆。』」禪林僧寶傳卷二〇華嚴隆禪師傳：「隆曰：『諸佛説心，爲破心相。璉作此偈，虚空釘橛也。』乃曰：『虚空釘鉠橛，平地起骨堆。莫將閑學解，安著佛階梯。』」

〔三〕翻著韈：黄庭堅書梵志翻著襪詩：「『梵志翻著襪，人皆道是錯。乍可刺你眼，不可隱我脚。』一切衆生顛倒，類皆如此，乃知梵志是大修行人也。昔茅容季偉，田家子爾，殺雞飯其母，而以草具飯郭林宗。林宗起拜之，因勸使就學，遂爲四海名士。此翻著襪法也。」林間録卷下：「予常愛王梵志詩云：『梵志翻著襪，人皆謂是錯。寧可刺你眼，不可隱我脚。』寒山子詩云：『人是黑頭蟲，剛作千年調。鑄鐵作門限，鬼見拍手笑。』道人自觀行處，又觀世間，當如是游戲耳。」

〔四〕住山送客不過溪：此用慧遠法師送客不過虎溪事，喻昌禪師住山不出。高僧傳卷六釋慧遠傳：「自遠卜居廬阜，三十餘年影不出山，迹不入俗，每送客游履，常以虎溪爲界焉。」

〔五〕瓦徑不減石頭滑：此用石頭希遷禪師事喻昌禪師機鋒迅疾，難以對答。瓦徑：指參瓦翁禪之門徑。景德傳燈録卷六江西道一禪師：「鄧隱峰辭師，師云：『什麽處去？』對云：『石頭去。』師云：『石頭路滑。』對云：『竿木隨身，逢場作戲。』便去。纔到石頭，即繞禪床一匝，振錫一聲，問：『是何宗旨？』石頭云：『蒼天蒼天！』隱峰無語，却迴舉似於師。師云：『汝更去，見他道蒼天，汝便噓噓。』隱峰又去石頭，一依前問：『是何宗旨？』石頭乃噓噓，隱峰又無語。歸來，師云：『向汝道石頭路滑。』」

〔六〕倒躂：即躂倒。躂，失足跌倒貌。玉篇足部：「躂，足跌也。」景德傳燈録卷一四鄧州丹霞天然禪師：「馬師問：『從什麽處來？』師云：『石頭。』馬云：『石頭路滑，還躂倒汝麽？』師曰：『若躂倒，即不來。』」

送肇上人還江南省阿尚〔一〕

窮冬急景江村暮〔二〕，道人千里江南去。明宵應宿路傍店，敗簣枯禪山月吐〔三〕。死生面目無處尋，但餘體粟空齟齬〔四〕。能知忍凍非他物，便可鶻崙吞佛祖〔五〕。

【注釋】

〔一〕作年未詳。　肇上人：續傳燈録卷一九目録法雲善本禪師法嗣有崇勝希肇禪師，屬雲門宗青原下十三世，疑即此僧。　阿尚：亦稱「阿上」，指廣福惟尚禪師，續傳燈録卷一八載其機語。嘉泰普燈録卷二九載惟尚詩二首，其一曰離黄龍有作。黄龍在江南西路洪州分寧縣，惠洪作此偈時惟尚或在黄龍，故囑肇上人省之。參見本集卷一三送興上人之歸宗注〔七〕。廓門注：「阿尚，即和尚也。」未知本集稱呼之例，殊誤。

〔二〕窮冬急景：指冬日歲暮光陰急促。文選卷一四鮑照舞鶴賦：「于是窮陰殺節，急景凋年。」李善注：「禮記曰：『季冬之月，日窮于次。』」

〔三〕敗簀枯禪：於破敗竹席上枯坐參禪。禪林僧寶傳卷四漳州羅漢琛禪師傳：「遷止羅漢，破垣敗簀，人不堪其憂，非忘身爲法者不至。」

〔四〕體粟：廓門注：「體粟，嚴寒皮膚生粟也。」東坡詩集注卷二八雪後書北臺壁二首之二：「凍合玉樓寒起粟，光摇銀海眩生花。」李厚注：「起粟，謂凍起肉上爲生粟。」趙次公注：「『起粟』字，蓋使『趙飛燕雖寒體無軫粟』也。」　齟齬：上下齒不相對應，此形容牙齒打寒戰。

〔五〕鶻崙：即囫圇，完整，整個。

明教夢中作〔一〕

劍戟光芒星斗動，虎方肉醉山嶽恐〔二〕。層崖斷處一庵深㊀，宴坐不言百神悚。臨際仆地掖而起〔三〕，眼蓋叢林氣深穩〔四〕。覿面堂堂不覆藏〔五〕，個中無地容思忖。

【校記】

㊀ 斷：武林本作「無」，誤。

【注釋】

〔一〕宣和七年冬作於襄州南漳縣。明教：寺名，在京西南路襄州南漳縣。湖廣通志卷七八古蹟志寺觀：「（南漳縣）明教寺在縣東北。」參見本集卷一三雪夜至明教寄王路分舍人注〔一〕。

〔二〕肉醉：黄庭堅題伯時畫揩痒虎：「猛虎肉醉初醒時，揩磨苛痒風助威。」參見本卷前送逸禪者歸荆南見無盡居士注〔二〕。

〔三〕臨際仆地掖而起：謂重新振興已衰微之臨濟宗。仆地：倒地。掖：扶掖，攙扶。

〔四〕氣深穩：神氣深沉穩健。杜甫韋諷録事宅觀曹將軍畫馬圖歌：「可憐九馬爭神駿，顧視清高氣深穩。」此借用其語。

〔五〕覿面堂堂不覆藏：謂當面呈現而無所遮掩。人天眼目卷四法眼宗迦葉門前頌曰：「覿面露堂堂，全機不覆藏。剎竿頭上卓，紅日上扶桑。」

見志〔一〕

逼塞虛空難躲避〔二〕，笑渠百計苦搜尋。至無著力爲明見〔三〕，但盡攀緣是肯心㊀〔四〕。顧我豎旗降老病〔五〕，有誰橫槊捍叢林〔六〕。木鵝巫峽思前事〔七〕，正愜雲巖隔信音〔八〕。

【校記】

㊀緣：武林本作「結」，誤。

【注釋】

〔一〕政和八年作於洪州分寧縣。

〔二〕逼塞虛空：充滿虛空。逼塞，同「偪塞」。景德傳燈録卷二七南嶽慧思禪師偈曰：「頓悟心源開寶藏，隱顯靈通現真相。獨行獨坐常巍巍，百億化身無數量。縱合偪塞滿虛空，看時不見微塵相。」同書卷二六福州支提辯隆禪師：「師上堂曰：『巍巍實相，偪塞虛空，金剛之體，無有破壞。大衆還見不見？』」

〔三〕至無著力：達到無須專著用力之境界。景德傳燈録卷二八玄沙宗一師備大師語：「何妨密密地自究子細觀尋，至無著力處，自息諸緣去。」

〔四〕但盡攀緣：只須去盡向外境攀緣之心。佛教謂心不孤起，必有所對之境，攀緣於彼而起。古尊宿語録卷四四寶峰雲庵真淨禪師住金陵報寧語録三：「大衆，欲識如來大寂滅，汝但盡攀緣。」　肯心：甘心。

〔五〕顧我豎旗降老病：謂己老病不堪爲禪戰，甘願認輸，舉旗投降。明覺禪師語録卷三拈古：「師云：『一千五百人作家宗師，被孚老一覷，便高豎降旗。』」建中靖國續燈録卷五杭州承天傳宗禪師：「問：『大用現前，不存軌則時如何？』師云：『承天今日高豎降旗。』」鍇按：此以戰喻禪，即所謂「法戰」。參見本集卷五器資喜談禪縱横迅辯嘗摧衲子叢林苦之有詩見贈次其韻注〔二〕、〔四〕。

〔六〕有誰横槊捍叢林：期待有人能投身「法戰」，捍衛禪宗。横槊：舊唐書杜甫傳：「曹氏父子鞍馬間爲文，往往横槊賦詩。」此借用其語。

〔七〕木鵝巫峽思前事：景德傳燈録卷一六澧州樂普山元安禪師：「師自代曰：『慈舟不棹清波上，劍峽徒勞放木鵝。』便告寂。」同書卷三〇杭州五雲和尚坐禪箴：「沿流劍閣，無滯木鵝。」從容庵録卷三第四十一則洛浦臨終：「蓋劍水嶮隘迅流，如二舡相觸，必碎。故先斫木浮下，謂之木鵝。諸方異説難憑，莫若禪箴爲良證也。」此以「巫峽」代「劍峽」，其事則一。

〔八〕正恆雲巖隔信音：廓門注：「雲巖，見覺範自序，不録。」鍇按：寂音自序曰：「往來九峰、洞山者四年。將自西安入湘上，依法眷以老，館雲巖。」西安爲洪州分寧縣之古稱，雲巖即分寧縣雲巖寺，惠洪於政和八年寓居此。參見本集卷一五與韓子蒼六首注〔一〕。

示禪者〔一〕

庵内不知庵外事〔二〕，坐看來者墮鋒機。忽思良遂參麻谷〔三〕，大類清平見翠微〔四〕。黄檗棒頭寧有法〔五〕，惠超言下便知非〔六〕。意根欲立無存處，萬象同時把手歸〔七〕。

【注釋】

〔一〕作年未詳。

〔二〕庵内不知庵外事：雲門匡真禪師廣録卷下遊方遺録：「師因乾峰上堂云：『法身有三種病、二種光，須是一一透得。更須知有照用臨時、向上一竅在。』峰乃良久。師便出問：『庵内人爲什麽不見庵外事？』峰呵呵大笑。師云：『猶是學人疑處在。』峰云：『子是什麽心行？』師云：『也要和尚相委。』峰云：『直須與麽始解穩坐地。』師應喏喏。」又見禪林僧寶傳卷二韶州雲門大慈雲弘明禪師傳。

〔三〕良遂參麻谷：景德傳燈録卷九壽州良遂禪師：「初參麻谷。麻谷召曰：『良遂。』師應諾，如是三召三應。麻谷曰：『遮鈍根阿師。』師方省悟，乃曰：『和尚莫謾良遂，若不來禮拜和尚，幾空過一生。』麻谷可之。」良遂嗣法於蒲州麻谷山寶徹禪師。

〔四〕清平見翠微：景德傳燈録卷一五鄂州清平山令遵禪師：「師禮辭而去，造于翠微之堂，問：『如何是西來的的意？』翠微曰：『待無人即向汝説。』師良久，曰：『無人也請師説。』翠微下禪床，引師入竹園。師又曰：『無人也請和尚説。』翠微指竹曰：『遮竿得恁麽長，那竿得恁麽短。』師雖領其微言，猶未徹其玄旨。」清平令遵嗣法於京兆翠微無學禪師。

〔五〕黄檗棒頭寧有法：景德傳燈録卷一二鎮州臨濟義玄禪師：「初在黄蘗隨衆參侍，時堂中第一座勉令問話，師乃問：『如何是祖師西來的的意？』黄蘗便打。如是三問，三遭打。……來日師辭黄蘗，黄蘗指往大愚，師遂參大愚。愚問曰：『什麽處來？』曰：『黄蘗來。』愚曰：『黄蘗有何言教？』曰：『義玄親問西來的的意，蒙和尚便打。如是三問，三轉被打，不知過在什麽處？』愚曰：『黄蘗恁麽老婆，爲汝得徹困，猶覓過在。』師於是大悟云：『佛法也無多子。』」

〔六〕惠超言下便知非：景德傳燈録卷二五廬山歸宗策真禪師：「曹州人也，姓魏氏，本名慧超，升淨慧之堂。問：『如何是佛？』淨慧曰：『汝是慧超。』師從此信入，其語播于諸方。」惠，通「慧」。

〔七〕萬象同時把手歸：景德傳燈録卷二六漳州隆壽法騫禪師：「上堂，謂衆曰：『今日隆壽出世，三世諸佛、森羅萬象同時出世，同時轉法輪。諸人還見麼？』」

題石頭頓斧亭〔一〕

兀坐等閑酬客問，碌塼抛出亦光生〔二〕。欲憑妙語分賓主〔三〕，須識塵機有濁清〔四〕。麟角譽高推獨步〔五〕，石頭路滑苦難行〔六〕。草庵依舊青松下〔七〕，睡起晴窗潑（撥）眼明㊀〔八〕。

【校記】

㊀潑：原作「撥」，誤，今改。參見注〔六〕。

【注釋】

〔一〕崇寧元年冬作於南嶽衡山。石頭：在南嶽南臺寺。宋高僧傳卷九唐南嶽石頭山希遷傳：「天寶初，始造衡山南寺。寺之東有石狀如臺，乃結庵其上，杼載絶岳，衆仰之，號曰石頭和尚焉。」頓斧亭：在南臺寺。頓，通「鈍」，義同「鈯」。景德傳燈録卷五吉州青原山行思禪師：「師令希遷持書與南嶽讓和尚，曰：『汝達書了，速迴。吾有箇鈯斧子，與汝住山。』」亭名當取自此。

〔二〕碌塼抛出亦光生：景德傳燈録卷一四南嶽石頭希遷大師：「問：『如何是禪？』師曰：『碌

塼。』又問：『如何是道？』師曰：『木頭。』」本集卷二五題雲居弘覺禪師語録：「古人純素任真，有所問詰，『木頭』、『碌磚』隨意答之，實無巧妙。大底渠脚根下穩當，苟不如此，雖説得如花錦，無益也。」塼，同「磚」。　光生：俗語，謂平整妥帖。

〔三〕分賓主：臨濟宗、曹洞宗皆有「四賓主」之説。人天眼目卷三臨濟門庭：「四賓主者，師家有鼻孔，名主中主；學人有鼻孔，名賓中主；師家無鼻孔，名主中賓；學人無鼻孔，名賓中賓。」同書卷三曹洞門庭：「主中賓，體中用也；賓中主，用中體也；賓中賓，用中用，頭上安頭也；主中主，物我雙亡，人法俱泯，不涉正偏位也。」參見本集卷一四病中寄山中故舊八首注〔一八〕。鍇按：曹洞宗出石頭一系，此處「分賓主」或指曹洞禪法。

〔四〕塵機：猶塵緣，六根攀緣六塵之機緣。

〔五〕麟角譽高推獨步：宋高僧傳卷九唐南嶽石頭山希遷傳：「當時思公之門，學者麏至。及遷之來，乃曰：『角雖多，一麟足矣。』」其事又見景德傳燈録卷五吉州青原山行思禪師。

〔六〕石頭路滑苦難行：事本景德傳燈録卷六江西道一禪師。參見本卷昌禪師瓦翁塔注〔五〕。

〔七〕草庵：指希遷在衡山南寺石臺上所結之庵。景德傳燈録卷三〇有石頭和尚草庵歌。

〔八〕潑眼：耀眼，照眼。蘇軾送陳睦知潭州：「白鹿泉頭山月出，寒光潑眼如流汞。」此借用其語。鍇按：本集凡與「晴窗」組合爲句者，皆爲「潑眼」，如卷三次韻道林會規方外：「曉窗晴潑眼。」卷七和曾倅喜雨之句：「潑眼晴窗發茶乳。」卷一三胥啓道次韻見寄復和之：「小寢晴窗潑眼明。」此句亦有「晴窗」，故當作「潑眼」。底本「潑」作「撥」，乃涉形近而誤，今改。

十二月二十六日永明禪師生辰三首〔一〕

世界撮來如粟米〔二〕，根塵劈破似虛空〔三〕。驕嘶鐵馬追風去，杴鬬泥牛躍浪中〔四〕。十聖撼搖無縫罅〔五〕，三賢摸索墮盲聾〔六〕。長因此日容瞻仰，面目分明歲歲同。

剎那思慮不及處，智入三世無去來〔七〕。水母有蝦方見色〔八〕，芭蕉無耳亦聞雷〔九〕。閑中情垢消磨盡，笑裏心花造次開〔一〇〕。今日全身毛孔笑，老師帶伴與春回〔一一〕。

昨日雲門曲調分〔一二〕，今朝法眼已生孫〔一三〕。渠將大地藏針孔〔一四〕，汝等諸人甚處蹲。塊石浮空將壓汝〔一五〕，一毛在火不曾焚〔一六〕。孤猿叫月千巖曉〔一七〕，知道當時以眼聞〔一八〕。

【注釋】

〔一〕崇寧四年十二月二十六日作於奉新縣百丈山。永明禪師生辰：延壽禪師忌日爲十二月二十六日，已見前注。　錯按：此組詩有「孤猿叫月千巖曉」之句，當作於百丈山車輪峰下誦延壽詩時。詳見注〔一五〕。

〔二〕世界撮來如粟米：雲門匡真禪師廣録卷下遊方遺録：「雪峰上堂云：『盡大地撮來如粟米粒大，抛向面前，漆桶不會，打鼓普請看。』」

〔三〕根塵劈破似虚空：景德傳燈録卷二〇揚州豐化和尚：「問：『一棒打破虚空時如何？』師曰：『把一片來。』」

〔四〕「驕嘶鐵馬追風去」二句：景德傳燈録卷一三汝州風穴延沼禪師：「問：『如何是佛？』師曰：『嘶風木馬緣無絆，背角泥牛痛下鞭。』」此化用其意。 杴：似鍬之農具。杴鬭，義不通，疑字誤，或當作「欣」。 鍇按：禪門宗師此類比喻甚多，皆賦予鐵馬、木馬、泥牛、石牛、石羊之類無生物以各種動作，以喻非情識所能及之事。如景德傳燈録卷四舒州天柱山崇慧禪師：「問：『宗門中請師舉唱。』師曰：『石牛長吼真空外，木馬嘶時月隱山。』」同書卷一二韶州黄連山義初禪師：「曰：『法王心要，達磨西來，五祖付與曹溪，自此不傳衣鉢。未審碧玉階前將何付囑？』師曰：『石羊水上行，木馬夜翻駒。』」同書卷一六撫州黄山月輪禪師：「問：『如何是道？』師曰：『石牛頻吐三春霧，木馬嘶聲滿道途。』」同書卷一九韶州雲門文偃禪師：「問：『如何是雪嶺泥牛吼？』師曰：『天地黑。』曰：『如何是雲門木馬嘶？』師曰：『山河走。』」同書卷二〇襄州石門寺獻禪師：「上堂示衆曰：『瑠璃殿上，光輝之日日無私。七寶山中，晃耀之頭頭有據。泥牛運步，木馬嘶聲。』」同書卷二六杭州光慶遇安禪師：「但看泥牛行處，陽焰翻波；木馬嘶時，空華墜影。」不勝枚舉。

〔五〕十聖撼摇無縫罅：黄檗斷際禪師宛陵録：「心如頑石頭，都無縫罅，一切法透汝心不入，兀然無著，如此始有少分相應，透得三界境過，名爲佛出世。」此化用其意。　十聖：謂大乘十地之聖者。十地指菩薩修行所經歷之十個境界。

〔六〕三賢摸索墮盲聾：宗鏡録卷九四引證章第三：「所以賢護經云：『若菩薩觀四念處時，無法可見，無聲可聞。無聞見故，則無有法可得分別，亦無有法可得思惟，而亦非瞽盲聾故，但是諸法無可見故。』以唯一真心，見外無法。」　三賢：謂大乘十住、十行、十迴向之菩薩。

〔七〕「刹那思慮不及處」二句：華嚴經疏卷四五：「一入刹那際三昧者，即窮法真源。謂時之極促，名曰刹那。窮彼刹那，時相都寂。無際之際，名刹那際。」華嚴經合論卷三：「第八説華嚴經時，於刹那際通攝三世及十世，同圓融教者。如經説云：『入刹那際三昧，降神受生，八相成道，入涅槃，總不移時。』」此化用其意。

〔八〕水母有蝦方見色：楞嚴經卷七：「諸水母等以蝦爲目，其類充塞。」宗鏡録卷八一：「其或障濃信薄，唯思向外馳求。隨他意似鸜鵒之徒，借彼眼如水母之屬。纔生不信，便起謗心。」古尊宿語録卷一二池州南泉普願禪師語要：「引經説義，皆是與他分疏，向他屋裏作活計，終無自由分。恰如水母得蝦爲眼，如何得自由？」雲卧紀談卷上載黄龍慧南禪師自作三關頌：「生緣有語人皆識，水母何曾離得蝦。」

〔九〕芭蕉無耳亦聞雷：隋釋灌頂大般涅槃經疏卷二七師子吼品：「如葵藿無心，而隨日東西；

芭蕉無耳，而聞雷出華，皆異法出生，能隨能聽。」此借用其語。

〔一〇〕造次：隨便，任意。

〔一一〕老師帶伴與春回：延壽禪師生日在臘月末，臨近新春，故云。本卷永明禪師生辰：「新春歸來誰使令？殘臘遁逃追不及。」即此意。

〔一二〕昨日雲門曲調分：謂雪峰義存門下，雲門文偃與玄沙師備之禪法分途，其後嗣則有雲門宗與法眼宗之分派。雲門曲調，喻雲門文偃之禪法。古尊宿語録卷二一舒州白雲山海會演和尚語録：「乃云：『每日起來，拄却臨濟棒，吹雲門曲，應趙州拍，擔仰山鍬，驅潙山牛，耕白雲田。七八年來，漸成家活。』」古尊宿語録卷四一寶峰雲庵真淨禪師住洞山語録：「上堂。僧問：『新豐吟，雲門曲，舉世知音能和續。大衆臨筵，願清耳目。』師以右手拍禪床一下。」鍇按：雲門曲，本爲古舞曲，相傳爲黄帝時製，周六樂舞之一。周禮春官宗伯大司樂：「以樂舞教國子舞雲門大卷、大咸、大磬、大夏、大濩、大武。」山谷内集詩注卷八次韻王柄之惠玉版紙：「小楷多傳樂毅論，高詞欲奏雲門曲。」任淵注：「周禮大司樂注曰：『雲門，黄帝之樂。』」禪宗借以喻雲門宗風。

〔一三〕今朝法眼已生孫：延壽嗣法於天台德韶，德韶嗣法於法眼文益，故延壽爲文益之法孫。鍇按：文益嗣法於羅漢桂琛，桂琛嗣法於玄沙師備。

〔一四〕渠將大地藏針孔：蘇軾磨衲贊叙：「吾以法眼視之，一箴孔有無量世界，滿中衆生所有毛竅，所衣之衣，箴孔綫蹊，悉爲世界。」箴，同「針」。此化用其意。

〔一五〕塊石浮空將壓汝：塊石不能浮空，故壓汝者皆虛妄之煩惱。錯按：塊石浮空，猶佛書「火中生蓮」之類，爲虛妄不可能之喻。此喻爲惠洪自創，本卷南安巖主定光生辰五首之一「落人塊石懸空住」句，亦此意。

〔一六〕一毛在火不曾焚：此謂毛在火中而不曾焚燒，亦規摹「火中生蓮」之意而引申之。

〔一七〕孤猿叫月千巖曉：冷齋夜話卷六誦智覺禪師詩：「智覺禪師住雪竇之中巖，嘗作詩曰：『孤猿叫落中巖月，野客吟殘半夜燈。此境此時誰得意？白雲深處坐禪僧。』詩語未工，而其氣韻無一點塵埃。予嘗客新吴車輪峰之下，曉起，臨高閣，窺殘月，聞猿聲，誦此句，大笑，棲鳥驚飛。」延壽賜號智覺禪師。錯按：新吴車輪峰，即奉新縣百丈山，崇寧四年惠洪寓居此。此句所寫之景，既見於延壽詩中，亦爲惠洪所親歷。

〔一八〕知道當時以眼聞：筠州洞山悟本禪師語録：「師曰：『無情説法該何典教？』巖曰：『豈不見彌陀經云：水鳥樹林悉皆念佛念法。』師於此有省，乃述偈曰：『也大奇，也大奇，無情説法不思議。若將耳聽終難會，眼處聞時方可知。』」

南安巖主定光生辰五首〔一〕

老兒饒舌太慈悲〔二〕，此日提綱決衆疑。解説神光摩頂後〔三〕，分疏死日降生時〔四〕。

落人塊石懸空住，噴火雙蓮結子遲〔五〕。堪笑年年正月六，出羣消息少人知。贈以之中擊電機〔六〕，不令點畫入思惟〔七〕。嘶風木馬空成夢，喘月泥牛醉未知〔八〕。五蘊完全真死日，百骸消散是生時〔九〕。雲門函蓋乾坤句〔一〇〕，語默何人薦得伊〔一一〕。南安巖本在長汀〔一二〕，巖主年年此日生。笑裏一毛無間斷，毫端十字露縱橫〔一三〕。未離脣吻成窠臼，纔落思惟墮壍坑㊀〔一四〕。自是定光那借借㊁〔一五〕，可憐馳逐並頭爭。體妙常明自（目）神解㊂，不關托境仗緣生〔一六〕。從來懶欲當頭道〔一七〕，恐後空存染污名〔一八〕。苦口傷慈成漏泄〔一九〕，死時生日太分明。堂堂試展巖中像，稽首重瞻道骨清。不涉春緣正月六〔二〇〕，衲僧拾得聚頭看〔二一〕。大家宜著音容想，一笑風吹牙齒寒。欲問死生口門窄〔二二〕，更分僧俗眼皮寬〔二三〕。湘山雪盡千巖曉，贈以之中墨未乾〔二四〕。

【校記】

㊀ 壍：廓門本、武林本、天寧本作「塹」。

㊁ 借：武林本作「待」。

㊂ 自：原作「目」，誤，今從寬文本、四庫本、廓門本。

【注釋】

〔一〕南安巖主定光，即自嚴禪師，於淳化乙卯正月初六日示寂，已見前注。故此五首必作於正月初六，然似非同年所作。本集卷二四易季真字序謂宣和五年正月初一「湘山雪晴」，蓋宣和四年十二月連日大雪，故有此語。此組偈之五有「湘山雪盡千巖曉」之句，當作於宣和五年。疑此五首分別作於宣和元年、二年、三年、四年、五年。

〔二〕老兒：老頭兒，此指南安巖主。古尊宿語録卷三六投子和尚語録：「我老兒氣力稍劣，口觜遲鈍，亦無閑言語與你。」

〔三〕解說神光摩頂後：玄沙師備禪師廣録卷上：「我尋常道：亡僧面前正是觸目菩提，萬里神光頂後相。若人覰得，不妨出得陰界，脱汝髑髏前意想。」

〔四〕分疏：辯解。宋趙與旹賓退録卷三：「世俗謂自辨解曰分疏（平）。顔師古注爰盎傳『不以親爲解』曰：『解者，若今言分疏。』又北齊書祖珽傳：『高元海奏珽不合作領軍，并與廣寧王交結。珽亦見帝，令引入，珽自分疏。』則北朝暨唐已有是言矣。」死日降生時：禪林僧寶傳卷八南安巖嚴尊者傳：「淳化乙卯正月初六日，集衆曰：『吾此日生，今正是時。』遂右脇卧而化。」

〔五〕「落人塊石懸空住」二句：塊石不能懸空，雙蓮不能噴火，皆爲虛妄不可能之喻，猶佛書「火中生蓮」之類。參見前十二月二十六日永明禪師生辰三首注〔一五〕。

〔六〕贈以之中擊電機：謂南安巖主所題「贈以之中」四字如擊電光石火，機鋒令人莫測。南安巖嚴尊者傳：「公示人多以偈，然題『贈以之中』四字於其後，莫有識其旨者。」林間録卷下：

「儼和尚多以偈示人，偈尾必題四字，曰『贈以之中』，世莫能測。」

〔七〕不令點畫入思惟：林間録卷上：「晦堂曰：『纔入思惟，便成剩法，何曾會物爲己耶？』」

〔八〕「嘶風木馬空成夢」二句：景德傳燈録卷一三汝州風穴延沼禪師：「問：『如何是佛？』師曰：『嘶風木馬緣無絆，背角泥牛痛下鞭。』」此化用其意。喘月泥牛：世説新語言語：「滿奮畏風，在晉武帝坐，北窗作琉璃屏，實密似疏，奮有難色，帝笑之。奮答曰：『臣猶吴牛，見月而喘。』」劉孝標注：「今之水牛，唯生江淮間，故謂之吴牛也。南土多暑，而此牛畏熱，見月疑是日，所以見月則喘。」此以泥牛易吴牛，則爲無有虚妄之喻。參見前十二月二十六日永明禪師生辰三首注〔四〕。

〔九〕「五蘊完全真死日」二句：謂生即是死，死即是生，生死本無差别。五蘊：人之生命個體由色、受、想、行、識五蘊和合而成，故五蘊亦代指人之身心。般若波羅蜜多心經：「照見五蘊皆空，度一切苦厄。」百骸：人全身骨骼之泛稱。莊子齊物論：「百骸、九竅、六藏，賅而存焉。」成玄英疏：「百骸，百骨節也。」

〔一〇〕雲門函蓋乾坤句：人天眼目卷二雲門宗三句：「師示衆云：『函蓋乾坤，目機銖兩，不涉萬緣，作麽生承當？』衆無對。自代云：『一鏃破三關。』後來德山圓明密禪師遂離其語爲三句，曰『函蓋乾坤句』、『截斷衆流句』、『隨波逐浪句』。」鍇按：景德傳燈録卷二二朗州德山第九世緣密圓明大師：「師又曰：『德山有三句語，一句函蓋乾坤，一句隨波逐浪，一句截斷衆流。』」然智證傳則曰：「雪峰禪師：函蓋乾坤句、截斷衆流句、隨波逐浪句。」並傳曰：「宗師約法，以定綱宗，以簡偏邪。如雪峰三句，玄沙嘗言之曰：『……所以我向汝道，沙門眼把定世界，函蓋乾坤，不漏絲髮，何處更有一物爲汝知見？如是出脱，如是奇特，何不究取？』此函蓋乾坤句也。又曰：『鐘中無鼓響，鼓中無鐘聲，鐘鼓不交參，句句無前後。如壯士展臂，不借他力；如師子游行，豈求伴侣。』此截斷衆流句也。又曰：『大唐國内宗乘，未有一人舉倡。設有一人舉倡，盡大地人失却性命，無孔鐵鎚相似，一時亡鋒結舌去。汝諸人賴我不惜身命，共汝顛倒知見，隨汝狂意，方有申問處。我若不共汝與麽知聞去，汝向什麽處得見我？』此隨波逐浪句也。」故知「函蓋乾坤句」，雪峰義存、雲門文偃、德山緣密或均嘗言之。然三句之説，實始於德山。雪峰三句，乃惠洪就雲門法系之追認，出於傳疏，不足爲憑。雲門三句者，則後世訛傳，如廓門注所言：「今傳爲雲門三句者，檢討不審也。」

〔一一〕遭得：遭遇，遇上。

〔一二〕南安巖本在長汀：據輿地紀勝卷一三二福建路汀州景物下，南安巖去武平縣八十里。長汀，代指汀州。元豐九域志卷九福建路：「汀州臨汀郡軍事，治長汀縣。」武平爲汀州屬縣，故以長汀代言之。

〔一三〕毫端十字露縱横：景德傳燈録卷一九韶州雲門文偃禪師：「師云：『三乘十二分教横説豎説，天下老和尚縱横十字説，與我拈針鋒許説底道理來看。』」明釋行浚等編釋通賢浮石禪師語録卷四用惠洪此二句爲「笑裏一毛無間斷，毫端十字路縱横」，「露」作「路」。

〔一四〕「未離唇吻成窠臼」二句：林間録卷上：「達觀曰：『纔涉唇吻，便落意思。並是死門，故非活路。直饒透脱，猶在沈淪。』」嘉泰普燈録卷二鎮江府金山達觀曇穎禪師：「一日，以石頭『執事元是迷，契理亦非悟』問之。門曰：『你道此語是藥語？是病語？』云：『是藥語。』門叱曰：『汝尚以病爲藥，豈知祖師透脱意？』師聞灑然，云：『如何受用？』曰：『語不離窠臼，焉能出蓋纏。』師歎曰：『纔涉唇吻，便落意思。皆是死門，終非活路。』」此化用其意。

壍坑：唐釋栖復法華經玄贊要集卷二：「由如世間車馬，能運重致遠，被駕了。若無人控馭，即墜壍坑。」壍，同「塹」，壕溝。

〔一五〕借借：同「借借」，借給。五代馮贄雲仙雜記卷四引馬癖記：「校書郎李蟠蓄馬甚多，出游則一里更二馬。借借供應，可逮十家。」宋徽宗朝後「借借」用作借貸義，參見朱瑞熙宋代的「借借」（中國史研究一九八三年第四期）。鍇按：此借以稱南安巖主之定光來自本性，非從外借。

〔一六〕「體妙常明自神解」二句：宗鏡録卷六：「一則心是名，以知爲體。此是靈知，性自神解，不同妄識，仗緣託境，作意而知。」此化用其意。

〔一七〕當頭道：建中靖國續燈録卷七洪州黄龍山崇恩惠南禪師：「直饒東注西流，南唱北和，亘古亘今，且未有當頭道著。作麽生是當頭一句？」古尊宿語録卷三八襄州洞山第二代初禪師語録：「問：『從上來事，未有人當頭道得，請師當頭道？』師云：『八十翁翁不拄杖。』」

〔一八〕染污名：六祖大師法寶壇經機緣品：「（僧智通）頓悟性智，遂呈偈曰：『三身元我體，四智本心明。身智融無礙，應物任隨行。起修皆妄動，守住非真精。妙旨因師曉，終亡染污名。』」此借用其語。

〔一九〕苦口傷慈成漏泄：謂苦口婆心，反復解説，恐傷於過分慈悲，翻成漏泄。蓋禪宗主張以心傳心，不立文字，恐爲人説破，妨其自悟。碧巖録卷一第七則慧超問佛：「雪竇第三第四句，忒煞傷慈，爲人一時説破。」建中靖國續燈録卷二江州崇勝卸禪師：「上堂云：『寒時寒，熱時熱，古德重重成漏泄。』」

〔二〇〕不涉春緣：語本雲門匡真禪師廣録卷中：「示衆云：『大衆，函蓋乾坤，目機銖兩，不涉春緣，作麽生承當？』」此借用其語。蓋南安巖主死於正月初六，春猶未至。參見注〔一〇〕。

〔二一〕聚頭看：雲卧紀談卷下：「佛印禪師平居與東坡昆仲過從，必以詩頌爲禪悦之樂。住金山時，蘇黄門子由欲謁之，而先寄以頌曰：『贏砂施佛佛欣受，怪石供僧僧不嫌。空手遠來還要否，更無一物可增添。』佛印即躊以偈云：『空手持來放下難，三賢十聖聚頭看。此般供養能歆享，木馬泥牛亦喜歡。』」此借用佛印偈語。

〔二二〕口門窄：形容難於解説，説不清。參見本卷前黄龍生辰因閲晦堂偈作此注〔三〕。

〔二三〕眼皮寬：古尊宿語録卷四二寶峰雲庵真淨禪師住洞山語録：「上堂：『昨日風氣暖，今朝天色寒。乾坤共著力，衲子眼皮寬。』下座。」

〔二四〕贈以之中：已見前注〔六〕。

老黄龍生辰三首〔一〕

綱宗壁立大崔嵬〔二〕，魔外聞風膽自摧。萬古知音今日是〔三〕，三關鎖鑰一時開〔四〕。從教意氣縱横去，終解形容寂寞回。寄語兒孫著精彩〔五〕，黄龍手段似南臺〔六〕。

塵勞山峻鐵崔嵬〔七〕，曾向慈明喝下摧〔八〕。解作隱身衣帶露〔九〕，不須彈指闔門開〔一〇〕。三關未透從教去，萬里追思却再回。已墜綱宗誰整頓？杖藜今日獨登臺。

同登九仞到崔嵬〔一一〕，困極那辭共墮摧〔一二〕。待汝狐疑猶豫處〔一三〕，當機佛手等閑開〔一四〕。昔年成物心空切〔一五〕，今日臨風首重回。滿院新晴春已老，落花飛絮點池臺。

德洪自住南臺〔一六〕，每歲必作一偈，致不忘法乳之意〔一七〕。今用宣和三年、四年韻，時五十三矣。重惟法道陵夷〔一八〕，令人寒心，而障緣深重，氣力綿弱，不能支持。當有法中龍象〔一九〕，乘願力而來者，副此志焉，是所願望。法孫德洪題〔二〇〕。

【注釋】

〔一〕此三首非同年作，然用韻全同。詩後題跋曰：「今用宣和三年、四年韻，時五十三矣。」則此三首偈依次作於宣和三年、四年、五年，皆爲當年三月十七日作。惠洪生於熙寧四年（一〇七一），至宣和五年（一一二三）正五十三歲。　老黃龍生辰：據禪林僧寶傳卷二二黃龍南禪師傳，惠南禪師卒於熙寧二年三月十七日。已見前注。

〔二〕壁立：形容臨濟綱宗難以把握，如壁立險峰難以攀登。鎮州臨濟慧照禪師語録卷首宣和庚子（二年）馬防序曰：「把定要津，壁立萬仞，奪人奪境，陶鑄仙陀；三要三玄，鈐鎚衲子。」本集卷一九寂音自贊四首之二：「三玄綱宗，壁立崔嵬。」　大：通「太」。崔嵬：高峻貌。

〔三〕萬古知音今日是：林間録卷上：「獨晦堂老師時一提起，作南禪師圓寂日偈曰：『去年三月十有七，一夜春風撼籌室。三角麒麟入海中，空餘片月波心出。真不掩僞，曲不藏直。誰人爲和雪中吟，萬古知音是今日。』」此用其成句。

〔四〕三關：指黃龍三關。已見前注。

〔五〕著精彩：猶言振作精神。景德傳燈録卷一九韶州雲門文偃禪師：「兄弟一等是踢破草鞋，抛却師僧父母行脚，直須著些子精彩始得實。」

〔六〕南臺：本指長沙水西南臺寺，惠洪於宣和二年三月移住此，故以之自稱。寂音自序：「遂歸湘上南臺。」

〔七〕塵勞山：佛經謂塵勞如山，故稱。塵勞，煩惱之異名。普曜經卷四告車匿被馬品：「皆以消愛欲棄塵勞山，無復衆垢，逮得究竟。」佛本行經卷一稱歎如來品：「得以金剛心，壞碎塵勞山。」唐李通玄華嚴經合論卷五四：「如須彌山在大海中，高八萬四千由旬，非手足攀攬所及。明八萬四千塵勞山，住煩惱大海，於一切法，無思無爲，即煩惱海枯竭，塵勞山便成一切智山，煩惱海便成性海。若起心思慮，有所攀緣，則塵勞山愈高，煩惱海愈深，不可至其智頂。」惠洪法華經合論卷一、智證傳皆引此論。

〔八〕曾向慈明喝下摧：慈明指石霜楚圓禪師。禪林僧寶傳卷二二黃龍南禪師傳：「郡以慈明領福嚴，公心喜之，且欲觀其人，以驗悦之言。慈明既至，公望見之，心容俱肅，聞其論，多貶剥諸方，而件件數以爲邪解者，皆泐潭密付旨訣。氣索而歸，念悦平日之語，翻然改曰：『大丈夫心膂之間，其可自爲疑礙乎？』趨詣慈明之室曰：『惠南以闇短，望道未見，比聞夜參，如迷行得指南之車。然唯大慈更施法施，使盡餘疑。』慈明笑曰：『書記已領徒游方，名聞叢林，借有疑，不以衰陋鄙棄，坐而商略，顧不可哉！』呼侍者進榻，且使坐，公固辭，哀懇愈切。慈明曰：『書記學雲門禪，必善其旨，如曰放洞山三頓棒，洞山于時應打不應打？』公曰：『應打。』慈明色莊而言：『聞三頓棒聲，便是喫棒，則汝自旦及暮，聞鵶鳴鵲噪、鐘魚鼓板之聲，亦應喫棒。喫棒何時當已哉？』公瞠而却。慈明云：『吾始疑不堪汝師，今可矣。』即使拜。公拜起，慈明理前語曰：『脱如汝會雲門意旨，則趙州嘗言：臺山婆子被我勘破，試指其可勘處。』公面熱汗下，不知答，趨出。明日詣之，又遭詬罵。公慙見左右，即曰：『政以未解求決耳，罵豈慈悲法施之式？』慈明笑曰：『是罵耶？』公於是默悟其旨，失聲曰：『泐潭果是死語。』獻偈曰：『傑出叢林是趙州，老婆勘破没來由。而今四海清如鏡，行人莫以路爲讎。』」

〔九〕隱身衣帶露：謂身雖能隱，而心未能隱，故衣帶顯露，喻心猶爲境所困，未能真正解脱。酉陽雜俎卷二：「玄宗學隱形於羅公遠，或衣帶、或巾脚不能隱。上詰之，公遠極言曰：『陛下未能脱屣天下，而以道爲戲。若盡臣術，必懷璽入人家，將困於魚服也。』」唐語林卷五補遺：「羅公遠多秘異之術，最善隱形。明皇樂隱形之術，就公遠勤求而學。公遠雖傳，不盡其妙。上每與公遠同爲之，則隱没，人莫能測。若自爲之，則或遺衣帶，或露頭巾脚，宫人每知上之所在也。」參見本集卷八餞枯木成老赴南華之命注〔三〕。廓門注：「隱身見於淮南子若士事。」殊誤。

〔一〇〕彈指閣門開：華嚴經卷七九入法界品：「爾時，善財童子恭敬右遶彌勒菩薩摩訶薩已，而白之言：『唯願大聖開樓閣門，令我得入！』時彌勒菩薩前詣樓閣，彈指出聲，其門即開，命善財入。善財心喜，入已還閉，見其樓閣廣博無量同於虚空。」

〔一一〕九仞：喻極高之山。書旅獒：「爲山九仞，功虧一簣。」傳：「八尺曰仞。」

〔一二〕墮摧：從高處落下摧毁。大智度論卷二三：「上二界死時退時，生大懊惱，甚於下界。譬如極處墮摧碎爛。」

〔一三〕狐疑猶豫：廓門注：「狐疑猶豫，字見楚辭。」錯按：楚辭離騷：「心猶豫而狐疑兮，欲自適而不可。」狐性多疑，因以指多疑無決斷。猶豫，雙聲連綿詞，遲疑不決。

〔一四〕當機佛手：黄龍三關之一，即「我手何似佛手」之問，此代指三關。林間録卷上：「南禪師居積翠時，以佛手、驢脚、生緣語問學者，答者甚衆。南公瞑目如入定，未嘗可否之。學者趨出，竟莫知其是非。故天下謂之三關語。」

〔一五〕成物：使己之外他人他物有所成就。語本禮記中庸：「誠者，非自成己而已也，所以成物也。成己，仁也；成物，知也。性之德也，合外内之道也。」法華經合論卷六無盡居士論曰：「此則自利利他，成己成物，六根之報，豈虚也哉！」

〔一六〕德洪：廓門注：「覺範一名德洪。」鍇按：僧寶正續傳卷二明白洪禪師傳略曰：「禪師諱德洪，字覺範。十九試經東都，假天王寺舊籍惠洪名爲大僧。坐冒名，著逢掖，走京師。見丞相張無盡，特奏得度，改今名。」郡齋讀書志卷四下洪覺範筠溪集十卷提要：「右皇朝僧惠洪覺範，姓喻氏，高安人。少孤，能緝文。張天覺聞其名，請住峽州天寧寺，以爲今世融、肇也。未幾坐累，民之。及天覺當國，復度爲僧，易名德洪。」佛祖歷代通載卷二九：「初名惠洪。住持江寧府清涼寺，坐爲狂僧誣告抵罪。張丞相當國，復度爲僧，易名德洪。」

〔一七〕法乳：以佛法滋養哺育後學，猶如母乳餵養幼兒，故稱。

〔一八〕陵夷：衰敗，衰落。

〔一九〕龍象：喻高僧，以其修行勇猛最有大力，故喻以水行之龍，陸行之象。

〔二〇〕法孫：惠洪嗣法克文，克文嗣法惠南，故其爲惠南法孫。

雲庵生辰十一首 後有政和二年瓊南時作〔一〕

今年十月十六日，老漢行藏世不知。石女夢中無死地〔二〕，空花落後記生時〔三〕。無聲三昧重聞舉〔四〕，入骨風流説向誰。妙叶當機休擬議〔五〕，電光翻影不容追〔六〕。

一句全提離死生〔七〕，如今非住昔非行。若知此老無今古，便解臨機透識情。滿院松聲霜後好，十分山月夜來清。兒孫要識吾宗旨，只個金剛瞎眼睛〔八〕。

多寶重來應爲法〔九〕，塔中全體不鮮陳。却思平日分身集〔一〇〕，何似今朝一句親。略露爪牙藏理窟，不留影跡走機輪。叢林欲問南陽事，我是耽源老應真〔一一〕。

一切智慮不及處，曠劫無明壞滅時〔一二〕。頂相後常光照曜，髑髏前略露風規〔一三〕。根塵不敢覆藏者，生死那能染污之。消汝去來顛倒想，共瞻遺像入追思。

十月月團光到曉，蠻煙瘴雨卷晴空〔一四〕。石門想像同袍集〔一五〕，珠浦行藏異類中〔一六〕。鉢飯薦陳虚坐設，鑪香拜奠與誰同？曲高唱獨知音少〔一七〕，鯨浪粘天地脉通〔一八〕。

不落思惟離聖凡，令君覿露見雲庵。平生不許當頭道〔一九〕，今日重聞稱性談〔二〇〕。老鑒三機酬跛偃〔二一〕，洞山一半肯雲巖〔二二〕。我無奇特報恩德，九死歸從瘴海南〔二三〕。

面目分明畫裏傳，渾如父母未生前〔二四〕。此真若信同十智〔二五〕，三要方知具一玄〔二六〕。無語臨機成滲漏〔二七〕，麤心開口墮情緣。老兒今日親分付，不寫題銜款識全〔二八〕。

空庭叢橘半垂黃，繞屋畦蔬又著霜。山縣人歸輸井稅〔二九〕，麥田雪後縱牛羊。意行門徑欣來客，背負茅簷愛夕陽。今日故山成悵望，烏殘紅柿憶分嘗㊀〔三〇〕。

雲庵化去二十載，今日重聞說法音。覷露全身太分曉，森羅萬象自平沉。攀緣路絕無生死，截接情忘透古今〔三一〕。比老傷慈真故態〔三二〕，依前饒舌老婆心〔三三〕。

大地無一法可見〔三四〕，雲庵露萬象中身〔三五〕。頑空消殞明方極〔三六〕，肉眼遮藏覷不親。苦口老師歸寂日，知恩弟子慶生辰。鑪香長伴青燈曉，賽却靈山法供真〔三七〕。

老師一句撲不破〔三八〕，徹底完全爲不存。何處干戈能脅嚇〔三九〕，誰家夢幻敬追奔。太虛影像藏蹤跡，大地山河喪膽魂。今日與君呈伎倆〔四〇〕，都將生死鶻侖吞〔四一〕。

【校記】

㊀烏：廓門本作「烏」。

【注釋】

〔一〕此十一首非同時作。題下注云：「後有政和二年瓊南時作。」今考十一首中，其五「十月月團光到曉」當爲政和二年作於崖州。其九「雲庵化去二十載」當爲宣和三年作於長沙。餘不可考。

雲庵生辰：真淨克文禪師卒於崇寧元年十月十六日，每年十月十六日爲其忌日，即生辰。　瓊南：指崖州，在瓊州之南。

〔二〕石女夢中無死地：借石女之夢喻死本爲虚妄無有。大寶積經卷七六：「譬如石女夢見生子，是夢所見，亦非曾有，非當有，非今有。」入楞伽經卷九：「愚癡無智取，如石女夢兒。」大乘密嚴經卷中：「譬如彼石女，夢已忽生子，生已方歡樂，尋又見其亡。悲哀不自勝，忽然從睡覺。不見有其子，初生及後終。」石女本無生育能力，而夢見生子，故爲虚妄。

〔三〕空花落後記生時：借空花之落喻生本爲虚幻無實，生即無生。宗鏡録卷二二：「又昔有龐居士，命女靈照曰：『吾當先逝，汝可後來。專候日中，可蜕斯殼。』靈照曰：『午即午矣，有蝕陽精。』居士怪之，自臨窗下，其靈照忽爾迴登父座，俄爾坐亡。居士笑云：『甚爲鋒捷，空華落影，陽焰翻波。吾道於先，吾行於後。』遂往于相公爲喪主，告于公曰：『但願空諸所有，慎勿實諸所無。』言訖而逝。斯亦不墮有無之見，妙得無生之旨矣。」林間録卷下：「龐公臨終偈曰：『空花落影，陽焰翻波。』永明和尚嘆味其言曰：『此爲不墮有無之見，妙得無生之旨也。』學者可深觀之。」

〔四〕無聲三昧重聞舉：謂雲庵之遷化。語本景德傳燈録卷九福州古靈神贊禪師：「師後住古靈，聚徒數載，臨遷化，剃沐，聲鍾告衆曰：『汝等諸人還識無聲三昧否？』衆曰：『不識。』師曰：『汝等靜聽，莫別思惟。』衆皆側聆，師儼然順寂。」

〔五〕妙叶當機休擬議：謂雲庵無聲之語，如洞山之正中妙叶，語不挾帶，不容思索議論。妙叶，參見本集卷八游龍王贈雲老注〔一〕。

〔六〕電光翻影不容追：禪機如電光石火，轉瞬即逝，不許追索思量。汾陽無德禪師語録卷上五位頌：「正中偏，霹靂鋒機著眼看。石火電光猶是鈍，思量擬擬隔千山。」本集卷一四和珣上人八首之六：「電光石火上，不許更追惟。」

〔七〕一句全提：禪門習語，謂一句全部道出。圓悟佛果禪師語録卷四：「昔日白雲堆裏，當風一句全提；今朝萬壽堂前，次第五回拈出。」

〔八〕金剛瞎眼睛：景德傳燈録卷一八福州玄沙師備禪師：「汝今欲覺此幻惑麽？但識取汝金剛眼睛。」同書卷二五天台山德韶國師：「如識得盡十方世界，是金剛眼睛。」此反其意而用之，謂無須識取、識得。

〔九〕多寶重來應爲法：法華經卷四見寶塔品：「此寶塔中有如來全身，乃往過去東方無量千萬億阿僧祇世界，國名寶淨，彼中有佛，號曰多寶。其佛行菩薩道時，作大誓願：『若我成佛滅度之後，於十方國土有説法華經處，我之塔廟，爲聽是經故，踊現其前，爲作證明，讚言善哉！』」錯按：此謂雲庵之塔亦如多寶佛塔，其重來乃爲佛法故。

〔一〇〕分身：法華經卷四見寶塔品：「是多寶佛，有深重願：『若我寶塔，爲聽法華經故，出於諸佛前時，其有欲以我身示四衆者，彼佛分身諸佛，一一在於十方世界説法，盡還集一處，然後我身乃出現耳。』」

〔一一〕「叢林欲問南陽事」二句：據景德傳燈録卷一三，吉州耽源山應真禪師，嘗爲南陽慧忠國師侍者，嗣其法，故能道南陽之遺事。惠洪爲雲庵法嗣，能道雲庵遺事，故以慧忠、應真師徒喻之。參見前珪上人兩過吾家既去作此注〔四〕。

〔一二〕「一切智慮不及處」二句：謂若抛開一切智識思慮，則無明煩惱一時滅盡。景德傳燈録卷六撫州石鞏慧藏禪師：「曰：『若教某甲自射，即無下手處。』祖曰：『遮漢曠劫無明煩惱，今日頓息。』藏當時毁棄弓箭，自以刀截髮，投祖出家。」　曠劫，謂極久遠之時間。

〔一三〕「頂相後常光照曜」二句：林間録卷上：「雪峰和尚亦因見亡僧，作偈曰：『低頭不見地，仰面不見天。欲識金剛體，但看髑髏前。』玄沙曰：『亡僧面前，正是觸目菩提，萬里神光頂後相。』」此化用雪峰、玄沙之意，以言雲庵之亡。　頂相：指佛門弟子爲祖師所畫之肖像。　髑髏：死人頭骨。

〔一四〕蠻煙瘴雨：蘇軾水龍吟詞：「爲使君洗盡，蠻風瘴雨，作霜天曉。」此借用其語寫海南氣候。

〔一五〕石門想像同袍集：謂遥想今日靖安縣寶峰禪院舊時同門聚集，正爲雲庵忌日作法事。輿地紀勝卷二六江南西路隆興府：「寶峰院，在靖安縣北石門山。」同袍，此指同門師兄弟。詩秦風無衣：「豈曰無衣，與子同袍。」

〔一六〕珠浦行藏異類中：謂己行走居處於海南異族之中。廓門注：「珠浦，一統志廉州府：『郡名合浦，漢名。珠官，吴名。』」此泛指海南一帶。　異類：古對少數民族之蔑稱。文選卷四一李少卿答蘇武書：「終日無覩，但見異類。」李善注引王肅曰：「異類，四方夷狄也。」

〔一七〕曲高唱獨知音少：文選卷四五宋玉對楚王問：「是其曲彌高，其和彌寡。」此化用其意。

〔一八〕鯨浪：鯨魚所翻之浪，猶巨浪。建中靖國續燈録卷一〇台州瑞巖子鴻禪師：「上堂云：『一不守，二不向，上下四維無等量。大洋海底飛鉄船，須彌頂上翻鯨浪。』」　地脈通：謂海南島與大陸雖隔滄海，然地脈相通。欒城集後集卷三補子瞻贈姜唐佐秀才引曰：「予兄子瞻謫居儋耳，瓊州進士姜唐佐往從之游。氣和而言道，有中州士人之風。子瞻愛之，贈之詩曰：『滄海何曾斷地脈，白袍端合破天荒。』」

〔一九〕當頭道：正面説。建中靖國續燈録卷七洪州黄龍山崇恩惠南禪師：「直饒東注西流，南唱北和，亘古亘今，且未有當頭道著。作麽生是當頭一句？」

〔二〇〕稱性：符合本性。林間録卷下：「汾陽無業大達國師一生答學者之問，但曰『莫妄想』。是謂稱性之語，見道徑門，而禪者易其言，反求玄妙，可笑也。」

〔二一〕老鑒三機酬跛偃：祖庭事苑卷二雪竇頌古：「岳州巴陵新開顥鑒禪師，嗣雲門，時謂『鑒多口』。凡遇雲門諱日，皆不贊供食，人問其故，曰：『吾嘗對話有三語，足以報先師恩德。』三語者，僧問：『如何是道？』云：『明眼人落井。』『祖意教意是同是別？』云：『雞寒上樹，鴨寒下水。』『如何是提婆宗?』云:『銀椀裏盛雪。』叢林有語云:『巴陵平生三轉語。』人天眼目卷二巴陵三句:「嗣雲門,名顥鑒,叢林目爲『鑒多口』。僧問巴陵:『如何是提婆宗?』陵云:『銀盌裏盛雪。』問:『如何是吹毛劍?』陵云:『珊瑚枝枝撑著月。』問:『祖意教意是同是別?』陵云:『雞寒上機,鴨寒下水。』雲門聞此語,云:『他日老僧忌辰,只舉此三轉語供養老僧,足矣。』」二書所載略異。　三機:指三句帶機鋒之語。　跛偃:指雲門文偃禪師,爲老宿陳睦州掩門損其右足,故跛。事見禪林僧寶傳卷二韶州雲門大慈雲弘明禪師傳。

〔二二〕洞山一半肯雲巖:景德傳燈録卷一五筠州洞山良价禪師:「僧問:『和尚初見南泉發迹,爲什麽與雲巖設齋?』師曰:『我不重先師道德,亦不爲佛法,只重不爲我説破。』又因設忌齋,僧問:『和尚爲先師設齋,還肯先師也無?』師曰:『半肯半不肯。』曰:『爲什麽不全肯?』師曰:『若全肯,即孤負先師也。』」鍇按:洞山良价爲雲巖曇晟法嗣。

〔二三〕九死:廓門注:「九死,出楚辭。」鍇按:楚辭離騷:「亦余心之所善兮,雖九死其猶未悔。」

〔二四〕父母未生前:指人未出生時之渾沌狀態,亦本來面目。黄檗山斷際禪師傳心法要:「六祖云:『不思善,不思惡,正當與麽時,還我明上座父母未生時面目來。』」

〔二五〕此真若信同十智:指汾陽善昭禪師「十智同真」之説。參見本集卷一五汾陽十智同真二首注〔一〕。

〔二六〕三要方知具一玄：景德傳燈録卷一二鎮州臨濟義玄禪師：「師又曰：『夫一句語須具三玄門，一玄門須具三要，有權有用，汝等諸人作麽生會？』」參見本集卷一三送太淳長老住明教注〔二〕。

〔二七〕無語臨機成滲漏：此就「語滲漏」翻進一層而言之。禪林僧寶傳卷一撫州曹山本寂禪師傳：「三種滲漏其詞曰：『一見滲漏，謂機不離位，墮在毒海；二情滲漏，謂智常向背，見處偏枯；三語滲漏，謂體妙失宗，機昧終始。學者濁智流轉，不出此三種。』」

〔二八〕題銜：於書籍字畫上題記姓名頭銜。直齋書録解題卷七逆臣劉豫傳一卷解題：「楊堯弼等撰。二楊事迹當攷前録，題銜稱宣義郎、廸功郎，並爲大總管府官屬。」廓門注：「題銜，名銜之類也。」款識：亦指題名落款之類。

〔二九〕井稅：即田稅。魏書李安世傳：「井稅之興，其來日久。」王維贈劉藍田：「歲晏輸井稅，山村人夜歸。」

〔三〇〕烏殘紅柿憶分當：景德傳燈録卷一一袁州仰山慧寂禪師：「潙山與師遊行次，烏銜一紅柿落前。祐將與師，師接得，以水洗了，却與祐。祐曰：『子什麽處得來？』師曰：『此是和尚道德所感。』祐曰：『汝也不得空然。』即分半與師。」五燈會元卷九作「鴉銜一紅柿落在面前」。據此，則「烏」當從廓門本作「烏」。然王安石示寶覺二首之二：「烏殘紅柿昔曾分。」此當化用其句，則作「烏」亦有所本。鍇按：仰山慧寂嗣法潙山靈祐，此借其事以喻己與雲庵之間親密師徒關係。

〔三一〕栽接情忘透古今：楞嚴經合論卷四：「譬如世有磁石，見鐵則吸。石無情識也，而注發動轉，若有使之者。一切衆生，三苦相因，爲十二緣虚妄栽接而成，衆生如之。」

〔三二〕傷慈：傷於過分慈悲。碧巖録卷一第七則慧超問佛：「雪竇第三第四句，忒煞傷慈，爲人一時説破。」參見前南安巖主定光生辰五首注〔一九〕。

〔三三〕老婆心：老太婆慈愛心腸，於兒孫反復叮嚀。説禪以直截了當爲貴，故稱反復説禪者爲老婆心。已見前注。

〔三四〕大地無一法可見：景德傳燈録卷二四金陵清凉文益禪師：「上座今欲會萬物爲己去，蓋爲大地無一法可見。」此用其成句。

〔三五〕露萬象中身：景德傳燈録卷一八福州長慶慧稜禪師：「乃述悟解，頌曰：『萬象之中獨露身，唯人自肯乃方親。』」此化用其語。

〔三六〕頑空消殞明方極：謂消除頑空之見，道眼方極爲明亮。頑空，即一切皆空，皆無實相。宗鏡録卷四〇：「如首楞嚴經云：『若一人反真歸原，此十方空一時消殞。』」

〔三七〕靈山法供：佛於王舍城耆闍崛山（即靈鷲山）中，與大阿羅漢及無量衆，演説妙法蓮華經，一切衆生憙見菩薩以法供養佛。法華經卷六藥王菩薩本事品：「其中諸佛同時讚言：『善哉，善哉！善男子！是真精進，是名真法供養如來。若以華、香、瓔珞、燒香、末香、塗香、天繒、幡蓋及海此岸栴檀之香，如是等種種諸物供養，所不能及。假使國城、妻子布施，亦所不及。善男子！是名第一之施，於諸施中最尊最上，以法供養諸如來故。』」

〔三八〕一句撲不破：景德傳燈録卷一一隴州國清院奉禪師：「問：『如何是撲不破底句？』師曰：『不隔毫釐，時人遠嚮。』」

〔三九〕脅嚇：威脅，恐嚇。玄沙師備禪師語録卷上：「但識取汝金剛眼睛，若識得，不曾教汝有纖塵可得露現，何處更有虎狼刀劍解脅嚇得汝？」廓門注：「嚇，莊子秋水篇『鴟得腐鼠，鵷雛過之，仰而視之曰嚇』之字義也。」

〔四〇〕呈伎倆：六祖大師法寶壇經機緣品：「有僧舉臥輪禪師偈：『臥輪有伎倆，能斷百思想。對境心不起，菩提日日長。』師聞之，曰：『此偈未明心地，若依而行之，是加繫縛。』因示一偈曰：『惠能没伎倆，不斷百思想。對境心數起，菩提作麽長？』」此借用其語。

〔四一〕鶻侖：即囫圇，渾然一體之意。已見前注。

【集評】

明蕭士瑋云：初六，寨雲過深牧庵，雅語移日，因言真淨文禪師操行如冰雪，洪覺範是淨嫡子，特贊其「入骨風流」。余云：蘇長公風流絶代，亦由「道理貫心肝，忠義填骨髓」，有以致之耳。不惟詩文不可無本領，即朝夕哺啜寢處，亦須求與俗遠也。（賀復徵文章辨體彙選卷六四〇蕭士瑋深牧庵日涉録）

陳處士爲予畫像求頌戲與之〔一〕

吴儂戲入筆三昧〔二〕，老儼分身縑素間〔三〕。平昔垂鬚曾跨海〔四〕，暮年留眼飽看山〔五〕。肯甘夢幻所折困，不受叢林輒見删〔六〕。我不是渠渠是我〔七〕，謾餘名字落人寰〔八〕。

【注釋】

〔一〕作年未詳。陳處士：名字生平不可考。

〔二〕吴儂：吴地人稱己或稱人皆曰儂，故謂之吴儂。此指陳處士。戲入筆三昧：謂其游戲之間，畫藝入神。唐國史補卷中：「長沙僧懷素好草書，自言得草聖三昧。」蘇軾題文與可墨竹：「斯人定何人，游戲得自在。詩鳴草聖餘，兼入竹三昧。」此化用其意。

〔三〕老儼：惠洪自稱。

〔四〕平昔垂鬚曾跨海：惠洪政和二年流配海南朱崖軍，留髮垂鬚，故云。本集卷九初過海自號甘露滅：「海上垂鬚佛，軍中有髮僧。」

〔五〕飽看山：黄庭堅次韻子瞻題郭熙畫秋山：「黄州逐客未賜環，江南江北飽看山。」此借用其語。

〔六〕不受叢林輒見删：謂己不爲禪門所接受，總是遭到削除。羅湖野録卷上：「寂音尊者洪公，初於歸宗參侍真淨和尚，而至寶峰。一日，有客問真淨曰：『洪上人參禪如何？』真淨曰：『也有到處，也有不到處。』客既退，洪殊不自安，即詣真淨求決所疑。真淨舉『風穴頌曰：五白貓兒爪距獰，養來堂上絶蟲行。分明上樹安身法，切忌遺言許外甥。且作麼生是安身法？』洪便喝。真淨曰：『這一喝也有到處，也有不到處。』洪忽於言下有省。翌日，因違禪規，遭删去，時年二十有九。」錯按：據僧寶正續傳卷二明白洪禪師傳，惠洪在金陵時，漕使吳正仲請居清凉寺，未閲月，爲狂僧誣，以度牒冒名，旁連訕謗事，入制獄。坐冒名，著逢掖（著儒生服）。又政和元年十月，褫僧伽黎（奪去袈裟）配海外。先後兩度被剥奪僧籍，此皆所謂「見删」。

〔七〕我不是渠渠是我：景德傳燈録卷一五筠州洞山良价禪師：「又問雲巖：『和尚百年後，忽有人問還貌得師真不？如何祇對？』雲巖曰：『但向伊道，即遮箇是。』師良久。雲巖曰：『承當遮箇事，大須審細。』師猶涉疑，後因過水覩影，大悟前旨，因有一偈曰：『切忌從他覓，迢迢與我疏。我今獨自往，處處得逢渠。渠今正是我，我今不是渠。應須恁麼會，方得契如如。』」貌真，猶寫真。此化用其意，以言畫像之事。

〔八〕謾餘名字落人寰：景德傳燈録卷一五筠州洞山良价禪師：「師將圓寂，謂衆曰：『吾有閑名在世，誰爲吾除得？』衆皆無對。時沙彌出曰：『請和尚法號。』師曰：『吾閑名已謝。』」此反用其意，謂留寫真在世，則閑名未除，落在人間。

次韻楊君所問〔一〕

學道全無箇入頭〔二〕，老師曾指路蹤由〔三〕。岸如欲上先停棹，車若不行須打牛〔四〕。殘蕚萬枝紅錦墮，暮雲一縷碧煙浮。爲君直截根源説〔五〕，不涉（落）春緣會也不㊀〔六〕？

【校記】

㊀涉：原作「落」，誤，今改。參見注〔六〕。

【注釋】

〔一〕作年未詳。楊君：名字生平不可考。

〔二〕入頭：猶言入門，禪門習語。景德傳燈録卷一二睦州龍興寺陳尊宿：「師因晚參謂衆曰：『汝等諸人未得箇入頭，須得箇入頭。若得箇入頭，已後不得孤負老僧。』」同書卷一九韶州雲門文偃禪師：「若有箇入頭處，遇著一個咬猪狗手脚，不惜性命，入泥入水相爲。」

〔三〕蹤由：原由，路徑。亦禪門習語。景德傳燈録卷二九同安察禪師十玄談玄機：「妙體本來無處所，通身何更有蹤由。」古尊宿語録卷一九袁州楊岐山普通禪院會和尚語録僧請益三妙三訣師以頌示之：「第一妙，古老門風甚奇要。縱去收來總不傷，此箇蹤由堪繼紹。」

〔四〕「岸如欲上先停棹」二句：古尊宿語録卷四五寶峰雲庵真淨禪師偈頌下中秋夜宿景德院：「岸住何妨停棹子，車行須是打牛兒。」惠洪此化用乃師偈語。鍇按：馬鳴菩薩大莊嚴經論卷二：「如牛駕車，車若不行，乃須策牛，不須打車。身猶如車，心如彼牛。以是義故，汝應炙心，云何暴身？」景德傳燈録卷五南嶽懷讓禪師：「師曰：『如人駕車不行，打車即是？打牛即是？』一（馬祖道一）無對。師又曰：『汝學坐禪，爲學坐佛？若學坐禪，禪非坐卧；若學坐佛，佛非定相。於無住法，不應取捨。汝若坐佛，即是殺佛。若執坐相，非達其理。』一聞示誨，如飲醍醐。」

〔五〕直截根源：唐釋玄覺永嘉證道歌：「直截根源佛所印，尋枝摘葉我不能。」景德傳燈録卷一〇鄧州香嚴下堂義端禪師：「僧問：『如何是直截根源？』師乃擲下拄杖入方丈。」

〔六〕不涉春緣：此語爲禪門著名話頭，出自雲門匡真禪師廣録卷中：「示衆云：『大衆，函蓋乾坤，目機銖兩，不涉春緣，作麽生承當？』」建中靖國續燈録卷一四南嶽應天萬壽應瑊禪師：「敢問諸人，『不涉春緣』一句作麽生道？」古尊宿語録卷四二寶峰雲庵真淨禪師住洞山語録：「仲春漸暄，景色明媚，一衆高人，起居輕利，莫有不涉春緣底麽？」楊岐方會和尚後録：「師乃云：『風霜刮地，寒葉飄空，不涉春緣，拈將鼻吼來。』」保寧禪院勇和尚語録：「上堂：『光陰倏忽，寒暑迭遷，不涉春緣，道將一句來。』」本集卷二九夾山第十五代本禪師塔銘：「白塔林間，矯如飛鶴。不涉春緣，碧巖花落。」又本卷南安巖主定光生辰五首之五：

「不涉春緣正月六。」底本「涉」作「落」，義不通，且無據，今據諸禪籍改。

讀十明論〔一〕

了知無性滅無明，空慧須從戒定生〔二〕。峰頂世間心已盡〔三〕，蓮開幻事觀方成。尚無欣慕厭除念〔四〕，豈有神通變化情〔五〉。對現色身人不識〔六〕，南風小雨共籠晴。

【注釋】

〔一〕政和五年夏作於筠州新昌縣。　十明論：即華嚴十明論，全名解迷顯智成悲十明論，唐李通玄撰。本集卷二五題華嚴十明論。其文曰：「世英歿一年，余還自海外，築室筠溪石門寺，夏釋此論。」文末曰：「政和五年六月十日書。」此詩有「南風小雨」之句，當作於「夏釋此論」時。參見本集卷一五注十明論注〔一〕。

〔二〕「了知無性滅無明」二句：十明論曰：「智慧之體，是一切衆生之本源也。爲真智慧無體性，不能自知無性。故爲無性之性，不能自知無性，故名曰無明。」又曰：「若以戒定慧，觀照方便力，照自身心境，體相皆自性，空無内外有。即衆生心，全佛智海。」題華嚴十明論曰：「夫雜華具四天下微塵數偈，而其所詮者，如來普光明大智一法而已。親近隨順，此智者戒定慧三法而已。以戒定慧觀照方便，破滅無明。」錯按：此二句與注十明論首二句文字全同。

〔三〕峰頂世間心已盡：謂出世與入世之心皆已消盡，於一心境無有願求。鎮州臨濟慧照禪師語録：「上堂云：『一人在孤峰頂上，無出身之路；一人在十字街頭，亦無向背。那箇在前，那箇在後？』」此化用其意。

〔四〕尚無欣慕厭除念：十明論曰：「無厭除心，無自他境，不出不没，智印十方，無去無來。」

〔五〕豈有神通變化情：十明論曰：「無去無來故，亦無神通變化之心。以無所作之智法爾，能隨物應感現其身，宜應所化也。」

〔六〕對現色身：自四大、五塵等色法而成之身，謂之色身。十明論曰：「夫十二緣生者，是一切衆生逐妄迷真，隨生死流轉，波浪不息之大苦海。其海廣大甚深無際，亦是一切諸佛衆聖賢寶莊嚴大城，亦是文殊普賢常遊止之華林園苑。常有諸佛出現於中，普賢菩薩恒對現色身，在一切衆生前教化，無有休息。」又曰：「恒對現色身，普遍一切衆生前。」景德傳燈録卷二五金陵報慈行言導師：「亦如一味之雨，一般之地，生長萬物，大小不同，甘辛有異，不可道地與雨有大小之名也。所以道：方即現方，圓即現圓。何以故？爾法無偏正，隨相應現，喚作對現色身。」楞嚴經合論卷六：「如來神用十方，隨根對現，以大慈悲願力，不捨衆生，故能一念徧周，而無作者。如十一地，所利衆生，等同法界，隨根隨時，對現色身，不爲而用，不作而應。以普光明智，不屬方所，同衆生心，任物現形，無往來故。」法華經合論卷五：「何名慈善根力？曰：以成熟心，不動本際，徧應十方，一切衆生之前，對現色身三昧。」

僧問烏喙義〔一〕

知之百事不改舊，欲理情緣一笑譁。畫水成紋覓生滅〔二〕，盤珠無影計横斜〔三〕。人言烏喙豈堪食，我見飯囊今是沙〔四〕。舉措施爲頭踞地〔五〕，逸羣方解世吾家。

【注釋】

〔一〕作年未詳。　烏喙：中藥名，亦名烏頭、土附子、奚毒，莖葉根皆有毒。史記蘇秦列傳：「蘇秦曰：『臣聞飢人所以飢而不食烏喙者，爲其愈充腹而與餓死同患也。』」裴駰集解：「本草經曰：『烏頭，一名烏喙。』」司馬貞索隱：「今之毒藥烏頭是。」淮南子繆稱：「物莫無所不用，天雄、烏喙，藥之凶毒也，良醫以活人。」漢史游急就篇：「烏喙附子椒芫華。」顔師古注：「烏喙，形似烏之觜也。附子，附大根而旁出也。此與烏頭、側子、天雄本同一種，但以年歲遠近爲殊，採之有異，功用亦別。説者云：一歲爲側子，二歲爲烏喙，三歲爲附子，四歲爲烏頭，五歲爲天雄。」廣雅釋草：「奚毒，附子也。一歲爲萴子，二歲爲烏喙，三歲爲附子，四歲爲烏頭，五歲爲天雄。」

〔二〕畫水成紋覓生滅：景德傳燈録卷二八江西大寂道一禪師語：「如天起雲，忽有還無，不留礙迹。猶如畫水成文，不生不滅，是大寂滅。」智證傳：「中觀論曰：『無物從緣起，無物從緣滅。起唯諸緣起，滅唯諸緣滅。』以是知色生時，但是空生；色滅時，但是空滅。譬如畫水成文，未嘗生滅。」本集卷二一畫浪軒記：「震旦駒兒，子之鄉老也，而亦曰：『如畫水成文，不生不滅。』何遽忘之也耶？」紋，當作「文」。

〔三〕盤珠無影計橫斜：喻禪法之縱橫無礙，圓轉無跡。本集卷二四無住字序：「珠之爲物，體舒光而自照，置於盆而未嘗定衡斜，圓轉不留影跡。」卷二五題讓和尚傳：「大哉言乎！如走盤之珠，不留影跡也。」已見前注。

〔四〕我見飯囊今是沙：宗鏡録卷七三：「律中四食章古師義門手鈔云：思食者，如饑饉之歲，小兒從母求食，啼而不止。母遂懸砂囊誑云：『此是飯。』兒七日諦視其囊，將爲是食。其母七日後解下視之，其兒見是砂，絶望，因此命終。」参卷七和游南臺注〔三〕。此反用其意，謂烏喙既不可食，飯囊亦無非是沙，毒藥食物，本無差别。

〔五〕踞地：形容獅子王之舉動，以喻卓爾不羣之高僧。大般涅槃經卷二七師子吼菩薩品：「如師子王自知身力，牙爪鋒芒，四足踞地，安住巖穴，振尾出聲。若有能具如是諸相，當知是則能師子吼。」鎮州臨濟慧照禪師語録：「師問僧：『有時一喝如金剛王寶劍，有時一喝如踞地金毛師子，有時一喝如探竿影草，有時一喝不作一喝用。汝作麽生會？』僧擬議，師便喝。」

僧請釋金剛經卒軸〔一〕

杵形中實兩頭虛，法喻初中後善俱〔二〕。九類衆生同寂靜〔三〕，四重我相頓消除〔四〕。人天但仰懸河辯〔五〕，蚊蚋難藏烈焰殊〔六〕。悟了更須防老漢，紫羅帳裏撒真珠〔七〕。

【注釋】

〔一〕作年未詳。金剛經：即金剛般若波羅蜜經，一卷，鳩摩羅什譯。

〔二〕「杵形中實兩頭虛」二句：此釋「金剛」之義，謂金剛杵之形可喻佛法之初善、中善、後善。無著菩薩金剛般若波羅蜜經論卷上：「又如畫金剛形，初後闊，中則狹。如是般若波羅蜜中狹者，謂淨心地；初後闊者，謂信行地、如來地。」宋釋子璿金剛經纂要刊定記卷三：「約地位闊狹名金剛，此如金剛杵形。以信行一僧祇，淨心只一刹那，佛地二僧祇，如金剛杵初後闊、中間狹故。」智證傳附雲巖寶鏡三昧：「如荎草味，如金剛杵。」注：「金剛杵，首尾俱闊而中狹，又首尾俱虛而中實。」法華經合論卷一：「修多羅有不壞假名、説實相義者，初中後善三法是也。然此三句必相連以達其辭，以初善爲假立，以中善爲實義，以後善亦爲假立。故金剛般若經曰：『般若波羅蜜，即非般若波羅蜜，是名般若波羅蜜。』無著菩薩釋曰：如露形神所持之杵，兩頭闊，其中狹故，闊者虛，狹者實故。」林間録卷上：「大智禪師曰：『夫教語皆是三句相連，初中後善。初直須教渠發善心，中破善，後始明善。菩薩即非菩薩，是名菩薩。法非法，非非法，總與麽也。』」

〔三〕九類衆生同寂靜：金剛經：「所有一切衆生之類，若卵生，若胎生，若濕生，若化生，若有色，若無色，若有想，若無想，若非有想非無想，我皆令入無餘涅槃而滅度之。」「卵生」以下至「非有想非無想」，即九類衆生。

〔四〕四重我相頓消除：金剛經：「此人無我相、人相、衆生相、壽者相。所以者何？我相即是非相，人相、衆生相、壽者相即是非相。何以故？離一切諸相，則名諸佛。」

〔五〕人天但仰懸河辯：金剛經：「佛説是經已，長老須菩提及諸比丘、比丘尼、優婆塞、優婆夷，一切世間天、人、阿修羅，聞佛所説，皆大歡喜，信受奉行。」世説新語賞譽：「王太尉云：『郭子玄語議如懸河寫水，注而不竭。』」

〔六〕蚊蚋難藏烈焰殊：唐釋澄觀華嚴經隨疏演義鈔卷一六：「六性淨無染者，因時雖有煩惱，五義不染：一佛無相故，譬如烟霧不能染空；二是對治故，譬如熔鐵，不停蚊蚋。」玄沙師備禪師廣録卷中：「若向句中作意，則没溺殺學人。若向外馳求，又落魔界。如如向上，没可安排，恰似焰爐不藏蚊蚋。此理本來平坦，何用剗除。」

〔七〕紫羅帳裏撒真珠：禪宗著名話頭，語本景德傳燈録卷一二魏府興化存奬禪師：「我未曾向紫羅帳裏撒真珠與汝諸人，虛空裏亂喝作什麽？」

題潙山立雪軒〔一〕

潙山雪曉試憑欄，露地牛兒覓轉難〔二〕。脱體見前誰對立〔三〕？一塵不受眼空寒。日長齒頰茶甘在〔四〕，客去軒窗篆縷殘。好在少林成想像，祖師時展畫圖看〔五〕。

【注釋】

〔一〕宣和二年冬作於湖南寧鄉縣大潙山。立雪軒：廓門注：「取二祖立雪之義名軒。」錯按：立雪事見景德傳燈録卷三第二十八祖菩提達磨：「（神光）乃往彼晨夕參承。師常端坐面牆，莫聞誨勵。光自惟曰：『昔人求道，敲骨取髓，刺血濟飢，布髮掩泥，投崖飼虎。古尚若此，我又何人？』其年十二月九日夜，天大雨雪，光堅立不動。遲明，積雪過膝。師憫而問曰：『汝久立雪中，當求何事？』光悲淚曰：『惟願和尚慈悲，開甘露門，廣度群品。』師曰：『諸佛無上妙道，曠劫精勤，難行能行，非忍而忍，豈以小德小智、輕心慢心，欲冀真乘，徒勞勤苦。』光聞師誨勵，潛取利刀，自斷左臂，置于師前。師知是法器，乃曰：『諸佛最初求道，爲法忘形。汝今斷臂吾前，求亦可在。』師遂因與易名曰慧可。」五燈會元以菩提達磨爲東土初祖，慧可爲二祖。

〔二〕「潙山雪曉試憑欄」二句：戲謂潙山茫茫白雪，露地白牛藏匿其中，故難尋覓。此戲用大安禪師牧牛公案。景德傳燈録卷九福州大安禪師：「師即造于百丈，禮而問曰：『學人欲求識佛，何者即是？』百丈曰：『大似騎牛覓牛。』師曰：『識後如何？』百丈曰：『如人騎牛至家。』師曰：『未審始終如何保任？』百丈曰：『如牧牛人執杖視之，不令犯人苗稼。』師自兹領旨，更不馳求。同參祐禪師創居潙山也，師躬耕助道。及祐禪師歸寂，衆請接踵住持。師上堂云：『……安在潙山三十來年，喫潙山飯，屙潙山屎，不學潙山禪。只看一頭水牯牛，若落路入草，便牽出；若犯人苗稼，即鞭撻調伏。既久，可憐生，受人言語，如今變作箇露地白牛，常在面前，終日露迴迴地，趁亦不去也。』」

〔三〕脱體見前：謂其全身呈現眼前，無有隱藏。見，通「現」。脱體，即通身，全身，全體。本集卷一五與韓子蒼六首之二：「脱體現前無軃避。」

〔四〕齒頰茶甘：蘇軾道者院池上作：「井好能冰齒，茶甘不上眉。」此借用其語。

〔五〕「好在少林成想像」二句：廓門注：「少林祖師，謂達磨與二祖也。」

三月二十八日棗柏大士生辰用達本情忘知心體合爲韻作八偈供之時在建康獄中〔一〕

道不藉劬勞〔二〕，心唯論曉達。圓明常了知，豈受情想雜〔三〕。如人夢驅馳，身自安牀榻〔四〕。一句脱思惟，大千挂毫髮〔五〕。

句中開活路〔六〕，要汝到根本。如射中百步，巧力觀者奮。箭鋒相直時，何嘗落思忖〔七〕。相逢佇思間，雪峰毬子輥〔八〕。

人間皆熱惱，我自不隨情。一室閑趺坐，天魔魂震驚。百千大火聚，中有片玉清〔九〕。大哉慈忍力，妙湛合無生〔一〇〕。

見行常潤發，種子復難忘〔一一〕。倏爾情塵起，刹那心境彰。譬如鏡中女，非鏡非紅妝〔一二〕。欲證牛無角〔一三〕，當如龜六藏〔一四〕。

吾聞能障道，惟强覺妄知〔一五〕。欲得常靈妙，直須無失時〔一六〕。鐘聲鳴靜夜，晝擊則生疑〔一七〕。踞地真師子，風顛漏泄之〔一八〕。

衆生各圓滿，本覺妙明心〔一九〕。常用交神對，無令見慢侵〔二〇〕。霜刀惟切玉〔二一〕，妙指但鳴琴〔二二〕。□與雪山子㊀〔二三〕，經行煙翠深。

了然心自知，法法露全體。遺化借燈王〔二四〕，引手搏妙喜〔二五〕。大用吾亦然，何獨居士耳〔二六〕。萬里見神光，當以頂後視〔二七〕。

汝常與智俱，自不與妄合〔二八〕。其智自神解，成就一切覺。諸佛方便門，衆生五欲樂〔二九〕。皆依真智生，醞造乳中酪〔三〇〕。

【校記】

㈠□：原闕一字。

【注釋】

〔一〕大觀四年三月二十八日作於江寧府制獄。　棗柏大士：即唐李通玄。據宋高僧傳卷二二李通玄傳，其人卒於開元十八年暮春二十八日，報齡九十六。　達本情忘知心體合：八字出自李通玄華嚴經合論卷一：「夫以有情之本，依智海以爲源；含識之流，總法身而爲體。只爲情生智隔，想變體殊。達本情亡，知心體合。」「忘」本作「亡」。此八偈分別以達、本、情、忘、知、心、體、合八字爲韻。　建康獄：指江寧府制獄。寂音自序：「二年，退而游金陵。久之，運使學士吳幵正仲請住清涼。入寺，爲狂僧誣以爲僞度牒，且旁連前狂僧法和等議訕事，入制獄一年，坐冒惠洪名。」建康，即江寧府，古之金陵。已見前注。

〔二〕道不藉劬勞：楞嚴經卷四：「勝淨明心，本周法界，不從人得，何藉劬勞，肯綮修證？」此化用其意。

〔三〕「圓明常了知」二句：楞嚴經卷四：「圓明了知，不因心念。」此化用其意。

〔四〕「如人夢驅馳」二句：唐釋澄觀華嚴經隨疏演義鈔卷一二：「言所見廣大未離枕上者，六十經夢游天宫喻云：『譬如有人於大會中昏睡安寢，忽然夢見須彌山頂帝釋所住善見大城。』乃至云：『其人自見著天衣服，普於其處住止，周旋其大會中。一切諸人雖同一處，不知不見，何以故？夢中所見，非彼大衆所能見故。』釋曰：天宫廣大，豈離枕上，餘類此知。昔人云『枕上片時春夢中，行盡江南數千里』等，亦時非離須臾也。」此化用其意。

〔五〕大千挂毫髮：法苑珠林卷二八：「爾時須菩提答阿難曰：『我念一時入於三昧，此大千世界，弘廣若斯，置一毛端。』」李白廬山東林寺夜懷：「宴坐寂不動，大千入毫髮。」

〔六〕句中開活路：建中靖國續燈録卷四潤州金山達觀禪師：「上堂云：『纔涉脣吻，便落意思。並是死門。故非活路。』」此從正面而言之。

〔七〕「如射中百步」四句：雲巖寶鏡三昧：「羿以巧力，射中百步。箭鋒相直，巧力何預？」注：「射至百步，力也。射中百步，巧也。至箭鋒相直，則非巧力所及。」此化用其意。廓門注：「『直』當作『拄』歟？」蓋未明其所本。

〔八〕雪峰毬子輥：禪門著名公案。雪峰真覺大師語録卷下：「師凡見僧來參，便輥三箇木毬示之。」同卷又云：「上堂，衆集定，師輥出木毬，玄沙遂捉來安舊處。又一日，師因玄沙來，三箇一時輥出，沙便作偃倒勢。師曰：『尋常用幾個？』曰：『三即一，一即三。』」建中靖國續燈録卷三秀州資聖院盛勤禪師：「僧曰：『雪峰輥毬，玄沙斫碑，又且如何？』師云：『春深日漸暖，人多跣足行。』」宋劉棐景德傳燈録後序：「且百丈卷席，雪峰輥毬，魯祖面壁，石鞏駕箭，道吾舞笏，鳥窠吹布毛，俱胝舉一指，古德如此示人甚多，不在言句之間故也。」

輥，滚動。

〔九〕「百千大火聚」二句：景德傳燈録卷一四潭州長髭曠禪師：「師禮拜，石頭曰：『汝見什麽道理便禮拜？』師曰：『據某甲所見，如洪鑪上一點雪。』」此點化「洪鑪上一點雪」之意。

〔一〇〕妙湛合無生：楞嚴經合論卷五：「阿難偈曰『妙湛總持不動尊』者，無生忍之異稱耳。」鍇按：無生忍，即無生法忍之簡稱。五門禪經要用法：「得法忍者，所謂諸法不生不滅，畢竟空相。能信受是法忍者，是名無生忍。」祖庭事苑卷六引其説。

〔一一〕「見行常潤發」二句：楞嚴經合論卷七：「故言先盛八月露水，水中隨安所有華葉者，隨其種性而潤發之。」

〔一二〕「譬如鏡中女」二句：大智度論卷六：「如鏡中像，非鏡作，非面作，非執鏡者作，亦非自然作，亦非無因緣。」此化用其意，而將其「像」實之以紅妝女。本集卷一四和珣上人八首之一：「生死鏡中像，非面亦非鏡。像既無起滅，心豈纏垢淨。」

〔一三〕牛無角：碧巖録卷六第五十一則雪峰是什麽：「其僧却來問羅山云：『同生不同死時如何？』山云：『如牛無角。』僧云：『同生亦同死時如何？』山云：『如虎戴角。』末後句，正是這箇道理。」

〔一四〕龜六藏：取義佛經中龜藏頭尾四肢之寓言，以喻修行。大般涅槃經卷四如來性品之一：

「覆藏諸惡，如龜藏六。」同書卷七如來性品之四：「防護自身，如龜藏六。」參見本集卷一四粹中自郴江瑩中與南歸時余在龍山容泯齋爲誦唐詩入郭隨緣住思山破夏歸之句爲韻十首注〔一五〕。

〔一五〕「吾聞能障道」二句：宗鏡録卷四一：「問：『既無心念，木石何殊？又絶見聞，如何覺悟？』答：『只謂强覺妄知而能障道，唯當脱粘。』」

〔一六〕「欲得常靈妙」二句：楞嚴經合論卷二：「强覺妄知，違時失候者，非本自妙而常明徧知之體也。」

〔一七〕「鐘聲鳴靜夜」二句：此例示何爲「失時」，謂如鐘聲本當靜夜鳴，若白晝鳴鐘，則違時失候。鍇按：本集卷二〇明白庵銘：「雷霆發聲，萬國春曉。聞者不言，心得意了。木落霜清，水歸沙在。忽然震驚，聞者駭怪。」亦「失時」之例，可參見。

〔一八〕「踞地真師子」二句：指臨濟義玄禪師。鎮州臨濟慧照禪師語録：「有時一喝如踞地金毛師子。」即指此。鍇按：景德傳燈録卷一二鎮州臨濟義玄禪師：「愚曰：『黄檗恁麼老婆，爲汝得徹困，猶覓過在。』師於言下大悟云：『元來黄檗佛法無多子。』師辭大愚，却迴黄檗，隨後便打黄檗一掌。黄檗云：『這風顛漢，却來這裏捋虎鬚。』」風顛，代指臨濟義玄。漏泄，指其所言「佛法無多子」。

〔一九〕「衆生各圓滿」二句：楞嚴經卷九：「佛告阿難及諸大衆：『汝等當知，有漏世界十二類生，本覺妙明，覺圓心體，與十方佛無二無別。』」

〔二〇〕「常用交神對」二句：林間録卷上：「王文公曰：『佛與比丘辰巳間應供，名爲齋者。與衆生接，不可不齋。又以佛性故，等視衆生，而以交神之道見之。故首楞嚴曰：嚴整威儀。肅恭齋法。』」錢謙益楞嚴經疏解蒙鈔卷一亦引此段，作「定林（即王安石）云」。此化用其意。　慢侵：怠慢，侵凌。　鍇按：惠洪著述屢論及此，如楞嚴經合論卷一：「世尊與比丘應供行乞，必於辰巳之間，而名曰齋。何謂也？與衆生接之時也。夫與衆生接，其可不齋乎？易曰：『齋戒以神明其德。』又以佛性故，等視衆生，而以交神之道見之。」智證傳：「若真能敬重自己佛性，即於一切衆生，以交神之道見之。」

〔二一〕霜刀惟切玉：列子湯問：「周穆王大征西戎，西戎獻錕鋙之劍，火浣之布，其劍長尺有咫，練鋼赤刃，用之切玉，如切泥焉。」汾陽無德禪師語録卷下歌頌顯宗用：「喻似金剛携寶劍，擬將切玉早成泥。」

〔二二〕妙指但鳴琴：楞嚴經卷四：「譬如琴瑟、箜篌、琵琶，雖有妙音，若無妙指，終不能發。」

〔二三〕雪山子：謂雪山童子釋迦牟尼。

〔二四〕遣化借燈王：維摩詰經卷中不思議品：「文殊師利言：『居士！東方度三十六恒河沙國，有世界名須彌相，其佛號須彌燈王，今現在。彼佛身長八萬四千由旬，其師子座高八萬四千由旬，嚴飾第一。』於是長者維摩詰現神通力，即時彼佛遣三萬二千師子座，高廣嚴淨，來入維摩詰室。」

〔二五〕引手搏妙喜：維摩詰經卷下見阿閦佛品：「是時大衆渴仰，欲見妙喜世界無動如來，及其菩薩、聲聞之衆。佛知一切衆會所念，告維摩詰言：『善男子！爲此衆會，現妙喜國無動如來，及諸菩薩、聲聞之衆，衆皆欲見。』於是維摩詰心念：『吾當不起于座，接妙喜國……以右手斷取，如陶家輪，入此世界，猶持華鬘，示一切衆。』作是念已，入於三昧，現神通力，以其右手斷取妙喜世界，置於此土。」

〔二六〕「大用吾亦然」二句：謂吾亦有神通力，能借燈王，搏妙喜，非維摩詰居士所獨有。

〔二七〕「萬里見神光」二句：景德傳燈録卷一八福州玄沙師備禪師：「我尋常道：亡僧面前正是觸目菩提，萬里神光頂後相。若人覿得，不妨出得陰界，脱汝髑髏前意想。」

〔二八〕「汝常與智俱」二句：華嚴經合論卷一〇：「若自心達理，不與妄合，其智自神，不爲不思，而智善通萬有。」智證傳：「夫知心寂滅，則不復故起現行；不與妄合，則自然本智現前。」

〔二九〕衆生五欲樂：五欲指色、聲、香、味、觸。大智度論卷一七：「五欲者，名爲妙色、聲、香、味、觸；欲求禪定，皆應棄之。」又曰：「哀哉衆生，常爲五欲所惱，而猶求之不已！」

〔三〇〕醞造乳中酪：大般涅槃經卷二八師子吼菩薩品：「一切衆生有佛性，性如乳中酪性。」宗鏡録卷三九：「又如木中火性，乳中酪性，緣若未具，有亦同無。衆生佛性，亦復如是。」

二十九日明白庵主寂滅之日用欲得現前莫存順逆爲韻作八偈〔一〕

道心固有恒，至剛定無欲〔二〕。得飽即酣臥，稱心良易足。清歌一瓢風〔三〕，笑唾千鍾祿〔四〕。誰能作九原〔五〕，我欲掖埋玉〔六〕。

然燈有法傳，釋迦當即得。但聞記別音，乃知無所獲〔七〕。精真妙平等，明告恐疑惑。永懷常不輕，好心遭捶擲〔八〕。

心馳即攝來，寂然住正念。譬如分身集，全身方出現〔九〕。生佛識精聚，滅佛游魂變〔一〇〕。分坐寶塔中〔一一〕，貳法君試辨。

道非止精進，此意曾密傳。宴坐歷十劫，佛法不現前〔一二〕。一乘論知見〔一三〕，三獸分聖賢〔一四〕。君看娑竭女，初不學安禪〔一五〕。

汝心有罅隙，甘受夢幻縛。我念無異相，魔外分遮莫〔一六〕。初緣五欲因，乃得入禪樂〔一七〕。自喜如弄潮（猢）㊀，旁觀膽（贍）先落㊁〔一八〕。

火風肆怒嗔，萬物遭蕩焚〔一九〕。起止甚自若，不受冤債吞。六情具三毒〔二〇〕，安得有罪愆〔二一〕。異哉根與境，乃得此理存。餘生老變衰，復卧癡愛病〔二二〕。默觀顛倒因，聊復自隨順〔二三〕。負暄慶生辰〔二四〕，自誑倚年運。偶然吐文章，朽木生芝菌（藺）㊂〔二五〕。業熟會冤憎，遂爾遭横逆。願行報冤行，遇此真知識〔二六〕。用智滅無明〔二七〕，以事觀色力。當登萬煅爐，乃驗真金色〔二八〕。

【校記】

㊀潮：原作「猢」，誤，今改。參見注〔一八〕。

㊁膽：原作「贍」，誤，今據四庫本、廓門本、武林本改。參見注〔一八〕。

㊂菌：原作「藺」，誤，今據四庫本、武林本改。參見注〔二五〕。

【注釋】

〔一〕大觀四年三月二十九日作於江寧府制獄。此組偈列於三月二十八日棗柏大士生辰用達本情忘知心體合爲韻作八偈供之時在建康獄中之後，偈題中「二十九日」當爲大觀四年三月二十九日。明白庵主：惠洪自號。寂滅之日：實指生辰，此八偈之七有「負暄慶生辰」之句，可證。鍇按：本集中每稱高僧忌日曰「生辰」，而稱己之生辰爲「寂滅之日」，其顛倒生辰死日，與其禪學觀念相關。欲得現前莫存順逆：八字出自景德傳燈録卷三〇三祖僧璨大師信心銘。此八偈分別用欲、得、現、前、莫、存、順、逆八字爲韻。

〔二〕至剛定無欲：論語子路：「子曰：『剛毅木訥近仁。』」王肅注：「剛，無欲；毅，果敢；木，質樸；訥，遲鈍。有斯四者，近於仁。」

〔三〕一瓢風：論語雍也：「子曰：『賢哉回也！一簞食，一瓢飲，在陋巷，人不堪其憂，回也不改其樂。賢哉回也！』」風，風操。

〔四〕千鍾禄：優厚之俸禄。史記魏世家：「魏成子以食禄千鍾，什九在外，什一在内。」

〔五〕作九原：死者復生，起於墓中。禮記檀弓下：「趙文子與叔譽觀乎九原。文子曰：『死者如可作也，吾誰與歸？』」注：「作，起也。」九原，晉卿大夫墓地所在，後世因代指墓地。

〔六〕掖：扶起。　埋玉：代指有才華而去世之人。世説新語傷逝：「庾文康亡，何揚州臨葬云：『埋玉樹箸土中，使人情何能已已！』」

〔七〕「然燈有法傳」四句：金剛經：「佛告須菩提：『於意云何？如來昔在然燈佛所，於法有所得不？』『世尊！如來在然燈佛所，於法實無所得。』」同書又曰：「『須菩提！於意云何？如來於然燈佛所，有法得阿耨多羅三藐三菩提不？』『不也，世尊！如我解佛所説義，佛於然燈佛所，無有法得阿耨多羅三藐三菩提。』佛言：『如是，如是！須菩提！實無有法如來得阿耨多羅三藐三菩提。須菩提！若有法如來得阿耨多羅三藐三菩提者，然燈佛則不與我受記：汝於來世，當得作佛，號釋迦牟尼。以實無有法得阿耨多羅三藐三菩提，是故然燈佛與我受記，作是言：汝於來世，當得作佛，號釋迦牟尼。何以故？如來者，即諸法如義。』」記別：亦作「記莂」。指佛爲弟子預記死後生處及未來成佛因果、國名、佛名等事。授此記別於弟子，謂之授記。唐釋圓測解深密經疏卷六：「記別者，謂於是處聖弟子等。謝往過去記別德失生處差別。」遼釋覺苑大日經義釋演密鈔卷四：「記別者，謂世尊記諸弟子未來生事，記因果也。又諸論云：了義經説名爲記別，記別，開示深密意故。餘處所言，不了義經名記別者，謂以少言略記別，故名不了義，不據分明説深義故。又總以三義名爲記別：一記弟子生死因果，二分明説記深密之義，三記菩薩當成佛事等。」

〔八〕「永懷常不輕」二句：法華經卷六常不輕菩薩品：「爾時有一菩薩比丘名常不輕。得大勢！以何因緣名常不輕？是比丘凡有所見，若比丘、比丘尼、優婆塞、優婆夷，皆悉禮拜讚歎，而作是言：『我深敬汝等，不敢輕慢。所以者何？汝等皆行菩薩道，當得作佛。』而是比丘，不專讀誦經典，但行禮拜，乃至遠見四衆，亦復故往禮拜讚歎，而作是言：『我不敢輕於汝等，汝等皆當作佛。』四衆之中，有生瞋恚、心不淨者，惡口駡詈言：『是無智比丘從何所來？自言我不輕汝，而與我等授記，當得作佛。我等不用如是虚妄授記。』如此經歷多年，常被駡詈，不生瞋恚，常作是言：『汝當作佛。』説是語時，衆人或以杖木瓦石而打擲之，避走遠住，猶高聲唱言：『我不敢輕於汝等，汝等皆當作佛。』以其常作是語故，增上慢比丘、比丘尼、優婆塞、優婆夷，號之爲常不輕。」

〔九〕「譬如分身集」二句：法華經卷四見寶塔品：「是多寶佛，有深重願：『若我寶塔，爲聽法華經故，出於諸佛前時，其有欲以我身示四衆者，彼佛分身諸佛，在於十方世界説法，盡還集一處，然後我身乃出現耳。』」

〔一〇〕「生佛識精聚」二句：易繫辭上：「精氣爲物，游魂爲變。」宋晁迥法藏碎金録卷八：「周易云：『精氣爲物，游魂爲變。』此乃釋教所説羣有從一真起滅，名爲生死，隨其因報輪環，各入諸趣是也。」此化用其意。　識精：楞嚴經合論卷三引定林（王安石）曰：「識精爲水，水不摇，則名之爲湛。所謂圓湛者，清淨本然，周徧法界，不分爲六，則湛圓矣。所謂妙湛者，以妙力總持不動，則湛圓矣。所謂覺湛明性者，覺合識精，如日合水，而有明性也。所謂湛精圓常者，即圓湛識精也。」

〔一一〕分坐寶塔中：法華經卷四見寶塔品：「爾時多寶佛於寶塔中分半座與釋迦牟尼佛，而作是言：『釋迦牟尼佛！可就此座。』即時釋迦牟尼佛入其塔中，坐其半座，結加趺坐。」

〔一二〕「宴坐歷十劫」二句：法華經卷三化城喻品：「大通智勝佛壽五百四十萬億那由他劫。其佛本坐道場，破魔軍已，垂得阿耨多羅三藐三菩提，而諸佛法不現在前。如是一小劫乃至十小劫，結加趺坐，身心不動，而諸佛法猶不在前。」

〔一三〕一乘論知見：法華經合論卷三：「如前偈曰：『若人散亂心，入於塔廟中，一稱南無佛，皆已成佛道。』但一稱佛之名，則佛道已成，何其易哉！今此偈曰：『大通智勝佛，十劫坐道場，佛法不現前，不得成佛道。』經十劫而坐，猶不成道，又何其難也！豈一經首尾自相違戾耶？經必有旨耶？曰：一佛乘唯論知見，唯以佛之知見，開悟衆生，故鄙陋功力取證也。」

〔一四〕三獸分聖賢：鞞婆沙論卷四：「或曰：謂得盡甚深緣起底，非如一切聲聞、辟支佛。作譬喻，三獸渡河，兔、馬、香象，兔者浮而渡河，馬者少多觸沙而渡，香象者盡底蹈沙而渡。如是三乘渡緣起河，佛、辟支佛、聲聞。如兔浮渡河，如是當觀聲聞緣起智。如馬少多觸沙而渡，如是當觀辟支佛緣起智。如香象盡底蹈沙而渡，如是當觀佛世尊緣起智。是故說謂得盡甚深緣起底，非如一切聲聞、辟支佛。」

〔一五〕「君看娑竭女」二句：法華經卷四提婆達多品：「文殊師利言：『有娑竭羅龍王女，年始八歲，智慧利根，善知衆生諸根行業，得陀羅尼，諸佛所說甚深祕藏，悉能受持。深入禪定，了達諸法，於刹那頃發菩提心，得不退轉，辯才無礙。慈念衆生猶如赤子，功德具足，心念口演，微妙廣大，慈悲仁讓，志意和雅，能至菩提。』……當時衆會，皆見龍女忽然之間變成男子，具菩薩行，即往南方無垢世界，坐寶蓮華，成等正覺，三十二相、八十種好，普爲十方一切衆生演說妙法。爾時娑婆世界，菩薩、聲聞、天龍八部、人與非人，皆遥見彼龍女成佛，普爲時會人天說法，心大歡喜，悉遥敬禮。」

〔一六〕魔外分遮莫：倒裝句，猶言儘教天魔外道分别異相。苕溪漁隱叢話後集卷八引藝苑雌黄云：「遮莫，俚語，猶言儘教也。自唐以來有之，故當時有『遮莫你古時五帝，何如我今日三郎』之説。然詞人亦稍有用之者，杜詩云：『久拚野鶴同雙鬢，遮莫鄰雞唱五更。』」

〔一七〕「初緣五欲囚」三句：大智度論卷一七：「五欲者，名爲妙色、聲、香、味、觸；欲求禪定，皆應棄之。」

〔一八〕「自喜如弄潮」三句：其意又見本集卷四瑜上人自靈石來求鳴玉軒詩會予斷作語復決隄作一首：「譬如人弄潮，覆却甚自若。旁多聚觀者，縮項膽爲落。」底本「潮」作「猢」，「膽」作「贍」，皆涉形近而誤。廓門注：「弄猢猻，見忠國師傳。或『猢』作『潮』。」鍇按：弄猢猻，不得簡稱曰「弄猢」，且與「旁觀膽先落」無涉，今據改。

〔一九〕「火風肆怒嗔」三句：謂怒嗔之心如火，可燒毁一切。蓋佛教以「嗔」爲三毒之一，嗔即怒嗔，嗔恚。法苑珠林卷七八：「故知嗔心甚於猛火，行者應自防護。劫功德賊無過斯害，若起一念恚火，便燒衆善功德。」

〔二〇〕六情：即六根，眼、耳、鼻、舌、身、意。隋釋吉藏中觀論疏卷四六情品：「問：『意可是情，餘五云何是情？』答：『意當體名情，餘五生情識之果，從果受稱也。六情亦名六根，五根能生五識，意根能生意識。六情亦名六依，爲六識所依。』」　三毒：即貪、嗔、癡。

〔二一〕罪愆：罪過，過失。大寶積經卷九七優陀延王會：「唯願如來及諸聖衆，施我歡喜、聽我懺悔，如斯罪愆，令速消滅。」

〔二二〕癡愛病：維摩詰經卷中文殊師利問疾品：「維摩詰言：『從癡有愛，則我病生。以一切衆生病，是故我病。』」

〔二三〕隨順：華嚴經卷二八十迴向品：「願一切衆生得隨順智，住無上覺。」參見本集卷一三三月二十八日棗柏大士生辰六首注〔一八〕。

〔二四〕負暄：曝日取暖。列子楊朱：「昔者宋國有田夫，常衣緼黂，僅以過冬。暨春東作，自曝於日，不知天下之有廣廈隩室、緜纊狐狢。顧謂其妻曰：『負日之暄，人莫知者，以獻吾君，將有重賞。』」

〔二五〕「偶然吐文章」二句：柳宗元與蕭翰林俛書：「雖朽枿腐敗，不能生植，猶足蒸出芝菌，以爲瑞物。」此借用其意。　底本「菌」作「蔨」，涉形近而誤。　廓門注：「『蔨』當作『菌』字歟？」其説甚是。　鍇按：本集論作詩文用此喻，皆作「菌芝」或「芝菌」，如卷七和游谷山：「我慚衰老亦作詩，譬如菌芝生朽木。」卷一〇同吴家兄弟游東山約仲誠不至：「我老吐詞如朽木，蒸成芝菌報升平。」卷一三次韻閻資欽提舉東安道中：「應憐妙語如芝菌，不吐青林吐卧槎。」卷二六題珠上人所蓄詩卷：「予於文字未嘗有意，遇事而作，多適然耳。譬如枯株無故蒸出菌芝，兒稚喜爭攫取之，而枯株無所損益。」足證「蔨」字之誤，今據改。

〔二六〕「業熟會冤憎」四句：景德傳燈録卷三〇菩提達磨略辨大乘入道四行：「行入者，謂四行，其餘諸行悉入此中。何等四耶？一報冤行，二隨緣行，三無所求行，四稱法之行。云何報冤行？謂修道行人若受苦時，當自念言，我從往昔無數劫中，棄本從末，流浪諸有，多起冤憎，違害無限。

今雖無犯，是我宿殃惡業果熟，非天非人所能見與。甘心忍受，都無寃訴。經云：『逢苦不憂。』何以故？識達故。此心生時，與理相應，體寃進道，故説言報寃行。」此化用其意。遭横逆：即遭横禍，指爲狂僧所誣而入江寧府制獄之事。此亦可證八偈作於大觀四年三月二十九日。錯按：寂音自序謂其「追繹達摩四種行作四偈」，其三報寃行曰：「僧嬰王難，情觀可醜。夙業純熟，所以甘受。受盡還無，何醜之有？轉重還輕，佛恩彌厚。」可參見。

〔二七〕用智滅無明：本集卷二五題華嚴十明論曰：「親近隨順此智者，戒定慧三法而已。以戒定慧觀照方便，破滅無明。」

〔二八〕「當登萬煅爐」二句：大智度論卷二：「譬如真金，燒鍛打磨，都無增損。」林間録卷上載英邵武偈曰：「萬鍛爐中鐵蒺藜，直須高價莫饒伊。」此借用其語。煅：同「鍛」。

政和二年余謫海外館瓊州開元寺儼師院遇其游行市井宴坐靜室作務時恐緣差失念作日用偈八首〔一〕

一切境界，病眼倒見〔二〕。但靜意根，空慧自現〔三〕。

一切境界，隨念而至。念未生時，髑髏是水〔四〕。

道人何故，婬坊酒肆。我自調心，非干汝事〔五〕。

一日不作，一日不食〔六〕。誰其嗣之〔七〕？我有遺則〔八〕。
折脚鐺子，隨處安置。食無精粗，但欲接氣〔九〕。
心欲馳散，即當攝來〔一○〕。大火聚中，青蓮花開〔一一〕。
此障道法，上品蓋纏〔一二〕。是何時節？乃復安眠。
沙彌嗜乳，作乳中蟲〔一三〕。三篋高道，一鉢孤風〔一四〕。

【注釋】

〔一〕政和二年三月作於瓊州。智證傳：「予政和元年十月謫海外，明年三月館於瓊州之開元寺儼師院。」楞嚴經合論卷末附惠洪尊頂法論後叙：「政和元年十月，以宏法嬰難，自京師竄於朱崖。明年二月至海南，館於瓊山開元寺。」本集卷二三無證庵記：「余頃得罪謫海外，館於開元之上方儼師院。」

日用偈：以偈言日用之事，以爲警示。此偈本自唐圭峰宗密禪師。林間録卷上：「圭峰日用偈曰：『作有義事，是惺悟心。作無義事，是散亂心。散亂隨情轉，臨終被業牽。惺悟不由情，臨終能轉業。』」景德傳燈録卷一三終南山圭峰宗密禪師載此偈，「散亂」作「狂亂」。

〔二〕病眼倒見：宗鏡録卷二四：「若違自心，取外佛相勝妙之境，則是顛倒。所以華嚴經頌云：『若以威德色種族，而見人中調御師，是爲病眼顛倒見，復不能知最勝法。』」

〔三〕「但靜意根」二句：李通玄解迷顯智成悲十明論：「但靜意根，空慧現前。」此用其成句。

〔四〕髑髏是水：林間録卷上：「唐僧元曉者，海東人。初航海而至，將訪道名山。獨行荒陂，夜宿冢間，渴甚，引手掬水于穴中，得泉甘凉。黎明視之，髑髏也。大惡之，盡欲嘔去。忽猛省，嘆曰：『心生則種種法生，心滅則髑髏不二。如來大師曰：三界唯心。豈欺我哉！』遂不復求師，即日還海東，疏華嚴經，大弘圓頓之教。」參見本集卷一五讀古德傳八首注〔六〕。

〔五〕「道人何故」四句：景德傳燈録卷三第二十九祖慧可大師：「遂韜光混跡，變易儀相，或入諸酒肆，或過於屠門，或習街談，或隨厮役。人問之曰：『師是道人，何故如是？』師曰：『我自調心，何關汝事？』」智證傳：「故二祖大師既老，出入市里，混於婬坊酒肆之間。有嘲之者，答曰：『我自調心，非干汝事。』此韜光密用者也。」此化用其意。鍇按：二祖大師初無婬坊事，蓋「婬坊」語本維摩詰經卷上方便品：「入諸婬舍，示欲之過；入諸酒肆，能立其志。」此以「酒肆」連帶言之。古尊宿語録卷四五寶峰雲庵真淨禪師偈頌下中法界三觀六頌之四：「事事無礙，如意自在。手把豬頭，口誦淨戒。趁出婬坊，未還酒債。十字街頭，解開布袋。」

〔六〕「一日不作」二句：天聖廣燈録卷八洪州百丈山大智禪師：「師凡作務執勞，必先於衆。衆不忍其勞，密收作具而請息之。師云：『吾無德矣，爭合勞人？』既徧求作具不獲，而亦不食。故有『一日不作，一日不食』之言流播寰宇矣。」

〔七〕誰其嗣之：左傳襄公三十年：「我有子弟，子産誨之。我有田疇，子産殖之。子産而死，誰其嗣之？」此借用其成句。

〔八〕遺則：前人留傳之法則，此指百丈懷海禪師之言。楚辭離騷：「雖不周於今人兮，願依彭咸之遺則。」

〔九〕接氣：接續氣息，指勉强維持生命。景德傳燈録卷一八福州玄沙師備禪師：「布衲芒屨，食纔接氣，常終日宴坐，衆皆異之。」

〔一〇〕「心欲馳散」二句：大乘起信論：「心若馳散，即當攝來，住於正念。是正念者，當知唯心，無外境界。」

〔一一〕「大火聚中」二句：維摩詰經卷中佛道品：「火中生蓮華，是可謂希有。在欲而行禪，希有亦如是。或現作婬女，引諸好色者，先以欲鈎牽，後令入佛道。」此化用其意。

〔一二〕蓋纏：佛教有五蓋十纏，皆煩惱之數，以其能覆蓋心性而不生善法，故曰蓋。以其煩惱纏繞心性，故曰纏。已見前注。

〔一三〕「沙彌嗜乳」二句：謂貪著美味、嗜欲過度者，當受衆苦，而墮不淨蟲中。大智度論卷一七：「如一沙彌，心常愛酪，諸檀越餉僧酪時，沙彌每得殘分，心中愛著，樂喜不離。命終之後，生此殘酪瓶中。沙彌師得阿羅漢道，僧分酪時，語言：『徐徐！莫傷此愛酪沙彌！』諸人言：『此是蟲，何以言愛酪沙彌？』答言：『此蟲本是我沙彌，但坐貪愛殘酪故，生此瓶中。』師得酪分，蟲在中來。師言：『愛酪人，汝何以來？』即以酪與之。」

〔一四〕「三篾高道」二句：以三條篾束腰而住山，以一鉢之食而度生涯，謂生活簡陋，行爲孤高。此對照愛酪之僧而言之。正法眼藏卷二上：「一日，祖（馬祖道一）曰：『子近日作麽生？』山（藥山惟儼）曰：『皮膚脱落盡，唯有真實在。』祖曰：『子之所得，可謂協於心體，布於四肢。既能如是，將三條篾束取肚皮，隨處住山去。』」 鍇按：「三條篾」公案不見於景德傳燈録，然圓悟佛果禪師語録卷二上堂示衆已舉此公案，又雲卧紀談卷下載洪諫議（洪芻）爲僧守端作疏曰：「丈室雖受於一牀，繞腹豈須於三篾。」已用其事。圓悟克勤、洪芻、僧守端皆與惠洪同時，且有交往，則此公案至遲北宋後期已流行禪林。

示禪者二首〔一〕

刹説衆生説，三世一切説〔二〕。廣大古井波〔三〕，平等紅爐雪〔四〕。照用本來同〔五〕，賓主互相攝〔六〕。如圓伊三點〔七〕，不同亦不別。

高高峰頂立，深深海底行〔八〕。道人行立處，塵世有誰爭？無間功不立〔九〕，渠儂尊貴生〔一〇〕。强酬顛倒欲，火裏鐵牛耕〔一一〕。

【注釋】

〔一〕作年未詳。　鍇按：禪林僧寶傳卷九雲居簡禪師傳贊曰：「大陽明安嘗疏藥山之語曰：『高高山上標不出，深深海底藏不没。』其兒孫遵承之，以爲妙得其旨。及聞雲居之言，則如真虎踞地而吼，百獸震恐。乃悟明安所示，蓋裴旻之虎也。予爲作偈曰：『高高山上立，深深海底行。道人行立處，塵世有誰爭？無間功不立，渠儂尊貴生。詶君顛倒欲，枯木一枝榮。』」則此二首爲示曹洞宗禪僧而作。

〔二〕「剎說衆生說」二句：華嚴經卷三三普賢菩薩行品：「佛說菩薩說，剎說衆生說，三世一切說，菩薩分別知。」景德傳燈録卷二八南陽慧忠國師語：「曰：『無情說法，有何典據？』師曰：『不見華嚴云：剎說衆生說，三世一切說。衆生是有情乎？』」

〔三〕廣大古井波：白居易贈元稹：「無波古井水，有節秋竹竿。」蘇軾出都來陳所乘船上有題小詩八首不知何人有感於余心聊爲和之之八：「年來煩惱盡，古井無由波。」古井喻息心靜慮，波喻煩惱。此反其意而用之，謂靜慮與煩惱共存。

〔四〕平等紅爐雪：景德傳燈録卷一四潭州長髭曠禪師：「師曰：『據某甲所見，如洪鑪上一點雪。』」此借用其語，謂極熱之紅爐與極冷之雪花本無差別。

〔五〕照用本來同：不退轉輪經卷三：「衆生如涅槃，亦有諸照用。照用無有我，故名爲涅槃。」景德傳燈録卷一三汾州善昭禪師：「上堂謂衆曰：『凡一句語須具三玄門，每一玄門須具三要。有照有用，或先照後用，或先用後照，或照用同時，或照用不同時。』」

〔六〕賓主互相攝：明覺禪師語録卷三拈古：「者裏著得箇眼，賓主互換，便能深入虎穴。或不滔麼，縱饒師祖悟去，也是龍頭蛇尾漢。」

〔七〕圓伊三點：大般涅槃經卷二壽命品：「何等名爲祕密之藏？猶如伊字三點，若並則不成伊，縱亦不成。如摩醯首羅面上三目，乃得成伊三點。若别亦不得成，我亦如是。解脱之法亦非涅槃，如來之身亦非涅槃，摩訶般若亦非涅槃。三法各異，亦非涅槃。我今安住如是三法，爲衆生故，名入涅槃，如世伊字。」鍇按：伊字三點畫作「∴」，亦稱圓伊。參見本集卷一二雲巖寶鏡三昧注〔三〕。

〔八〕「高高峰頂立」二句：景德傳燈録卷一四澧州藥山惟儼禪師：「翱又問：『如何是戒定慧？』師曰：『貧道遮裏無此閑家具。』翱莫測玄旨。師曰：『太守欲得保任此事，直須向高高山頂坐，深深海底行，閨閤中物捨不得，便爲滲漏。』」

〔九〕無間功不立：汾陽無德禪師語録卷中頌古代别注首山念禪師頌：「攢梭不解織。」注：「無間功不立。」此借用其成句。

〔一〇〕尊貴生：用洞山良价禪師語。生，語助詞。景德傳燈録卷一四鄂州百顏明哲禪師：「師明日入僧堂曰：『昨日對二闍梨，一轉語不穩。今請二闍梨道，若道得，老僧便開粥飯，相伴過夏。速道速道！』洞山曰：『太尊貴生。』師乃開粥共過一夏。」

〔一一〕火裏鐵牛耕：景德傳燈録卷二三婺州明招德謙禪師偈曰：「火裏鐵牛生犢子，臨岐誰解湊吾機？」智證傳亦引其偈語。此借用其語，喻不可能之事。鍇按：「火裏鐵牛耕」一句，禪林僧寶傳卷九引此偈作「枯木一枝榮」，見本詩注〔一〕。

嶺外大雪故人多在南中元日作三偈奉寄瑩中〔一〕

遍界不曾(會)藏㈠，處處光皎皎〔二〕。開眼失蹤由㈡，都緣太分曉㈢〔三〕。園林忽生春〔四〕，萬瓦粲一笑〔五〕。遥知忍凍人，未悟安心了〔六〕。

昨夜一歲除，今朝一歲長。如人暗書空，點畫自想像〔七〕。春風依舊寒〔八〕，底處有來往。居士亦赤窮〔九〕，眉毛在眼上〔一〇〕。

傳聞嶺外雪，壓倒千年樹。老兒拍手笑㈣，有眼未曾覩〔一一〕。故應潤物材，一洗瘴江霧。寄語牧牛人，莫教頭角露〔一二〕。

【校記】

㈠曾：原作「會」，誤，今據四庫本、廓門本改。

㈡蹤由：冷齋夜話作「却蹤」。

㈢太：冷齋夜話作「大」。

㈣拍：冷齋夜話作「拊」。

【注釋】

〔一〕崇寧三年正月初一作於長沙。鍇按：冷齋夜話卷七負華嚴經入嶺大雪二偈：「陳瑩中謫合浦時，予在長沙。……聞嶺外大雪，作二偈寄之曰：『傳聞嶺外雪，壓倒千年樹。老兒拊手笑，有眼未曾睹。故應潤物材，一洗瘴江霧。寄語牧牛人，莫教頭角露。』又曰：『遍界不曾藏，處處光皎皎。開眼失却蹤，都緣大分曉。園林忽生春，萬瓦粲一笑。遥知忍凍人，未悟安心了。』」此處爲三偈，較冷齋夜話多一偈。　南中：指嶺南地區。文選卷四三孫楚爲石仲容與孫皓書：「又南中吕興，深覩天命。」李善注：「吴志曰：『交阯郡吏吕興等，殺太守孫諝，使使如魏，請太守及兵。』」　瑩中：即陳瓘，字瑩中，時謫居廉州。

〔二〕「遍界不曾藏」二句：謂雪後世界白茫茫一片，皎潔明亮，無處隱藏。景德傳燈録卷一五潭州石霜山慶諸禪師：「有僧在明窗外問：『咫尺之間爲什麽不覩師顔？』師曰：『我道遍界不曾藏。』僧舉問雪峰：『遍界不曾藏意旨如何？』雪峰曰：『什麽處不是石霜？』」圜悟佛果禪師語録卷一九：「皎皎清光，遍界莫藏。」

〔三〕「開眼失蹤由」二句：謂白雪過於皎潔分明，反使眼前一片空白，難辨蹤跡。　鍇按：此似暗喻過分理解佛經文字義理，反而失去佛學真諦。蓋惠洪嘗與陳瓘論華嚴宗旨，故有此喻。

〔四〕園林忽生春：冷齋夜話卷一〇詩當作不經人語：「盛學士次仲、孔舍人平仲同在館中，雪夜論詩。平仲曰：『當作不經人道語。』曰：『斜拖闕角龍千丈，澹抹牆腰月半稜。』坐客皆稱絶。次仲曰：『句甚佳，惜其未大。』乃曰：『看來天地不知夜，飛入園林總是春。』平仲乃服其工。」此化用其語意。　鍇按：盛次仲詩實亦點化岑參白雪歌送武判官歸京「忽如一夜春風來，千樹萬樹梨花開」之句，即所謂「不易其意而造其語」。

〔五〕萬瓦粲一笑：黄庭堅祕書省冬夜宿直寄懷李德素：「姮娥攜青女，一笑粲萬瓦。」此化用其句。

〔六〕「遥知忍凍人」二句：景德傳燈録卷三第二十八祖菩提達磨載神光（即慧可）立雪斷臂後，得菩提達磨大師誨勵：「光曰：『我心未寧，乞師與安。』師曰：『將心來與汝安。』曰：『覓心了不可得。』師曰：『我與汝安心竟。』」此借其事戲謂陳瓘在雪中忍凍，尚未如立雪之二祖慧可悟得安心法。

〔七〕「如人暗書空」二句：世説新語黜免：「殷中軍被廢，在信安，終日恒書空作字。揚州吏民尋義逐之，竊視，唯作『咄咄怪事』四字而已。」景德傳燈録卷五西京光宅寺慧忠禪師注：「僧問趙州：『國師唤侍者意作麽生？』趙州云：『如人暗裏書字，字雖不成，文彩已彰。』」此合二事而用之。

〔八〕春風依舊寒：天聖廣燈録卷二三筠州洞山曉聰禪師：「師上堂云：『春寒凝沍，夜來好雪。還見麽？大地雪漫漫，春風依舊寒。説禪説道易，成佛成祖難。珍重！』」建中靖國續燈録卷二九秀州資聖盛懃禪師西來頌五首之二：「君問西來意，春風依舊寒。欲行千界外，舉步細須看。」此借用其成句。

〔九〕赤窮：猶赤貧，一無所有。景德傳燈録卷一三汝州風穴延沼禪師：「問：『如何是大人相？』師曰：『赫赤窮。』」同書卷一七益州北院通禪師：「曰：『如何是赤窮底人？』師曰：

『如酒店腰帶。』」

〔一〇〕眉毛在眼上：圓悟佛果禪師語録卷二：「上堂，僧問：『去歲今朝今日去，今年年是去年年。如何是物不遷？』師云：『眉毛在眼上。』」禪宗頌古聯珠通集卷三九：「白雲因僧問：『舊歲已去，新歲到來。如何是不遷義？』師曰：『眉毛在眼上。』」

〔一一〕有眼未曾覩：杜甫遭田父泥飲美嚴中丞：「酒酣誇新尹，畜眼未見有。」此化用其意。

〔一二〕「寄語牧牛人」二句：此寄語陳瓘修行佛法，須調伏心性，直至智境雙泯，如露地白牛藏匿於白雪世界中，不露頭角。景德傳燈録卷九福州大安禪師：「師上堂云：『安在溈山三十來年，喫溈山飯，屙溈山屎，不學溈山禪。只看一頭水牯牛，若落路入草，便牽出；若犯人苗稼，即鞭撻調伏。既久，可憐生，受人言語，如今變作箇露地白牛，常在面前，終日露迥迥地，趁亦不去也。』」汾陽無德禪師語録卷中頌古代別注首山念禪師頌：「水牛也不識。」注：「全力能負，不露頭角。」參見本集卷九寄題行林寺照堂注〔三〕、本卷題溈山立雪軒注〔一一〕。

初入制院〔一〕

無所住生心，佛語祖師意〔二〕。何人賞此音，空絃閑妙指〔三〕。清歌餞餘年，堅卧答萬語〔四〕。了知空花間，無地容生死。

【注釋】

〔一〕大觀三年秋作於江寧府制獄。參見本集卷一一金陵初入制院注〔一〕。

〔二〕「無所住生心」二句：金剛經：「應如是生清淨心，不應住色生心，不應住聲、香、味、觸、法生心，應無所住而生其心。」六祖大師法寶壇經定慧品：「我此法門，從上以來，先立無念爲宗，無相爲體，無住爲本。無相者，於相而離相。無念者，於念而無念。無住者，人之本性，於世間善惡好醜，乃至冤之與親，言語觸刺欺爭之時，並將爲空，不思酬害，念念之中不思前境。若前念今念後念，念念相續不斷，名爲繫縛；於諸法上念念不住，即無縛也。此是以無住爲本。」鍇按：金剛經爲佛語，壇經爲祖師意。

〔三〕「何人賞此音」二句：三國志吳書周瑜傳裴松之注引江表傳：「瑜曰：『吾雖不及夔曠，聞弦賞音，足知雅曲也。』」晉書隱逸傳陶淵明傳：「性不解音，而畜素琴一張，絃徽不具，每朋酒之會，則撫而和之，曰：『但識琴中趣，何勞絃上聲。』」此合二事而用之，謂何人能識無絃琴絃外之音。

〔四〕堅臥答萬語：謂以堅臥之方式應答萬語，實即堅臥不答。禪林僧寶傳卷三汾州太子昭禪師傳：「時洞山、谷隱皆虛席，衆議歸昭。太守請擇之，昭以手耶揄曰：『我長行粥飯僧，傳佛心宗，非細職也。』前後八請，堅臥不答。」

余日渡海即號甘露滅所至問者尤多時作偈答益不解乃告之曰涅槃經云甘露之性食之令人不死若合異物亦能不死維摩經亦曰得甘露滅覺道成又爲之偈〔一〕

萬象獨露身〔二〕，三世一切説〔三〕。解聞寂靜音，方見甘露滅〔四〕。從來幾生死，何處今堆疊。不受夢幻纏，紅罏存片雪〔五〕。

【注釋】

〔一〕政和四年春作於南嶽衡山。　余日渡海即號甘露滅：惠洪自號甘露滅之事，參見本集卷九初過海自號甘露滅注〔一〕、卷二一余號甘露滅所至問者甚多作此注〔一〕。鍇按：大般涅槃經卷二六：「甘露之性，令人不死，若合異物，亦能不死。菩薩修空亦復如是，以修空故，見一切法性皆空寂。」維摩詰經卷上佛國品：「得甘露滅覺道成。」

〔二〕萬象獨露身：景德傳燈録卷一八福州長慶慧稜禪師：「頌曰：『萬象之中獨露身，唯人自肯乃方親。昔時謬向途中覓，今日看如火裏冰。』」此用其語。

〔三〕三世一切說：華嚴經卷三三普賢菩薩行品：「佛說菩薩說，剎說衆生說，三世一切說，菩薩分別知。」此用其成句。

〔四〕「解聞寂靜音」二句：華嚴經卷一五賢首品：「甘露妙定如天鼓，恒出降魔寂靜音。」鍇按：惠洪既自號寂音，又自號甘露滅，本此。

〔五〕紅鑪存片雪：此喻人生如片雪置於紅鑪，虛幻寂滅。景德傳燈録卷一四潭州長髭曠禪師：「師曰：『據某甲所見，如洪鑪上一點雪。』」

述古德遺事作漁父詞八首〔一〕

萬回〔二〕

玉帶雲袍童頂露〔三〕，一生笑傲知何故〔四〕？萬里歸來方旦暮㊀，休疑慮，大千捏在毫端聚㊁〔五〕。

不解犁田分畝步〔六〕，却能對客鳴花鼓〔七〕。忽共老安相耳語〔八〕。還推去，莫來攔我毬門路〔九〕。

丹霞〔一〇〕

不怕石頭行路滑〔一一〕，歸來那受（愛）駒兒踏㊂〔一二〕。言下百骸俱撥撒㊃，無剩法，靈然晝夜光通達〔一三〕。古寺天寒還惡發，夜將木佛齊燒殺〔一四〕。炙背横眠真快活〔一五〕。憨抹撻〔一六〕，從教院主無鬚髮〔一七〕。

寶公〔一八〕

來往獨龍岡畔路㊄〔一九〕，杖頭落索閑家具〔二〇〕。後事前觀如目覩，非讖語，須知一念無今古〔二一〕。長笑老蕭多病苦，笑中與藥皆狼虎〔二二〕。蠟炬一枝非囑付，聊戲汝〔二三〕，熱來脱却娘生袴〔二四〕。

香嚴〔二五〕

晝餅充飢人笑汝，一庵歸掃南陽塢。擊竹作聲方省悟㊅，徐回顧，本來面目無藏處。却望潙山敷坐具，老師頭角渾呈露。珍重此恩逾父母〔二六〕。須薦取〔二七〕，堂堂密密聲前句㈦〔二八〕。

藥山〔二九〕

野鶴精神雲格調㈧〔三〇〕，逼人氣韻霜天曉㈨〔三一〕。松下殘經看未了〔三二〕。當斜照，蒼煙風撼流泉遶㈩。　闉閣珍奇徒照耀，光無滲漏方靈妙〔三三〕。活計現成誰管紹〔三四〕。孤峰表，一聲月下聞清嘯〔三五〕。

亮公〔三六〕

講處天花隨玉麈〔三七〕，波心月在那能取〔三八〕。旁舍老師偷指注。回頭覰，虚空特地能言語〔三九〕。　歸對學徒重自訴，從前見解都欺汝。隔岸有山横暮雨。翻然去，千巖萬壑無尋處〔四〇〕。

靈雲〔四一〕

急雨顛風花信早，枝枝葉葉春俱到〔四二〕。何待小桃方悟道〔四三〕，休迷倒，出門無限青青草〔四四〕。根不覆藏塵亦掃，見精明樹唯心造〔四五〕。試借疑情看白皂〔四六〕。回頭討，靈雲笑殺玄沙老〔四七〕。

船子〔四八〕

萬疊空青春杳杳〔四九〕，一蓑煙雨吴江曉〔五〇〕。醉眼忽醒驚白鳥，拍手笑，清波不犯魚吞釣〔五一〕。津渡有僧求法要，一橈爲汝除玄妙〔五二〕。已去回頭知不峭，猶迷照，漁舟性懆都翻了〔五三〕。

【校記】

㈠ 歸：廓門本作「迴」。

㈡ 捏：林間録後集作「捻」。

㈢ 受：原作「愛」，誤，今從林間録後集。

㈣ 撥：林間録後集作「潑」。

㈤ 畔：林間録後集作「下」。

㈥ 省：林間録後集作「惺」。

㈦ 密密：林間録後集作「密示」。

〔八〕精神：林間録後集作「神情」。

〔九〕韻：林間録後集作「調」。

〔一〇〕蒼：林間録後集作「茶」。

【注釋】

〔一〕作年未詳。　古德：古之有德高僧。　漁父詞：考其詞調，與漁家傲形式全同，當爲漁家傲之别名。釋氏要覽卷下雜記：「毗奈耶云：王舍城南方，有樂人名臈婆，取菩薩八相緝爲歌曲，令敬信者聞生歡喜心。今京師僧念梁州八相、太常引、三歸依、柳含煙等，號唐讚。又南方禪人作漁父、撥棹子唱道之詞，皆此遺風也。」能改齋漫録卷二八相太常引：「京師僧念梁州八相、太常引、三皈依、柳含煙等，號唐讚。而南方釋子作漁父、撥棹子、漁家傲、千秋歲唱道之辭。蓋本毗奈耶云：『王舍城南方，有樂人名臘婆，取菩薩八相，緝爲歌曲，令敬信者聞生歡喜。』」此八首詞所詠無關乎漁父生活，乃借其詞調叙述古德遺事，即所謂「唱道之詞」。　錯按：以漁父詞（漁家傲）頌古德遺事，乃宋代禪門寫作傳統之一，如山谷琴趣外編卷三漁家傲四首題曰：「江寧江口阻風，戲效寶寧勇禪師作古漁家傲。」述達磨、靈雲、船子、百丈四位古德之事。雲卧紀談卷下載李彭爲宗杲作「頌尊宿漁父」十首，述汾陽、慈明、雲峰、老南、晦堂、真淨、潛庵、死心、靈源、湛堂十位尊宿之事。佛海瞎堂禪師廣録卷四漁父詞四首，述德山、臨濟、佛果、瞎堂（自述）之事，不勝枚舉。

〔二〕萬回：或作萬迴，唐著名神僧，唐宋内外典籍載其異事甚夥，其得名之由諸書所記有異。酉陽雜俎卷三載其得名曰：「僧萬迴，年二十餘，貌癡不語。其兄戍遼陽，久絶音問。或傳其死，其家爲作齋。萬迴忽卷餅茹，大言曰：『兄在，我將饋之。』出門如飛，馬馳不及。及暮而還，得其兄書，緘封猶濕。計往返一日萬里，因號焉。」太平廣記卷九二萬迴引談賓録及兩京記略同：「迴兄戍役于安西，音問隔絶，父母謂其死矣，日夕涕泣而憂思焉。迴顧父母感念之甚，忽跪而言曰：『涕泣豈非憂兄耶？』父母且疑且信，曰：『然。』迴曰：『詳思我兄所要者，衣裘、糗糧、巾履之屬，請悉備焉，某將往之。』忽一日，朝齎所備而往，夕返其家，告父母曰：『兄平善矣。』視之，乃兄迹也。一家異之。弘農抵安西，蓋萬餘里，以其萬里迴，故號曰『萬迴』也。」然宋高僧傳卷一八唐虢州閿鄉萬迴傳則曰：「釋萬迴，俗姓張氏，虢州閿鄉人也。年尚弱齡，白癡不語。父母哀其濁氣，爲隣里兒童所侮，終無相競之態。然口自呼『萬迴』，因爾字焉。」

〔三〕玉帶雲袍：宋高僧傳卷一八唐虢州閿鄉萬迴傳：「聲聞朝廷，中宗孝和皇帝詔見崇重。神龍二年敕別度，迴一人而已。自高宗末天后時，常詔入内道場，賜綿繡衣裳。」東坡詩集注卷二一以玉帶施元長老元以衲裙相報次韻：「錦袍錯落亦相稱，乞與佯狂老萬回。」注：「唐武后賜萬回和尚錦袍玉帶。」童頂：即童頭，禿頂，光頭，指和尚。

〔四〕一生笑傲知何故：景德傳燈録卷二六萬迴法雲公：「始在弱齡，嘯傲如狂，鄉黨莫測。」

〔五〕「萬里歸來方旦暮」三句：此借佛教萬法平等之原理，説明萬迴神異事跡之真實性，大千世界既可聚於毫端，則旦暮之間往返萬里亦無須懷疑。華嚴經卷一世主妙嚴品：「一一毛端，悉能容受一切世界，而無障礙。」本集卷七和游福嚴：「忽於一毫端，集此大千界。」卷一六崇山堂五詠爲通判大樂張侯賦妙觀庵：「江月松風藏不得，大千俱在一毫端。」卷二九鹿門燈禪師塔銘：「於一毫端，捏聚古今。」

〔六〕不解犁田分畝步：太平廣記卷九二萬迴：「迴生而愚，八九歲乃能語。父母亦以豚犬畜之。年長，父令耕田。迴耕田，直去不顧，口但連稱『平等』。因耕一壟，耕數十里，遇溝坑乃止。其父怒而擊之，迴曰：『彼此總耕，何須異相。』乃止擊而罷耕。」

〔七〕却能對客鳴花鼓：太平廣記卷九二萬迴：「景龍中，時時出入，士庶貴賤，競來禮拜。萬迴披錦袍，或笑駡，或擊鼓，然後隨事爲驗。」

〔八〕忽共老安相耳語：景德傳燈録卷四嵩嶽慧安國師：「是年三月三日，囑門人曰：『吾死已，將屍向林中，待野火焚之。』俄爾，萬迴公來見，師猖狂握手言論，傍侍傾耳，都不體會。至八日，閉户，偃身而寂。春秋一百二十八。」注曰：「隋開皇二年壬寅生，唐景龍三年己酉滅。時稱老安國師。」

〔九〕莫來攔我毬門路：景德傳燈録卷二〇襄州石門寺獻禪師：「僧問：『月生雲際時如何？』師曰：『三箇童兒抱華鼓，好好大哥，莫來攔我毬門路。』」此借用其語。

〔一〇〕丹霞：唐鄧州丹霞山天然禪師，嗣法於石頭希遷。其法名所起之由，諸書記載有異。景德傳燈録卷一四鄧州丹霞天然禪師：「直造江西，纔見馬大師，以手托幞頭額。馬顧視良久曰：『南嶽石頭是汝師也。』遽抵南嶽，還以前意投之，石頭曰：『著槽廠去。』師禮謝入行者房，隨次執爨役，凡三年。忽一日，石頭告衆曰：『來日剗佛殿前草。』至來日，大衆諸童行各備鍬鑊剗草，獨師以盆盛水淨頭，於和尚前胡跪。石頭見而笑之，便與剃髮，又爲説戒法。師乃掩耳而出，便往江西再謁馬師。未參禮，便入僧堂内，騎聖僧頸而坐。時大衆驚愕，遽報馬師。馬躬入堂視之，曰：『我子天然。』師即下地禮拜曰：『謝師賜法號。』因名天然。」宋高僧傳卷一一唐南陽丹霞山天然傳所記稍異：「釋天然，不知何許人也。少入法門，而性梗概，謁見石頭禪師，默而識之，思召其自體得實者，爲立名天然也。乃躬執爨，凡三年，始遂落飾。後於嶽寺希律師受其戒法，造江西大寂會。寂以言誘之，應答雅正。大寂甚奇之。」祖堂集卷四丹霞和尚：「經一二載餘，石頭大師明晨欲與落髮，今夜童行參時，大師曰：『佛殿前一搭草，明晨粥後剗却。』來晨諸童行競持鍬鑊，唯有師獨持刀、水，於大師前跪拜揩洗。大師笑而剃髮。師有頂峰突然而起，大師按之曰：『天然矣。』落髮既畢，師禮謝度，兼謝名。大師曰：『吾賜汝何名？』師曰：『和尚豈不曰天然耶？』石頭甚奇之，乃爲略説法要。師便掩耳云：『太多也！』和尚云：『汝試作用看！』師遂騎聖僧頭。大師云：『這阿師，他後打破泥龕塑像去。』師受戒已，而大寂耀摩尼於江西。師乃下嶽，再詣彼，禮謁大寂。」因丹霞往來江西、湖南之間，故其法名所起禪門亦有爭議。

〔一一〕不怕石頭行路滑：指從師於石頭希遷。景德傳燈録卷一四鄧州丹霞天然禪師：「馬師問：『從什麼處來？』師云：『石頭。』馬云：『石頭路滑，還躂倒汝麼？』師曰：『若躂倒即不來。』乃杖錫觀方。」

〔一二〕歸來那受駒兒踏：指參謁馬祖道一，而不受其法。景德傳燈録卷六江西道一禪師：「漢州什邡人也，姓馬氏。唐開元中習禪定於衡嶽傳法院，遇讓和尚，同參九人，唯師密受心印。」注：「六祖能和尚謂讓曰：『向後佛法從汝邊去，馬駒蹋殺天下人。』厥後江西法嗣布於天下，時號馬祖焉。」故參學馬祖者，謂之「受駒兒踏」。受，底本作「愛」，誤，今改。古尊宿語録卷四三寶峰雲庵真淨禪師住寶峰禪院語録：「師云：『馬大師也是看孔著楔，然現前一衆，雖不受馬駒所踏，是不可忘古人大慈悲故。』」鍇按：丹霞天然曾兩造江西，先得馬祖指示，往南嶽投師石頭希遷；後於石頭處得剃度，再謁馬祖，然未嗣其法。故曰「歸來那受駒兒踏」。

〔一三〕「言下百骸俱撥撒」三句：此謂丹霞所倡之禪旨，守護自心一靈之物，别無餘法。景德傳燈録卷三〇丹霞和尚翫珠吟二首之一：「般若靈珠妙難測，法性海中親認得。隱顯常遊五蘊中，内外光明大神力。此珠非大亦非小，晝夜光明皆悉照。」之二：「識得衣中寶，無明醉自醒。百骸雖潰散，一物鎮長靈。」無剩法：無多餘之佛法。林間録卷上記晦堂祖心禪師語：「然心外無剩法者。」此借用其語。

〔一四〕古寺天寒還惡發：景德傳燈録卷一四鄧州丹霞天然禪師：「後於慧林寺遇天大寒，師取木佛焚之。人或譏之，師曰：『吾燒取舍利。』人曰：『木頭何有？』師曰：『若爾者，何責我乎？』」宋高僧傳卷一一唐南陽丹霞山天然傳：「後於慧林寺遇大寒，然乃焚木佛像以禦之。人或譏之，曰：『吾茶毗舍利。』曰：『木頭何有？』然曰：『若爾者，何責我乎？』」惡發：有惡作劇之意，指燒木佛。

〔一五〕炙背横眠真快活：景德傳燈録卷一四鄧州丹霞天然禪師：「元和三年，師於天津橋横臥，會留守鄭公出，呵之不起。吏問其故，師徐曰：『無事僧。』留守異之，奉束素及衣兩襲，日給米麪。洛下翕然歸信。」

〔一六〕抹撻：疊韻連綿詞，天真質樸貌。亦作「抹躂」、「抹搭」。景德傳燈録卷三〇一鉢歌：「遏喇喇，鬧聒聒，總是悠悠造抹撻。」同書卷二二廣州龍境倫禪師：「師問僧：『什麽處來？』曰：『黄雲來。』師曰：『作麽生是黄雲郎當媚癡抹躂爲人一句？』僧無對。」宏智禪師廣録卷四：「抹抹撻撻憨皮袋，跛跛挈挈常不輕。」

〔一七〕從教院主無鬚髮：祖堂集卷四丹霞和尚：「後於惠林寺遇天寒，焚木佛以禦次，主人或譏。師曰：『吾茶毗覓舍利。』主人曰：『木頭有何也？』師曰：『若然者，何責我乎？』主人亦向前，眉毛一時墮落。」景德傳燈録與宋高僧傳未載眉毛墮落事，然北宋禪籍多言之，如保寧仁勇禪師語録：「開爐，上堂舉：『丹霞行脚到一院，遇天寒，遂將木佛燒火向。院主叱駡丹霞，乃院主眉鬚墮落。大衆，院主眉鬚墮落即且置，且道，丹霞眉毛在麽？』」建中靖國續燈録卷二〇湖州上方日益禪師：「問：『丹霞燒木佛意旨如何？』師云：『物出急家門。』僧曰：『爲什麽院主眉鬚墮落？』師云：『傍觀者醜。』」則其時已爲禪門著名公案。

〔一八〕寶公：南朝梁高僧寶誌，一名保誌，本姓朱，金城人，少出家，事多神異，言如讖記。世多習稱其誌公，而宋人或稱其寶公。事具高僧傳卷一〇梁京師釋保誌傳、景德傳燈録卷二七金陵寶誌禪師，參見本集卷三〇鍾山道林真覺大師傳。已見前注。

〔一九〕來往獨龍岡畔路：謂寶公生前住鍾山定林寺，往來獨龍岡，死後亦葬此。高僧傳卷一〇梁京師釋保誌傳：「因厚加殯送，葬於鍾山獨龍之阜，仍於墓所立開善精舍。」景德傳燈録卷二七金陵寶誌禪師：「因厚禮葬於鍾山獨龍阜。」鍾山道林真覺大師傳：「帝昔與公登鍾山之定林，指前岡獨龍阜曰：『此爲陰宅，則永其後。』帝曰：『誰當得之？』公曰：『先行者。』至是念公以此言，以金二十萬易其地以葬焉。」

〔二〇〕杖頭落索閑家具：高僧傳卷一〇梁京師釋保誌傳：「常跣行街巷，執一錫杖，杖頭挂剪刀及鏡，或挂一兩匹帛。」景德傳燈録卷二七金陵寶誌禪師：「髮長數寸，徒跣執錫，杖頭擐剪刀、尺、銅鑑，或挂一兩尺帛。」鍾山道林真覺大師傳：「恒以鏡銅、剪刀、鑷屬挂杖負之，而趨經聚落。」

〔二一〕「後事前觀如目覩」三句：謂寶公雖能預先知道後事發生之結果，然其言非讖記，而符合佛教一念之間不分今古之原理。高僧傳卷一〇梁京師釋保誌傳：「與人言語，始若難曉，後皆效驗。時或賦詩，言如讖記。」景德傳燈録卷二七金陵寶誌禪師：「時或歌吟，詞如讖記。」鍾山道林真覺大師傳：「時時題詩，初不可曉，後皆有驗。」鍇按：惠洪此言「非讖語」者，蓋欲以佛教義理解釋神異現象。蓋佛教認爲時間不可斬斷，念念相續，一念中包含過去、現在及未來。本集卷二五題寶公讖記：「現在若有，過去、未來亦應是有；過去、未來若無，現在亦應是無。」

〔二二〕「長笑老蕭多病苦」二句：謂寶公常以高深佛理點撥梁武帝，如用猛藥醫治其煩惱之病。梁武帝名蕭衍，故戲稱老蕭。狼虎，喻藥性猛烈。高僧傳卷一〇梁京師釋保誌傳：「上嘗問誌云：『弟子煩惑未除，何以治之？』答云：『十二識者，以爲十二因緣，治惑藥也。』又問十二之旨，答云：『旨在書字時節刻漏中。』識者以爲書之在十二時中。又問：『弟子何時得靜心修習？』答云：『安樂禁。』識者以爲禁者，止也，至安樂時乃止耳。」

〔二三〕「蠟炬一枝非囑付」二句：高僧傳卷一〇梁京師釋保誌傳：「臨亡，然一燭以付後閤舍人吴慶。慶即啓聞，上歎曰：『大師不復留矣。燭者，將以後事屬我乎？』」此謂寶公點燃蠟燭乃戲弄梁武帝，並無囑付之意。

〔二四〕熱來脱却娘生袴：喻指寶公入滅如解脱肉體。娘生袴，從娘胎裏出生即穿著之袴，指天生肉體皮囊。景德傳燈録卷三〇南嶽懶瓚和尚歌：「要去即去，要住即住。身披一破衲，脚著孃生袴。」建中靖國續燈録卷一一蔣山佛慧禪師：「上堂云：『要去不得去，要住不得住。打破大散關，脱却孃生袴。』」

〔二五〕香嚴：五代梁鄧州香嚴山智閑禪師，青州人，嗣法於潙山靈祐。卒謚襲燈大師。事具宋高僧傳卷一三梁鄧州香嚴山智閑傳、景德傳燈録卷一一鄧州香嚴寺智閑禪師。

〔二六〕「畫餅充飢人笑汝」八句：此檃括香嚴智閑悟道機緣。宋高僧傳卷一三梁鄧州香嚴山智閑傳：「辭親出俗，既而慕法心堅，至南方，禮潙山大圓禪師盛會，咸推閑爲俊敏。潙山一日召對茫然，將諸方語要一時煨燼，曰：『畫餅弗可充飢也。』便望南陽忠國師遺跡而居。偶芟除草木，擊瓦礫，失笑，冥有所證，抒頌唱之，由兹盛化。」景德傳燈録卷一一鄧州香巖寺智閑禪師所記尤詳：「厭俗辭親，觀方慕道，依潙山禪會。祐和尚知其法器，欲激發智光，一日謂之曰：『吾不問汝平生學解及經卷册子上記得者，汝未出胞胎、未辨東西時本分事，試道一句來。吾要記汝。』師懵然無對，沈吟久之，進數語陳其所解，祐皆不許。師曰：『却請和尚爲説。』祐曰：『吾説得，是吾之見解，於汝眼目何有益乎？』師遂歸堂，遍檢所集諸方語句，無一言可將酬對，乃自歎曰：『畫餅不可充飢。』於是盡焚之，曰：『此生不學佛法也，且作箇長行粥飯僧，免役心神。』遂泣辭潙山而去。抵南陽，覩忠國師遺迹，遂憩止焉。一日，因山中芟除草木，以瓦礫擊竹作聲，俄失笑間，廓然惺悟。遽歸沐浴，焚香遥禮潙山，贊云：『和尚大悲，恩逾父母。當時若爲我説却，何有今日事也？』仍述一偈。」參見本集卷九題一擊軒注〔一一〕。

〔二七〕薦取：猶言領取，體會。景德傳燈録卷一二昇州長慶道巘禪師：「諸子，生死事大，快須薦取。」同書卷二九漳州羅漢桂琛和尚明道頌一首：「拶破面門，覆蓋乾坤。快須薦取，脱却根塵。」汾陽無德禪師語録卷上：「若人會得此三句，已辨三玄，更有三要語在，切須薦取。」

〔二八〕堂堂密密聲前句：景德傳燈録卷一一鄧州香嚴寺智閑禪師：「師上堂云：『道由悟達，不在語言，況見密密堂堂，曾無間隔，不勞心意，暫借回光，日用全功，迷徒自背。』問：『如何是聲前句？』師曰：『大德未問時即答。』」

〔二九〕藥山：唐澧州藥山惟儼禪師，絳州人，姓韓氏，年十七依潮陽西山慧照禪師出家。謁石頭希遷，密領玄旨。後居澧州藥山，海衆雲會，朗州刺史李翺嘗從之遊。卒敕謚弘道大師。事具景德傳燈録卷一四澧州藥山惟儼禪師、宋高僧傳卷一七唐朗州藥山唯儼傳。

〔三〇〕野鶴精神雲格調：謂惟儼精神氣質如閑雲野鶴，孤高自由。景德傳燈録卷一四澧州藥山惟儼禪師：「翺拱手謝之，問曰：『如何是道？』師以手指上下，曰：『會麽？』翺曰：『不會。』師曰：『雲在天，水在缾。』翺乃欣愜作禮，而述一偈曰：『練得身形似鶴形，千株松下兩函經。我來問道無餘説，雲在青天水在缾。』」

〔三一〕霜天曉：秋日霜晨，以喻其氣質之清爽。蘇軾水龍吟：「爲使君洗盡，蠻風瘴雨，作霜天曉。」此借用其語。本集卷三珪粹中與超然游舊超然數言其俊雅除夕見於西興喜而贈之：「氣爽霜天曉。」

〔三二〕松下殘經看未了：景德傳燈録卷一四澧州藥山惟儼禪師：「朗州刺史李翱嚮師玄化，屢請不起，乃躬入山謁之，師執經卷不顧。」又李翱偈曰：「千株松下兩函經。」

〔三三〕「閨閤珍奇徒照耀」二句：景德傳燈録卷一四澧州藥山惟儼禪師：「翱又問：『如何是戒定慧？』師曰：『貧道遮裏無此閑家具。』翱莫測玄旨。師曰：『太守欲得保任此事，直須向高高山頂坐，深深海底行。閨閤中物捨不得，便爲滲漏。』」

〔三四〕活計現成：黄龍晦堂心和尚語録：「五湖上士，高枕無憂，不用追求，現成活計。」

〔三五〕「孤峰表」二句：宋高僧傳卷一七唐朗州藥山唯儼傳：「一夜明月，陟彼崔嵬，大笑一聲，聲應澧陽東九十許里。其夜，澧陽人皆聞其聲，盡云是東家。明辰，展轉尋問，迭互推尋，直至藥山。徒衆云：『昨夜和尚山頂大笑是歟？』自兹振譽，遐邇喧然。」景德傳燈録卷一四澧州藥山惟儼禪師：「師一夜登山經行，忽雲開見月，大笑一聲，應澧陽東九十許里。居民盡謂東家，明晨迭相推問，直至藥山。徒衆云：『昨夜和尚山頂大笑。』李翱再贈詩曰：『選得幽居愜野情，終年無送亦無迎。有時直上孤峰頂，月下披雲笑一聲。』」皆作「大笑一聲」。然北宋禪籍如白雲守端禪師廣録、開福道寧禪師語録、建中靖國續燈録卷五明州上山德隆禪師引李翱詩「笑」均作「嘯」。此言「一聲月下聞清嘯」，當有所本。後之五燈會元卷五藥山惟儼禪師亦作「大嘯一聲」。

〔三六〕亮公：洪州西山亮座主，嗣法於馬祖道一。事具景德傳燈録卷八洪州西山亮座主。

〔三七〕講處天花隨玉麈：景德傳燈録卷八洪州西山亮座主：「亮座主，本蜀人也，頗講經論。」續高僧傳卷五梁楊都光宅寺沙門釋法雲傳：「嘗於一寺講散此經（法華經），忽感天華狀如飛雪，滿空而下，延於堂内，昇空不墜，訖講方去。」續高僧傳卷二五魏太山朗公谷山寺釋僧意傳：「釋僧意，不知何人，貞確有思力，每登座講説，輒天花下散在於法座。」世説新語容止：「王夷甫容貌整麗，妙於談玄，恒捉白玉柄麈尾，與手都無分別。」此合用其事，謂亮公善於講經。

〔三八〕波心月在那能取：謂水中撈月，白費力氣。景德傳燈録卷三〇永嘉真覺禪師證道歌：「鏡裏看形見不難，水中捉月爭拈得？」宗鏡録卷四一：「若以見聞妄求，如撈水月，豈有得時。」

〔三九〕「旁舍老師偷指注」三句：宗鏡録卷九二：「江西馬祖和尚問亮座主：『蘊何經業？』對云：『講三十本經論。』師云：『正講時將什麽講？』對云：『將心講。』師云：『心如工技兒，意如和技者，爭解講他經？』對云：『不可是虚空講也。』師云：『却是虚空講得。』座主於言下大悟，遂下階禮拜，驀自汗流。師云：『者鈍根阿師用禮拜作什麽？』」景德傳燈録卷八洪州西山亮座主：「因參馬祖，祖問曰：『見説座主大講得經論，是否？』亮云：『不敢。』祖云：『將什麽講？』亮云：『將心講。』祖云：『心如工伎兒，意如和伎者，爭解講得經？』亮抗聲云：『心既講不得，虚空莫講得麽？』祖云：『却是虚空講得。』亮不肯，便出。將下階，祖召云：

『座主。』亮迴首，豁然大悟，禮拜。祖云：『遮鈍根阿師禮拜作麽？』」　旁舍老師：指馬祖道一。　指注：指示，指點。

〔四〇〕「歸對學徒重自訴」五句：宗鏡録卷九二：「其座主却迴本寺，語學徒言：『某一生學業，將謂天下無人敵者。今日被開元寺老宿一唾淨盡，我爾許多時皆是誑謼汝。』遂散學徒。一入西山，更無消息。」景德傳燈録卷八洪州西山亮座主：「亮歸寺告聽衆云：『某甲所講經論，謂無人及得。今日被馬大師一問，平生功夫冰釋而已。』乃隱西山，更無消息。」　隔岸有山：指洪州西山，在贛江西岸。　横暮雨：王勃滕王閣詩：「珠簾暮卷西山雨。」此化用其意。

〔四一〕靈雲：靈雲志勤禪師，福州長溪人，嗣法於潙山靈祐。事具景德傳燈録卷一一福州靈雲志勤禪師。祖堂集卷一九亦云：「靈雲和尚嗣潙山。」廓門注謂其「嗣法於長慶大安禪師」，乃據聯燈會要卷一〇、五燈會元卷四之説。

〔四二〕枝枝葉葉春俱到：本集卷一五讀法華五首之三：「葉葉花花總是春。」

〔四三〕何待小桃方悟道：言花葉皆含春意，是處皆可悟道，何必桃花。此翻靈雲志勤悟道之公案。景德傳燈録卷一一福州靈雲志勤禪師：「初在潙山，因桃華悟道，有偈曰：『三十來年尋劒客，幾逢落葉幾抽枝。自從一見桃華後，直至如今更不疑。』祐師覽偈，詰其所悟，與之符契。祐曰：『從緣悟達，永無退失，善自護持。』」祐師即潙山靈祐。五燈會元卷四所載靈雲志勤悟道事，與景德傳燈録相同，唯改「祐師」爲「潙」。然列靈雲志勤爲長慶大安法嗣，殊不可解。疑大安嘗繼靈祐住持潙山，故誤潙山爲大安，俟考。

〔四四〕出門無限青青草：景德傳燈録卷一九韶州雲門文偃禪師：「問：『如何是佛法大意？』師曰：『春來草自青。』」此化用其意。

〔四五〕見精明樹唯心造：楞嚴經卷二：「若樹非見，云何見樹？若樹即見，復云何樹？」景德傳燈録卷二五杭州報恩寺慧明禪師：「問：『如何是第二月？』師曰：『捏目看華華數朵，見精明樹幾枝枝。』」

〔四六〕白皂：猶皂白，黑白，喻是非。

〔四七〕靈雲笑殺玄沙老：倒裝句，謂靈雲被玄沙所笑殺。祖堂集卷一九靈雲和尚：「遂而返錫甌閩，舉似玄沙。玄沙云：『諦當甚諦當，敢保未徹在。』」景德傳燈録卷一一福州靈雲志勤禪師：「有僧舉似玄沙，玄沙云：『諦當甚諦當，敢保老兄未徹在。』衆疑此語。玄沙問地藏：『我恁麼道，汝作麼生會？』地藏云：『不是桂琛，即走殺天下人。』」此爲禪林中一著名公案，訟議紛紛。惠洪此處贊同玄沙之見。林間録卷下：「予嘗與客論靈雲見桃花偈曰：『三十年來尋劍客，幾回葉落又抽枝。自從一見桃花後，直至如今更不疑。』潙山老人無大人相，便云：『從緣入者，永無退失。』獨玄沙曰：『諦當甚諦當，敢保老兄猶未徹在。』客問予：『未徹之處安在哉？』爲作偈曰：『靈雲一見不再見，紅白枝枝不著花。叵耐釣魚船上客，却來平地摝魚蝦。』」嘉泰普燈録卷七筠州清涼寂音慧洪禪師：「淨（真淨）患其深閫之弊，每舉玄沙未徹之語，發其疑，凡有所對，淨曰：『你又説道理耶？』一日頓脱所疑，述偈示同學曰：『靈雲一見不再見，紅白枝枝不著華。叵耐釣魚船上客，却來平地摝魚鰕。』淨見爲助喜，命掌記室。」　玄沙，即唐福州玄沙師備禪師，閩縣人，俗姓謝氏。嗣法雪峰義存，屬青原下六世。嘗住持玄沙山，閩王迎居安國寺，號宗一大師。已見前注。

〔四八〕船子：華亭德誠禪師，嗣法於藥山惟儼。嘗於華亭吴江汎一小舟，時謂之船子和尚。事具祖堂集卷五華亭和尚、景德傳燈録卷一四華亭船子德誠禪師。

〔四九〕空青：指江水之色。李白早過漆林渡寄萬巨：「水色倒空青。」

〔五〇〕一蓑煙雨：蘇軾定風波：「一蓑煙雨任平生。」此借用其語。　吴江：太平寰宇記卷九一江南东道三苏州：「吴江，本名松江，又名松陵，又名笠澤，其江出太湖，二源，一江東五十里入小湖，一江東二百六十里入大海。至秋月，多生鱸魚，張翰思鱸鱠之所也。」

〔五一〕清波不犯魚吞釣：祖堂集卷五華亭和尚：「師自有語云：『竿頭絲線從君弄，不犯清波意自殊。』」五燈會元卷五秀州華亭船子德誠禪師載其偈曰：「三十年來海上遊，水清魚現不吞鈎。」廓門注：「釣，當作『鈎』。」殊誤。蓋「釣」押韻，而「鈎」不押韻。

〔五二〕「津渡有僧求法要」二句：檃括船子啓悟夾山善會禪師公案。景德傳燈録卷一四華亭船子德誠禪師：「師嘗謂同參道吾曰：『他後有靈利坐主，指一箇來。』道吾後激勉京口和尚善會參禮師。師問曰：『坐主住甚寺？』會曰：『寺即不住，住即不似。』師曰：『不似，似箇什麼？』會曰：『目前無相似。』師曰：『何處學得來？』曰：『非耳目之所到。』師笑曰：『一句合頭語，萬劫繫驢橛。垂絲千尺，意在深潭。離鈎三寸，速道速道！』會擬開口，師便以篙撞在水中，因而大悟。師當下棄舟而逝，莫知其終。」

〔五三〕「已去回頭知不峭」三句：亦檃括船子與夾山公案。正法眼藏卷二上：「船子曰：『如是如是。』遂囑曰：『汝向去直須藏身處没蹤跡，没蹤迹處莫藏身。吾二十年在藥山只明斯事。汝今既得，他後不得住城隍聚落，但向深山裏钁頭邊，覓取一箇半箇接續，無令斷絕。』夾山乃辭行，頻頻回顧。船子遂喚：『闍梨　闍梨　』夾山回首，船子豎起橈云：『汝將謂別有。』乃覆船入水而逝。」夾山回頭事祖堂集、景德傳燈録未載，五燈會元卷五所載與正法眼藏同。　不峭：義難通，疑當作「不肖」，謂夾山已去回頭，知其於船子爲不肖。　迷照：迷於觀照，不見真相。圓覺經：「性本靈明，迷照亦失。」黄庭堅漁家傲四首之頌靈雲志勤禪師：「三十年來無孔竅，幾回得眼還迷照。」此借用其語。　性懆：廓門注：「祖庭事苑曰：『性懆，蘇到切，情性疏貌。』船子傳曰：『予率性疏野，唯樂山水，樂情自遣，無所能也。』」

【集評】

清吴騫云：洪覺範嘗作漁父詞詠萬回云：「玉帶雲袍童頂露……莫來攔我毬門路。」右見石

門文字禪。今人畫此像，不知者第目之爲和合耳。（拜經樓詩話卷三）

【附録】

明清人效作漁家傲詠古德遺事

明董斯張云：拄杖忽挑閑露布，摟空魔窟江南去。賣餅老婆元債主，鵝王乳，點心一句全機露。　親到龍潭心不負，紙燈吹黑天花雨。口似血盆牙劍樹，山河舞，棒頭三眼横今古。（德山）

又云：黄蘗家風親付與，唤醒風漢參堂去。大樹一株烹佛祖，歸家住，蒲鞋賣盡供慈母。　横按莫耶那敢顧，虚空一點須彌鼓。永字法門誰識取？關門處，阿師跛脚冤家聚。（睦州）

又云：百萬官錢隨手撒，海塘春漲魚龍脱。王子寶刀全殺活，君恩闊，詔書落汝娘生髮。　圓頂爲巢啼鳥滑，堂開宗鏡西湖月。谷響泉聲相問答，遼天鶻，破沙盆句金剛喝。（永明）

又云：肉肆有人煩指點，百年一夢今開眼。還到盤山揮寶劍，求師鑑，堂前筋斗青獅現。　臨濟小廝聊作伴，後園喫草呈驢面。趯倒飯牀渾不管，綱宗展，鐸聲摇碎魔王膽。（普化）

又云：行脚箱兒藏骨董，袖中銀盌爲親供。吹到汾陽乾打閧，金毛種，一聲屋倒呑雲

夢。明月夜行相贈送，長安鐵笛吹無孔。日午三更驚四衆，强賣弄，草鞋盆水刀頭痛。（慈明）

又云：推置繩牀遭虎吼，經年落魄眉難皺。坐對山童如道友，真逗漏，煙雲過眼蕉菴舊。屠伯相憐方點首，酒瓢擔却沿街走。破襖穿來除鶻臭，空展手，欄腮一搭揚家醜。（谷泉）

又云：師子嚬呻文彩露，箭鋒恰值無回互。歷劫疑團如火聚，分賓主，衲衣歷歷爲君舉。石虎海鷗丞相府，漁歌唱徹明千古。紅粉夜搽眉卓豎，江風暮，何妨載我常州去。（西余端）

又云：鬧事褰裳誰個領？空中畫字瞳人聽。自笑自吟秋月冷，非凡聖，良駒驀地金鞭影。寺裏文殊驢覷井，劈空踏著毗盧頂。那可鉢盂重有柄，傳慧命，舌頭無骨蓮花淨。（言法華。靜嘯齋存草卷一二黄涪翁洪覺範俱作漁家傲詠古德遺事余戲效之得八首）

清余懷云：寂音尊者作漁家傲詞八首，以頌丹霞、香嚴諸老。余依韻拈和，以頌玄墓剖和尚。雖言辭蕪陋，不足以仰繼高風，而標韻寥然，亦猶尊者之志也。

又云：縹緲湖波微月露，泐潭風起非無故。雪壓香城天欲暮，何思慮，虛空倏忽金光聚。頸血濺人剛十步，阿誰敢擊雷門鼓？折脚鐺邊無死語，還歸去，全機現出西方路。（右一）

又云：頂灌醍醐甘露滑，大千忽被駒兒踏。一雙佛手懸崖撒，真説法，三玄三要全通達。臘

盡春回花卉發，曹家女在憑生殺。擊狗斬貓魚再活，非抹撻，白毫光焰燎鬚髮。（右二）

又云：冷硐寒泉無別路，孤峰坐斷安家具。百丈宗風如目覩，休詐語，莫將時代分今古。平等慈悲除疾苦，鑪鎚一副烹龍虎。大小空來聽囑付，今付汝，慧公竹杖蘭公袴。（右三）

又云：鄧尉風光無爾汝，一川明月真如隖。把定死關誰省悟？頻回顧，天花散落經行處。無縫塔中敷坐具，拳頭背觸機鋒露。欲報佛恩逾父母，空記取，紙衣徧寫雲門句。（右四）

又云：古佛威儀僧格調，與人歡喜春風曉。密密堂堂非自了，惺惺照，一枝枯木千花繞。瑪瑙車渠徒四耀，全提正令揮玄妙。臨濟高風誰獨紹？撩天表，澧陽夜半聞長嘯。（右五）

又云：天澹雲垂閒捉麈，盆中月在波心取。栲栳傾珠江海注，頻窺覷，菩提樹下傳言語。齋辨愚癡重説訴，刻期坐脱非欺汝。七十二峰橫暮雨，淩雲去，紅爐優鉢無尋處。（右六）

又云：百舌啼春花信早，香林雪海春先到。飦煮桃花方悟道，葫蘆倒，翻身傾出神農草。明鏡交光塵盡掃，琳宮寶塔唯心造。慧眼靜觀分白皂，無探討，同參只剩靈巖老。（右七）

又云：千尺垂絲春浪杳，雲開蔥嶺霜天曉。無數塔鈴驚海鳥，拈花笑，水寒夜靜空垂釣。向上機關藏法要，住山翁已收靈妙。雪壑冰巖寒嶛峭，孤光照，滿堂木佛都燒了。（右八，玉琴齋詞漁家傲寂音尊者作漁家傲詞八首以頌丹霞香嚴諸老余依韻拈和以頌玄墓剖和尚雖言辭蕪陋不足以仰繼高風而標韻寥然亦猶尊者之志也）